夏天永远热烈，
我爱的少年也是

告白

Heliotrope 绯

完结篇 ——————————————————— 应橙_著

江苏凤凰文艺出版社
JIANGSU PHOENIX LITERATURE AND
ART PUBLISHING

图书在版编目（CIP）数据

告白.完结篇 / 应橙著 . —— 南京：江苏凤凰文艺
出版社，2022.6（2025.7 重印）
  ISBN 978−7−5594−6596−2

  Ⅰ.①告… Ⅱ.①应… Ⅲ.①长篇小说 – 中国 – 当代
Ⅳ.① I247.5

中国版本图书馆 CIP 数据核字 (2022) 第 057273 号

告白．完结篇

应橙 著

责任编辑	张　倩
特约编辑	席　风　面包树
封面设计	白茫茫
出版发行	江苏凤凰文艺出版社
	南京市中央路 165 号，邮编：210009
网　　址	http://www.jswenyi.com
印　　刷	河北鹏润印刷有限公司
开　　本	880 毫米 ×1230 毫米　1/32
印　　张	12.5
字　　数	410 千字
版　　次	2022 年 6 月第 1 版
印　　次	2025 年 7 月第 22 次印刷
书　　号	ISBN 978−7−5594−6596−2
定　　价	49.80 元

江苏凤凰文艺版图书凡印刷、装订错误，可向出版社调换，联系电话 025-83280257

我爱你轻狂坦荡

笑起来眼前都明亮 ✧

我爱你群山巍峨 ⛰

站在那里〓

告诉我这个世界仍是好的 ♡

那年冬天，许随&周京泽的结婚进度表

目录 *contents*

特别推荐　二两　三两
海鲜面　12　15
肉丝面　10　12
清汤面　06
蛋炒面　10
炸酱面　10
　　　　03

原来一直风雨不动陪着她的人是周京泽。

秘
果

M I G U O

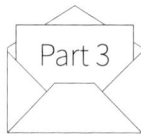

Part 3

第 一 章
经年已过

许随的态度和反应，在提醒着他。
经年已过。

七八年的时间一晃而过，谁也没想到他们在大学时分开，各自在不同的岔路口走了这么长一段时间，还会再相遇。

许随上午和周京泽撇清关系后，被匆匆跑过的护士叫走了。忙完后，午休时间，许随扯下挂衣架上的外套，躺在办公室的沙发上合眼休憩。

她躺在沙发上用拇指滑动着手机屏幕，不自觉地登录高中校园网，有好几条留言抱怨周京泽几次缺席同学聚会，班长发了一长串表情，解释道："人家可是飞行员，哪像你那么闲啊？去年那次他说了要陪人，应该是女朋友。"

拇指停在这句话上面，屏幕熄灭。许随忽然觉得重逢后，她所有关于他情绪的涌动，显得挺可笑。

许随决定不再看，理智终于回笼，现在两人就是比普通人多一层前任的关系。

午后的风从窗口灌进来，凉凉的，许随闭上眼，做了一个漫长的梦，回忆的细节太真实以至于她真的以为自己回到了高中，认真考上了大学，再遇见了他。

许随紧攥着的手机闹钟铃声响起，她仍觉得眼皮沉重，感觉旁边有人在推她的手臂，费力地睁开眼，下意识地说："下课了。"

旁边传来嬉笑声，今天轮值的护士小何问道："许医生，是上班了。你睡着啦？"

一道声音霎时将许随拉回现实，许随从沙发上起来，身上拥着的大衣滑落，淡淡地笑："确实，睡蒙了。"

"马上两点了，下午还要候诊哦。"同她搭班的护士提醒道。

"好。"

许随起身去洗手间洗了把冷水脸，对着镜子，把手腕上的皮筋撸下来，扎了一个干净利落的低马尾。

办公室窗帘唰地被拉开，大片光线涌进来，许随拧开盖子，抓了一把花茶丢进养生壶里，嘀的一声按下电源键。

伴着茶水煮沸发出咕嘟咕嘟的声音，许随俯身着手整理桌面上的病历本以及文件，大脑快速运转，说话条理清晰分明起来："何护士，一会儿看诊按照顺序来。要是遇上排队人多，病人情绪焦灼的话，你适当安抚一下；遇上闹事的，不要强出头，直接叫保安上来处理。"

"好嘞，许医生。"

周末预约挂号的人比较多，许随送走一个病人，又迎来一个病人，忙得连喝口水的时间都没有。

下午四点，许随接到一个比较特殊的病人，一个妈妈领着一个小女孩进来，小姑娘约十岁，扎了两个冲天羊角辫，皮肤白净，一双眼睛圆溜溜的。

女孩妈妈抱着她坐下，撩起衣服露出女孩的腹部给许随看，说道："医生，前天我女儿班上有一对男生打架，被打的那个是她同桌，她比较热心，一时冲动就冲上去拉架了，结果被其中一个人手里拿着的钝器给撞了一下。

"当天我看到她腹部有瘀伤，豆豆说不疼，我就给她简单地处理了一下，没想到两天后她喊疼，疼得睡不着觉，呼吸还有点困难。"

许随点了点头，视线从电脑屏幕上病人的病史上移开，开口："抱过来我看一下。"

许随倾身在小女孩腹部受伤处按了按，柔声问："疼不疼？"

小女孩眼睛里有了湿意，嘴角向下撇："疼的。"

许随重新回到办公桌边，打印了两份检查单，在上面签字："带她去做腹部彩超和 CT，排查一下有没有迟发性脏器损伤的问题。"

一个小时后，那个妈妈领着小女孩回来，许随接过报告单，认真查看，最后松了一口气："万幸，只是软组织损伤，我开一个疗程的药给你，让她好好休养，吃完再回来检查。"

女孩妈妈松了一口气，忙点头："谢谢医生。"

小女孩似懂非懂，但隐约感觉是好消息，脸上立刻阴转晴，露出灿烂的笑容。许随走到她面前，从口袋里掏出一把水果糖，视线与她齐平，语气温柔："你很勇敢，这是奖励你的，但要答应我，下次勇敢之前先保护好自己，好不好？"

小女孩用力地点了点头，盯着她掌心里五颜六色的糖，眼睛咕噜转了一圈："姐姐，有没有薄荷口味的糖？我比较想要那个。"

听到"薄荷糖"，许随漆黑的睫毛颤动，愣了一下。小女孩的妈妈推了推她的胳膊："给你还挑，快点收下，跟医生说谢谢。"

"谢谢医生姐姐。"小女孩从她掌心里挑了两颗糖出来。

许随回神，抬手摸了摸她的脑袋，起身坐回椅子上继续工作。太阳缓缓下沉，最后一抹橘红色的光照进来，落在桌面上。

许随看了一眼时间，还有五分钟就到六点了，她摁了内线电话，问："小何，后面还有病人吗？"

小何犹豫了一下，说："还有一位，他在这儿等挺久了。"

许随拿起桌面上的水杯喝了一口水，拧紧盖子，嗓子总算舒服了点："让他进来吧。"

没多久，门外响起有节奏的咚咚敲门声，许随正低头在病历本上写字，额前有不听话的碎发掉下来，在灯光下映在纸上成了阴影。

"医生，我来看病。"

一道接近于金属质地的喉音响起，低沉磁性，熟悉且陌生。许随正凝神写着字，刺啦一声，笔尖蓦地往下划了长长的一道，病历本破了。

她将病历纸撕掉，扔进垃圾桶。

许随的食指和拇指按在蓝色文件夹上，视线中的是，黑色裤子，手垂在裤缝边上，腕骨凸起清晰，虎口处有一条血红的痕迹，刚结痂。中指戴着那枚银戒。

许随缓慢地抬眼。一件联名款的黑色薄夹克，里面搭着黑白条纹衬衫，领口将他的脸部线条削得立体分明，扣子松开两个，露出一截喉骨，还是那双漆黑深邃的眼睛，看一眼便教人移不开。

比原先的痞气松散多了一点儿禁欲和男人味。好像哪里变了，又好像没变。

确实是周京泽。

一天碰见了两次。

墙上的挂钟正好走到六点整，许随只看了两秒，视线极淡地收回，把笔帽盖回去："已经下班了，看病的话出门左转急诊科。"

周京泽愣了一秒，刚让人进来就赶人，这不就明摆着不想看见他？

他抬起眼皮，看着许随说道："许随，我真是来看病的。"

许随低头记着东西的动作一顿，周京泽正经又坦然的语气倒像她对他念念不忘，在刻意避着了。

这时，门被推开，何护士抱着一堆文件进来，周京泽直接抽了张凳子坐下来，语气挺镇定："护士，我能问你个问题吗？"

"什么呀？"小何见帅哥和自己搭话，声音都放软了。

周京泽手里把玩着一个银质的打火机，问道："如果你路见不平，救了一个人，还因为那个人受伤了，对方不想负责怎么办？"

"这不忘恩负义吗！你必须让那个人负责。"护士激动道。

"有道理。"周京泽煞有介事地点了点头。

许随不理他们的对话，整理桌面上的文件，余光瞥见男人八风不动、气定神闲地坐在那儿，一道视线始终不紧不慢地捉着她不放。

他一直不开口，许随被他灼热的视线烤得脖颈皮那一块都是麻的，她终于说话，语气还有点儿冲："你怎么还不走？"

在旁边整理文件的何护士脸色惊讶，许医生一直温温柔柔，今天还是第一次见她说话这么冲。周京泽把打火机放在桌上，语气闲散，嗓音低沉又好听:"这不等你负责呢吗?"

护士脸上的神情像是出现一大排惊叹号,这是什么情况?难怪许医生单身,条件再好的也看不上,难怪哦,面前有这么一个优质的大帅哥求负责,换成她也瞧不上其他人。

"我已经下班了,需要看病的话可以挂急诊科。"许随重复道。

何护士算听明白了,出去之前于心不忍地替帅哥说了一句话:"许医生,要不您还是帮他看了吧,之前本来是能轮到这位先生的,前面有个老人家比较急,他就让给她了。"

原来是这样。许随垂下眼,松口:"哪里不舒服?"

"后背。"周京泽话语简短。

许随指了指里面的隔间:"去里面让我检查一下。"

周京泽也不忸怩,走进去坐在床边,估计是嫌麻烦,两只手抻住衣摆,直接把上衣脱了,露出块块分明紧实的肌肉,眼前一晃而过延至下腹的人鱼线。

许随下意识地别过脸去。等周京泽脱好衣服后,自动背对着她,许随上前两步检查。此刻太阳已经完全下沉,室内的光线有些暗。

修长的后颈一排棘突明显,后背宽阔劲瘦,正中间有两道暗红的伤痕,透着紫色的瘀青,伤口有一点溃烂。

应该是那天晚上挨的,他也没做任何处理,伤口恶化了才来。

许随俯身在他后背伤口附近的骨头处按了按,垂下眼睫神色专注:"哪里疼跟我说。"

一双柔荑在后背上按来按去,碰到伤口,周京泽淡着一张脸一声不吭。倏忽,他发出"嘶"的一道吸气声,像是在极度忍耐什么。

许随动作顿住,问道:"这里疼?"

"没,你头发弄到我了,"周京泽嗓音清淡低沉,缓缓地撂出一个字,"痒。"

许随心口一缩,才发现她额前的一缕头发贴在他后背上,后退一步,伸手把掉下来的头发钩到耳后:"抱歉。"

"没什么大问题,"许随重新坐回办公桌前,语气淡淡的,"我给你开个药单，去一楼窗口拿就行。注意别让伤口感染，忌烟酒，少吃辣。"

"行。"

电脑屏幕镜面反射出男人正昂着下巴，慢条斯理地穿衣服，系扣子，姿态闲散。许随收回视线，等他走过来，把药单递给他。

两人全程再无任何眼神交流。

人走后，办公室内一片寂静，墙上的挂钟发出嘀嗒嘀嗒的声音。许随整个人仰在办公椅上，如释重负。

许随特地在办公室内坐了十五分钟才拎着包离开。

地下车库内，许随从包里拿出钥匙摁了一下解车锁，走上前，拉开车门，把包放在一边，换挡，倒车出库。

出来后，许随手搭在方向盘上，顺手开了音乐，舒缓的音乐响起，她神经放松了很多。不知道为什么，她最近总觉得疲惫。

也许她真的应该把年假休了，出去好好散散心。

许随这样想着，完全没注意到正前方忽然横出一辆黑色的大G，斜斜地转过来，然后停稳，就跟在前面等着她似的。

等她反应过来的时候，减速刹车已经来不及了，整辆车砰的一声撞了上去。

许随受到惯力冲击脑袋磕在方向盘上，抬眸看过去，对方的后车盖凹陷进去一大块，惨不忍睹，跟玩碰碰车一样，撞完之后还冒着烟。

即将步入二十八岁，她今年是不是流年不利？

对方打开车门，侧着身子朝她走来。等真正看清来人时，许随绝望地闭上了眼睛。她整个人趴在方向盘上侧过脸去，心如死灰。

周京泽嘴里叼着一根烟，长腿迈开走了过去，他屈起手指，指节在车窗上叩响，许随不得不摁下按钮，降下车窗。

风涌进来，他的脸清晰可见。

"下车。"他说。

许随只好下车，周京泽咬着烟，手掌往上抬示意她走过去。许随只好走过去，人刚站定，没想到，周京泽拇指和食指捏着手机，对准她咔嚓照了一张相。

"你拍我干什么？"许随皱眉。

周京泽把嘴里的烟拿下来，伸手掸了掸烟灰，看着她："留个证据，怕你赖账。"

许随无语。

"说吧，私了还是走程序？"周京泽问她。

许随瞥了一眼他那辆 G 系列 65 开头的车，以及被她撞得缺了一角的连号车牌，这么一看，拿上全部身家她也赔不起，可是心底的那股自尊心与不想再和他有牵扯的决心促使她不得不故作云淡风轻地咬牙开口。

"走程序"三个字正要说出口时，周京泽倏地打断她，手握着手机转了一圈，拇指按在屏幕上："电话。"

他选择私了。

许随抿了抿嘴唇，下意识地防备："你直接来普仁找我，工作日我都在。"

"许随，"周京泽缓缓地叫出这个名字，他的声音有点低，语气正儿八经的，"我最近比较忙。"

言外之意，他没想骚扰她。

许随只好报了一串数字，报完之后转身就要走。三秒钟后，身后响起一道清晰的、音量非常大的女声："对不起，您拨打的电话是空号。Sorry……"

周京泽开的是免提，许随尴尬得脸颊迅速发烫，说不出一句话，周京泽吐出一口灰白的烟雾，眉尾抬了抬："解释一下，嗯？"

许随重新报了一个号码后，逃也似的回到车内发动车子离开。

周京泽重新回到车内，盯着眼前那辆白色的车离开，墨色的眼底情绪浓烈。忽地，屏幕显示盛南洲来电。

周京泽拿起 AirPods 塞进耳朵里，食指敲了一下开关，电话接通，盛南洲立刻说话，噼里啪啦一大堆："小爷我给你打了好几通电话，怎么现在才接？！被偏爱的都有恃无恐吗？！我问你，去中航校培训基地的事考虑得咋样了？我跟你说，以你的资历是委屈了点，但好歹也是个总教官啊，薪酬待遇也不错，而且你最近不是缺钱吗……"

"哥们儿，我把我车撞了。"周京泽忽然冒出一句话。

"哥们儿，那可是你最爱的车啊，平时我用两回你都舍不得让我碰，这怎么说撞就给撞了？"盛南洲唠叨一大堆，最后反应过来，"不是，我怎么觉得你有点儿开心？"

"是有点儿。"周京泽笑。

说完，他低下头，拇指滑向相册，许随穿着一条针织裙子，长发披肩，站在车旁，高鼻朱唇，眉眼自然弯弯，脸上的表情茫然。

领口的锁骨纤长又突出，盈盈纤腰一掌握起来绰绰有余。

有多久了？

好像也没有很久。

许随看上去还是原来那个安静漂亮的模样，但细枝末节是有很多变化的。她不再是一个被人逗弄，眼神就露出胆怯的小姑娘。

许随面对他时，从容的眼神透着防备，让周京泽喉咙发涩，心底像被一根软刺扎着，密密麻麻地生疼。

他们只是比陌生人多一层关系。

许随的态度和反应，在提醒着他。

经年已过。

周京泽蹙紧眉头，眼底翻涌的情绪到底压抑不住："瘦了。"

"你在那边磨磨叽叽说什么？过来喝酒。"盛南洲听见他在那边说什么胖了瘦了，啪的一声把电话挂了。

暮色沉沉，光线昏暗，周京泽从高架桥下来，打着方向盘一路直下环城路，一下来，视线变窄，霓虹高挂。

半道上便碰上堵车，一路喇叭响个不停，从上空俯瞰，环城路就像在煮五颜六色的饺子似的。

一路开开停停，周京泽到达酒吧的时间已经很晚了。他推开包厢门，盛南洲正好在倒酒，吐槽道："你这也忒慢了。"

"堵车，我能怎么着？"周京泽笑，挑了挑眉，"在城市里开飞机吗？"

两人碰了一下杯，聊了一下各自的近况，盛南洲手肘碰了碰他的膝盖，问道："欸，你的车被谁撞了？"

"许随。"周京泽嗓音低低沉沉，这俩字念得跟心经似的。

盛南洲愣了一下，有生之年还能听到他提这个名字。这都多少年了，许随二字就跟他命门似的，一拍就中，提都不让提。今天他还主动提上了。

"你遇上她了？也是，京北城说大也不大，说小也不小。"盛南洲点头。

"看你这表情，是在她那儿吃到苦头了吧，活该，谁让你当初不去找她！"盛南洲看他面色不爽就开心。

周京泽漫不经心地倒酒，闻言手一顿，有几滴酒洒到桌面上，撩起眼皮看他："你怎么知道我没找过她？"

盛南洲一愣，好像是有这么回事，但他不太记得了。这么一说，他有点怜爱周京泽了，拍拍对方的肩膀："我听说许随现在是普仁的科花，人又优秀，身后大把好男儿在排队追求，得抓紧啊，哥们儿。"

周京泽仰头一杯酒饮尽，喉咙一阵干涩，但他表面仍是泰然自若，看他一眼，语气慢悠悠的："用你说？"

周六上午十一点，许随还在床上，好不容易到周末了，她恨不得一天有四十八个小时都用来睡觉。

十一点一刻，梁爽来电，许随从薄毯里探出脑袋，半梦半醒间说话还带着奶音："喂。"

"喂，宝贝儿，"梁爽应了句，在电话那边听到她翻了个身发出的声音，语气带着威胁，"你今天不会是忘了什么吧？"

许随一下子想起来她们今天约了逛街，立刻从床上起来，紧张地咽了一下口水："没，我在化妆呢。"

梁爽哼笑一声："得了，你骗谁呢？我就知道你还在睡觉。"

"反正现在还早，"梁爽看了一眼腕表，"你差不多起床，化个妆，吃完午饭再出来，今天天气还蛮好的。"

"好。"许随舒了一口气，又重新躺回床上。

在床上赖了好一会儿，许随才从床上起来，慢吞吞地刷牙、洗脸，然后煮了份意面，热了杯牛奶。

等她收拾好，已经是下午两点半了。两人约在国金广场见面，半个月没见，许随感觉梁爽的气色又变好了，人也越来越漂亮。

梁爽后来读研时，忽然在某一天醒悟过来干临床太苦了，为了挽救自己日渐稀少的头发，毅然选了麻醉方向。

毕业后她在她爸开的私人医院当起了麻醉医生，和许随这个连轴转的外科医生相比，她在私人医院相对轻松一些。

两人一进商场，梁爽就开启扫楼模式，不停地买买买，用她的话来说："我们都二十八了！大好年华即将流逝，不得对自己好点？"

"打住啊，我还差三个月呢。"许随笑。

起初许随还能陪梁爽试衣服，试包包，到后面一进店，许随看见沙发就坐下来。梁爽穿着一条亮片裙出来，一见许随坐在那儿翻看杂志，便说道："你怎么跟个大老爷们儿似的？"

许随合上杂志，笑道："那你就把我当成爷们儿。爷们儿说你这条裙子还挺好看的。"

梁爽这才满意地离去，她又挑了条咖色的丝巾，一并痛快地结账了。两人手挽着手走出品牌店，梁爽推了推她："欸，这才哪儿到哪儿啊？论购物的战斗力，我还比不上西西。"

一提这个名字，两人都想到了当年那个张扬任性又活泼，给大家带来过许多欢乐的大小姐西西。

两人一致沉默下来。

梁爽问她："欸，你还和西西有联系吗？"

"很少，"许随摇摇头，"上次她给我寄明信片还是半年前。"

谁能想到当年那个胆小娇气的姑娘在毕业后决然加入国际野生动物保护组织，成了一名野生动物救助医生，满世界乱跑。

这些年，胡茜西和大家都断了联系，但她每到一个地方都会给许随寄一张明信片。

梁爽伸了一下懒腰，指了指商场二楼："随宝，我们去喝点东西吧，边喝边聊。"

"好。"许随点了点头。

在咖啡店，梁爽点了一杯冷萃冰咖啡、一份鸡蛋吞拿三明治和一小块蓝莓栗子卷，许随则点了一杯冰摇桃桃乌龙。

饮品和甜品上来后，梁爽喝了一口咖啡，拇指滑动着屏幕，点开相册给许随看："怎么样，帅吗？前阵子来我们医院做手术的一小明星，我给做的全麻。"

许随看了一眼，年轻俊朗，浓眉大眼，五官立挺："不错，小奶狗。"

"欸，随随，我听说那个谁回来了，你知道吗？"梁爽叉了一小块蛋糕说道。

"哪个谁？"许随咬着吸管，对上梁爽犹豫的神色，反倒很坦然地说出那个名字，"周京泽？上周我们还碰上了。"

"不是吧？"梁爽刚要送到嘴边的蛋糕吧嗒一声掉下来。

许随点点头，说了上周发生的事情。梁爽睁大眼，问道："你是说他要了你的电话，既没要你赔偿，后面也没主动联系你？"

"对。"

梁爽一脸的疑惑不解，想起什么，说道："我那个后来处成兄弟的前男友王亮你记得不？他不也是周京泽那届的吗？还是你前男友的迷弟。我听他说，周京泽好像是违反了什么纪律，被停飞了，所以他现在是失业的状态。听说他这次犯的事挺严重的，有可能他的职业生涯到这儿就结束了。"

许随正用吸管戳着一块冰块沿着杯壁钩上来，闻言动作一顿，冰块又咚的一声掉回奶茶里。

梁爽一脸的可惜："唉，我真是想不到，我当初好歹也是他的粉丝，那么厉害的一个人居然被停飞了，世事无常。"

许随一直低着头，干脆拧开透明杯盖，挑了一块冰块塞到嘴里，嚼碎，吞下去，喉咙里冰凉，冰到说不出一句话来。

晚上吃完饭，梁爽看着手机进来一条信息，抬头问："看群了吗？李漾问你去不去黑糖罐。"

许随摇摇头："不去了，我今晚想早点睡觉。"

梁爽又看了一眼手机，说："他说今晚有现场演出，临时加的，那支乐队你还挺喜欢。"

"去。"许随改口。

许随这个人有一点不同的是，平时很少去酒吧、夜店之类的场所，但是逢乐队演出必去，因为她感觉能听现场演出是一件很放松的事情，而且在那儿她能释放出另一个自己。

以前她因为那个人喜欢听五月天，现在她发现可以喜欢的歌有很多。

梁爽立刻招手结账，拿起包包就要走："搞快点，姐妹，李漾说给我们留了两个绝佳的位子。"

"好。"

许随拦了一辆绿色的出租车，上去之后报了个地址，出租车缓慢向前开，约四十分钟后，抵达黑糖罐。

她们沿着巷子走进这家隐蔽的酒吧，推开门，电子音乐混着鼓点的躁动声迎面而来，乐队已经唱了三十分钟，人浪一层又一层，无比燥热。

李漾坐在吧台边上冲她们俩招手。等两个人走上前，李漾递了两杯深水炸弹给她们，捏着嗓子说："我的甜心儿，我可想死你们了。"

"呵，"梁爽翻了个白眼，"你要不是和你健身房的肌肉教练掰了，会想到我们？"

许随笑出声，冲他举杯。李漾，比她们小一岁，二十七岁，摄影师，是个混吃等死的富二代，夜店咖，玩什么都很有门路，也对她们很好。人长得不赖，长发，气质偏阴柔，是她俩的"闺密"。

李漾一开始是梁爽的朋友，后来她带着许随出来几次，大家相处得还不错，就经常一起玩了。

"给我们留的位子呢？"许随目前比较关心这个。

"喏，Pro 区。"李漾从口袋里抽出两个绿手环，还贴心地帮她们戴上。

梁爽坐在吧台那儿喝酒，许随满意地拍了拍手腕处的手环，一向淡定的脸透着兴奋的神色："你们先喝着，那我先过去啦。"

"好，甜心，一会儿就去找你噢。"李漾冲她挥手。

许随转身就进了 Pro 区，刚好乐队开始了新一首歌的演出，当鼓槌敲击鼓面的那一刻，许随挤在拥挤的人群里，眉眼一笑，跟着他们一起尖叫出声。

红紫光一起朝台下照射着，干冰腾起烟雾，绕着舞台上的主唱，随着打击乐越敲越快，气氛升至高潮。

人群里，胳膊贴着胳膊，衣服发生摩擦，有人披着一面旗冲上舞台跳水，气氛越来越热。许随出了一身汗，舞池里的人开启了跳舞模式，或是开火车。

许随一开始是小幅度地扭动身体，后来太开心了，干脆解下了脖子上的丝巾开始跳舞，放飞自我。

许随跳着跳着感觉有人贴过来，想靠着她一起跳，她紧张地一抬眼，发现是李漾，松了一口气。

许是许随和李漾这对俊男美女太吸睛了，摄影师给了他们长达三十秒的镜头，两人相视一笑的画面转瞬被投到大屏幕上。

李漾不要脸地给了观众一个飞吻，全场立刻尖叫出声，许随则冲屏幕露出一个恬静的笑容。

周京泽百无聊赖地坐在卡座里，他正调着酒，红酒缓缓倒入透明玻璃杯，修长的手指拿了一块冰柠檬卡在杯口。

红光远远地照过来，他的侧脸轮廓硬朗，眉眼深邃，拿着香烟的手搁在膝盖处，另一只手玩着桌面上的手推足球，神态漫不经心。

背后的干冰一直往外冒气。

任台上多热闹，他愣是懒得掀起眼皮看一眼。

邻座有几个女人看得心痒，想搭讪的又觉得他这样正的男人，得什么样的女人才能入他的眼，心里也没个底。

这男人浑身上下透着一个"贵"字。

不是说身价看起来多贵，而是难能可贵的贵，这么正的男人，打着灯笼都难找。

成尤坐在旁边，被观众席的尖叫声吸引，也跟着看向大屏幕，吃惊道："老大，那不是那晚在烧烤摊你出手相救的姑娘吗？"

周京泽终于舍得把目光分过来。

坐对面的盛南洲在心底叹了一口气，同时使劲冲成尤使眼色，可惜傻大个没看出周京泽眼底情绪的变化，还一个劲地求确认："真的是她，之前是我搞错了，合着这才是她男朋友，都一起来看演出了！"

周京泽眯了眯眼看过去，许随穿着一件黑色针织衫，方领，胸口白皙，蓝色高腰牛仔裤，臀部弧度挺翘，顶着张纯欲干净的脸，许多男性蠢蠢欲动的眼光在她身上流连。

她确实长大不少，各方面，不仅身材，胆子也是，竟能在这种声色犬马的地方状态自如了。

一个半绑着长发的男人贴身过来，两人挨得很近，手臂擦到肩膀，灯光流转，舞台上震天响。倏地，男人俯身不知道在她耳边说了什么，她眉眼弯弯，仰头看着他。

两人看起来像要接吻。

忽然，他们那块儿的灯光暗了下去，红光移向别处。一片黑暗，什么也看不到了。

据说开启新的一段恋情最好的地方是酒吧。

最让人迷幻、抛却理智的地方只需要一杯酒，暧昧气氛里的一个对视。

冰块倒入杯中，刚兑了一点雪碧，碳酸气泡发出吱吱的声音，一瞬间竟相涌了上来。砰的一声，酒杯不轻不重地搁在桌上。

众人回头看他。

一支燃着的香烟丢进酒里，猩红的火光熄灭。这杯酒算是废了。

周京泽单手插着兜，朝拥挤的舞池走过去。

等成尤反应过来，才后知后觉地明白过来："他跟那姑娘什么关系？"

"前女友。"

成尤正喝着酒，一口喷了出来。不是吧，玩这么大？完了完了，他要被横起来吊着打了。

"盛总，你早不提醒我！"

"提醒了，刚才。"

"啊，我那会儿以为你眼睛疼。"

成尤女朋友坐在一旁无奈扶额，她怎么交了个傻子男友？

许随站在舞池中央偏左侧，Pro 区离台上很近，所以别人说话的时候她基本听不清，李漾把一只手搭在她肩膀上，附在她耳边，吼了一嗓子："我的乖甜心，累不累，要不要喝一杯——"

最后那个"呀"的语气词还没说完，李漾感觉一阵强烈的雄性荷尔蒙靠近，一股蛮力攥住他搭在许随肩膀上的手，人猛地一下子被扯开。

旁边的人连连后退撞了许随一下，她戴在头上拿来玩的丝巾掉下来，风口的冷气吹了过来，像白纱，掉在周京泽脚下。

周京泽身材高大挺拔，单手制住他的手，沉默地横在两人中间，脸色沉沉地看着她。

李漾疼得不行，忙说："哎哟，疼，帅哥，有什么话好好说，先松手。"

"你松手。"许随直皱眉。

李漾算高的了，周京泽靠过来了，仍比他高一截。他钳住李漾的手腕，干冰弥漫在他脚下，周京泽一身黑衣黑裤，凌厉的脸庞半陷在红色阴影里，眼睫扫下来，看着她，表情晦暗不明："你怎么来这种地方了？"

许随心里是有点生气的，他过来打断他们不说，还莫名扣着她朋友。许随上前两步，俯身捡起自己的丝巾，看着他一字一句地说道："我认识你吗？"

你是以什么身份来管我，前男友吗？许随直视他的眼睛，后半句话很想问出来。

什么最诛心？就是许随以一种平静的、不带任何情绪的语气说出这句话，就是她这样的。

气氛始终僵持着，周京泽脸上的表情出现了变化，他倏地松开了李漾，仍看着她，点点头："行。"

说完他拨开舞池里的重重人群，侧着身子离开，舞池的人一见周京泽那张脸就想搭讪，只可惜得到一个冷脸。

许随一路看过去，见他回到了自己的场子上，重新坐回 VIP 区，旁边的人立刻挪了一个座位出来。他拿起桌上的酒杯同别人碰了一下，喝了一口，喉结滚动，漫不经心地开始同人说话，好像刚才只是一个无关紧要的插曲。

许随收回视线，也确实是插曲。李漾表情隐隐透着兴奋，附在她耳边大声问道："甜心，还玩儿吗？"

眼下许随已然没有再玩下去的兴致，她摇摇头："有点累，回去喝酒吧。"

许随走向另一边的吧台，远远看过去，梁爽和一个刚认识的男人打得火热。对方不知道说了什么笑话，梁爽趴在桌子上，笑得直捂住脸。

她对此不见怪。

用梁爽的话来说，青春尚在，及时行乐。想到这儿，许随笑出来，走过去坐在高脚椅上。

调酒师凑过来问她想喝什么，许随的手肘压在菜单上，刚想开口，一只血管分明、过分苍白的手举着一杯酒放到许随面前。

"宝贝，请你喝的绿野仙踪，"李漾冲她眨了一下眼，放了一连串彩虹屁，"这么清新的酒就该配我的月桂美人。"

李漾刚认识许随时，对她很客气，熟了才敢说出心里的想法。他说许随身上有南方女人的软糯气质，很温柔，但一双眼睛清又冷。

像天上嫦娥身旁种的月桂树。清冷的甜香，可望而不可即。

许随端着酒杯喝了一口，还顺势嚼了一块冰块，脸颊一鼓一鼓的。李漾见她眉眼放松后凑过去开始说话："我的甜心哦，刚才那个男人你是不是认识？看起来你们关系不浅的样子。他长得好帅，发火的样子也好帅……所以，你能不能帮我要个他的微信？"

许随正喝着酒，闻言猛地一下呛到了，剧烈地咳嗽起来，整个人顺不过来气。李漾立刻贴心地拍背，递纸巾。

半晌，许随终于顺过气来，接过纸巾擦掉眼角的泪："不行。"

"为什么呀？"

"我们不熟。"许随说道，咳得眼睛有点红。

而且她刚才都那样划清界限了，以周京泽骄傲的个性，他肯定不会再理她了。

"求求你了，随随。"

周京泽真的是个祸害，这么多年过去了，仍有人为他要死要活的，连男人都能招上。

李漾使出最后的撒手锏："你不是一直想要那场电影发布会的现场票吗？我负责给你搞到手。"她确实挺想去那场电影现场发布会的。

"但他这个人很挑剔。"许随正想说这句话，对上李漾的眼神，又止住了。她是不是不该泼冷水？

李漾似乎看出了她的犹豫和为难，拍拍她的手："哎呀，你不要有压力啦，先搞到微信再说。"

买卖不成仁义在，他就当多认识了个帅哥喽。

"我试试吧。"许随放下酒杯，柠檬片沉入杯底。

许随站起身，硬着头皮往卡座的方向走过去。人头攒动，红紫灯光轮流打过来，摇盅声、谈话声、虚幻的笑声时不时地擦过耳朵。

周京泽坐在卡座里，低下头，伸手拢着烟，宽大的手掌遮住半脸，露出一截漆黑凌厉的眉眼。

灰白的烟雾蹿出来，他一手拿着烟，同时把打火机放在桌子上。有人附在他耳边说话，周京泽缓慢撩起眼皮顺着旁边人看过去。

许随也顺势看过去。

距离周京泽他们这桌不到五米，有一拨人发生了口角，紧接着一个胖子拿起酒瓶就往对方头上砸，碎片四溅。

双方立刻打斗起来，冷漠的群众只是围观，想拉架的人也不敢上前，实在是那两拨人打架太猛了，怕误伤到自己。

场面一片混乱。保安走过来拉都拉不住，反而被暴扣了一下。

场面太过激烈血腥，周京泽坐在卡座上低下头玩手推球。倏忽，一块玻璃碎片飞过来，正好砸在他额头上。

尖的玻璃角撞过来，周京泽的眉骨上起了一道血痕，暗红的鲜血立刻涌出来。成尤见状同另一个男的气愤地站起来，一副要跟这帮人干架的模样。

周京泽抬手将人摁回了座位上。许随站在不远处，见他和盛南洲互换了一个眼神，怎么说，她太熟悉周京泽脸上那个痞坏的笑了。

他憋着一肚子坏水，不让人好过。

周京泽站起来，从不远处墙壁上扯下了一个东西，又折回来，手里拿着两根燃着的烟，又收了在座男士的两根烟，他嘴里叼着一根，一共五根。

周京泽将那个东西和烟一并扔到打架斗殴的人群中，不到五秒，烟雾报警器发出了巨大的声音。

烟雾报警器的声音尖锐，一群人捂着耳朵烦得到处找报警器，一部分人以为真的出事了，纷纷尖叫着逃跑，场面一片混乱。

不知道谁高喊了一句："有人报警了！"纷乱的场面更甚。

盛南洲走过去，趁着混乱混进人群里将那个胖子暴打一顿后才逃离。

许随看着周京泽喝了一口酒，捞起桌上的打火机和外套，独自往另外一边走，高大的身影在她面前一晃而过。许随立刻跟过去。

人潮如海，重金属音乐炸在耳边，许随跟在后面，她发现周京泽走得很快，背对着她，后脑勺下边的棘突明显，露出一截修长的后颈。

她一路跟着周京泽，见他直走，往左拐，从酒吧的一道侧门走了出去。许随快步跟上，走出侧门，一推门，结果发现外面是消防安全通道。

许随环视了一圈，什么也没有。

人不见了。

被她跟丢了。

许随垂下黑长的眼睫，正要走，一道具有压迫感的身影笼罩下来，将她直逼到墙边，许随整个人被抵在墙上。

气息浓烈，喘息交缠。

周京泽的眼睛深邃，情绪浓烈，带着侵略性，像是看猎物一样，眼底是毫不掩饰的欲望。许随仅和他对视三秒便匆匆移开了眼。

可男人并不打算放过她。

周京泽单手钳住她的下巴，逼她直视他，他身上的气息过于熟悉和具有侵占性，许随呼吸有些不稳。两个人的角度实在太暧昧不清了。

周京泽抵着她，单手撑在墙壁上，掰过她的脸，将她掌控。他的额头快点到她的鼻尖，再贴近一寸，他就能亲上她。

许随有些后悔，为什么心软答应李漾的请求，就为了一张现场票，让自己陷入被动的局面。

她清了清喉咙，别开脸："我那个朋友，叫李漾，他想加你微信。"

"不是说不认识？"周京泽仍不肯放过她。

"你想给就给，不愿意就算了。"许随拍开他的手。

趁其不备，许随从他胳膊下钻了出来，两人的距离一下子拉开，大片新鲜空气涌入，她往旁边撤离，声控灯亮起，视线一下子明亮起来，光线涌进来瞬间将暧昧打散。

许随握着手机调出李漾的微信，在对话框里编辑道："没戏。"正要往回走时，周京泽挡在面前，攥住她的手臂，不让人走。

"不是要微信吗？但你得先加我，再推给他。"周京泽把手机丢给她。

许随干脆利落地点了点头，拿着他的手机背过身去操作。自从上次被给了空号后，周京泽还能不知道她的小心思？估计她就做个样子，扫码但不点添加，于是抬手拽住她的马尾，嗓音低沉："我看着你加。"

许随没办法，在周京泽的注视下，她只能硬着头皮添加了他的微信。任务完成，许随立刻离开了消防安全通道。

周京泽握着手机，从一边走了出去。路边，周京泽站在光线昏暗处，拇指滑动屏幕，给盛南洲发了消息："来接我，路口这儿。"

十分钟后，盛南洲开着一辆迈巴赫出现在他跟前，周京泽打开车门，坐了进去，低头看着手机，头再也没抬起来过。

盛南洲："你为什么不坐副驾驶，我是你的司机吗？"

"你不是吗？"周京泽答。

"下车，你自己没车吗？"

周京泽仍低头看着手机："不是跟你说我车拿去修了吗？"

他拇指按在手机屏幕上，点开许随的微信对话框，试探性地发了六个点过去。下一秒，一个巨大的惊叹号显示：您还不是对方的好友，对方开启了好友验证。

周京泽脸色沉沉，眯了眯眼，可以，用完就踹。许随，本事见长。

第 二 章
冲 上 云 霄 ！

"我们的口号是什么，啊？"
一片铿锵有力的声音回答他："竭尽全力，冲上云霄！"

　　许随把微信名片推给李漾之后，火速把周京泽给删了。

　　青春时期可以为爱犯蠢，但现在不能。当初爱得有多奋不顾身，她就跌得有多惨。

　　最好不要有纠缠，这样就挺好的。

　　回到家后，许随收到了李漾的消息。

　　李漾办事一向麻溜，发来一张截图给她："现场观影发布会，完事还有工作人员带你去后台跟喜欢的那位演员握手拍照。怎么样，哥办事靠谱吧？"

　　许随回："大哥靠谱。"

　　过了一会儿，李漾道："不过发布会是两个月后，你有的等了。不是，我说你啥时那么文艺了？专看这种意大利电影。第一次看你追星，这么喜欢啊？"

　　许随笑了一下没有回。

　　非说理由的话，大概是因为一个人吧。

　　周末一晃而过，许随很快忘记这个插曲，又成了一枚勤勤恳恳的螺丝钉，钉在外科室。

　　周二，院内开会，其中一个环节是医生如何看待患者的依赖关系。院主任放了一系列短片，其中有院内医生为抢救病人而劳累患疾的例子，也有病人坚强抗癌但最终不幸去世的例子。

会上的医生无不动容，甚至有人眼眶湿润。

张主任坐在许随对面，静静地观察着她。许随坐在会议桌的一侧，目光沉静地看投影仪上的 PPT，没什么太大的表情，但她在认真听，偶尔低下头做笔记，扎在脑侧的马尾轻微地晃动着。

会议结束后，许随合上笔帽，整理好桌上的会议记录簿，抱着它走了出去，走到一半，听到有人喊她。

许随停了下来，回头一看，是她的老师张主任。

张主任背着手走到她面前，笑眯眯地问道："小许，这次会议主要讲了哪几个点？"

许随略微思索了一下，条理清晰地说了出来。

"不错，"张主任点点头夸赞道，话锋一转，"我之前跟你说的问题，你找到答案了吗？"

张主任身为一直带她的老师，前段时间还特地找她进行了私人谈话。他说许随勤恳、认真，医术一直在进步，对病人也负责、有耐心。

哪里都好，独独少了一份作为医生的悲悯之心。也就是说，在这份职业上，许随过于理性了。

许随摇了摇头，开口："对不起，老师，我——"

张主任叹了一口气，拍拍她的肩膀，走之前说了句："会有人告诉你答案的。"

许随忙完一天后回到家，室内一片寂静，一按开关，亮如白昼。许随站在玄关处换鞋放包，还顺手点了份外卖。

洗完澡洗完头出来后，外卖刚好送到。

许随接过外卖，随手打开电视里的一档综艺，边吃边看。中途许随放在桌边的手机发出叮咚的响声。

她放下筷子，拿起来一看，是李漾发来的消息："甜心，我好累哦。"

许随太熟悉李漾说这句开头的模式，意味着他有一堆要吐槽的东西，于是她回了个表情过去，李漾立刻展开抱怨："随宝，你那个朋友也太冷酷了吧，问他五句话就回我一个字。只因为他长得帅，我就得忍受他的冷血吗？"

冷？许随仔细想了想以前，好像也还好吧。

许随不知道回什么，回了句："你辛苦了。"

李漾回了一连串省略号过来。

两个小时后，许随收拾房间，点了一根柑橘调的熏香，拍了拍枕头准备睡觉，李漾发了条信息过来："我决定放弃了。"

许随刚躺下，侧着身子，脑袋枕在胳膊上，问道："啊？"

李漾回了一大堆话："人长得好看，性格无趣是没用的。他说自己无任何爱好，点进他朋友圈一看，一条动态都没有，个性签名还是一破折号。"

很快，李漾附了张截图过来。

许随点开一看，黑漆漆的眼睫颤了颤，他的微信头像之前一直都没换过，是奎大人，现在却换成了奎大人和1017。

许随看着它们的合照鼻子一酸。

这么多年，它们已经变成老猫和老狗了。

周京泽的朋友圈什么也没有，很干净，个性签名竟然还是那个破折号。

许随想起大学时期，两人刚在一起不久，在他家玩游戏。夏天漫长，巷子外的阳光很烈，蝉鸣声阵阵。

许随和周京泽在家看球赛，两人坐在沙发上，橙色的阳光落在一角，周京泽搂着她，他兴致很好，开了罐冰镇啤酒。

拉环扯开，无数泡沫争相涌了上来。

许随看得嘴馋想喝，周京泽不让，最后只让她尝了一下啤酒沫。周京泽收回啤酒，放到一边，随意地问道："一一，你押哪队赢？"

许随看着他，反问道："你觉得谁会赢？"

"蓝队，因为有内马尔。"

"那我押红队，总觉得 16 号穿红色球衣的那个会踢出关键性的一球。"许随说道。

周京泽来了兴趣，挑挑眉问道："哦？为什么？你认识他？"

"没，我就是想跟你唱反调。"许随笑。

说完她叉了一块冰西瓜送进嘴里，飞也似的逃开周京泽，坐在沙发另一边，生怕周京泽会收拾她。

那个异常闷热的下午，两人共同看了一场球赛，谁知许随一语成谶，16 号那个穿着红色球衣的运动员竟一脚抽射进球，这关键性的一球竟然让红队赢了。

内马尔所在的队竟然输了。

许随笑得眼眸晶亮，说道："这就叫有志者事竟成。"

周京泽喝了一口冰啤酒，笑了一下："你想要什么？"

他们先前讲好，输的那一方要为对方做一件事。

许随想了一下，挽着他的手臂，有些不好意思地说道："你就……发一条关于我的朋友圈，或者我在你脸上画乌龟？"

周京泽选了前者，他捞起茶几上的手机，直接发了条朋友圈，还顺带改了个性签名。他发的朋友圈迅速被大刘看到。

大刘："这是什么奇奇怪怪的玩意儿，你喜欢破折号？"

周京泽："喜欢。"

"我喜欢句号，表示事情结束。"

许随拿过他的手机一看，微微皱眉："破折号？"

周京泽抬手揉她的脑袋，跟摸他家狗一样，有意逗她，语气不正经："嗯，——不像破折号吗？

"长得也挺像。"

许随反应过来，气急，伸手打他，发起脾气来声音也是软的："你才像破折号！"

周京泽胸腔里发出愉悦的颤动，他正喝着啤酒，许随扑过来，一不小心撞到他的手肘，他手里的啤酒晃到许随身上。

她穿着白色的裙子，胸口处湿答答的，气泡在消失，周京泽看她的眼神发生变化，室内气温升高。

他欺身吻了上去，将人压在沙发上。

黑色裤子压着白色的裙摆，在喘息声中透着一抹禁色。许随尝到了他喂过来的啤酒，凉凉的，津液相吞，好像有眩晕的感觉。

双腿交缠，绷紧，照进来的阳光很烈，啪嗒一声，啤酒罐掉在地上，剩余半罐啤酒倒在地上，发出吱吱的声音，气泡随即慢慢消融。

当初的甜言蜜语仿佛就在耳边，许随看着截图想，他是什么意思，到现在也没把签名改掉。

这一点也不像是周京泽的作风，毕竟他不是一个长情的人。

这些年来，许随参加工作后学到的一点是，想不通的事就绕过去，她想了一会儿，找不到答案，那应该就是周京泽单纯懒得改了。

许随最后也没再回李漾，竟沉沉地睡着了。

周五，许随起得有点晚，叼着一袋面包，拿了盒牛奶就匆匆去上班了。医院照常人满为患。

许随坐在办公室忙了一上午，忙得腰酸背痛，刚歇下喝了一口水，主任就拿着一沓文件进来了。

"主任。"许随忙站起来，想去给他倒水。

"欸，你坐下，别忙活了。"主任拿着文件夹指了指座位，示意她坐回去。

许随只好重新坐了回去，主任把一份文件递给她："小许，是这样的，我们医院呢，有个医疗合作项目，在中正航空公司。他们那边让我们派出医务人员过去授课，教授飞行人员紧急医护知识，顺便配合拍一下合作宣传视频，共赢嘛。"

一听到"航空"两个字，许随本能地排斥，但是一口拒绝的话，主任肯定会怀疑。她只好顺着他的话往下问："在哪里？"

"京北西郊，就他们底下的一子公司航空飞行培训基地，你和妇产科的同事收拾一下过去，有车接送你们。"

许随象征性地翻了一下文件，神色犹豫："主任，我这边工作还挺多的，所以……"

"放心，组织给你放假嘛，再不行，我让他们给你调班。"主任劝说道。

许随还想再说点什么，主任打断她："小许，你在我们科室可是门面担当，医术又一直在进步，不派你去派谁去？再说了，我这个老头子的工作你总得支持一下吧。"

话都让他说完了，主任还顺势把她架在那么高的位置，许随只好点头："好的。"

下午两点，许随和同事出发去飞行培训基地。他们去了四个人，两男两女。许随坐在车后排，还带了一台笔记本电脑出来，本来她想看一下资料，可是开去西郊的路上太晃了，没一会儿她就把电脑关了，静静地坐在后面。

同事吐槽道："这也太远了。"

车开了一个半小时，许随越坐到后面越想吐，脸色一阵一阵发白。她实在是受不了，胃里一阵恶心，摁下车窗，趴在了窗口。

同事递给她一瓶水，语气担心："没事吧？晕车怎么这么严重？"

许随接过喝了一口，多少舒服了一点，说道："老毛病了。"

车开得离城区越来越远，许随趴在车窗口，外面的风景一路倒退，太阳如火烧，青草香混着风的湿气猛烈地灌进来。

远远地，许随看见不远处的基地，背山而建，青绿色的操场，灰色地面上刻的飞机起降的指向标并排在一起。头顶飞机的轰鸣声越来越清晰。

立在左侧的石碑刻着八个鲜红色的大字：中航飞行培训基地。

车开到前方停了下来，门口的守卫接过证件后开闸，司机开进来还没找到停车位，许随就示意要下车。

车子停下来后，许随立刻冲下车门，整个人头晕目眩，恶心得想吐，匆忙中，她问了一个路过的人："你好，厕所在哪儿？"

对方指给她："直走左拐。"

许随一路小跑过去，太阳像追着她的影子在跑，直走到第一个路口时，一道清晰有力的熟悉声音传来："我们的口号是什么，啊？"

一片铿锵有力的声音回答他："竭尽全力，冲上云霄！"

许随抬眼看过去，周京泽穿着一件松枝绿的作训服站在一片蓝色的"海洋"前面格外显眼，周京泽领着他们跑在最前面，肩上的金色刺绣在阳光下闪闪发光，他咬着银色的口哨，有汗水顺着鬓角流下来。

痞气又透着不羁。

蓝色方阵从面前经过，许随眯眼看过去，恍惚间好像看见了他少年的模样，意气风发地做着训练，同时大喊："报告教官！我女朋友！"

仿佛在昨天。

只是看了两秒，许随捂着嘴，皱着眉向洗手间的方向跑去。

周京泽带着队在跑道上训练，在经过东面时，好像看见一个熟悉的身影，他的脚步停下来，落在队伍后面，微喘着气，哨声戛然而止，他盯着某个方向若有所思。

许随冲进洗手间，苦着一张惨白的脸吐了个昏天暗地，最后整个人趴在洗手台上，拧开水龙头，捧着凉水简单洗了把脸。

许随缓了一会儿走出去，往右走，不经意地一抬眼，发现男人懒散地倚在墙边，一道高挺修长的身影打下来，手插在裤兜里，嘴里叼着一根狗尾巴草，侧面喉结弧度流畅，透着一种痞气的禁欲感。

许随面无表情地收回视线，抬脚就要走，周京泽喊住她，嗓音低低淡淡的："晕车？"

她点了点头，周京泽站直身体，走到跟前，手里拿着一颗绿色的薄荷糖，看着她惨白的脸色："吃颗糖。"

"不用了，谢谢。"许随语气淡淡地拒绝。

说完许随就要走，结果胳膊被人拽住，手掌的温度覆上来，男人的掌心粗糙，有一层薄茧，擦着她白嫩的皮肤。这感觉熟悉又久远，她只觉得胳膊很烫，如火炙烤一般，下意识地挣扎。

任她怎么挣，周京泽岿然不动。

许随眼睛直视他，轻声开口，一字一顿："需要我提醒你吗？我们已经分手了。"

周京泽一怔，胳膊一松，许随得以挣脱，刚好不远处有人喊她。许随应了句"来了"，从他身边擦肩而过，不经意地撞了周京泽手肘一下。

人已走远，空气中还留着她身上淡淡的山茶花的味道。

若有若无，和人一样，恬淡，存在感却极强。

掌心里的薄荷糖掉在水泥地上，顷刻沾染上灰尘。周京泽俯身捡起那颗被遗弃的糖，走到不远处的水龙头前，拧开开关，用水冲了一下。

周京泽拆开糖纸，也不嫌弃，把糖丢进嘴里，双手插着兜，掀眸看着远处的女人，皮肤白到发光，同男同事说话笑了一下，梨涡浮现。

他慢条斯理地嚼着薄荷糖，唇齿间含了雪一样，无比冰凉，忽地嘎嘣一声，粉末四散，转动着的舌尖尝了一下，有点苦。

下午两点半，烈日当头，许随和同事坐完车累得神色恹恹，他们试图跟基地的负责人沟通，希望能把原本三点的拍摄提前到现在。

他们一致认为早结束早完成任务。

基地负责人吴凡一脸为难："其实吧，我就是个负责接待的，这儿管事的人不是我，机长、空乘人员还在总部那边，我也没法沟通，要不我叫我们老大跟你们说？先进来休息吧。"

许随和几位同事走进休息室，她放眼望过去，对面墙壁正中央挂着一幅世界地图，上面贴着几块红白色的吸铁石。旁边挂着一面小小的五星红旗。

这看起来像是谁的临时办公室，布置十分简陋，只有一张办公桌，黑色长沙发，一台白色的落地扇，连盆植物都没有。

吴凡给他们倒了一杯茶，笑着说："你们辛苦了，他马上到。"

同事拉着许随的袖子轻声抱怨道："好希望快点上完课和拍完这些东西，我晚上还要约会呢。"

许随笑了一下没有接话，因为她晕车后遗症实在太严重。

顷刻后，门外走进一个人，许随握着一次性茶杯刚想喝口水，在看清来人后，手一晃，滚烫的茶水溅出几滴到裤腿上。

周京泽走进来冲他们一一点头，食指上挂着一串钥匙，晃动着发出叮叮的声音。许随的同事见是个大帅哥，人都精神了几分。

其中一个同事说了他们的想法，周京泽从冰箱里拿出两罐冰可乐，放在茶几上，他坐下来扯开拉环喝了一口，抬眸问："想提前拍摄？"

女同事点点头："对，能不能通融一下？"

周京泽把可乐放在茶几上，手指在瓶身抠了抠，视线看向屋内的所有人，在掠过许随悒悒的苍白脸色时停了一下，收回，抬起眉尾，语调慢悠悠的："不行。"

"啊，为什么？"同事问道。

"因为场地不到三点不开放。"周京泽撂下一句话。

一旁的吴凡擦了擦冷汗，他想不通周京泽为什么会拒绝。再说了，开不开放还不是你一句话的事，说话就不能委婉一点，非得这么不通人情。

傻子都听得出这是搪塞的鬼话。果然是出了名的冷酷大魔王。

"各位休息。"周京泽起身，拿起桌面的冰可乐走了出去。

室内又归为一片寂静，同事小声说道："哎，他怎么这样啊？不近人情。"

许随摇了摇头，她不知道周京泽为什么不肯通融。她懒得去猜他的想法，正好，还有半个小时，她可以好好休息，缓解一下晕车后遗症。

下一秒，手机发出叮的一声，显示有短信进来。许随点开一看，是一个陌生号码："桌子上有一罐冰可乐，你贴额头缓一下。"

许随抬头一看，周京泽离开的座位前放着一罐冰可乐，瓶身有细小的水珠附着，冒着冷气。

三点，机长和空乘人员一起准时出现，周京泽就跟个看门大爷似的拿着个保温杯坐在跑道口给他们放行。

副机长看见周京泽，原本严肃的脸立刻眉开眼笑起来，抬手握拳，周京泽放下保温杯，跟他碰拳，极轻地笑了一下。

"好久不见，机长大人。"副机长说道。

"啧，不敢当，"周京泽拆了一颗糖，眉眼低垂，勾了勾唇角自嘲道，"我现在就是一个教官。"

"兄弟，总会好起来的。"副机长叹了一口气，话锋一转，"不巧的是，不是民航七十周年吗？和我搭档的机长去参加航天飞行大会了，所以这次拍摄还要请你帮个忙。"

他还没说完，周京泽就明白是什么意思了，一脸"你逗我玩"的表情，他抬了抬眉尾："你们中航没人了吗？找我这个有纪律错误的人。"

"错本来就不在你，"副机长拍他的背，说道，"你驾照又没吊销，而且你放心，这回是彩排，最多是素材取景，主要是拍空乘人员，你就当帮兄弟这个忙。"

周京泽被人推着往前走，一脸的散漫，他单手插在裤兜里，伸出一根食指往后比了比，副机长一愣，笑道："行行行，改天请你喝最贵的酒。"

两人一前一后往机场方向走去，远远地看见换好衣服在那儿参观的医务人员。周京泽撩起眼皮扫了一眼，人群中并没有许随的身影。估计还在换衣服，她做事一向慢半拍。

周京泽走过去，他们纷纷回头同他打招呼，有医生称赞道："这里好酷，我们这是第一次参观。"

副机长幽默地接话："一会儿让周机长带你们到天上参观，他开飞机可稳了。"

一众人笑出声，周京泽跟着扯了扯嘴角，没有说话。这人可真行，为了让他帮忙，什么高帽都能戴。

他正对面发出咔嗒一声，周京泽掀眸看过去，一个女医生正在开可乐，碰上他的视线，女医生不好意思了："周机长，谢谢你啊。"

"嗯？"周京泽愣了一下。

女医生举着可乐晃了晃，说道："这个啊，我一直想喝冰的来着，许随说你给我留了一罐。谢谢啊。"

"不客气。"周京泽僵硬地扯了一下嘴角。

"我先去换衣服。"他拍了拍同伴的肩膀。

周京泽双手插兜，朝更衣室的方向走去，胸腔一阵郁结，怎么都散不去，他咬了一下后槽牙，这丫头越来越有本事了，让他吃了一次又一次的瘪。

机场内，摄像师扛着摄像机早已就位，许随他们也站在那儿等空乘人员出现。太阳四点钟方向，一批年轻帅气的飞行人员穿着笔挺的制服出现在众人面前，男的俊，女的靓，十分养眼。

副机长和乘务长走过去同他们一一握手，副机长笑笑："就有劳各位了，主要是培训我身后的空乘人员，教授急救知识，乘务长会全程配合你们。"

许随点头："我负责心肺复苏，产科的同事负责在飞机上教大家如何帮助乘客紧急分娩。"

乘务长是一个非常漂亮知性的女性，她主动伸出手："合作愉快。"

他们正说着话，一道慵懒冷淡的声音插了进来："老郑，我们先上去。"

许随抬眼看过去，周京泽穿着藏蓝色的机长制服，肩上四道杠，宽肩窄腰，一双眼睛黑又亮，里面的金边白衬衫扣子扣得严谨，喉骨突出，添了一丝禁欲感。

以前两人在一起时，许随很少见他穿西装白衬衫，一转眼，他从散漫肆意的少年成了一个男人，多了一丝成熟的男人味和稳重。

许随看周京泽走过去，跳上机舱，副机长紧跟一边。他们则在空姐的带领下上了飞机。

飞机缓缓启动，机身向上离地，一路向高空飞去。许随和同事坐在舱内，翻看着杂志，很快，飞机离地一万米，飞上平流层。

空姐甜美的声音响起："女士们、先生们，欢迎乘坐中国中正航空公司的航班，本次航班……"

许随朝窗外看去，云朵飘在旁边，稀薄，绵软，像白色的棉花糖，放眼看下去，刚好经过一片金灿灿的梯田，气势磅礴，十分壮观。

万里河山尽收眼底。

十五分钟后，医务人员开始给乘务组培训紧急救护知识。许随负责的是心肺复苏，她穿着白大褂，半蹲在地上，旁边放着一个急救演练用的胶皮人，也就是仿真人。

她的声音沉着又果断："首先要疏散周围围观的人群，让空气保持流通。"

"其次，解开患者衣领扣子，伸出食指和中指并拢，检查患者颈动脉跳动的情况。"许随俯下身，手刚要探过去，"像这样——"

飞机向右急剧摇晃了一下，许随说话的声音被打断，整个人差点控制不住向后倒。她只好重新示范了一遍。

"左手掌贴紧胸部，双手交叠，肘关节要伸直，用力按压，"许随动作熟练，跪于"病人"一侧，"反复按压三十次。"

许随双手按在"病人"胸膛，刚按压了不到十次，飞机颠簸了一下，强烈的摇晃感让她一时没跪稳，当着一众机务人员和同事的面向一边摔去。

头发散开，发圈掉落，不知道滚到了哪个座椅底下，十分狼狈。

当众出糗，许随脸有点烫，她佯装淡定地爬起来，一眼瞥见摄像师在憋笑，连镜头都在抖。

接下来，许随演示了心肺复苏的紧急救助法，可到关键处，飞机不是向左晃就是向右倾斜，她的工作多次被打断，如此反复，饶是再好的脾气也扛不住这样戏弄。

许随忽然想起周京泽上飞机时看了她一眼，那眼神似乎有点咬牙切齿。难道她一而再再而三拒绝周京泽的好意，他要故意找回碴儿来？毕竟他是机长，在天上，是他在操控一切。

她正出着神，飞机又剧烈地摇晃了一下，像是机头故意不紧不慢转了个圈，许随一时没站稳，磕在了门板上。

轮到其他同事操作时，飞机又稳得不行。

飞机降落后，一群人先后下飞机，站在那里聊了一会儿。两位机长留在驾驶舱内检查完一切设备，最后下飞机。

两人先后出来。同事和现场的工作人员纷纷鼓掌，都夸周京泽技术好，坐他开的飞机很有安全感。

在一众夸赞声中，许随却记着轮到自己的时候飞机上特别颠，笑着开口："是吗？刚才有点晃，我觉得刘机长开得比较好。"

"哈哈，还是许医生慧眼。"副机长笑眯眯地说道。

周京泽视线停在她身上，目光笔直地看着她，脸色有点黑。副机长刚好站在旁边，好像察觉到了两人的暗流涌动。

还挺好玩，他第一次看周京泽跳脚又忍住不发作的模样。稀奇。

人群逐渐散去，被摄影师喊去拍照，许随一个人落在后面，周京泽慢悠悠地跟在后面，他脱了外套反挂在宽阔的肩膀上，一只手插在裤兜里越过她。

在与她擦肩时，周京泽低头看着她，漆黑的眉眼压着一抹轻佻和痞气："刚才晃是气流影响，还有，我技术好不好，你不最有发言权吗？"

许随脑子轰的一下，感觉脸颊温度急剧上升，她瞪着周京泽。这人怎么这么孟浪，居然能在公共场合脸不红心不跳地说这种话！

这下换成许随快步向前走了。

摄影师安排医生们站在飞机前拍一张集体照，四个医生穿着白大褂统一定好角度后看向镜头。

大龙举着相机对准他们咔咔地一连照了好几张，他凑近相机看了回放，总觉得有点不对劲。

"老大，你看看是不是有什么问题？"大龙把相机挪到周京泽面前。

周京泽视线一瞥，目光停在右边第二个姑娘身上，她瞳仁漆黑，唇色一点浅红，仅是淡淡地笑了一下，就有梨涡浮现。

他挑了挑眉："有什么问题？不挺漂亮的？"

"你这个直男不懂。"大龙一拳捶在他胸口上。

大龙看了好半天，一个激灵，猛地发现了盲点："许医生，你的头发能不能扎起来啊？这样比较统一。"

"我吗？"许随愣了愣。

众人看过去，许随再一次成为焦点，她下意识地摸口袋找发圈，却发现怎么找都没有，不巧的是，同事也没有多余的发圈。

许随神色有点窘，后退了一步，本身她也不是太爱拍照和出风头的人，道："要不我就——"

"不拍了吧"后半句话许随哽在喉咙里，一道高大的身影笼罩下来，周京泽俯下身，插在裤兜里的手伸出来，手里捏着一根米色珠光的发圈。

周京泽当着众人的面，竟毫不避讳地低下头神态认真地给她扎起头发来。

许随下意识地想退后，男人按住她的肩膀，低沉的嗓音震在耳边："别动。"

他身上凛冽的薄荷味扑到鼻尖，许随整个人僵住，只感觉他的手肘抵在她的肩膀处，修长的指尖穿着她的头发，偏着头，不太熟练地取下发圈，去绑她的头发。拇指的薄茧擦过她细嫩的脖子，很轻的一下，许随的心猛地缩了一下。

"你哪里来的发圈？"许随抬起眼眸看他。

如果没记错的话，这发圈是她的，而且不是掉在飞机上的那根。

"路上捡的。"周京泽的语气漫不经心。

拍摄完毕，一群人舒了一口气，互相握手道谢，说着"辛苦了"。吴凡则负责送医生们出去。

下午五点，夕阳斜照，直射在基地围墙的一角，呈现出稀薄的橘红色。许随收拾好东西，跟着他们走出去。

"许随。"周京泽冷不丁地出声喊她。

许随停下来，回头看他。周京泽抬手拽了拽领带，一截喉骨露出来，冷峻的脸上表情散漫，看着她："发圈。"

这人说话一向懒且言简意赅，许随立刻明白过来，他这是让她把发圈还给他。许随抿了抿嘴唇："你不是说路上捡的吗？我用了就是我的。"

　　说完许随转头就走，周京泽长腿一迈，三两步挡在她面前，低下头，漆黑的眼睛紧锁着她："一一，那是我的东西。"

　　许随不明白他为什么执着于一个无比寻常的发圈，她刚想开口，一道声音打断了他们。有个飞行学员气喘吁吁地跑过来，一把抹掉额头上的汗："周教官，不好了，有个学员出事了！"

　　趁周京泽分神要去处理事情，许随一溜烟跑开了。

　　等周京泽处理完事，基地早已恢复紧张训练的模样，哪还有一个医生的影子，只剩大龙还留在办公室看他拍的照片。

　　周京泽从冰箱里拿出两罐碳酸饮料，扔给大龙一罐，他大刺刺地坐下来，食指抠住拉环，刺的一声，气泡冒出来。

　　他喝了一口，问道："在挑照片？"

　　"领导吩咐的事，我可不得做到最好？"大龙打起官腔来一套一套的。

　　周京泽放下饮料，手掌往上抬了抬："我看看。"

　　大龙把相机递给他，周京泽接过来，眼睑垂下来，拇指不停地按动着播放键，走马观花般一一看过去。在看到某张合照的时候，视线停了停："你把这张照片传给我。"

　　大龙接过来一看，是医生们刚才的合照，他比了"OK"的手势，开了蓝牙传到周京泽手机上。

　　"周教官，你要照片做什么？"大龙有点纳闷。

　　周京泽点了"接收"，盯着眼前的合照，拇指点击截取，将照片上安静带笑的许随单独截了下来，似自言自语，哼笑了一下："我不得要点补偿？"

　　回去的路上，这次，许随有先见之明，在基地便利店买了一包话梅。车沿着环形公路一路开出去，山对面的夕阳完全下沉，只残留一点余晖。

　　同事韩梅刚好坐在旁边，她推了推许随的手臂，问道："哎，许医生，你和那位机长什么关系啊？"

"我——"

"刚才拍照的时候，我站你旁边，我感觉你俩不对劲，有一种我形容不上来的气氛，"韩梅说起话来头头是道，"你可别说你俩什么关系也没有，蒙谁都不能蒙我这个已婚妇女。"

许随舌尖抵了一下右脸颊的话梅，话梅滚到另一边，腮帮发酸："前男友。"

"我就说嘛！他看你的眼神不一样，带着纠缠和欲望。"韩梅八点档看多了，这种专有词语张口就来。

许随扯了一下嘴角没有接话，韩梅见她不太想继续往下说，便转头看自己的电视剧了。车子缓慢向前开，她看向窗外，没一会儿便抬手拽下脑后扎着的发圈。

她拿着发圈盯着看了一会儿，这个发圈有些陈旧，米白的缎面，在阳光下散发着贝壳般的光泽。

如果没记错的话，这是她的发圈，应该是两人在一起时，许随在他家落下的。

都七八年了，他留着做什么？

许随扭头看向窗外，车窗外成排的树木快速向后移，思绪发怔，只当他有收集旧物的癖好。

许随以为去中航飞行培训基地授课，还配合了宣传，这件事算是结束了。哪知道主任再次找上门，让她每周去一次基地给飞行学员授课，一共两个月。

"主任，我真走不开，要不您找别人？"许随推辞道。

主任背着手，笑眯眯地说道："固定每周五下午去一趟，也可以根据你的时间来安排。傻孩子，我这是在给你减负，这样你就不用什么活儿都往自己身上揽了。年轻人出去上上课挺好。"

许随有苦说不出，语气无奈："我还是不太想——"

"就这么定了。"主任摆手，示意她不要再往下说了。

许随不得不硬着头皮接下了这个任务。人就是这样，越想逃离什么就越遇见什么。许随最终还是加了周京泽的微信。

毕竟他是教官，基地负责人，出了什么事，许随要第一时间和他沟通。

加了周京泽微信后，他倒没有主动来骚扰什么的，只是安安静静地躺在她的列表里。周五下班，许随和同事聚完餐，晚上十点多才到家。

到家洗漱完，许随躺进被窝里，床头留了一盏暖色的灯，她侧躺着习惯性睡前刷朋友圈，忽然看见周京泽发了一条动态视频，配了一个字：愁。

许随点开一看，竟然是1017，它趴在一张白色的桌子上，视频里周京泽拿着逗猫棒逗它也不动。

它软软地趴在那儿，很疲惫，眼神涣散，没什么力气。

许随注意到它的牙齿掉了一颗，嘴唇和鼻子周围橘色的毛也变成白色了。周京泽一直用手抚着它，1017闭着眼趴在那儿。

1017真的变成一只老猫了。

周京泽难得发动态，把很多人炸出来了，许随一个个看过去，心里渐渐不是滋味起来。

胡茜西："1017好可怜，呜呜呜，等我从非洲大草原回来，第一个看望的就是它！"

Z回："呵。"

大刘："好可怜，等我飞完这趟，给1017买它以前最爱吃的猫粮罐头，最贵的。"

Z回："别，它现在吃不动了。"

许随关心1017的情况，问："它是生病了吗？"

周京泽很快回复："嗯，老了，心脏出了点问题。"

李漾竟然也出现在评论里，说道："哎呀，你也养猫啊，我朋友家有只蓝白，可爱得不行，最近好像生崽了，要不要送给你一只？刚好给你的猫做伴。"

许随原本难过的心情一下子被冲淡了一部分，周京泽没有回他，要是对方是熟人的话，他绝对会回"傻缺"二字。

1017生病这件事，她还是不太能接受，心里总是记挂着它，辗转反侧睡不着。刚捡到1017的时候，它就已经两岁了，他们分开七年，1017也变成一只老猫了。

原来时间过去了这么久。

倏地，搁在床头柜上的手机屏幕亮起。

许随探出手拿手机，点亮屏幕，是周京泽发了一条信息过来："视频吗？"

下一秒，他又补充了一句："看猫。"

许随想了一下，敲出一个字："好。"

对方发来视频请求，许随点了接受，周京泽的下颌一晃而过，紧接着1017出现在镜头前，它侧对着许随，呆呆地看着正前方。

"1017，你看看是谁？"

视频画面外响起一道声音，一只骨骼分明、青筋凸起的手摸了一下它的后颈，示意1017往镜头这边看。

1017不情不愿地回头，在看见镜头里的许随后目光呆滞了一秒，许随试探性地叫了它一声："1017。"

熟悉的声音把老猫唤醒，1017"喵呜"一声，像是胸腔里发出的一声巨大悲鸣，原本涣散的瞳孔有了光，不停地用爪子扒拉着iPad，冲着屏幕不停地叫唤。

它一直都记得她。

许随鼻子一酸，差点掉下眼泪来。当初她走得太决绝，为了和周京泽断干净，连1017都不要。

其实狠心的一直是她。

当初在宿舍附近看见它的时候，它还是那么瘦小的一只，喵喵小奶音冲她叫着，一见她，就时不时地舔她的掌心。

许随和1017视频了半小时，最后它撑不住，眼皮耷拉着趴在桌子上睡着了。猫睡了以后，许随也就挂了视频。

次日，许随醒来的时候，太阳刚好照到床头，她起床把脏衣篓里的衣服扔进了洗衣机，还把家里里外打扫了一遍。

许随趿拉着拖鞋走到阳台，拿着喷水壶给阳台上成排的小多肉，还有一些绿植浇水。浇着浇着，她的手机发出叮的响声，显示有微信消息进来。

许随把喷水壶搁在一边，点开微信，是周京泽发来的信息。

Z："下午我带1017去看病，你要不要一起去？"

她是想去看1017的，毕竟它已经很老了。

许随在对话框打了字又删掉，而手机上面一直显示对方正在输入，周京泽好像看出了她的犹豫，语气带着一股懒散的痞劲："大白天的，你不会以为我会大白天对你做什么吧？要做也是晚上。"

对方正在输入："就是看猫。"

许随最终回复："好，我也会带好防狼喷雾。"

周京泽回了六个点过来。

下午四点，周京泽准时出现在许随家门口，车窗半降，他一眼就看到了许随，抬手摁了一下喇叭。

远远地，他看见许随穿了一件雾霾蓝的衬衫裙，露出一截白皙莹润的小腿，条纹丝巾将头发扎在脑后，细眉红唇，气质动人。

许随打开车门的时候，一阵淡淡的香气飘进来，周京泽看着她愣了一秒，喉咙干涸。

"猫呢？"许随见他在出神，拧起两道细眉。

周京泽轻咳一声，冲她抬了抬下巴："宠物包里。"

许随见状把猫从包里放出来，抱着它去了车后座。1017趴在许随腿上起初还不适应，后来不知道是不是认出了许随，使劲舔她的掌心，也活泼了点。

周京泽发动车子，全程，自从许随抱上猫以后，一直逗着它，跟它玩，把他当成了空气，仿佛忘了他的存在。全程一个眼神都没分过来。

他周京泽也有被忽视的一天。

玩了没多久，1017因为上了年纪没一会儿就睡着了。许随抱着它，等猫睡着后，才发现车子里面静得可怕。

一丝尴尬的气氛在空气中蔓延。

许随发现周京泽开的还是这辆大G，看样子他应该把车修好了。她后来说走程序，也没有人来找她，周京泽没拿这个跟她算账。

想来挺过意不去的。

许随想着多少赔一点是一点，开口问："你这车花了多少钱修——"

周京泽开着车，缓缓报出一个数。

许随立刻沉默了，周京泽根根分明的手指搭在方向盘上，猛地一踩油门，左拐，他再一次开口说话，语气散漫不羁："啧，修车这个事把我攒好娶媳妇儿的钱都花光了，等于间接赔了一个老婆。"

这话许随接也不是，不接也不是，想了半天，语气诚恳："要不我给你介绍个女朋友？"

话音刚落，周京泽猛地一踩油门，轮胎快速摩擦着地面，吱的一声，汽车发出一声尖锐的紧急刹车声，十分刺耳。

许随受到惯性冲击，抱着猫，脑袋磕在了前面的座椅上，1017吓得差点跳下去。

车子停下来，许随摸着脑袋往外看，已经到了宠物医院。她抬手开车门，发现被周京泽锁了，车门纹丝不动。

周京泽从中控台上捞起烟盒，摸出一根烟咬在嘴里，低头，点烟，橙红的火熄灭，薄唇里吐出一口灰白的烟雾，浑身散发着低气压。

许随抱着猫，开口："你开一下门。"

嘀的一声，车锁解开，许随伸手去开车门，她人下去了，正要关车门的时候，周京泽没有看她，抽着烟直视前方，脸色沉沉，咬了一下后槽牙，笑道："许随，你可真行。"

给前男友介绍女朋友，她是独一个。

回应周京泽的是一阵沉默，许随砰的一声关了车门。

周京泽抽完一支烟便下了车。两人并肩上台阶，周京泽拉开玻璃门让她先进去，前台工作人员立刻迎上来："你们好，请问有预约吗？"

"有。"周京泽应。

"麻烦提供一下手机号码。"工作人员说道。

周京泽摸出手机，低声报出了一串数字。工作人员在电脑上输入手机号码，查到预约信息后，说道："啊，两位是1017的爸爸妈妈吧，请直走右转上二楼，医生在里面。"

说完，工作人员递过来一个号码牌。

许随下意识地开口解释："我不是——"

"进去了，一会儿该晚了。"周京泽接过号码牌，往左侧看了一眼，打断她。

一名护士走出来领他们上楼，许随只好把解释的话憋了回去，跟在后头。

许随抱着1017走进宠物医生办公室，医生先是检查了猫的心脏，以及其他的身体状况，然后给它输液。

针扎在猫后颈皮上的时候，它一个激灵叫出声，不停地挣扎，明显抗拒打针。许随只好温声安抚它："乖啊。

"疼不疼，1017，一会儿我给你吹吹啊。"

周京泽掀眸看过去，正好看见许随恬静的侧脸，额前有碎发掉下来，轻声细语的。他的心忽然揪了一下。

这是他很久没见过的场景。

1017在许随的安抚下逐渐放松，在她怀里乖得不行。输完液，许随仔细请教了医生1017的饮食注意事项，以及该如何照顾好它。

医生摸了一下1017的头，说道："猫老了就是这样，病痛多，你们要陪陪它。"

周京泽走过来，伸出一根手指拨了拨它的胡须，说道："会的。"

护士在一旁用湿纸巾给1017擦脚，以及脸上一些脏兮兮的地方，边清理边同他们搭话："你们是1017的爸爸妈妈吧，看起来真般配，感情真好哇，要不然这猫也不会被你们养这么久——"

许随知道打断别人说话没礼貌，可她听不下去，出声打断："我们不是男女朋友关系，这猫是他一个人养大的。"

护士动作顿住，一脸的尴尬，周京泽定定地看着她，许随不顾落在自己身上的眼神，冲护士笑了笑，声音温软："总不能耽误我俩各自找对象吧。"

这是第一次，重逢以后，许随正式表明自己的态度，坦诚又干脆。

她在划清两人的界限。

护士这才感觉到两人之间的暗潮涌动，她尴尬地把视线投向一旁身材挺拔的男人。周京泽双手插着裤兜，眼睫垂下，掩住情绪，漫不经心地笑："听她的。"

给猫看完病后，两人走出去，周京泽指了指楼道旁的长椅，磁性的嗓音响起："坐一会儿，我去抽两根烟。"

许随点了点头，抱着猫坐下，她抬眼看见周京泽走到走廊吸烟区，站在窗前抽烟，他的背影看起来冷峻又沉默，不知道在想些什么。

他抽得有点凶，一根接一根，侧脸线条凌厉，像一块被切割完整的冰。忽然，一阵猛烈的风刮来，周京泽微弓着腰，被呛了一下，剧烈地咳嗽出声。

周京泽抬手关上窗，风声停止，烟头摁在不锈钢垃圾桶盖上，刺的一声，烫出一片漆黑。

他转身朝许随走去，来到她跟前，开口："走吧。"

两人走出医院的时候，天都已经黑了，路上熙熙攘攘，灯光亮起。周京泽看了一眼时间，问："去吃个饭吗？"

"不了，我还有资料要回去整理。"许随摇了摇头。

周京泽扯了扯嘴角，没有说话，任谁都听得出这是许随找的借口。他没再说什么，从裤袋里摸出车钥匙，抬了抬下巴："走。"

这次许随坐在副驾驶位上，因为她先下车，1017总得待在他旁边，周京泽才好看着它。

车子平缓地向前开，周京泽没再主动搭话，手搭在方向盘上，沉默地直视前方，许随也不知道该说什么，一路无言。后来她嫌无聊，抬手开了音乐。

总算打破了沉默。

车子开了约四十分钟后抵达了许随家门口。她长长地舒了一口气，总算到了，车里的气氛实在太压抑了。

许随准备解开安全带，说道："我先回去了，你也早点休息。"

"许随。"周京泽突然出声喊她。

"嗯？"许随正解着安全带，抬头看他，清凌凌的眼睛透着疑惑。

周京泽手里把玩着一个银质打火机，打火机啪的一声，火焰蹿起，虎口上那颗黑痣禁欲又撩人。

火光明明灭灭，他低垂着眼，不知道在想些什么。

车里的音响开得很大，孙燕姿唱着："自尊常常将人拖着，把爱都走曲折。"

啪的一声，火光熄灭，他把打火机放回中控台。周围一辆车接一辆车呼啸而过，车尾灯一闪一闪，忽明忽暗。

周京泽的脸半陷在阴影里，车内一片黑暗，许随看不清他的表情，只听见他忍不住咳嗽了一声，因为先前连抽几根烟，一开口，声音有些嘶哑，他扯了扯嘴角，闭了闭眼，似妥协："许随，我想你。"

许随怔住，黑漆漆的眼睫颤了颤，重新靠回椅背上，看向窗外对面的单行道。车子一辆接一辆地开过，紧接着消失在漆黑的夜色里，好像永远都不会再回头。

周京泽这么骄傲的个性，在重逢后某一天，竟然说想她了。是真的吧，毕竟两人在一起时，她对他的这份喜欢真切且一心一意，他眼底的宠溺也是真的。

许随看着前方，问他："你记不记得，我们赌的那场球？我随便押了一个人，结果他竟然赢了内马尔。"

周京泽想起来了，他输了，最后把朋友圈个性签名改成了破折号，他的声音嘶哑："记得。"

许随偏过头来看着他："16号赢了，当时我说了一句话，有志者事竟成。

"有志者事竟成，但爱情不是。"

第 三 章

——不是你叫的

没有谁会一直在原地等着谁。
她确实是不喜欢他了。

　　九月一过，秋雨接踵而来，这一阵子天天下雨，天气一下子就转凉了。自从上次在车里谈话后，许随再也没见过周京泽。

　　许随白天上班，晚上回家休息的时候，会想起那天晚上周京泽的表情，他在听她说完那句话后，黑如岩石的眼眸一瞬黯然，随后又神色平静地跟她说了晚安。后来他再没出现过。

　　许随也忙，一直在认真地生活，下班了偶尔去看乐队巡演，或者跟朋友喝酒，自己一个人在家的时候就是健身、看书，生活充实。

　　上周许随有事不能去飞行基地就请了假，这周去的时候，天空阴沉沉的，冷风阵阵，一团乌云往下压，似有下雨的迹象。操场上的学员们穿着训练服，在悬梯、固滚上进行着训练，借此提高高空飞行的身体素质。

　　一个身材修长挺拔的男人背对着许随，正吹着口哨整合队伍，他的肩膀宽阔，训人时食指指节敲文件夹的动作很像周京泽。

　　许随坐在车内，以为是他，隔着车窗不由得看过去。恰好对方回头，是一张长相气质完全不同的脸。

　　一声哨响，队伍解散。

　　一群年轻人轰的一声作鸟兽散，许随刚好在基地内的空地上找好车位停车。下车后，脚下的石子地因为前一晚刚下过雨，湿的。

天气好的时候，这里尘土飞扬。每次许随从市区大老远地跑过来，常常带着一身灰回去。

几个学员正好停在正前方洗手，水龙头拧开，哗哗往水槽里冲水，他们一边洗手一边聊天。

"这个教官比周教官松多了，要是他能一直带我们就好了。"有男生感叹道。

"啧，周教官，他就是魔鬼教官。"有人啐道。

"唉，只求他能多病两天，不然我这老命都要给他折腾没了。"有人附和道。

许随正好摁车锁锁门，听到他们的谈话，不由得问道："你们周教官没来吗？"

正在洗手的学员回头，见是许随打招呼，纷纷喊道："欸，许老师好。"

水龙头还在往下淌水，哗啦啦的，有人解释道："周教官生病了，这两天都请假了。"

许随点了点头，没再说什么，转身朝休息室的方向走去。

天似乎又暗了一点，风声更劲，操场的红旗迎风猎猎招展，云层似乎要滴下水来。

要下一场暴雨了。

许随提前走进教室，检查了多媒体设备，又在笔记本上试了课件。休息的十五分钟时间过去，上课铃声响起，学员陆续走进教室上课。

许随一周只需上一节大课，中间十分钟休息时间，也就是两节小课。

这节课许随讲了一些急救知识，并请了学员上来示范。她正认真讲着课，一阵旁若无人的哈欠声打断了许随的思绪，随即课堂上传来一阵哄笑声。

一双杏仁眼扫下去，是一个名叫钱森的男生，他没个正行地背靠椅子，见许随在看他，也不怵，还冲她比了个心。

许随对这个学员有印象，听工作人员讲过，富二代，插班生，大学学的是金融学，毕业后心血来潮对飞行有兴趣就来这儿了，来了却不服从这里的管理和纪律，是个刺头。

"安静，不想上课的可以出去。"许随声音清冷。

课堂这才安静点，许随继续讲课。四十分钟后，下课铃声响起，有的学员趴在桌子上，有的则起身去走廊上吹风。

一群男学员坐在教室里不外乎讨论三件事：女人、酒、球鞋。

这帮有钱的公子哥大声讨论着前阵子在哪家会所开卡，一夜花了几十万，谁又买了一件联名款棒球服，但总有人跟他们格格不入。

没两分钟，走廊上的人又进来，甩了一下身上的水骂道："下暴雨了。"

"冰冷的雨往哥脸上拍。"有人一脚踹紧了门。

许随正在讲台上整理文件，不由得往窗外看过去，哗哗的雨兜头而下，似白瀑，狂风扑来，拍打着窗户，发出如困兽呜咽般的声音。

坐在窗户边上的学员手忙脚乱关窗户，雨珠趁势砸进来，有一两滴溅到许随脖子上，凉丝丝的。

许随将视线重新投到电脑里的课件上，忽地，一道声音喊她。许随回头，是一个学员，打扮干净整洁，但天气很冷，他身上穿着一件薄得不能再薄的外套，里面只套了一件短袖。

他冲许随腼腆一笑，问道："老师，上次你说的那个急救姿势，是左手叠在右手上面，按住胸廓那里吗？"

他一边问一边比画着，许随注意到他的手背皮肤干裂，有血痕显出来，半晌回神，她重新仔细地跟对方说了一遍。

说完之后，对方跟许随道谢。靠右边的一个男学员见状吹了一个悠长的口哨，明晃晃地嘲讽："哟，同学，这么认真哪，还知道问问题。"

许随眼睛扫过去，对方收到她警告的眼神后无所谓地耸了耸肩，不再说话。那个问问题的男学员低下头，本来要回自己座位的，但为了避免和他们发生冲突，只好从前门出去。

那个学员看起来性格安静木讷，甚至有些自卑。

许随放下课件出去上了个厕所。

走廊上，男学员抬手用手臂挡着走廊斜斜淋进来的雨，急忙从后门进去，谁知走得太急，一个没注意，撞在一个人胸前，还不小心把从走廊带来的泥水溅在了他鞋上。

气氛凝滞起来。

钱森站在后门口，低头看着自己新买的球鞋，限量款，从美国捎过来的，他等了一个多月，此刻赫然留下了脏兮兮的水迹。

对方明显慌了，不停地道歉，道完歉之后，缩着肩膀正想走，钱森猛地攥住他的手臂，盯着他，语气森然："就完事了？"

原本闹哄哄的教室安静下来，大家不约而同地看向后门，一部分人是看热闹不嫌事儿大，还有一部分人眼底是同情。

惹上钱森这种不学无术的败类富二代，确实挺惨。

"我的鞋你打算怎么办？"钱森问。

对方涨红了脸，一时习惯不了被这么多人注视，低下头嗫嚅道："对……不起。"

钱森冷笑一声，高高在上地看着他，语气轻蔑："反正你也赔不起，不如我弄脏你的鞋，就扯平了，怎么样？"

不等他同意，钱森就抬脚开始踩着他的鞋，这个男学员低着头，手指紧握成拳颤抖着，看着一双名牌鞋在他磨损得厉害又破旧的鞋面上慢慢蹂磨，再用力往下踩。

羞耻感袭遍全身，忍受的过程相当漫长。

钱森踩完之后总算肯放过他，男学员低着头，松了一口气往前走。钱森拍了拍身上的灰，同伙伴们笑道："呵，穷鬼也配来当飞行员！"

一阵哄笑声响起，夹杂着几分嗤之以鼻。男学员原本走远了，这时忽然回头，三两步跨上前，一把攥住他的衣领，那么瘦弱的一个人竟将壮实的钱森拖到走廊上，用力朝他挥了一拳，红了眼："你说什么？"

钱森人被打蒙了一秒，别过脸反应过来，朝地啐了一口口水，恶狠狠地踹了男学员一脚："李明德，你不是吗？穷、鬼。"

钱森每凶狠地揍他一拳，就说一句羞辱人的话——

"真晦气，跟你这样穷酸的人分在一班。

"学费哪儿来的？偷的吧。

"就你这样窝囊的人，还能考上飞行员？"

李明德听到这句话整个人大受刺激，怒吼道："怎么不能？我妈说一定可以！"

他整个人跟受刺激了一样，攥着钱森的手臂拖出去，两个人在操场上打起架来。李明德知道钱森这种人最讲体面，于是拽他到雨里，拼命打他。

雨下得很大，如白瀑般，风大得仿佛要把树连根拔起。许随上了个厕所回来远远地看见他们打架这一幕，吓了一跳，急忙跑过来。

上课铃声响起，大家都不去上课，站在走廊上围观。想拉架的人也有心无力，这雨太大了，天冷得不行，谁想出去找罪受啊！

许随站在走廊边上看着雨幕里扭在一起打架的两人，急得不行。这两个学员是在她上课期间打架的，理应她来负责。

她问清了两人打架的缘由后，眼神一凛，咬了咬牙，直接冲了出去，旁边的人拉也拉不住。

许随跑出去，雨砸在脸上生疼，导致她说话断断续续的："别打了。"

雨噼里啪啦地下个不停，风声和打架声混在一起，他们根本听不清许随说话。雨很大，身上的衣服变重、湿透，许随被雨浇得心底有点火大，冲上去，一把将两人分开，不料被钱森用力一推。

许随一时没支撑住，整个人不受控制向后摔去。

本以为会摔得很惨，不料一只手臂牢牢地接住了她，熟悉又凛冽的气息扑来，头顶一片阴影，雨停止了。

许随抬眼，看见出现在这里的周京泽，一怔。

周京泽穿黑色的冲锋衣撑着一把黑色的伞站在她面前，额前的头发有点凌乱，脸色有点苍白，他单手抱着许随往上一抬，人瞬间站稳。

他把长柄伞递给她，许随有点蒙。周京泽直接抓住她的手，让她握住伞。人一移，长腿迈进雨里。

周京泽走过去，强行分开他们，分别拽过两人，寒着一张脸把他们拖进走廊里。李明德还好，周京泽左手攥住他的衣领，他只能跟跟跄跄向前走。钱森就惨了，刚跟人在泥土雨里打了一架，狼狈得不行，别说他身上穿的是名牌了，现在脏得说他是工地上施工的都有人信。

周京泽拽住钱森的帽子，食指和中指缠住他帽子的两根绳子，跟拖垃圾一样拽着他往前走。钱森这辈子没这么狼狈过。

周京泽一把将两人摔在地上，声音冰冷："你们来这儿就是为了打架的吗？啊？还推老师，嫌不嫌丢人？！"

"就你们这样还考飞行员，第一关纪律考核就不合格。"周京泽盯着地上的两人，缓缓地说道。

围观的人越来越多，许随收了伞站在一边，其实她有点冷，上半身穿的钩花毛衣湿了，头发也湿透了，水珠淌进脖子里，冰凉凉的。

周京泽看着他们，问："谁先说？"

躺在地上的两人相继挣扎着站起，都没有说话。围观的学员也不敢吭声，倏地，周京泽放在上衣口袋里的手机发出叮的一声，显示有微信消息。

周京泽摸出手机一看，有学员发了一段视频给他。周京泽谁也不怵，直接开了外放。谁仗势欺人，很明显。他脸上的表情慢慢起了变化。

周京泽肩膀上一片深色，眉骨上的水珠滴下来，旁边不知道谁递给了他一包纸巾。周京泽接过来，以一种审视的目光，慢悠悠地走到李明德面前。

李明德全程低头，整个人缩在一起，身上脏兮兮的，他十分害怕受到教官惩罚，心里也后悔一时冲动打了架。毕竟教官偏袒钱森的话，他以后的飞行路也不好走。

就这样战战兢兢，李明德正犹豫着要不要先开口道歉时，周京泽站在他面前，忽然半蹲下来，撕开纸巾包装，在众目睽睽下给李明德慢条斯理地擦着裤脚。

场面一片哗然。

李明德立刻后退，脖子通红："周教官，我……我没事，您不用。"

"让你站好，哪那么多废话？"周京泽声音含糊。

两张纸巾下去，立刻变脏变黑，周京泽捏着纸巾的一角，忽然开口："钱森，道歉。"

钱森第一次被揍得如此狼狈，他没找李明德算账就不错了，还道歉！他刚脱完外套，一把扔在垃圾桶上，语气不服道："凭什么？他先打我的！要道歉也是他——"

啪的一声，黑纸巾以一种迅猛的力道砸在他的衣服上，原本就脏得不行的衣服再添一道印记。

"凭我是你教官！像你这样的富二代我见多了，仗着家里那点势，专走捷径干浑事，"周京泽双手插着兜走到他面前，看着他，语气缓缓，嗤笑道，"到最后什么也做不了。"

原本还安静的场面渐渐有了声音，有人说道："是啊，钱森，你给人道个歉吧，你平时欺负李明德还不够吗？"

"道个歉也没什么，本来就是你做错了。"人群中有人喊道。

也有人见缝插针开玩笑道："是啊，你这样，谁敢坐你开的飞机？我要是乘客，肯定第一个写信投诉你！"

围观人群中声讨钱森的声音越来越多，周京泽看了一眼钱森脸上的表情，愤怒而屈辱，像是在极力隐忍什么。

他是不指望这人有什么悔改之心了。周京泽从钱森身上收回视线，转过身，牵住在一旁早已冻得不行的许随的手腕就要走，外面的雨还在下着，仍没有收势，雨斜斜地飘进来打在脸上，生疼又冰凉。

他牵着许随正要走，身后一阵爆发性的声音响起，语气无比嘲讽："你不就是教官吗？哦，不对，你也就只能是个教官了。"

周京泽回头目光笔直地看着他，原本哄闹的人群声音戛然而止，气氛凝固住。

他一直没有说话，脸上的表情也没有变化，只有许随感觉牵住自己的手紧了又紧，像是在极度压抑什么。

钱森走到他面前，低头笑了一下，当着众人的面，脸上的表情因为愤怒而扭曲，他的语气夹着轻蔑，字字诛心，像是一把弯刀直捅一个人心底隐蔽的、刚结痂的伤疤:"周教官,你的事呢,都在班上传开了。我听说你可能永远也开不了飞机了,一辈子只能窝在这山里。而我,大好前程,快意人生。"

被自己手下的学员看轻是什么感觉?许随不敢去看身边周京泽的反应,只感觉到他身体紧绷得像一把弓,好像随时要断开。

她感觉,有可能这道伤疤从来没有结痂,从来没有好过。

只是他藏起来了。

一股猛烈而迅疾的风穿堂而来,许随只觉得眼睛被吹得发涩,眼看钱森还要说什么,她出声阻止道:"你别说了!"

气氛僵持,周京泽身上的气压实在低,漆黑的眉眼压着戾气和浓重的情绪,学员们以为周京泽要发火,包括许随也以为他甚至会动手打人——毕竟年轻的时候,周京泽个性轻狂又骄傲,从来不做困兽,每一面都是锐角,意气风发时打架是常事——可是他没有。

周京泽只是深深地看了钱森一眼,半晌才开口,声音有点哑:"等你做到我这个份上了,再来说这话。"

说完,他收回在钱森脸上的视线,虚揽着许随,顶着一张波澜无痕的脸,拨开重重人群,离开了。

天很暗,一片灰色,他的背影高大挺拔,被昏暗的光线割碎,沉默,未见一丝天光。

教官宿舍,一把带着铁锈的钥匙插入孔中,大力一扭,门被人大脚用力一踹才打开。一进门,周京泽捞起矮柜上的遥控器摁了好几下,老式空调才缓缓地运转,慢腾腾地吹出热风来。

许随环视了一圈,还是上下铺的床,上面空荡荡的,下铺只放着一个枕头、一条薄毯,正对面一张桌子、一个米色的衣柜、热水壶,除此之外什么都没有。

"你在这儿睡?"

"偶尔。"周京泽漫不经心地应道。

他正鼓捣着这破空调,应得也随意,没看到她的表情,一低头,对上许随的眼神,抬了抬眉尾,语气无奈:"我就是午休的时候过来歇会儿。"而且这也没什么，他早习惯了。

许随被冻得脸色惨白，嘴唇有一点紫，周京泽让她坐在床上，打开衣柜，拿出好几件大衣把人裹得严严实实的。

他大步走进卫生间，一把扯下墙壁上的热水器喷头，想试水温，抬手拧开开关，水浇到手背上，周京泽低声骂了一句。

这水居然是冷的。

周京泽一把拎出卫生间的桶和脸盆，又用热水壶接了冷水，烧热后再倒进去。他看一眼许随："你忍忍。"

许随摇了摇头，说："没事儿。"

水总算烧热，周京泽找了一条没用过的干毛巾给她。许随哆嗦着走进卫生间，砰的一声关上了门。

周京泽走出去，站在走廊上抽了一支烟，撩起眼皮看着外面的雨，好像小了点。一支烟抽尽，丢进垃圾桶，他进门，身上湿得不行，打算换套衣服出去。

他从衣柜里拿出一套衣服，正要换时，往左手边的方向一瞥，视线顿住。卫生间的门是磨砂玻璃门，许随脱衣服的动作被看得一清二楚。

许随单穿着胸衣，脱高腰牛仔裤的时候好像有点卡住，她扯了一下，牛仔裤褪掉，两条纤长笔直的腿直晃眼。

她长发披在身后，手臂屈起，绕到后面，咔嗒一声，胸衣扣子解开，浑圆，被门一半的阴影遮住。

周京泽看得口干舌燥，下腹一紧，立刻收回视线，不能再看下去了，他匆忙换好衣服后再次跑了出去。

……

许随洗澡一向很慢，她洗了一个热水澡后舒服很多，身体暖烘烘的。她洗完走出来一看，宿舍空荡荡的，空无一人。

她下意识地往外看，发现周京泽站在门外走廊上，他穿着一件黑色的派克外套，肩膀瘦削宽阔，正单手抽着烟。

雨势收了一点，呈直线坠落，远处一片模糊。他抽着烟，青白的烟雾从薄唇里滚出来,眯着眼直视前方,神态漫不经心的,不知道在想什么。

不知道为什么,许随总觉得他的背影有一种落寞的颓败感。

一支烟燃尽,周京泽正准备扔进旁边的垃圾桶,一偏头,看到了刚洗完澡的许随,烟头发出刺的一声,熄灭了。

周京泽朝她走过去,看着许随湿漉漉的头发,开口:"我去给你拿吹风机。"

许随指了指他眉骨上、嘴角处的伤口,说:"你伤口处理一下吧。"应该是刚才拉架的时候,他脸上挨了两下。

周京泽正打开衣柜找着吹风机,闻言一怔,笑了一下:"嗯。"

许随接过白色的吹风机,向上滑了一下开关,吹风筒发出嗡嗡的声音,吹起头发来。而周京泽从床底找出一个药箱,坐在床边,拿起手机当成镜子开始处理自己的伤口。

许随右手拿着吹风筒正吹着头发,一眼看见周京泽胡乱地往自己脸上上药,她实在看不下去,啪的一声,关闭吹风筒的开关,看着他:"我来吧。"

周京泽把药递给她,许随接过来,给他上药。作为一名医生,许随上药无疑是专业又熟练的,她用棉签蘸了碘酒,轻轻点着他眉骨的伤口,再移向唇角。

室内只有两人的呼吸声,许随上药上得认真。周京泽居高临下地看着眼前的女人,她穿着他的灰色卫衣,因为袖子过长还要挽两截,露出白藕似的胳膊。

窗外有雨丝斜斜地打了进来,许随穿着宽大的男式拖鞋,白皙的脚指头缩了一下。周京泽喉咙一阵发痒,眼底一瞬间情绪暗涌。

许随不经意地一抬眼,与他的视线在半空中相撞。

她的眼睛依然清澈安静,嘴唇浅红,神态却带着一种自然天成的媚。

她好像随便一个动作,甚至一个眼神都能把他搞得呼吸紊乱。明明什么也没做,却把他的生理欲望勾出来了。

一对视，像一张勾缠的网，他心甘情愿落入陷阱里。

许随率先移开视线，把药递给他，说："涂好了。"

周京泽伸手去拿药，却一把拽住她的手，连带将人扯向怀里。许随的手肘抵在他胸膛前，两个人靠得很近，分不清是谁的心跳声，很快。

外面的雨又密了起来，许随的头发披在身后，还未干，水珠顺着发梢滴落下来，地板湿了。

许随有一缕湿发贴在他锁骨上，他仍紧攥着她的手不放，另一只手的拇指擦过她额头，把额前碎发钩到脑后，仍是温柔的。

室内光影昏暗，老式空调的热风吹得人头脑发晕，许随抬起眼，被他炙热的眼神盯得心慌，两人挨得太近了，近到眼里只有彼此，好像什么都忘了。

周京泽偏头，吻了下去，许随看着他缓缓靠了过来，拇指抚摸着她的脸颊，就在仅剩 0.01 米的关键时刻，嘴唇要碰上的时候，许随偏过头去，躲开了。

他最后吻在她右边的耳朵上，嘴唇落在上面红色的小痣上。

阴沉的天空响起一道闷雷。

两人都像是突然惊醒般，周京泽松开她，低声说："抱歉。"

许随待在周京泽宿舍，把衣服烘干后才回家，周京泽刚好送她。

雨停了，一打开宿舍门，一阵凉风扑来。

"等会儿。"周京泽喊她。

许随眼神疑惑，见他走进去，从桌子上拿起刚才中途跑去小卖部买的暖手宝，拆开包装递给她。

"啊，谢谢。"许随一怔。

周京泽扯了扯嘴角算作回应，他双手插兜，走在前面，许随跟在后面，两人一前一后地向停车场的方向走去。

晚上八点，周京泽送她到家门口，许随解开安全带，下车前想了想说道："今天谢谢你。他们说的话你别放在心上。"

周京泽去捞中控台上的烟盒，抖出一根烟衔在嘴里，低下头，语气漫不经心，自嘲道："让你看笑话了。"

许随摇了摇头，轻声问道："所以你为什么会被停飞？"

点了两下烟没点燃，周京泽干脆从嘴里拿下烟，看着她，语气吊儿郎当的，挑了挑眉："关心我？"

又是那个放荡不羁的周京泽。但许随知道，他不想说，所以装作一副没正行的样子。

许随只好放弃，打开车门说了句："我是关心你，作为前女友。"再怎么样，她也不是希望周京泽过得不好的那个人。

回答许随的是良久的沉默。

下车，关好车门，许随走了没几步，听见有人喊她。回头停下来，车窗徐徐降下来，两人的距离不过一步之遥。

打火机发出啪的一声，烟瞬间点燃，发出猩红的光，周京泽吸了一口，磕了磕烟灰，漆黑凌厉的眼睛紧锁着她，让人无法动弹："我不需要同情。你知道我要什么，——。

"我要你。"

自从基地那件事发生后，许随私下去问了盛南洲，为什么周京泽会被停飞，结果一向嘻嘻哈哈的盛南洲守口如瓶。

他给许随回了一大段话："我能跟你说的就是这个事影响挺大的，他的事情还在调查中，但国内几家航空公司都会介意京泽会带来不好的声誉影响，而暂停考虑用他，所以他只能来子公司的基地当教官。这件事，他最不想让你知道。"

许随盯着这段话看了两遍，怎么也想不到周京泽面对的是这个局面，可他还跟个没事人一样。

周京泽当初被大学老师赞不绝口，说他是真正为天空而生的孤狼，是天才型的飞行员，到如今，竟然困在一方天地间。

许随垂下眼回复道："好，谢谢你。"

"小事儿。"盛南洲很快回复。

过了一会儿，盛南洲又发了一条信息过来。点开一看，隔着屏幕，许随都能感觉到他语气里的小心翼翼："那个……西西有没有跟你联系过？"

许随回道："有，但是很少。节假日她会寄明信片过来。你放心，她挺好的。"

"那就好。"盛南洲回了三个字过来。

许随在对话框里编辑，犹豫了一下才发送："其实当初她对路闻白就是一时兴起，后来我问过她对你的感觉，她却跟我说，你一直把她当妹妹看。其实我一直想问，这么多年，你们为什么没有在一起？"

过了很久，盛南洲回了一句话："我也想知道。"

许随在盛南洲这里找不到答案，只好在和梁爽吃饭的时候提了这事，拜托她帮忙打听周京泽被停飞事件的始末。

梁爽听后有点摸不着头脑了，问道："随宝，我有点不懂你了。"

毕竟当初是他辜负许随在先，让许随伤心欲绝，一个月瘦了十斤，最后远赴香港。

"两码事。"许随知道梁爽说的是什么。

她手里拿着吸管无意识地搅拌杯里的冰块，想起了上周的场景，钱森一脸的嗤之以鼻，说周京泽这辈子只能窝在那个破烂地方，她吸了吸鼻子，轻声说："我就是有点儿受不了，他不该是现在这样的。"

许随似乎想再说什么，还是顿住了。梁爽握住她的手，安慰道："没事，总会好起来的。"

上次基地那件事情后，两人的关系有所缓和。她不知道周京泽是什么想法，但她一直都是坦荡的，保持着一定的距离。

两人能正常聊天后，周京泽以一种不动声色的姿态参与着她的生活。比如许随在朋友圈抱怨有些乐队巡演票太难抢的时候，底下是朋友清一色的评论：找个程序员男朋友，什么票没有？

许随笑："确实可以考虑。"

这时，周京泽发了一张截图过来，附言："让人留出来两张。"

"两张都送我？谢谢，刚好我和朋友去看。"许随回。

对方沉默半晌才回复，许随点开一看，隔着屏幕似乎感觉到了他的咬牙切齿："是，都送你。"

又如，周京泽会在周末约许随去吃饭，但他不是直截了当的那种，估计是怕许随拒绝，他会在聊天的空当问道："有个朋友开了家餐厅，非要塞给我两张优惠券，三折。"这次他吸取教训，在后面加了句，"一起去？"

此刻周京泽正在一家会所包厢喝酒，里面笙歌纵情，欢笑声连连，他却坐在沙发上，膝盖挨着茶几，懒散地背靠着沙发，握着手机，头未曾抬过一下。

盛南洲坐在一边刚开了瓶人头马，见周京泽坐在那儿一副"很忙，勿扰"的架势就来气。

"你是来喝酒的还是开个房来蹭 Wi-Fi 的？"盛南洲边给他倒酒边骂，结果周京泽眼皮都不抬一下。

盛南洲趁势凑过去看，虽然被周京泽抬手挡了一下，他还是眼尖地看到了，但里面的内容让他更气了，骂道："哥们儿，那家餐厅我只投了一点股份，而且给你的优惠券是八八折，不是三折！"

盛南洲说着说着觉得不对劲，一脸恍然大悟："好家伙，我说你为什么答应我去培训基地当教官了，之前磨破嘴皮都没用，你是那天看到我车上放着中正和普仁医院的合作项目合同了吧。"

"不愧是我周爷，闷声不响干大事。"盛南洲竖了个大拇指。

盛南洲前两年因为一次飞行事故，手出了点事就没再当飞行员，后来转业了。这些年他一直投资基金，加上有父母支持，转而投资起了航空事业。

周京泽出了这档事后，业内都担心声誉影响而再没用他。盛南洲在中正航空占了一部分股份，是他力排众议，提出以三倍的工资聘用周京泽当基地的飞行教员，但现在对方也只能去分公司的培训基地任职。

周京泽会拒绝，在盛南洲意料之中，也觉得委屈他了，游龙怎么能困于水池中？他应该是迎风雨直上九霄的。

他突然答应去那犄角旮旯儿的地方任教，盛南洲一直想不通。现在看来一切都能说通了。

许随是他的答案。

一切都想通之后，盛南洲碰了碰周京泽的肩膀，手搭在他脖子上，问道："哥们儿，你不会在追许随吧？"

像周京泽这么狂妄骄傲的一个人，盛南洲实在想象不出他放下身段去追一个人的样子。这简直可以列为年度期待事件之一。

周京泽视线终于从手机上挪开，他倾身拿了桌上的酒，一饮而尽，一眼瞥见盛南洲看好戏的表情，他抬了抬眉尾："关你什么事儿？"

红光打过来，周京泽用叉子叉了果盘里的一颗草莓送进嘴里，起身拍了拍他的肩膀："爷走了。"

这才八点，不知道的人还以为他有约会。

盛南洲盯着他的背影冷笑，这不就是不承认吗？呵，死要面子活受罪，迟早有你受的。

周京泽走出会所，许随的信息正好在这个时候进来，他点开来一看："这周没有时间，下周一中午有空，只有两个小时。"

周京泽盯着上面的信息忍不住自嘲，这字里行间透露着干脆利落，她的行程很满，和他吃饭不是很重要，所以只抽出午休的两个小时。

真行，他这辈子受过的挫折都搁在一个叫许随的女人身上了。

周京泽没办法，少爷不得不屈尊俯就，在对话框敲出一句话："行，听你的。"

但这顿饭到底没吃成，许随在开车去餐厅的路上，忽然接到医院的电话，环城路那边发生一起大巴车侧翻事故，伤亡人数过多，人手不够，许随只好赶了回去。

忙完之后，许随累得头昏脑涨，自然把这顿饭搁在脑后了，周京泽也自然而然地没和许随吃上饭。

许随忙得四脚朝天的时候，李漾发了信息给她："随宝，下周六我生日，你可不能忘啊。留出一天时间给我，来我家聚会。"

收到这条信息的时候，许随刚在消毒室洗完手，她抽出一张纸巾擦手，回复："好。"

"礼物买不买都无所谓，重点是你和爽爽来。"

许随看到这条信息笑了一下，继而把手机放进白大褂边上的口袋里，走了出去。

虽是这样说，但许随还是挑了条领带打算作为生日礼物送给李漾。

晚上下班后，许随回到家，点了一份外卖，挂外套，烧热水，收拾好桌面后，她盘腿坐在沙发上吃起了外卖。

她一边吃饭一边无聊地刷动态，李漾忽然发消息过来："我看周京泽朋友圈发了猫的视频，问了他家猫猫的身体情况，顺势邀请他来我的生日聚会，他回了我两个字：没空。"

许随看到后失笑，李漾真是一天一出，她安慰他："那……不是有我们陪你吗？别不开心啦，可能人家确实是有事。"

周六，许随本意是想坐梁爽的顺风车去生日聚会，结果副驾驶坐着她的新任男友——找她做手术全麻的那个十八线明星。

小明星叫谭卫，眉眼轮廓深邃，模样俊朗，穿着时尚前卫，冲许随礼貌地打了个招呼。

两个人你侬我侬，正是打得火热的时候，许随不想吃狗粮，把两个人赶到了后座，主动成了他们的司机。

车子开了一个多小时到达李漾开生日聚会的那栋别墅——闵罗公馆。他们到的时间刚刚好，一进门，梁爽吸了一口气，低骂道："富二代就是会玩，这场面，没有这个数布置不起来。"

许随放眼看过去，李漾确实是个老玩咖，厅内琉璃吊灯如藤蔓垂下来，连带飘在上空的气球都闪着流动的光。

甜品、前菜、酒，甚至连餐具他用的都是最好的，菜品用的不是进口的就是空运过来的新鲜食材。

他把这个生日聚会分为两个主题，一个是室内的，一个是室外的——落地窗外还有一个泳池聚会。

寿星在人群簇拥中，看见许随和梁爽来了，放下酒杯，走过来佯装生气："你们让我苦等。"

许随把礼物递过去，温声说："生日快乐，李漾。"

"爱你，甜心。"

李漾领着许随他们走向正中沙发处，那块儿坐着的全是李漾的朋友，男的女的都有，都是富二代的圈子里的，个个都是人尖，会玩会赚钱会享受，人也开放。虽然人不错，但总感觉他们散发着一种阶层的优越感。

许随挨着沙发一侧的扶手坐下来，大部分时间听他们讲话，话题提到自己，她会大方地开两句玩笑，总之，气氛还行。

李漾拿出相机，猛地一拍大腿："哎呀，我们还没合照呢。"

"合呗。"

李漾连拍了几张，挑了一张满意的，又拍了长桌上的酒杯，配文："虽然……但生日聚会开始了。"

一群人聚在一起，骂瞬息万变的股票，骂完之后不外乎又把话题扯到了男男女女的那点感情事上。

许随斜对面的一个女人叫佰佳佳，她从包里摸出一支女士香烟放在嘴里，旁边的同伴一把抽掉她的烟，叹道："在这儿你也抽？注意一下形象。"

佰佳佳耸了一下肩，抚着裙摆，一把抢回自己的烟："这里没有能征服我的男人，我只好屈从于当下想抽烟的生理欲望。"

"那个呢？""太瘦。"

"穿燕尾服的男人呢？""一般。"

"八点钟方向的呢？""不好玩。"

同伴收回目光，窝回沙发上，说道："确实，一圈看下来也就那样，不是虚有其表就是中规中矩，给我也来一根。"

他们正喝着酒玩游戏，李漾忽然盯着手机呆了两秒，反应过来后，语气隐隐透着兴奋："一会儿这里加个人。"

"谁啊？"有人笑道。

"帅吗？"

李漾："他性格比较冷啦，不过可以给你们看照片哦。"

李漾调出照片给在场的女士看，一群人兴致缺缺地抬眼。

结果在看清照片的那一刻——真的真的绝。

像是碳酸饮料倒入有冰块的酒，吱啦吱啦，无数气泡争相向上涌，场面氛围立刻变得不同了。

佰佳佳这一帮人振奋了几分，开始动手给自己补妆，喷香水。

"我天，这绝对是我的菜。"

"虎口的痣好性感，想亲。"

许随坐在沙发边上，闻言眼皮动了一下，视线瞟过去，对面的女人正反复放大欣赏照片上的男人。

她看了一眼。

周京泽。

周京泽刷到李漾动态的时候是八点十分，他正好在外公家喝椰子鸡汤。

他捏着汤匙的柄，一边慢条斯理地撇上面的油，一边看手机。

"你小子！说了多少次，不要玩手机。"外公一点儿也不含糊地摔了个塑料调羹过去。

外婆把调料瓶拿上桌，一看亲外孙被打，立刻心疼了，骂道："你还好意思打他，自己吃饭不也老爱看报纸？"

外公一脸悻悻，不敢再说话。

周京泽唇角带着散漫的笑，拇指滑着手机屏幕，正走马观花般看着朋友圈的动态，视线忽然顿住，李漾发了一张大合照。

许随在最边上，应该是正吃着东西，被人喊了一声才抬起头，她手里的番茄刚送到嘴边，脸颊鼓起来，安静的眼眸里透着一丝茫然。

外公还在那边说话，颇为严肃地咳嗽了两声："你小子，一向犟得很，什么都不跟家里说。你那个违反纪律停飞的事，用不用我问问？"

"外公，"周京泽放下汤匙，站起来，"改天再陪您喝汤，我有事先走了。"

周京泽捞起一旁的手机，拿起搭在椅背上的外套就要走。外公气得不行，说道："你十天半个月不回家一趟，现在好不容易回来，哪有临时要走的道理，天大的事？"

"嗯，天大的事。"周京泽语气带笑。

他走到玄关处，宋妈又急忙把他落下的烟和打火机送过来，周京泽接过来，想起什么，对外公说："您都退休了，再问，别人该说闲话了。而且这件事不是在调查吗？您要真插手的话，我到时真说不清了。"

况且，他也有他的骄傲。

在等周京泽过来的时候，聚会上的女人们不是在往手腕、脖子上喷香水，就是对着镜子补口红。

梁爽和她的新晋男友去泳池嬉戏了，许随则一脸认真地吃着眼前的水果，顺便与旁边坐着的一名男士玩起了象棋。

许随下棋下得认真，走棋的风格跟她本人一样，慢热，稳健型，开局走了个飞相局。

轮到她走时，许随托腮思考着下一步棋该走哪儿，余光中，一个身影走进来。

黑色的飞行夹克，手垂下来搭在裤缝上，腕骨突出，从他落座开始，气氛陡然发生变化。

场上几个女人的小心思十分明显，有的人借给他倒酒搭话，有人则明目张胆地换座位。周京泽坐在许随这一侧的沙发上，与她隔了一个人的位置。

因为有人过来换座位，有点挤，许随向后挪了一下，连带把棋盘一起往后移。许随的神色依然没什么变化，她喝了一口酒，棋子向前推。她决定走马。

陆续有人跟周京泽搭话，可他四平八稳的，问什么都撬不出来，会搭理人但看得出来是敷衍。看上去他对在场的女人都没兴趣。

聪明的人知道从兴趣爱好下手，佰佳佳手撑着下巴，食指在脸颊处点了点，问："喜欢看球赛？"

周京泽喝着酒，分了眼神过来，仍是滴水不漏："还行。"

坐在对面的佰佳佳挑眉，自动把这两个字理解为喜欢。没说死，那就是还行。

佰佳佳话多了起来，但周京泽脸上依旧没什么波澜，同她保持一定的距离，喝着自己的酒，漫不经心地往左手边看。

许随在下棋时，不经意冲对手一笑，男人立刻蒙了，执棋都缓了一秒。

全程，她都没有往周京泽这边看一眼，淡然又从容。

这一幕尽收男人眼底，周京泽根根修长的手搭在玻璃杯上，收紧，脸色沉沉，似乎要将玻璃杯捏碎。旁边的女人一心想和周京泽搭讪，没注意到他脸上的表情变化，问道："哎，你在看什么？"

"自然是在看——"周京泽将手里的酒一饮而尽，放在桌上，像是在盖章似的，喉结缓缓滚动，"我的人。"

三个字，差点把现场炸翻。

他们都好奇死了到底是哪个女人，周京泽刚才还一副兴致缺缺的冷淡模样，这么快，他就对在场某个女人有兴趣了？

李漾坐在中央，看见自己好不容易邀请来的人被一帮女人团团围住，自己却讲不了两句话。

棋下到一半，许随申请中场休息去上厕所，她洗了个手，发现唇妆有点花，便从钱包里拿出口红对着镜子描画。

她正认真补着，洗手间进来一帮女人，她们看见许随在里面，笑着打了一下招呼，便开始旁若无人地聊天。

"他刚才说'我的人'三个字时，我都要被他的声音给迷死了。"

"好奇，他说的谁啊？我看他说的时候往左手边看了一眼。"

"佳佳，不会是你吧？左手边，不就正对着你？"同伴惊讶道。

佰佳佳笑了一下，没有说话。同伴戳了戳她的手臂，问："你怎么知道他喜欢看球赛的啊？"

"他穿着的那件夹克，领口别着一个小徽章，不巧，正是我哥经常挂在嘴边的一支球队。"佰佳佳侧着头，撩着长发，一点清甜的香水味飘到许随鼻尖。

对着镜子换耳环的那个说道："也可能是我，我感觉他在看我，是时候把那个贱人男友踢了。"

许随补完口红就出去了，身后的讨论声也渐渐变小，然后消失。

许随回去继续下棋，那群女人先后回来，坐到座位上，神色比之前更兴奋了点。

许随对于别人怎么勾搭周京泽，他会是什么回应，一点也不在乎。除了他刚进场她瞥了一眼，注意力全放在棋盘上了。

她喜欢慢慢布局，放长线钓大鱼，到最后把对手围得死死的。与她下棋的是一个斯文的男人，这会儿两手一摊，正要认输，一道压迫性的身影落下来，骨节清晰分明的手执起一棋，兵杀中士，一着，许随的底线全露。

周京泽忽然凑过来，导致在场大半人都将视线移过来，让坐在角落里的许随忽然成了焦点。

许随抬起眼，撞上周京泽的视线，他在看她，眼皮掀起，语气慢悠悠："这叫穿心杀。"

她的心缩了一下。

戴眼镜的男人没感觉到两人之间的暗流涌动，还竖起大拇指，向周京泽讨教："厉害啊，许随下棋这么稳的人，马上要败给你了。"

周京泽极轻地笑了一下，当着众人的面投下一个惊天炸雷，开口："因为她是我教的。"

空气停止流动，在场的人相互对视，短短几分钟内就经历了看上、爱慕，最后失恋的情绪，可谓高潮迭起。

原来他刚才说"我的人"是指许随，原来两人有纠缠，甚至有过很深的缠绵。佰佳佳这样想着，又忍不住有点酸。

许随的神色淡定，认真看着眼前的局，也不是没有办法，左移了一个棋子，场面还是扭转了，平局，她没输。

她缓缓开口，声音不大不小，却让在场的人都听见了："我也不是只跟一个人学棋的。"

周京泽下颌线绷紧，原本眼底散漫的笑意敛住，视线落在她的身上，看着她，她却看也不看他一眼。

这时，啪的一声，灯灭了，有人推着五层豪华蛋糕出来。李漾终于成为中心，他站起来，摇了摇手里的红酒，叹道："真的生日来了，还有点难过。"

"难过啥？越老越帅。"有人笑道。

外面泳池的人也早已换好衣服进来，他们也站起来，拍着掌给李漾唱《生日快乐歌》。砰的一声，香槟喷出气泡，彩带和金色碎片纷纷扬扬地落下来。

唱歌切生日蛋糕后，不知道谁按了一下墙壁上的灯，红绿圆灯扫射，重金属音乐在耳边炸开。

一群人尖叫着闹事，跳舞的跳舞，玩游戏喝酒的也有，派对才刚刚开始。

许随喝了一点酒之后，走到外面看夜景透气，她倚在玻璃窗上发呆，梁爽走过来拍了拍她的肩膀。

"终于想起你的朋友啦。"许随扭头看清来人，笑道。

梁爽难得不好意思，她吐了一下舌头："哎，不谈不知道，一谈才发现弟弟好黏人。"

"知足吧你。"许随捏了一下她的脸。

"啧，里面那帮女的太馋周京泽了吧，那眼神恨不得在他面前把衣服都脱了。"梁爽冲她眨了眨眼，语气揶揄，"哎，你和周京泽到底算怎么回事啊？刚才他在里面对你打直球，我可全听李漾说了啊，他这不会是想再招惹你一次吧？你现在什么想法？"

许随摇头，笑道："没想法。"

"成。"梁爽拥着她的肩膀走进去，开口，"外面风大，进去玩游戏。"

许随点了点头，同梁爽一起进去。从许随进来后，周京泽一直看着她，眼里也只有她，导致气氛发生了一点变化。

"哎，你们在玩什么？"梁爽拉着许随坐下。

有人答："坦白局，也叫真心话大冒险，你们玩吗？"

许随点头，梁爽坐在一边，拉起谭卫的手，说："玩呗，不过你们可悠着点儿，我男朋友在这儿呢。"

众人大笑，许随俯下身，拿起了桌上的一块苹果，慢吞吞地咬着它。第一局，酒瓶转了十几圈后，在佰佳佳面前停下。

问话的那个男人刚好是佰佳佳的追求者，忸怩着憋红了一张脸，问了一个模棱两可的问题："你最近有没有喜欢的人或事物？"

　　佰佳佳蔻丹色的指甲敲了一下桌子，不看周京泽，笑答："有。拜仁慕尼黑。"

　　气氛一下子热了起来，有人吸了一口气，不禁佩服佰佳佳这招实在是高，算明里暗里都出手了吧。

　　其他人暗暗感慨：输了输了，确实玩不过她。

　　只可惜当事人神色淡淡地抽着烟，并没有给任何反应。

　　佰佳佳一向主动，是穷追不舍型，第二次转酒瓶转到周京泽面前，佰佳佳神色兴奋，她托着下巴，面若桃花，问道："我也喜欢拜仁，你为什么喜欢？"

　　好家伙，既变相宣布这是她喜欢的人，又表明两人还有共同话题。佰佳佳一招就把在场几人的路堵死了。

　　周京泽伸手弹了弹烟灰，缓缓开口："说实话，我是内马尔的粉丝，他效力于巴黎圣日耳曼足球俱乐部，但我前女友在一次打赌中押了赢了他的对家，喜欢上了拜仁，所以我也跟着喜欢了。"

　　这个回答表示周京泽拒绝，他主动转了酒瓶，开始了下一轮游戏。只剩佰佳佳一脸的失魂落魄。

　　第二局开始，酒瓶哐哐地转了几圈，在梁爽面前停下来。他们一点也不客气，直接让梁爽和谭卫表演个现场热吻。

　　梁爽一点也不害羞，两人十指相扣，直接来了个法式热吻，惹得在场众人尖叫连连。惹得谭卫红着脸说："我虽然不红，没几个人认识，但是各位姐姐千万别拍照。"

　　"我已经偷拍了。"许随笑着把小番茄塞进嘴里。

　　"要死啊你。"梁爽作势要打她。

　　许随一晚上都没怎么吃东西，扫完面前的水果，又拿了一块小蛋糕认真地吃着，酒瓶哐的一声转到她面前的时候，众人都看着她，她还有点蒙。

　　反应过来后，许随放下蛋糕，拿纸巾擦了擦嘴，笑着说："真心话吧。"

对方不太了解许随，但先前周京泽的表态让人觉得他俩肯定有一段，是过去时还是现在时也不清楚，他们只好借助真心话问题的卡片。

对方抽了一张卡片，她认真念着上面的问题："初恋之后，你一共谈过几段恋爱？"

佰佳佳帮忙解释："没有的话，你就说没有。"

明明是很中规中矩的一个问题，周京泽好像终于碰到了感兴趣的话题，缓慢撩起眼皮，直视着她，也在等她回答。

许随灌了一口龙舌兰，口腔里辣得厉害，转了一下手里的玻璃杯，看到杯壁上反射出眼眸乌黑，但始终带着笑的一个女人，她大大方方说道："两段。"

话音刚落，空气凝固，坐在周京泽旁边的人忽然觉得气压很低，瘆人。

周京泽漆黑的瞳仁紧锁着她，眼底的情绪像一头要挣脱出来的猛兽，随时要将她吞没，而许随一直没看他。

也就是说，分开这些年，许随一直在向前生活，努力工作，认真谈恋爱。她的世界里也可以没有他。

这一环节很快被揭过去，游戏继续，周京泽一杯接一杯地喝酒，灯光移向别处，他的脸庞半陷在阴影里。

虽然看不见表情，但是身旁的人都感觉出他的情绪不佳。

酒瓶哐啷的一声，像是命运的齿轮缓缓转动，转到周京泽面前停下来。有人看热闹不嫌事大，问道："跟刚才许随的问题一样，怎么样？你一共谈过几段恋爱？"

这里了解周京泽的人除了许随就剩梁爽了，问一个纨绔子弟这种问题，是什么烂问题，她才不会放过他。梁爽拿起放倒的酒瓶放到他面前，笑吟吟地看着他，语气嘲讽："不，改个前提，这七八年里，周大少谈过几段恋爱？"

周京泽手指夹着的烟猩红，烟灰掉落下来，灼痛掌心，他将面前的酒拿起，仰头一饮而尽，声音一张口就哑了，低头扯了扯嘴角：

"一段也没有。"

这话说出来，任谁也不会信的。

因为周京泽看起来就是游戏人间、真心换不了真心的一个浪子。

但人家确实玩个游戏也没必要骗人。佰佳佳托腮想，那就是他陷在上一段感情里，没放下，但七八年，也太久了。追他这件事变得更棘手了。

在场的人神色不一，就连梁爽的表情都是愣怔的。许随脸上倒没什么表情，她唇角挂起浅淡的笑，倾身将周京泽面前的酒瓶放倒，推着它转动起来："来，下一局。"

话题被她带过去了，场面又热闹起来。夜已深，许随看了一下时间，十点半，她明天还要值班，于是她起身去找李漾，跟他打了个招呼。

许随大方地拥抱了一下李漾，笑着说："生日快乐啊，朋友。"

时间没过多久，到了十一点，大家都陆续离场。周京泽还坐在那里，一杯接一杯地喝酒，眼前堆满了酒瓶。

周京泽微躬着身，手抵在大腿上，另一只手拿起桌上的科罗娜，瓶盖的锯齿磕上桌沿，咔嗒一声，瓶盖脱落，掉到地上。

一只骨骼分明的手拎着酒瓶就要往嘴里送，不料被另一只手夺下来了。李漾正收拾着桌面，用脚踢着木框前进，把空酒瓶扔进去。

"我说，你把我这儿当酒吧了？"李漾在旁边坐下，自顾自地喝着刚从周京泽手里夺来的那瓶酒。他才是最应该喝酒的那个人，要不是今晚这些事，他也不会知道原来随随是这人的前女友。

周京泽仰靠在沙发上，喉结弧度流畅，落地窗外的光将他的侧脸切成落拓不羁、颓丧的立体。

他开口问："分手后，她真的交往过两个？"

李漾点点头，想了一下："第一任我不认识，第二任她带来过，我们一起吃饭——"

他话还没说完，身旁一个身影起来，周京泽拎起外套就往外走，撇下一句话："谢谢你的酒。"

李漾有点生气，他话都还没说完人就走了。自己怎么一点存在感都没有？于是他故意大声刺激对方："——交往过的男人，各方面条件都不错，一点也不比你差！"

周京泽正下着台阶，闻言脚步顿住，回头，他目光笔直地看向李漾，脸色有点沉，一字一顿："——不是你叫的。"

许随回到家，洗完澡洗完衣服后，打开冰箱门一看，空的。

她拿起桌上的手机和钥匙，穿着睡衣，趿拉着一双棉拖鞋就跑下楼了。便利店内，许随把一堆啤酒，以及明天早餐要喝的牛奶、三明治全装进去，白色塑料袋发出窸窸窣窣的声音。

付完账，许随推开玻璃门从维德里出来，远处的车一辆接一辆地开过去，一阵冷风刮来，她下意识地瑟缩了一下肩膀。

她手肘挎着一塑料袋啤酒，边往小区走，边从里面挑出一罐生啤，食指抠住拉环，拇指按住铝面，往上一拉。

咔嗒一声，拉环打开，许随举着啤酒喝了一口，唇齿间都是冰凉的，还有一丝丝甜味。

许随拿着啤酒罐，还低头伸出舌尖舔了一下铝面上的泡沫。

她边喝酒边走到自家小区楼下，这里的声控灯坏了，不经意地抬眼看过去，结果隐约看见有个人背靠在墙壁上，站在楼道里有一搭没一搭地抽着烟，他的身材高大，周遭一片黑暗，地上散落一地橙红的烟头。

许随走进楼道里，她有些害怕，手伸进口袋里摸出手机想点亮手电筒。她的手有点抖，正要点亮时，倏忽，一道人影落了下来。

她整个人还没来得及反应，一只强劲的手攥住许随的手腕，天旋地转间，许随整个人被抵在墙上，吓得尖叫出声，在闻到男人身上熟悉的气息后才松了一口气。

原来是他。

许随推开他想走，不料她的手腕被男人牵住高举过头顶，他整个人压着她，凶猛的男性气息扑面而来。

砰的一声，一袋啤酒应声落地。

其中一罐啤酒滚到男人脚下。

周京泽眼睛沉沉地盯着她，他的眼睛漆黑又锐利，像岩石，不见底，欲望赤裸，此刻他像一只蛰伏已久的困兽，黑暗又压抑。那眼神，似乎要将她慢慢剥开，再吞下。

"你干什么——"许随抬眼，心里一阵恐慌。

"么"字刚发出声就被淹没，一道压迫性的阴影笼罩下来，周京泽单手捏着她的下巴，欺身吻了下来，将她的声音悉数吞入唇舌中。

他的舌尖仿佛带着铁锈味，冰冷，让许随心口一窒，紧接着是掠夺，占有，所到之处，皆引起一股猛火。

许随的手被十指相扣摁在墙上，她只能发出呜呜的声音表示反抗，墙壁是冷的，可眼前这个人贴过来，胸膛坚硬又滚烫，冷热交加，她感觉自己要呼吸不过来，像一条缺水的鱼，浑身干得厉害。

许随的胸腔剧烈地起伏着，这反倒方便了周京泽，更靠近一步。

楼道里一直是暗的，小区里时不时有人回家，停车，红色的车灯亮了又暗下去；也有人遛完狗回家，说话的声音忽远忽近。

许随一直害怕有人过来，一边绷紧神经，脚趾不由得蜷起来，一边还要躲开周京泽的吻。

男人似乎不满她乱动，拇指摁住她的额头，一口咬住她的耳垂。

许随发出"咝"的一声，语句断续："你……要耍流氓找别人去。"

周京泽偏头再次吻住她的唇，声音低哑又霸道："我只对你这样。"

他亲得认真投入，许随沉溺在他的气息里，因为缺氧而无法思考，他吻过的地方都有电流蹿过，痒痒麻麻的。

周京泽这个人是瘾，一碰就会沦陷。

许随的手抵在墙壁上，用力抠着旁边的墙，抠到指甲生疼，白石灰掉下来，痛感传来，理智逐渐回笼。

他吻得太用力、太凶猛，许随用力一咬，血顿时在两人口腔散开，带着一丝血腥味。周京泽吃痛松开，许随趁其不备一把推开他。

"你别过来了。"许随看着他开口，同时伸手抹了一下嘴唇。

许随看着他，语气真诚："我们已经分手很久了，但我还是希望你过得好。"

她不是那种分手了会希望前任过得不好的人，所以她关心他停飞，关心他的现状，也仅限于此。

周京泽再上前一步，看着他这么多年，横跨大洋，飞越沙漠，日思夜想的女人。

她冷静又从容地告诉他，这段感情已经过去时，周京泽五脏六腑都透不过气来。

她好像是个局外人。

"许随，我等了你那么多年。"周京泽眼睛直视她，语气沉沉。

许随别过脸去，一滴眼泪落入指缝中，她没看他："没让你等。"

光线昏暗，许随拿出自己的手机，打开打车软件，说："你喝醉了，我帮你叫辆车送你回去。"

临近十二点，月亮有一半隐进云层里，光线浮动在两人身上，中间好像有一条泾渭分明的线。

一个活在过去，一个活在现在。

周京泽看着许随，忽然没来由地扯着唇角自嘲："原来那次是真的。"

他说话的声音太小，许随有些没听清，问道："什么？"

周京泽从口袋里摸出烟和打火机，他从烟盒里抖出一根烟，咬在嘴里，打火机发出啪的一声，他伸手拢住火。

他低垂着眼，神态漫不经心的，一开口声音哑得不像话："问你个事。"

"什么？"

周京泽吸了一口烟，拿下来，目光紧锁着她："真没可能了？"

灰白的烟雾从他修长的指间腾起，模糊了她的视线。许随看向他，眼前这个人，穿着黑色的外套，单手插着兜，昂着下巴，一身骄傲，长得很帅，也是她喜欢了很久的男孩子。

他在看着她，等着她回答。

许随点了点头，周京泽懂她的意思了，后退一步，她看见他眼底的某根弦断了，接着又恢复冷酷的漠然。

"知道了。"周京泽撂下这句话就走了。风很大，他的衣领被吹乱，随便抬手理了一下领子，又被吹歪，这下他彻底不管了。

手机发出振动声，周京泽拿出来看，朋友问："喝酒吗？"他敲了一个字回道："去。"

他随手拦了一辆出租车，车子在面前停下，周京泽侧着身子坐进去，砰的一声把车门关上，连带把外面灯火的人情温暖一并隔绝。

车子缓慢向前开，周京泽手肘撑在车窗边上，眯着眼回想一些事情。

当初分手第二天，他去找许随复合，却得到"恶心"俩字的评价，少年气性骄傲，从来都是天之骄子，自尊被人打碎，便负气而走。

周京泽整整一个星期，意志消沉，整个人都不在状态，那个时候偏偏赶上期末考试，他生平第一次考得这么差，被看重他的老师厉声批评。

"你要是这种丢魂的状态，谁敢坐你的飞机？！"老师把文件摔在他面前。

周京泽一声不吭，好不容易熬过漫长的考试周，回到家后冷静下来，想了想，许随说的应该是气话。他还是想挽留一次。

他跑去许随学校找她，周京泽站在女生宿舍楼下，一连抽了好几支烟，才等到人。

结果下来的不是许随。

"——呢？"周京泽问道。

"啊——"胡茜西看了他一眼，语气小心翼翼的，"她去香港念书了呀，交换一年，她没跟你说吗？"

谁能想到，仅一个星期，人去楼空。

到底是谁狠心？

胡茜西说许随考完试，立刻收拾了东西，回了黎映，之后就是飞香港。周京泽静静地站在那里，像一尊沉默的雕像，手里夹着香烟，烟灰掉落，灼伤掌心，隐隐作痛。

在他开始规划他们的以后时，许随却以一种决绝的姿态，离开得比谁都洒脱。

她先走的。

八月份暑假的时候，周京泽试图联系她，忐忑又期待地拨了电话过去，电话那头却传来冰冷的女声：对不起，您拨打的电话是空号……

胡茜西怎么都不肯给周京泽许随的联系方式，他没办法，试着打了以前两人发错信息时，许随奶奶的手机号。

电话打过去，在漫长的等待中，咔的一声，终于接通，那边传来"喂"的一声，不是预想中老人的声音，而是一道中年女声。

周京泽在电话这边不自觉坐正身子，说话礼貌又拘谨："阿姨，您好，我是周京泽，我找许——"

他话还没说完，许母在电话那边倏地打断他，声音温柔，却字字诛心："小周是吧，你们分手了是吧。——已经去香港了，阿姨能不能恳求你，别再来找她了？之前她为了你，差点放弃去香港的机会，回到家也经常哭，老不吃饭，问了才知道她失恋了。

"小周啊，可能对于你们这种出身好的孩子来说，这不算什么，但我们——耽误不起，做家长的就是望女成凤。况且，你们还小，感情也是一时的，要是你过几年还喜欢她，那再来找她，可以吗？至少不是现在。"

许母说的话，字字在理，这是一个单亲母亲恳切希望小孩成才的心。周京泽想反驳却找不到反驳的理由，垂下眼，哑声道："谢谢阿姨，打扰您了。"

后来周京泽参加工作，彼时正是周京泽风头正盛、事业大好的时候。

他满世界地飞，落地，再起飞，看起来好像忙得没时间想任何人。

可一次落地，也许是那天太晚了，情绪绷不住，他到底没忍住，想她了。周京泽跑去找了许随。

去找她的路上，他一直在想，这回总行了吧，两人都长大了，都有能力了，在各自的领域都挺优秀的，父母的阻碍应该不是横亘在两人之间的问题了吧。

只要她还喜欢他。

他把车停在她家楼下不远处，看见一道纤细熟悉的身影，立刻解锁要下车。可人走过来，视线变清晰，才发现许随旁边还站了个男人。

那天天很冷，下雪了，许随鼻尖被冻得通红，站在对面的男人立刻解下围巾，动作温柔地给她戴上。两人看起来很亲昵。

周京泽只看了三秒，顶着张面无表情的脸，踩下油门，开着车从两人旁边呼啸而过，溅了对方一身的泥水。

那天晚上，周京泽跟盛南洲说了这事。盛南洲一向单纯乐观，听后直劝："兄弟，眼见不一定为实啊，别整得跟偶像剧一样，男主角去找女主角，看见女主角和别的男人在一起，最后就错过了。那个男人说不定是许随她哥或者亲戚呢？别多想。"

周京泽半信半疑，最后把这件事压在了心底。想复合的心就此打了退堂鼓。

一直到现在，周京泽心里还隐隐抱有一丝希望，希望他看见的并不是以为的。现在看来，当初他撞见的男人，应该是许随的男朋友。

周京泽说不上是什么感觉，心被一把钝刀来回割着，一阵一阵的，不是滋味。

他不是生气许随交过男朋友，只是他没底了。

车窗降下，沾着湿气的风灌进来，一支烟燃尽，他掐灭扔了出去。烟头在半空中发出微弱的弧光，然后消失不见。

没有谁会一直在原地等着谁。

她确实是不喜欢他了。

第 四 章

没错，我是在追你

"只给你的"

四个字像催化剂，让心底刚起来的气泡，慢慢变大，盈满，在空中飘来飘去。

那天晚上，许随跟周京泽说清楚后，总算松了一口气。他那么骄傲的一个人，应该不会再主动放下身段来找她了。

晚上下班回家，许随洗完头，放在桌上的手机就不停地发出振动声，显示有消息进来。

她坐在沙发上，偏头用毛巾擦着湿漉漉的头发，顺手捞起桌上的手机看消息，通知栏显示她在某乎的回答有新评论。

还是她多年前一时心血来潮回答的问题——学生时代的暗恋时期，你做过最搞笑的事情是什么？

至今还有人点赞，在她那条回答底下回复。

拇指滑动屏幕，一目十行扫下去。

1．我仿佛看到了另一个自己，不过他现在和别人结婚了，过得很好。希望答主能够拥有自己的幸福。

2．你们现在还有联系吗？

3．小姐姐，你现在对他还有感觉吗？

……

许随盯着这些问题看了足足有三分钟，水珠顺着发梢滴进脖颈里，她俯身抽了一张纸巾擦干净脖子。

最终她点了隐藏回答。答案变成了一片空白。

她放下手机，吹干头发，护肤，点香薰，最后一夜好眠。

周三晚上九点，许随刚下手术台，她脱掉身上的手术服，以及防护手套，走进消毒室，挂在一边的白大褂里发出嗡嗡的振动声。

许随没去管，拧开水龙头，洗干净手才去拿口袋里的手机，摸出来一看，是梁爽来电。她点了接听，笑着问："小妞，什么事呀？"

电话那边一阵沉默，紧接着传来一阵压抑的哭泣声。许随打开门，听见她的哭声，皱眉，语气温柔："怎么了，谁欺负你啦？"

梁爽还是不答，继续哭。

许随耐心地问她，一边安抚她一边看着时间："我这边差不多要下班了，一会儿我陪你去吃你喜欢的新加坡菜怎么样？"

兴是许随的声音太温柔了，梁爽终于忍不住，在电话那边号啕大哭起来，以至于说话带着鼻音，但语气暴躁又崩溃："他大爷的，谭卫劈腿了！前一天晚上还说爱我，第二天……就跑去和老女人开房了，我必须给他们一点教训！"

"啊？"许随语气诧异，她边应边脱身上的白大褂，换上外套，"不哭啊，你现在在哪儿？我去找你。"

梁爽抽了一下鼻子，声音委屈："我在狗男女幽会的会所附近呢，今天我就是来捉奸的，我还带了相机和直播工具。谭卫不是个小明星吗？我今天就要曝光他，给狗男女上一堂课，证明老娘不是好惹的！"

许随眼皮跳了跳，说道："你别冲动啊，我现在马上过去找你。"

许随把手机塞到兜里，平底鞋也来不及换下，快速走出医院，直奔停车场。许随开着车，一路驶出去。

梁爽性格一向火暴冲动，许随担心她一气之下，会做出什么事来，于是加快了速度，朝她所说的地方赶去。

廊桥桂会所，许随抵达附近，打梁爽电话无人接听，只好摁了摁车喇叭来寻人，远远地看见一个穿着杏色风衣、戴黑色八角帽的姑娘在前面朝她挥手。

许随停好车，拔了钥匙去找她，走到梁爽面前，发现她眼睛都是肿的。许随赶忙找纸巾，梁爽摆手表示不用，一开口嗓子都哑了："这家会所是会员制的，没有卡，我们怎么进去？"

"你真的要进去啊，万一遇上什么不好的事怎么办？"许随处于理智的状态。

"我就是觉得憋屈，凭啥我对他这么好，还要悄无声息地被绿啊？我前两天刚用工资卡给他买了块表呢……"梁爽一说眼眶又开始红了。

许随忙给她擦眼泪，声音温软："你别急，我想想办法。"

身后的停车场，车一辆接一辆地停过来。许随今天穿了一件黑白格马海毛外套，高腰牛仔裤配靴子，她凝神思考了一下。她有轻微近视，从包里拿出眼镜戴上，又将敞开的外套扣子系得齐整，头发绾低，口红用纸巾擦掉，这一弄，像一个安分守己刚下班的女人。

梁爽见许随朝停车场的方向走去，神色淡定地同一个中年男人说话，不知道两人达成了什么共识，最后她点头冲他笑了一下。

五分钟后，许随返回，开口："可以了，一会儿我们跟着他进去，他有卡，会帮忙刷电梯。进去后你把相机藏好，一定不能冲动，不然吃亏的是你自己。"

"嗯嗯，"梁爽点头如捣蒜，问道，"不过，随随，你怎么让那个男人答应帮忙带我们进去的啊？"

许随似乎有点不习惯头发扎得这么低，她低头拨弄了一下："那个男人一看家里就有小孩，我就利用了一下家长的同理心，跟他说我弟弟叛逆不上学，非要来这里当服务员，家长都气出病来了，我来劝他回去。"

梁爽挽住她的手臂，眼睛又开始红了："呜呜呜，你好聪明。"

"好啦，擦擦你的眼泪，我们进去了。"许随拍拍她的手臂。

穿着蓝色西装的中年男人，带着助理，领她们两个进了廊桥桂会所，再一路刷卡顺利乘上电梯来到 2070 包厢。

走廊上，未关紧的包厢门漏出男人女人调情的声音，和隔壁包厢玩骰子、谈话的声音掺杂在一起，纵情又享乐。

梁爽站在门口，手紧握成拳，指尖微微颤动。

"随随，一会儿我负责摁住狗男女，拍完照我们就走。"梁爽说道。

很多事情，你设想跟真正做到不是一回事。梁爽推门进去看到眼前的一幕时，理智全失，什么计划，什么见好就收，全抛在脑后。

门被打开，VIP豪华大包间里KTV机点的歌没人唱，却成了他们的背景音乐，谭卫赤裸着上半身，卫衣扔在地上，两个人竟在沙发上胶着在一起，那个女人快四十岁，谭卫闭着眼，卖力地表演他的技术活，还喊着"宝贝儿"。

梁爽气得气血上涌，哪还顾得上拍照的事，冲过去，把桌上的杯子、墙角处的花瓶往两人身上砸，边扔边骂："狗男女，换古代我早送你俩进猪笼了，谭卫，你这个贱人，你对得起我吗？"

许随站在一边，拿出手机，调出相机悄悄拍了几张照。

女人匆忙地穿好衣服，谭卫提起裤子，神色慌乱地想要解释，可梁爽不停地砸东西过来，他一边躲一边说："爽爽，不是这样的……"

"别叫我，恶心。不是这样是哪样？你们是在拍行为艺术片？"

起初谭卫还能忍，直到梁爽飞过来一个烟灰缸，正中他的额头，鲜血直流，他索性不装了，一把攥住梁爽的手臂，眼底的锋利尽显："你闹也得有个限度，你是不是觉得我不打女人？"

谭卫手掌扬起，一脸的冷漠，梁爽吓一跳，害怕地躲开。一道冷淡又有力的声音响起："放开她。"

许随站在不远处，手里拿着手机，朝他晃了晃，拇指按住屏幕："你刚才做的事，还有现在对梁爽做的，我不介意把照片打包通过邮件给媒体、论坛、你公司各发一份。"打蛇要打七寸，朝别人投石也要有把握再扔。

谭卫一下子变了表情，急忙松手，一脸的讨好："许随姐，我就是和她感情走到头了……"

许随正凝神听着，不料身后一股猛力朝她推来，许随不受控制地往前一摔，手机飞了出去。

"你居然想威胁我老公？门都没有……"女人骂道。

"你推我朋友干吗？！"梁爽一下子就炸了，立刻冲过去扯女人的头发，两个人扭打在一起。女人打起架来，比男人还狠。

梁爽一手拽住女人的头发，一手扯住她的假睫毛，弄得对方直喊疼。哪知梁爽被东西绊住，一个趔趄直摔在茶几上，手肘向旁边一偏，接着类似于瓷片摔碎的声音响起。

谭卫看到地上碎掉的青花瓷笔筒，整个人都崩溃了，冲正在打架的女人吼："你惹她干什么？这送给导演的东西都碎了。"

这是他哄了富婆一个多月才买的，明朝时期的古董，他用来讨好导演以求给他多加点戏份的，这下好了，全碎了。

"你让她赔啊。"女人指着梁爽说道。

场面乱成一锅粥，许随只觉得头疼，她的手臂被撞出一块瘀青，费力地去捡地上的手机，她打算报警。

手机刚按出一个"1"字，砰的一声，门被打开，几名警察走进来："不许动，刚接到举报电话，说这里有人进行集体色情交易，请配合我们调查。"

得，不用报警，刚好撞上麻烦了。

许随他们被请了出去，警察每间房逐一排查，将可疑人士带回去做笔录。成尤刚上完厕所出来，吹着口哨，一眼瞥见走廊拐角处的许随，她旁边还站着一帮人。

成尤对着她拍了个照，侧身躲到柱子后面，给周京泽发消息。他终于眼色好使一回，还卖了个关子："老大，你猜我看见谁了？"

周京泽在家里刚洗完澡，他开了一瓶酒，捞起桌上的手机，回："看到谁都跟我没关系。"

成尤看到这条回复，心想：你就装吧，一会儿看你能不能忍住。于是他什么也没说，发了许随的照片过去。

果然，不出三秒，周京泽的电话打了过来，成尤接起，听到了他在那边穿衣服、找钥匙发出窸窣的声音，周京泽撂下几个字："她在哪儿？"

成尤把这边发生的事告诉了他。

公安局，许随一行人做了笔录，至于打架斗殴，他们自然不想闹太大，选择私了。

许随需要叫个人过来签字保释，她一向独来独往惯了，身边没几个朋友，就算有，也不在京北。

许随握着手机，看着上面的通信记录犹豫不决，最后点开了李漾的名片。拇指按下去，正要拨打时，一只骨节清晰分明的手一把抽走了她的手机，同时，一道阴影落下来。

她偏头看过去，周京泽穿着一件黑色的派克外套，衣襟半敞，裹挟着外面凛冽的风，他朝警察点了点头。队长拿着保温杯过来，看见周京泽，面色一喜："小周，还真的过来了啊。"

周京泽有礼貌地颔首，低低沉沉的声音响起，笑道："是，来接个人。"

他接过蓝色文件夹和黑色水性笔，在文件上面留下冷峻的笔迹。队长放下保温杯同他握手寒暄，两人就各自的近况聊了一下。

许随有一瞬间是蒙的，周京泽为什么会出现在这儿？他是怎么知道的？这些通通在脑子里成了一个个疑问。

签完字后，周京泽正要带她们走，女人语气刻薄地喊道："这就走了？你打碎的那个青花瓷笔筒不用赔吗？"

"对啊，有监控的。"谭卫不让梁爽走。

梁爽气得跳脚，指着他们："我赔！等我把照片放出去，你等着玩完吧。"

谭卫脖子一缩正要作罢时，女人走上前给小白脸撑腰："放心，姐有钱给你做公关。"

"那我也只赔一部分，你在老娘这儿花了多少钱？"梁爽牙齿都要咬碎了。

谭卫听后点头，反正都这个局面了，而且他最近缺钱，能捞一点是一点。

梁爽拿出手机，觉得眼发酸，于是狠狠地揉了一下眼睛。她正打算给谭卫转账再当场跟这个贱人两清时，尴尬的局面来了，前段时间刚换车，她发现卡里根本没有多少可挪动的钱。

许随看她脸色不对劲，走过去，两人凑来凑去，还差一笔。

周京泽低头拿着手机，拉开玻璃门，一阵寒风刮来，他的后背挺拔宽阔，不知道在跟谁打电话。

梁爽正为难着，周京泽再次推门进来，撩起眼皮直视谭卫，语气闲散："多少钱？我替她赔。"

晚上近十二点，周京泽开车送两人回家。虽然平时梁爽没少说周京泽坏话，但这次她对于周京泽出手相助还是心存感激的。

"那个……今晚谢谢你，你留个账号给我，我下周还你。"梁爽吞吞吐吐地说。

前面刚好是岔路口，周京泽打着方向盘一偏，声音带笑："客气，你和许随是好朋友。"

紧接着他话锋一转，语气慢悠悠补上："你欠我的，不等于她欠我的？"

许随无语。

梁爽在前面的路口下车，她一走，车内又归于安静，不知道是不是车子开得太稳的原因，又加上今晚的事，许随累得昏昏沉沉，最后竟靠在车窗边上睡着了。

她断断续续做了一个梦。

醒来的时候发现自己竟然在车里睡着了，许随揉了揉眼，清了清喉咙："我睡了多久？"

周京泽坐在驾驶位，倾身从口袋里摸出一盒压片糖，倒在掌心两颗，开口："没多久。"

许随低头，额前有一缕碎发掉下来，说道："今晚谢谢，总之，我欠你一个人情。"

周京泽拆开糖纸，把薄荷糖扔进嘴里，声音压低："嗯，你记得还就成。"

许随走后，周京泽坐在车里抽了几根烟，指尖的火光明明灭灭。更深露重，车窗半降，他抬眸看到楼上暖黄色的灯亮起。

一截快要燃尽的烟丢到濡湿的泥土上，他这才驱车离开。

回到家，周京泽把钥匙扔在玄关处，仰靠在沙发上，他闭了一会儿眼，刚打算继续喝刚才没喝上的酒时，门铃响了。

打开门一看，是盛南洲。

他拎着两瓶酒过来，一看茶几上的酒，说道："嚯，挺有默契啊，哥们儿。"

周京泽扔给他一罐啤酒，自己也开了一罐，闷声不响地喝起酒来。盛南洲也没说话，陪着他喝酒。

"对了，哥们儿，刚才你找我借钱干吗？"盛南洲问，"你可是超级富二代，不挺有钱的吗，轮得到向我借？况且你之前飞了这么多年的工资呢？"

周京泽没吭声，盛南洲一看他就是有事瞒着，也不逼问他，于是换了个方式问："你妈不是留给你一笔信托基金吗？那可够你吃喝等死两辈子啊，也没了？"

"啧，"周京泽估计被问烦了，他灌了一口啤酒，笑得闲散，"在我外公那儿，他说没找到媳妇儿就不给。"

"牛，还是外公高。"盛南洲竖起大拇指。

盛南洲这个人贱得不行，继续问："你借钱干什么？"

周京泽无语。

盛南洲虚踢了他一脚，坚持不懈地问道："哎，问你话呢。"

周京泽将手里的啤酒罐捏扁，懒散地应道："许随和她朋友出了点事儿，我得管。"

空气凝滞，一阵沉默，紧接着盛南洲从沙发上跳起来，锁住他的喉，整个人暴跳如雷："所以你借兄弟的钱追女人！"

晚上，许随洗完澡后坐在床边，她拿着手机调出周京泽的微信，说道："我欠你的人情，你可以提要求，只要我能做到。"

"我想想啊。"周京泽回。

没多久，屏幕亮起，许随以为他想好了，点开一看，隔着屏幕都能想象他欠欠的语气："没想好，不急。"

你不急，我急。许随盯着对话框腹诽道。她不想欠周京泽的，也不愿两个人的关系不清不楚。

周末，梁爽喊许随出来喝酒。许随想到她最近发生的糟心事，思考了一下便答应了。因为她在家查了一下病历资料，所以出门晚了一些，等她推开酒吧的门，梁爽早已经坐在那儿喝起酒了。

梁爽自从失恋之后，就经常跟李漾泡在酒吧里。酒吧里，红光时不时地打在吧台边上，梁爽朝她招了招手，脸色看起来还算可以。

"啧，人生真无聊，"梁爽从白瓷盘里捡了一粒花生米丢进嘴里，"一下子对爱情失望了。"

许随把一块柠檬丢进酒杯里，晃了晃，怕她伤心，干脆岔开话题："爽爽，之前说的电影的现场发布会，李漾给了我两张票欸，你要不要一起去？"

梁爽自从被劈腿之后，虽然表面嘻嘻哈哈，好像什么事情也没有发生，但许随感觉这件事对她影响挺大的。她心情很不好，许随想多陪陪她，能转移一下注意力也好。

梁爽瞥了一眼票面："意大利电影吗？可我听不懂他们说的话。"

"有字幕呀，而且这次引进在中国上映，好像请了配音老师。"许随喝了一口鸡尾酒。

"行呀。"梁爽点头，她问了和李漾一样的问题，"不过你怎么喜欢上看意大利电影了？这个现场我看你想去很久了。"

许随手掌撑着脑袋，因为喝了一点酒，红晕爬上她的脸颊，她想了一下："我之前不是去香港交换了一年吗？误打误撞认识了一位教授，叫 Professor 柏，在我们学校教意大利语，他是一个非常有意思的人，受了点他的影响，我就喜欢上意大利电影了。"

"哇，可以欸，教授！你怎么不努力努力发展成师生恋？"梁爽眼底激动。

许随下巴搁在手肘上，笑道："少来啊，我们已经很久没联系了。"

"我去上个厕所。"许随将杯里的酒一饮而尽。

虽说鸡尾酒的度数比较低，可不知道是不是许随没吃饭，生喝了两杯酒的原因，这会儿不仅胃有点难受，头还有些晕。

许随手臂扶着墙，一路朝前走，结果一不小心，在去厕所的路上迎面撞到了一个中年男人。

她立刻轻声道歉，中年男人喝得醉醺醺的，正要破口大骂，睁眼一看，看到站在面前的是一个皮肤白腻、眼眸含水的女人，脸色阴转晴，手探了过去："没事儿，陪哥喝两杯，这事就算了。"

许随下意识地挣脱，面不改色地诓中年男人："你试试，我是骨科医生，不仅会接骨，还会给你错骨。"

中年男人一听勃然大怒，巴掌扬了起来，愤恨道："臭丫头片子，那你撞了我这事怎么算？！"

中年男人这会儿也不装了，跟个无赖似的拦住许随不让她走，就在中年男人一巴掌要打下来的时候，有人截住了他的手腕。

对方穿着酒吧的西装制服，身后跟着一个服务员，他推了一下眼镜："顾客，您好，我是这里的值班经理，您先消消气，这是我朋友，您大人不记小人过——"

"一句话就想把我打发掉？"中年男人瞪了他一眼。

"您今晚的消费全免，外加送您一张会员卡，您看怎么样？"经理说道。

人的本性就是这样，再直的脊梁骨碰上一点蝇头小利立刻就弯了，中年男人松口，小声地嘟囔道："这还差不多。"

就这样，许随被经理身后的服务员带回了吧台，而经理负责善后。

梁爽正在那儿百无聊赖地喝着酒，许随抽了一张纸巾擦手，跟她说了刚才发生的事情。

"酒吧老板看上你了？"梁爽瞪大眼，"不然怎么会无缘无故帮忙？"

"酒吧老板没见过我吧。"许随说道。

"那就是领班经理看上你了？"梁爽脑子飞速转动。

许随拍了一下梁爽的头，用牙签叉了一小块西瓜递过去："吃点西瓜补补脑。"

梁爽被气笑了，作势要打她。许随侧身一躲，差点摔下高脚凳。

她们正聊着天，没一会儿，领班经理亲自送来酒水。

"许小姐，这是酒吧今天免费送您的。"经理把托盘里的饮料、食物放到她面前，转而对梁爽微笑："梁小姐，这是您的绿野仙踪。"

"我也有？"梁爽微睁大眼。

"是的，祝两位有个愉快的夜晚。"经理朝她们微鞠了一躬。

"哎，可以问是谁送的吗？"许随喊住他。

"是老板的一个朋友，那位客人让我照顾好许小姐。"领班经理脸上挂着公式化的笑容，"抱歉，我能说的就是这些。"说完这些，酒吧经理朝她们礼貌地鞠了一躬就走了。

梁爽一脸的疑惑，敢情来酒吧还能碰上这样的好事情。

许随更是一头雾水，她的酒已经悄无声息地被换了，摆在面前的是一杯温热的牛奶，旁边还有两个可颂。

她正要移开杯子，发现托盘上放了一张小字条：垫一下肚子，早点回家。

梁爽凑过来看，一脸的惊讶："服了，这次我脑子里绝对没有水，谁在追你啊，怎么这么贴心？"

绝了，居然能在酒吧里搞出牛奶和面包来，梁爽对这个人佩服得五体投地。

许随盯着字条发愣，上面的字迹冷峻，锋芒明显，龙飞凤舞，透露着一股嚣张的意味。

其实她心里隐隐猜出来是谁了。

许随拿出手机发消息给周京泽："你也在零点酒吧？"

没多久，屏幕亮起，周京泽回了简短的一个字："没。"

他这是在否认，可是周京泽越否认，许随越觉得是他。

重逢之后，周京泽跟以前相比，太反常了，不动声色地靠近她、撩她，给她一些不确定的暗示，也主动关心她，时不时地帮她，可他又从来都不说些什么。

许随不想这样不清不楚地和他纠缠着，想问清楚他的想法，于是心底有了个主意。

她跳下高脚凳，拿着手机预备上二楼，专门往卡座人多的方向走去。

许随边上楼梯边发消息："是吗？今天在酒吧有个人帮我处理了纠纷，还送了吃的过来。"

她直接上了二楼，灯光更暗，红紫光交替闪过来，所有的暧昧和调情都反射在玻璃酒杯的镜面中。

倏忽，有人匆匆而过，啪的一声，对方掉了黑色的皮夹，却浑然不觉。

许随蹲下来，捡起皮夹，冲对方喊道："你的东西掉了。"

在等周京泽回消息的时候，许随握着皮夹，右手在对话框里敲字："好像是个好心人，我现在碰见他了，你说我要不要留个联系方式给他？"

消息发出去，许随摁灭屏幕，不再看手机，纤白的手指捏着黑色皮夹，很有耐心地等对方走过来拿回他的东西。是一个戴着眼镜长相斯文的男人，他接过来："谢谢，谢谢。"

"不客气，你检查一下有没有少东西。"

见路人过来，许随往二楼的扶栏处移了一下，男人也跟着走了过来。

男人打开皮夹，一看身份证和几张钞票，还有银行卡都在，松了一口气，一抬眼，许随正眼睛含笑地看着他，安安静静的，很好看。

许随今天穿了一件白色的针织衫，高腰牛仔裤，长发及腰，额前不断有头发掉到前面，她伸手撩到耳后。

随意又动人。是一种介于清纯和妍丽之间的妩媚。

对方的呼吸开始紊乱，明显心动了。

"那个，谢谢你啊，要不我请你喝杯酒吧？"男人笑着说道。

这个讯号表示什么，她不是不知道。是想交个朋友，进一步了解的意思。

许随眉眼弯了一下，正要张口答应，一阵熟悉的烟草味传来，有人攥住她的手臂，一道颇具压迫性的影子笼罩下来。

她看都不用看，就知道是周京泽。

许随太了解周京泽了，闷骚又冷酷，不擅长表达，没人摸得透他的心思。可有时候逼一逼他，这个人又能亮出几分真心给你看。

在一起时，她就知道，周京泽强势霸道，占有欲强，许随猜到他在酒吧，就是不露面。她只是假装跟别人搭个讪，他就出来了。

许随这样做，只是想问个清楚。

周京泽站在她旁边，许随不动声色地用指甲抠着他的手臂，很用力，想推开他。紧实的小臂立刻起了几道鲜红的指甲印，可周京泽愣是跟个没事人一样，一声不吭地受着，紧挨着她，冲对面的男人点头，磁性的声音响起："不好意思，她喝醉了。"

男人只好点了点头，失望的神色一闪而过，最后走了。

人走后，周京泽松开她，许随低头整理自己的衣服。周京泽下颌线绷紧，一双漆黑的眼睛将她钉在原地，缓缓问道："好玩吗？"

许随靠在栏杆上，眼睛直视着他，眼底透出一点疲惫："这句话应该我来问你。周京泽，你这个人真的很难懂，你现在这又是算什么？不会在追我吧？"

有一缕头发卡在许随穿着的针织衫扣子里，她怎么顺都顺不好，有些烦躁。周京泽靠了过来，腾出手，骨节分明的手指抵在胸前，修长的手指将头发钩出来，没一会儿就把它给解救出来了。

两个人挨得非常近，他们这一片的灯光暗下来，周围喧闹不已，摇骰子声、谈话声十分细碎地传来。

许随看着眼前身材挺拔，正在给她认真弄头发，一直沉默的男人，忽然生出一种无力感："算了。"

"算什么，嗯？"周京泽低下头看着她，敛起一贯不正经的神色，声音低低沉沉，"没错，我是在追你。"

他想起什么自嘲地勾了勾唇角，笑道："其实之前就一直在追了，以后尽量明显点。"

周京泽终于把他想说的话说出来了。分开这么多年，他其间找过她，却看见她和别的男人在一起，失落、难堪一并袭来，也有点庆幸，至少她过得很好。

重逢后，可能连许随自己都不知道，她常常一个动作、一个不经意的眼神，就能让他心动，最原始的生理欲望也被她勾出来。

夜不能寐的时候，他经常要靠闭眼想象出她的模样才能抒发出冲动。

周京泽这个人做事，一向不肯露出自己的底牌，做什么都有十分的把握，也骄傲，所以再遇见许随时，他追人是不紧不慢，也不肯承认的，可是喜欢是没有输赢的。

这么多年，他真就非这个人不可了。

许随神色愣住，心底一瞬间慌乱，随即又恢复如常，她说道："可是——"

"我追我的，没征求你的意见。"周京泽打断她，语气一如既往地霸道，眼底只住了她一个人，"现在是我主动找上门来，还赖着不走。"

许随是真的没想到，周京泽要追她。当天晚上回去睡觉，她就失眠了，夜里一直辗转反侧，睡着又反复做着同一个梦。

在梦里，许随被大雾困住，怎么也走不出去。最要命的是，她在梦里走了一夜，以至于第二天她醒来的时候，眼睛都是肿的。

许随洗漱完，打开冰箱拿了一些冰块，用干毛巾包着冰块敷眼睛，消肿以后简单地化了个淡妆，正准备出门时，周京泽发了一条信息过来："今天可能会下雨，带伞。"

自此，周京泽每天就跟天气预报一样准时提醒她要多穿衣服，出门不要忘记带什么。许随偶尔会应，有时会礼貌地附上一句："你也是。"

周京泽每天都会和她联系，主动发消息过来，时不时分享他在基地训练的日常，偶尔也会问她在做什么。

许随回答得比较短，但周京泽这个人就是有本事把要结束的话头给重新挑起来，让人不知不觉跟他聊上半小时。

周五，许随下班后，拖着疲惫的身体回到家，饭也没吃，她只想泡个澡放松一下，可能连轴转了一周过于劳累，热水又有放松神经的作用，到最后她竟然趴在浴缸边上睡着了。

晚上十一点，搁在一旁的手机发出急促的铃声，她看了一眼来电显示，是医院那边的。她搓了一下脸，接电话的声音还有些茫然，等那边说明情况后，许随立刻起来，换衣服，临走前还匆匆捧了一把凉水洗脸让自己保持清醒。

这是作为一个医生 24 小时随时在线的自觉性。

医院来电话说昌东路发生一起酒驾事故，伤员人数过多，许随连包都没带穿上鞋就跑了出去。

到医院后，许随和几个同事在手术室熬到后半夜。许随抬脚踩开手术室的感应门走了出去，她走到消毒室，摁出白色的洗手液，拧开水龙头，水哗哗地流出来冲着白色的泡沫。

忙的时候没感觉，忙完之后，饥饿感袭遍全身，肚子在此刻咕噜咕噜地叫起来。

同事在一旁洗手听到了，关好水龙头说道："我也好饿啊，一会儿去外面 24 小时便利店看看有没有关东煮？"

许随看了一眼时间，苦笑："我今晚连晚饭都忘了吃，这个点关东煮应该也卖完了吧。"

"去看看嘛，买个三明治垫垫肚子也好。"同事抽出一张纸巾擦手，向外走时，说了句，"许随，一会儿我们一起去啊，你等我一会儿，我先去看看我那床病人的情况。"

"好。"许随点头。

许随走了出去，在经过医院走廊时不经意往外看了一眼，这一看，停了下来，于是她走向窗边，往外探出头。

整座城市被一层乳白色的雾气笼罩着，一片寂静，偶尔有几辆车呼啸而过。天空一片莹蓝，是那种贴了窗户纸的模糊蓝，此刻，楼下高大的玉兰树在月光的照射下，散发着柔和的光。有一种静谧的美。

许随抬手拍了一张照，继而分享到朋友圈，说：好美。

很快，远在异国的胡茜西赶来评论，问道："随宝，你那边应该是大半夜吧，怎么还不睡呀？"

许随回：加班。后面还加了一个哭泣的表情。

回复完后，许随把手机放回口袋，朝病房的方向走去，她打算观察一下病人的生命体征再出去。

十五分钟后，许随回到办公室喝了一口水，拿下衣架上的外套，打算同几个同事一起出去吃点东西。

一行人走出医院大楼，旋转玻璃门一推开，一阵刺骨的冷风刮来，许随下意识地裹紧了身上的大衣。

"这也太冷了。"同事缩了一下肩膀。

许随刚走出医院大楼没两步，放在口袋里的手机就响了，是一个陌生的号码。

"喂。"许随点了接听。

"您好，许女士，您点的外卖已经在附近了，不知道您在哪儿？我现在在门诊部这里。"

外卖？她没点啊，许随心生疑问，握着手机贴在耳边："我走到住院部这边了，你右转过来，很近。"

不到五分钟，一个穿着外卖制服的人右手挎着一个大的保温箱，走过来："许女士，您点的同城外卖闪送，请签收。"

许随一脸疑惑地接过来，手指挎着上面的标签看了一眼，这也太多了，分明是几个人的量。

她扭头冲同事说："好像有人给我点了外卖，挺多的，大家一起吃吧，不用出去啦。"

"我们还有份呀？"同事笑道。

"都有。"

一行人又回到医院的休息室。

啪的一声，许随摁亮墙壁上的灯，一室温暖。

许随脱着外套，同事在拆外卖，牛皮纸袋贴有南苑酒家的 logo，打开来一看，里面是一份又一份精致的私房菜，还散发着香味。

"许随，你这个朋友出手可真阔绰，而且南苑酒家不是不外送吗？"

"天哪，好贴心，还有热可可。"同事从另一个纸袋里拿出饮品。

"感谢许医生，跟着你吃到了好吃的！"何护士笑嘻嘻地说道。

"那省得我倒水了。"许随双手插在白大褂的兜里笑着走了过来。

她坐在沙发上，接过同事递来的筷子，黑漆漆的眼睫垂下来，在想是谁给她点的外卖。

一开始许随想到的是胡茜西，可是一想她还在国外，怎么给自己点？

那就只剩下一个人了。

许随拿出手机发消息给周京泽："外卖是你点的吗？"

没多久，手机屏幕亮起，周京泽回复："嗯。"

"这个点了你怎么还不睡？对了，你怎么知道我在医院？"许随问道。

周京泽每次恰到好处的关心让许随怀疑他是不是悄悄在自己身上装了隐形定位探测仪，不然为什么她的一举一动都在他的掌控中？

过了一会儿，周京泽回了消息，一贯地言简意赅，说道："半夜被1017踩醒，朋友圈。"字里行间都能感觉出他的睡眼惺忪。

周京泽确实周到，办事妥帖细心，不仅半夜给她点外卖，还连她同事的份一并买了单。

许随拿着筷子，右手握着手机正要编辑"谢谢"二字，男人又发了一条消息过来："牛皮纸袋里还有个小玩意儿，我让店家给的。"

许随放下筷子，转身去右手边的小桌子上拿牛皮纸袋。

那个纸袋很大，一眼望不见底。看起来什么也没有。

许随拿着纸袋漫不经心地晃了晃，啪的一声，两颗草莓糖掉下来，落在掌心里。

桌上的手机屏幕恰巧在这个时候亮起，是周京泽发来的消息："只给你的。"

"只给你的"四个字像催化剂，让心底刚起来的气泡，慢慢变大，盈满，在空中飘来飘去。

她有一丝晕乎乎的感觉，空气中好像有了一丝甜味。

他这是在哄她开心吗？

十一月，刚好新的一周，天气大幅降温，许随从两件衣服换到了三件衣服，围巾、手套全副武装戴好去上班。

中午休息的时候，许随端着一个杯子，走进午休室，正要拿柜子上的速溶咖啡时，一道影子晃了过来，有人举着一杯香气满满的咖啡递到她面前。

许随抬眼，是同事赵书儿。

"许医生，喝我这杯！刚泡好的。"赵书儿脸带笑容地看着她。

许随半信半疑地接过她泡好的咖啡，一看她就是有事求人，问道："找我什么事呀？"

"嘻嘻，那个，我记得你今晚不用值班吧，晚上陪我相个亲呗。"

许随正喝着咖啡，闻言呛了一下，转而咳嗽个不停，眼睛都咳出湿意来。赵书儿见状立刻拍她的背，忙问："怎么了？"

相亲……她对这两个字都有阴影了。

不知道是不是运气问题，许随相亲遇到的都是奇奇怪怪的男人，导致她很排斥相亲。

"我不太想去。"许随把咖啡递给她。

"不是让你去啦！"赵书儿挽着她的手臂，语气嗔怪道，"是让你陪我去。"

赵书儿，比许随大两岁多，今年三十，长得漂亮，但是一直单身，十分热衷于相亲，也十分挑剔，说媒的人都怕了她。

这次相亲，因为对方条件相当好，还说要带个朋友过来，赵书儿比较重视，也怕自己尴尬，想干脆也拉一个人陪着去，想来想去想到了许随。

许随脾气好，人也温柔，在一旁当个安静的陪衬最好不过了。

"你就陪我去嘛，你就当去喝杯咖啡了，我只需要个人陪着。"赵书儿把下巴搁她肩膀上，不停地撒娇。

经赵书儿的一番软磨硬泡，许随最终架不住她的央求答应了。

"说真的，你们要是后面聊着气氛对了，我就撤啊。"许随强调道。

"好！呜呜呜，许医生，我都快爱上你了，怎么有你这么体贴的女生！"赵书儿一脸的感动。

许随笑着拍了拍她的手臂："行了，我先去午休了，下午还要上班。"

晚上六点，许随下班后收拾了一下坐上了赵书儿的车。许随坐在副驾驶位上，收到了梁爽发过来的信息，让她出来吃饭逛街。

许随在对话框里编辑并发送："不去了，我要陪我同事去相亲呢。"

"好吧，呜呜呜呜，全世界都有男人陪，只有我没有。"梁爽哭诉道。

许随："下回我多注意一下我们医院帅气又人品好的医生。"

"不不，不找同行。"梁爽发了一个叉的表情过来。

车子约四十分钟后抵达一家餐厅，赵书儿让许随先下车，自己开去地下车库停车。

路边人群熙攘，许随站在路边，等了一会儿，赵书儿便走过来，两人一起走进餐厅。

对方已先到，赵书儿热情地招了招手。

男人站起来，笑了笑："你们好，我姓袁，哪位是赵小姐？"

"当然是我呀。"赵书儿俏皮地接话。

"好，都请坐。"对方比了一个请的手势，笑道。

许随看向坐在对面的男人，赵书儿的相亲对象，袁先生，模样周正，是投行的，举手投足都透露着矜贵气息。

"我那个朋友临时有事没来。"袁先生解释道，他朝服务员招手要了两份菜单，问道，"你们看看想吃什么？"

许随只点了一杯柠檬水，便在那儿安安静静地坐着。

赵书儿明显对这个相亲对象很满意，但她怕自己大大咧咧的性格吓跑对方，硬是拘谨着在那儿尬聊。

赵书儿是主角，许随坐在一边尽量弱化自己的存在，她本来想玩手机的，又觉得这样不礼貌，只好数着外面喷泉广场扑腾来扑腾去的鸽子打发时间。

不知道是不是许随的错觉，她总感觉对面这个袁先生的视线时不时地落到自己身上，他还总是把话题岔到许随那儿，问道："许小姐喜欢吃甜品吗？"

许随回神，手指敲了敲杯壁，笑道："一般，我记得书书很喜欢吃甜品，就是老方记那家，袁先生可以买给她。"

"听见没？我姐妹给你抄笔记了。"赵书儿说道。

袁先生连忙应道"一定"，带笑的脸上一闪而过尴尬的神色。

周京泽从城郊基地开车回来，上了一天的课，凌厉的脸上透着一丝倦意。最要命的是，盛南洲坐在副驾驶位上打起了瞌睡。

他今天作为航空公司的股东来城郊基地，美其名曰视察，实际上就是来找周京泽玩。结果盛南洲稀里糊涂被周京泽使唤去了训练场干活。可能是从小受他碾压的次数太多了，盛南洲听到周京泽的指令就下意识地去做，做到一半又觉得不对劲。一日为奴，终身为奴。到最后盛南洲把自己累得半死不活。

车载音响还缓缓放着肖邦弹奏的《c小调夜曲》，声音潺潺又动人。周京泽单手扶着方向盘，修长的手指去拿中控台上的薄荷糖，拆糖纸，丢进嘴里。

他没想到会在半路上碰到梁爽。她站在路边，一脸的烦躁。

周京泽眯眼看过去，好像是车子抛锚了。

他抬手关掉音响，在经过梁爽那辆红色的车时，猛地一踩刹车，车子发出尖锐的刹车声，停了下来。

盛南洲的脑袋不受控制向前一磕又弹了回来，整个人从梦中惊醒，一脸的惶恐："地震了？"

周京泽给了一个"傻子自己体会"的眼神，咔嗒一声解锁抬脚下车了。

梁爽正急得上火，一道淡淡的声音传了过来："车子抛锚了？"

一回头，竟然是周京泽。梁爽点了点头，说道："服了，拖车公司还是忙碌打不通的状态。"

周京泽嘴里嚼着薄荷糖，走过去，掀开车前盖，语气散漫："我看看。"

他抬手掰了一下车前盖里面的东西，手里挑着一根线，边检查边问："怎么你一个人，许随呢？"

"本来想找她吃饭的，她相亲去了啊。"梁爽接话道。

周京泽捏着线的指尖动作一顿，缓了半秒，舌尖抵着薄荷糖转到后槽牙，咬得嘎嘣作响，眼睫垂下来，投下淡淡的阴影。

"在哪儿？"周京泽声音沉沉，压着一股情绪。

"好像在 1987。"

这时，盛南洲跳下车走过来，问道："这车怎么回事啊？"

周京泽一把拽过盛南洲，拍了拍他的肩膀："兄弟，你帮忙处理一下。有事，先走了。"

没等盛南洲反应过来，周京泽开着黑色的大 G 从他面前呼啸而过，甩了他一脸的尾气。

"周京泽，你把我一个人扔半道上？"盛南洲一肚子火气。

赵书儿和她的相亲对象聊天还算愉快，她中途上了个厕所，只剩袁先生和许随面对面地坐着。

袁先生主动搭话："许小姐今年多大？平时有什么兴趣爱好吗？"

许随皱眉，她只是个陪衬，怎么忽然问起她来了？她正要开口说话时，一道懒洋洋的声音插了进来。

"许随，还差两个月 28 岁，生日 12 月 24 号。

"身高 165cm。

"不挑食，什么都吃，跟猫似的，好养活，但对芒果过敏。

"兴趣爱好，看恐怖电影，打游戏。"

许随心口缩了一下，两人皆扭头看向声音的来源。

周京泽穿着一件黑色的派克外套，肩膀宽阔挺拔，下颌线弧度落拓利落，单手插着兜，朝他们缓缓走来。

一股凛冽的薄荷味靠近，周京泽抽了旁边的一张凳子坐下，打火机放在桌上发出啪的一声响，他撩起眼皮盯着男人。

袁先生吓一跳。

周京泽挑了挑眉，语气慢悠悠的，夹着一股狎昵："内衣尺码我就不报给你了。"

一句话落地，既彰显两人亲密的关系，又霸道地宣示了主权。

这确实是周京泽的作风。

"周京泽！"许随脸腾的一下变红，声音变得气急败坏。

她推着周京泽的手臂起身，拿起桌上的包，冲对面的袁先生点头道歉："不好意思，袁先生，我还有事先走了。"

许随推着周京泽走出室外，两人走了出去，站在左手边的路口。

"你是不是神经病？"许随皱眉。

周京泽攥住她的手臂，漆黑的瞳仁压着戾气，声音沉沉："你呢，想找别的男人，做梦！"

一阵寒冷的风刮来，周京泽虽然生着气，但下意识地替她挡住了风口。

"我没有，我没想来相亲，我每次相亲都遇到很奇怪的人，这次是陪我同事来的。"许随无奈。

谁知道周京泽半路杀了出来，他就是个臭痞子，竟然在公开场合说这种让人害臊的话，想想都觉得脸热。

周京泽神色缓和了一点，点了点头，竟装作一点事都没发生，神色自若地牵住她的手腕就往车的方向走。

"去哪儿？"许随问。

"反正你不老实，"周京泽冷哼了一下，语气吊儿郎当的，"人被我截到了，正好约会去。"

许随看着攥住她手腕的手，眼睫抬了抬："我同意了吗？"

周京泽的脚步一顿，语气缓缓："不同意我就进去揍他一顿。"

许随无语。

最后周京泽带许随来到了电影院，看着屏幕，他偏头问许随看什么电影："爱情片还是动作片？"

最后三个字，他说得有些意味深长，有些挑逗的意味。

许随回："恐怖片。"

行吧。周京泽买了两张票，正要同许随进场时，一眼瞥见来往的情侣都是男朋友给女朋友买了爆米花和可乐，对方笑得一脸开心。

周京泽脚步一顿，把票递给她，开口："拿着，我去买吃的。"

最终，周京泽拿着两杯可乐，把一份超大的爆米花递到许随面前，她有点哭笑不得，这分量也太大了。

这场时间点不太好，又加上恐怖电影市场小，今晚竟然被他们两个包场了。

两人刚坐下，许随的手机铃声就响了，她拿出来的时候，周京泽瞥了一眼，李漾。

"喂。"许随声音温软。

"甜心，我现在好难受，你在医院吗……"

李漾的声音断断续续透过听筒传来，周京泽听得不太连贯，但看起来好像是有事，想让许随过去一趟。

"好，我马上过去。"许随语气担心。

挂电话后，许随把可乐放到扶手上，起身就要走，语气焦急："李漾急性阑尾炎，他现在需要人过去照顾，我得赶过去，电影下次再看吧。"

她正要走时，周京泽抬手拽住了许随的手腕，虎口卡住纤细的手臂，紧了紧，开口问："电影马上要开场了，不看完再走吗？"

见她神色担心，周京泽逻辑清晰，一字一句道："李漾那么多朋友，肯定不只找了你一个人，实在担心的话，看完它我陪你过去。"

许随摇摇头，掰开他的手："抱歉，我真的得去。"说完，许随就走了。

光线浮动，整个影厅就剩下周京泽一个人。时间缓慢地流淌，静得只有电影银幕上主角无聊的对白声。

周京泽背靠在红色的座椅上，抬眼看着右边扶手上立着的蓝色可乐。

蓝色的可乐静静地立在那里，杯壁上有细小的水珠，吸管别在旁边。它还没来得及被许随插上吸管，就被抛下了。

周京泽坐在那里，思绪发怔，虽然李漾是朋友，但他心底的滋味依然不好受，像是一根细细的线勒着心脏，透不过气来。

忽然之间，他终于懂了许随当年什么心情。

当初他赶去找叶赛宁，她被抛下，也是现在这种感觉吧。

不被喜欢的人第一个选择，确实让人失落。

突然，前门一位家长带着小孩进来，应该是迟到的观众。他们的座位也是周京泽这排，在最里面。

大人猫着腰牵着小孩进场，在经过周京泽座位时，小孩一脸渴望又羡慕地看着他手里满满一大桶的爆米花。

"送你了。"周京泽垂下漆黑的眼睫，把爆米花递给他，还摸了摸小男孩的脑袋。

他说完起身，侧着身子走出座位区，一步一步地踏下台阶，离开了电影院。反正也没人会吃了。

第 五 章
她是他的唯一

香港是他的终点，京北城是他的终点，南江也是他的终点。
许随在哪儿，哪儿就是他的终点。

那天晚上，许随照顾李漾忙到半夜，空闲下来才有时间看手机，点开一看，是周京泽发来的信息。她以为他会生气，结果没有。

"早点回家，用不用我去接你？"

可能没有等到回复，过了两个小时，他又发来一条信息："那多穿衣服。"

周京泽没有因为这件事情而发脾气，照例每天做她的天气预报和陪聊好友。时间久了，许随习惯了，偶尔也会向他倾诉一些事。

周二，阴雨。许随在外科室忙了一天，中途给一个患者家属耐心又认真地解释病人现在的情况——病症转移到内部了，且比较严重，建议他们转院，转到擅长专科治疗的瑞和医院去。结果被家属指着鼻子破口大骂了半个小时："现在医生都这么好当了吗？动动嘴皮子就能赚钱了？我被你们几个医生来回踢皮球一样，踢了多少次了！一会儿让我转这个科检查，一会儿让我去那个科，你最离谱，让我转院，是你没用吧？你的医生执照哪里来的？傻子！老子要投诉你……"

许随还是耐着性子给对方解释，依然没用，最后患者家属轻蔑地看了她一眼："你最多是个运转机器，一点都不像医生，太冷漠了。"

许随握着笔写字的动作一顿，垂下眼睫，脸色有点苍白，她想解释什么，但最后什么也没说。

下班后，许随僵着的某根神经断掉，整个人如释重负，趴在桌上。半晌，周京泽打来电话，许随和他聊了几句。

许随有点丧气，情绪憋着无处可说，就跟他说了这件事。她轻声抱怨工作辛苦其实不算什么，最重要的是负责任地做事还得不到患者的理解，心里就有点觉得委屈。

周京泽在那边静静地听着，拿电话的手换了个手势，声音低沉："你出来。"

"又给我点了外卖？我已经下班了。"

许随正准备下班，她穿好外套，收拾好包，走出门诊部的大楼。一出门，凛冽的风刮来，许随不由得瑟缩了一下。

今天的天气有点糟糕，还下了点雨。

许随正准备拿出包里的围巾裹在头上冲出去时，不经意地一抬眼，看见周京泽撑着一把黑色的伞站在不远处等她。

周京泽穿着黑色的外套，里面套了一件灰色的连帽卫衣，好像去理了发，头发短得贴着青皮，还是那副痞坏的模样，他单手插着兜，抬眼看着她。

雨滴顺着黑色的伞檐滴落下来砸在地上，开出一朵又一朵的小花。黑色的伞布下露出一截漆黑凌厉的眉眼，他宽阔的肩膀被染成深色。

恍惚之中，许随好像看到了大学时的那个男孩。

他们在一起时，也是这样冒雨来接她，漫不经心地说"我吃醋了，你得哄我"的那个男生。

心动了一下。

"你怎么来了？"

"打你电话的时候正在回家的路上，"周京泽走到面前，看着她笑，"忽然就想拐个弯了。"

"想不想吃面？"周京泽问她。

许随点点头，但这人正经不过两秒，他收了伞，站上台阶，低头看她，又开始逗人。

"左边口袋里有暖手宝，自己拿，"周京泽顿了顿，不紧不慢地说道，"当然，我的右手更暖。"

许随眼睫一动，终于露出今天第一个笑容："我选左边。"

周京泽开车载着许随，刚驶出主城区干道没多久，雨就停了。她摁下车窗，雨后的晚风徐徐且清凉，许随的心情明朗许多。

周京泽知道许随心情不好，不动声色地开车带着她兜了一圈风，最后带她来到附近的一条小吃街。他握着方向盘转了一下，掉头，在不远处找到一个停车位，两人先后下车。

小吃街在右边，许随走在前面，周京泽双手插兜跟在她后面，地面湿漉漉的，昏暗的路灯下，两人的影子时不时地叠在一起。

小吃街熙攘，不远处的红蓝色帐篷错落在右侧，卖氢气球的老人家手指钩着一把线站在路边。

路边的灯箱牌散发着红色的光，街道上的人偶尔擦过彼此的肩膀，烧烤的香气时不时地飘过来。

一地烟火气。

许随走到一家水果摊前停下来，打算拿一盒鲜切水果。倏地，旁边带着滑板的一个大学生走了过来，他的五官俊朗，穿着一件蓝色的卫衣，阳光又活力。

因为那个男生也要挑水果，许随侧身往旁边挪了一下。

许随今天穿着一件杏色的呢子大衣，黑色窄裙，气质大方。她扎了一个高马尾，露出一截白皙修长的脖颈，随着她弯腰挑水果的动作，挂在耳朵上的珍珠小耳坠一晃一晃的，衬得她脖颈的弧度优美，让人看得喉咙发痒。还是跟以前那样，看着挺瘦，但该有的、吸引住他的东西，一样不差。

周京泽站在不远处等着她，同时发现她旁边的男生看得更直勾勾，他脸色沉了下来，随手掐灭手中的烟，走了过去。

许随正用手机扫码给老板付钱，忽地感觉有人拽住她的马尾，直接把发圈拉了下来，一瞬间，长发散落，恰好把漂亮的脖颈遮掩住。

"你干什么？"许随立刻去抢她的发圈，周京泽手里拿着那个发圈，垂眸一看，恰好是她上次带走的那个。

他后退一步，直接揣兜里，吊儿郎当地笑："物归原主。"

许随扑了个空，没好气地看了他一眼。她真的不理解他，一个发圈而已，这人是有什么旧物癖吗？

两人一前一后来到一家面馆，许随找了张空桌坐下来，服务员送上茶水，周京泽站在点餐处点餐。

许随抽出纸巾认真地擦着眼前的木桌子，不远处周京泽和老板谈话的声音传来。

"老板，两碗鲜虾面。"周京泽单手拿着手机，看着对面墙壁贴着的菜单说道。

老板娘的脸被热气蒸得很红，她笑道："好嘞，您这边先坐下，马上到。"

"对了，一碗面多加葱和香菜，一碗不用加。"周京泽顿了顿，强调道。

许随正凝神擦着桌子，闻言一失神，食指指腹擦到了木桌上的倒刺，立刻有细小血珠涌出来，一阵一阵地疼。

她垂下眼，抽出纸巾擦掉上面的血迹，在周京泽坐过来的时候，她把手放了下去。

两人面对面坐在一起吃了一碗面，只要不聊彼此禁忌的话题，气氛还算融洽。许随吃得快一点，她放下筷子，正擦着嘴，听到外面一阵吆喝卖手工糖人的声音，立刻起身："你先付钱，我去买糖人。"

许随一路小跑追去，周京泽愣了一秒，反应过来继续慢条斯理地吃面。吃完面付账，他起身，漆黑的眼眸一扫，发现许随走得太急，手机还落在桌上。

周京泽失笑，这么大人了，怎么还跟小孩一样，丢三落四的。

他拿起许随的手机，正要放兜里，不经意点亮了屏幕，发现上面显示傍晚有一串陌生号码的未接来电。不巧，这正是他的手机号。

周京泽舌尖舔了一下后槽牙，冷笑一声，漆黑的眼眸溢出一点阴郁之色。

真行，连号码都不存。

许随好不容易追出来，找到大爷的小摊，挑了一个兔子模样的糖人，她忍不住先咬了一口，正要扫码付款时，一摸口袋，发现手机不见了。

她正着急尴尬时，一道低沉的声音插了进来："大爷，多少钱？"

"八块。"

许随松了一口气，周京泽付完款后，动作有些粗暴地把她拎到一边。他穿着黑色的外套，头颈笔直，居高临下地看着她，凭空生出一种俯视感："不存我号码？"

许随接过自己的手机："忘了，一会儿存。"说是这样说，但她没有任何动作。

路人匆匆，有人不小心撞了许随一下，男人顺势扶住她，大掌正好放在她腰上，许随抬眼看他，周京泽揽着她的腰，往前一送，两人之间的距离立刻变得严丝合缝。

他低下头看她，锐利的眼睛紧锁着她，那股痞坏劲又出来了，他扫了一眼周围来往的人："逼我亲你？"

许随心猛地一缩，是真的相信周京泽敢在大庭广众之下做这样的事，她立刻挣脱开，忙说道："我现在存。"

最后她硬着头皮在周京泽的监督下，把他号码存进通信录里，男人这才放开他。

两人一起走向停车的地方，大概是因为这条小吃街背靠大学，四周随处可见大学生。许随随意地往前一扫，看见不远处的一对学生情侣。

男生穿着黑色卫衣，寸头，没正行地去抢女朋友手里的东西，最后凑到她耳朵边不知道说了什么逗弄她，女生的脸红得不像话。

像极了以前的他和她。

周京泽单手插兜，撩起眼皮看到眼前的一幕也怔住了。他踢了一下脚下的石子，忽然开口，语气很暖："当年分手，你说的问题，我找到答案了。"

许随回避："过去了。"

她的反应在周京泽的预料之中，他极轻地扯了一下嘴角，没再说什么。

周五，意外的大晴天，许随照例来到飞行培训基地授课，人一到，结果发现空荡荡的，一个人都没有。她正好迎面碰见吴凡，问道："学员呢？"

吴凡匆匆的脚步停下来，他说道："课程取消了，老大没跟你说吗？今天凑巧赶上了航空飞行特技大赛呢。"

所以呢？调课或者取消了，周京泽作为基地负责人也不提前跟她说一声，让她白来一趟，这不是故意耍人吗？明明早上他还给她发了天气预报，却不提这件事。

许随心底隐隐有些生气，但她不是无故会对别人发火的那种人，点了点头："好，那我先回去了。"

"欸，许医生，你去哪儿？不去看比赛吗？很好玩的。"吴凡热情邀请，强调道，"老大让我一定要带你过去。"

许随正要摆手拒绝，吴凡眼神祈求，一副"你就别为难我"的模样，她只好答应。

上车后，吴凡发动车子。西郊路上的风景很美，许随降下车窗，往耳朵后面贴了两片晕车贴，一路状态舒适地前往西郊。

车子开了一个半小时抵达西郊九方水域广场。来京北这么多年，她还是第一次来这个地方。

这里有一个相当宽广且占地面积很大的水域广场，周边的高楼拔地而起。大厦每层楼有一块玻璃镜面，一路层叠上去，太阳光投射在上面，朝水面反射出一片粼粼金光。水面正北方有一个半弧形的看台，可容纳近千人，像是广场里多出来的一片花瓣。

吴凡领着她去观众席，顺便解释道："这个比赛还挺好玩的，看见水中的塔桥，以及远处的立标了吗？参赛人员分为两队，哪队拿到的分数多，哪队就赢了，三局两胜。"

许随点了点头，挑了一张明黄色的椅子坐下。今天天气很好，风吹骄阳，开场还有直升机水上飞行表演。

太阳有点刺眼，许随抬手挡了一下眼睛，认真看着，还跟着大家一起鼓了掌。比赛正式开始，选手分为红蓝两队。

飞行员开着小型的直升机一路升上高空，随即又一路俯冲下来，跟鲤跃龙门一样穿过塔桥。

周围爆发出一阵猛烈的掌声，观众纷纷拿起手机录像。

看台坐满了，广场边也挤满了路人，还有记者一路跟进，全程实况直播。

许随正认真看着，身旁忽然一道身影笼罩下来。周京泽坐在她旁边，微弓着腰，手肘撑在大腿上，眯了眯看向远处比赛的两架飞机，语气闲闲的："一一，你押谁赢？"

其实许随看不懂比赛赛制，但一点也不影响她跟周京泽唱反调，他喜欢红色，许随顿了顿道："我押蓝队。"

"行。"周京泽点了点头，拆开了一颗糖丢进嘴里，"打个赌，我赢了，答应我一件事，怎么样？"

许随看着他，周京泽挑了挑眉，指尖捻了一下手里的糖纸："你放心，是合理的事。"

"行，要是你输了，你追我这事就算了。"许随的话一出，立刻占据了主导权。

周京泽眼皮跳了跳，定定地看着她，最后低下头扯了扯嘴角："我不会输。"

这次要是输了，他就把自己的手废了，这辈子还开什么飞机？

周京泽在她身边待了没一会儿就走了。因为这个赌约，许随开始认真看起比赛来，放眼望过去，蓝色飞机像一艘天上的飞船，灵活地随塔桥蜿蜒，最后还来了个矩形飞行。

红色飞机也厉害，但它的每个动作都有点凶猛，许随看着都担心它撞到桥标，可每一次都被红色飞机轻巧地躲过。

最后的成绩是1：1平局。

第三局，人群中忽然爆发出一阵喝彩声。许随眯眼看过去，周京泽一身火红相间的飞机服出现在视线里，眉目漆黑，头颈笔直，整个人看起来潇洒又帅气，左肩金线绣制的小飞机在太阳下熠熠生辉。

他左手抱着黑色的头盔，另一只手戴上麦，用指尖敲了敲麦，测试通信，最终一切准备好，一步跨上机舱。

媒体见比赛关键时刻来了个帅哥，纷纷把镜头对着他。周京泽本人倒是泰然自若，在簇拥中，他忽地回头，目光笔直地朝观众区看了过来，视线紧锁着许随。

打这个赌之前，许随压根不知道周京泽会在关键时刻上场，他分明是诓她打赌，这是犯规。

许随的视线被他捉住，不像以前读大学时那样容易害羞，相反，她坐在看台上，中指屈起，朝他晃了晃，笑。

意思是祝他落败。

周京泽怔住，随即露出一个痞坏的笑。

飞机的颜色是红与白，机身正中刻着 G-350，只见机头缓缓上升，不一会儿盘旋直上天空。

周京泽开的那架 G-350，在空中不紧不慢地晃了一圈，就在大家准确地把关注的目光放到那架蓝色飞机上时，红色直升机倏地俯冲而下，擦过水面，直直通过塔桥，水面只荡起了一点涟漪。

周京泽开的飞机一如他本人，稳中带股横冲直撞的劲，远远看去，那架飞机像一只红色的蜻蜓，十分轻巧地飞跃，绕塔盘旋而上，侧飞。

无论哪一个动作他都完成得非常漂亮。

许随数了一下分数，果然，红队赢了。

许随坐在看台上，神色恹恹托着腮，垂下眼，手指点着脸颊，在发呆，想输了周京泽会让她做什么。

倏然，观众区爆发一阵欢呼和尖叫声，右手边坐着的一个女生激动得不行："哇，这是表白吗？也太浪漫了吧。"

有人附和道："是啊，不过 G-350 在天空写的什么？破折号？"

许随眼皮倏地一颤，缓缓抬眸，阳光灿烂，碧空万里，天气好得似全世界都在给他让道，只见那架红色的飞机在天空喷烟，一停一顿地写字。

不是1234的数字1，也不是语文试卷里常写的标点符号破折号。

是一一。

是她的小名一一，是唯一的一。

许随原本平静无痕的心再一次被掀起波澜，不受控制地跳了起来，像有电流密密麻麻地蹿过。许随想起前天晚上，两人撞见一对年轻情侣那次，他说："当年分手，你说的问题，我找到答案了。"

周京泽在告诉她，她是他的唯一。

观众席中，大家纷纷站起来，鼓掌，还有人拍照发朋友圈。许随在一片激动的声音中拿起包悄无声息地离开了现场。

许随打算从侧门离开，看见拐角处有个厕所，进去洗了个手。她出来的时候正用纸巾擦着手，边擦边从侧门出去。

她一低头，一双锃亮的皮鞋出现在眼前。

许随转身就想跑，不料男人一把攥住她的手臂，带到跟前，低下头看着她，分不清是谁的呼吸乱了："躲什么，嗯？不要告诉我你没感觉。"

许随岔开话题，问道："愿赌服输，你想要我做什么？"

"下周外公生日，陪我回一趟家。"周京泽松开人，低下头，看着她。

许随怔住，想起了大学时他准备带她回去见外公，结果她提了分手。这句话说完之后，周京泽也意识到了什么，两人一致沉默。

"你是说假扮你女朋友吗？可以。"许随点点头。原本暧昧纠缠的东西，因为她说的这句话，而变得清晰且界限分明。

周京泽眼皮翕动了一下，他明明不是这个意思，但只有这样，许随才会跟他回家。这样的话，他也认了。

男人咬了一下后槽牙，说道："是，假扮。"

"你记得买礼物。"许随牵了一下嘴角，提醒道。

晚上回到家后，许随躺在床上，梁爽转发了一条新闻过来，并说道："随随，这个——是你吧？周京泽开的飞机是僚机吧？连我都有点心动了。"

许随点进去链接，才发现白天周京泽在天空中用飞机写字表白一事上了热搜，还让网友津津乐道了一天。

因为飞行员长得正，网友开始扒他的信息，只可惜，他的身份背景一点都查不出来，只能查出他以前任职过的航空公司。至于他用飞机写的"——"，就是一个昵称或小名，更找不到人了。

许随点开这条视频下的评论，全是对周京泽长相的夸赞："这种痞帅的长相，还是单眼皮，有感觉，我觉得刚出的真人 CS 竞技游戏代言可以找他。"

"从今儿个起，我换老公了，以后请叫我周夫人。"

"真的很正，在京北城哪块地方可以偶遇他？"

床边的灯散发着暖色的光，许随躺在床上，看着梁爽那句"连我都有点心动了"发怔。

周京泽一直是这样，像汹涌的风、炽热的太阳，喜欢一个人，轰轰烈烈，明目张胆地要让全世界知道。

答应陪周京泽去外公家的时间很快来到。周京泽提前半个小时在她家楼下等着，修长的手搭在方向盘上，他正伸手要去拿中控台的烟，不经意地一瞥，视线顿住。

许随远远地走来，她今天穿了一条米白的刺绣收腰裙子，外面套了一件湖蓝色大衣，头发扎成了一个丸子头，露出光洁饱满的额头，额前细小的绒毛垂下来，杏眸盈盈，嘴唇浅红。像极了大学时的许随。

安安静静的，总让人忍不住多看一眼。

男人喉结缓缓滚动，看着她："很漂亮。"

许随不知道他的情绪变化，只当这是一句寻常的夸赞，礼貌地回答："谢谢。"

车子一路缓慢地向前开，驶进一片老城区，视野忽然开阔，道路两旁栽了两棵高大的梧桐树，遮天蔽日，阳光从头顶树叶的缝隙落下来，一地斑驳的树影。

周京泽开车左拐在闸口处停下来，从皮夹里拿出门禁卡来倾身递过去，门卫刷完卡放行。车子缓慢向前行。

隔着车窗看过去，许随发现这里面是一片家属楼，道路宽阔，林木成荫，一群年轻人在足球场踢球，周围时不时地发出一阵喝彩声。

停好车以后，许随仍在那儿东看西看，觉得有点新奇，一双眼睛转来转去，有人牵住了她的手，手掌宽大，沉沉地贴着她的掌心。

许随下意识地想挣，周京泽提醒她："马上要进去了。"

"怎么，没见过家属院啊？"周京泽牵着她往前走，笑。

"当然不是。你忘了我爸以前是消防员啊？"许随笑笑。

她只是没见过航空工程师的家属院，走在里面，随处可见有年代感的飞机模型立在那里。

周京泽外公家门口有两株蜡梅，花瓣探出枝头，他领着许随走进去，里面已经来了好多客人。

一进去，许随接收到四面八方打量的眼神，不免有些紧张。周京泽紧了紧握着她的手，说道："没事儿，这些是家里的亲戚和外公的几个学生。"

周京泽领着人走到一位老人面前，把礼物递过去，笑了笑："外公，生日快乐，这是许随。"

老人把目光移到她身上，许随犹豫半天，最后笑着说："外公，生日快乐。"

老爷子今年七十六岁，头发花白，但身子骨还算硬朗，原本还神色威严，听到这一声"外公"立刻眉开眼笑，招着手说："好好，你是——吧，看到这小子终于把媳妇儿带回家我就高兴。"

许随心底疑惑，老爷子怎么知道她的小名的，还认识她？老爷子这一开口，七大姑八大姨围了上来，拉着许随东问西问，十分热情。

"臭小子这么浑，还能找到女朋友哦。"

"姑娘，你是哪里人啊？今年多大了？"

"我就没见京泽把哪个姑娘领回家，你是头一个，这是准备结婚了？"

许随被围在人群中间，被长辈们拉着你一句我一句密集地提问，过分的热情让她有些不知所措。况且，她也不是周京泽真的女朋友。

她正不知该如何是好时，一道懒洋洋带笑的声音插了进来，周京泽紧紧地牵住她的手，说："各位长辈，你们再问下去，把人吓跑了，我怎么办啊？"

"叔叔，你这叫撒狗粮！"人群中有个奶里奶气的声音冒出来。

大家被这小孩逗笑，许随看到周京泽低头也跟着勾了一下唇角，心口窒了一下。

周京泽陪着老人家喝茶，和他妈妈这边的亲戚聊天，偶尔提到自己的近况时，淡淡地一带而过。

许随坐在客厅里陪着小孩看动画片，小女孩叫果果，人有些皮，但嘴巴很甜，一口一个"漂亮姊姊"。

果果动画片看得入迷，看到关键时刻在沙发上跳了起来，她手里拿着一杯果汁，一个趔趄没注意，满满的一杯果汁洒在许随身上，橙色的果汁洒在米白的裙子上，湿答答地往下滴着。

小孩这会儿也慌了，保姆正好端水果上来，见状赶紧把果盘放下来，抽纸巾递给许随，说道："我的小祖宗哟，你看看你做的好事。"

周京泽听见这边的声响，走了过来，见许随裙子上全都是果汁，问："怎么回事？"

小女孩因为周京泽的靠近哆嗦了一下，眼泪汪汪的："对不起，姊姊。"

周京泽蹙起眉头，还想说点什么，许随抬头看着他，用眼神阻止，一只手摸了摸小女孩的脑袋，嗓音温柔："没关系，但以后看电视要坐好哦。"

"嗯。"小女孩抽了一下鼻子。

许随低头继续擦她的裙子，可怎么擦也没用，保姆开口："许小姐，要不你上楼换一件吧，她姑姑出国前的那些衣服都还是新的。"

周京泽说："去吧，一会儿吃饭的时候我叫你。"

许随点头，跟着保姆上了二楼，进了一间次卧。保姆拉开衣帽间，笑笑："许小姐，这一层的衣服都是新的，你先换，我先出去了，有什么需要的再叫我。"

"谢谢。"许随说道。

眼看快到饭点了，周京泽看了一眼时间，人还没下来，打算上楼叫许随下楼吃饭。

周少爷双手插着兜，慢悠悠地上楼，来到二楼左手边的第二个房间。

周京泽在门口站定，屈起手指敲了敲房门，发出咚咚的声音。

许随还在里面换衣服，衣帽间的衣服大多颜色比较打眼，她好不容易挑了件简单的，又发现这条裙子太难穿了。她以为是保姆张妈，便开口："进来，门没关。"

咔嗒一声，门被打开。许随还在那儿跟身上的裙子做斗争，她今天穿了一件交叉细带的胸衣，外面这条黑色丝绒裙又是交叉绑带的，内衣带子和裙子缠一起了，怎么解也解不开。

"张阿姨，你能不能帮我解一下？"许随的声音有点无奈。

周京泽倚在门口，漆黑的眼睛盯着女人的后背，呼吸渐渐灼热。

上午十一点半，大片的光线涌进来，投在她后背上，造成一种白玉透明的质感，纯洁又欲。

她太瘦了，后面两块蝴蝶骨凸起，中间的脊线，一路往下延，被黑色丝绒裙挡住，诱人又充满遐想。

许随穿着黑色的丝绒长裙，后背拉链半拉，反手扯着带子，以至于袖子松松垮垮地滑落半吊在手臂上，圆润白皙的肩膀十分晃眼。

她光脚踩在地毯上，小腿纤细，黑色的丝绒晃动，看起来圣洁又教人想侵犯。

周京泽感觉喉咙一阵干渴。

她才是他的瘾吧。看一眼就有反应了。

许随发现身后一阵沉默，正要转身，一阵熟悉的烟草味飘了过来。

周京泽的手捏着她的肩带，指尖时不时地碰到她的后背肌肤，冰凉、刺骨，这些明显的感官刺激让她心尖一颤。

"怎么是你？"许随皱眉。

她想转过身来推开周京泽，忽然想起自己肋骨处的文身，下意识地用手挡住。

"你出去！"许随说道。

周京泽嘴里嚼着一颗薄荷糖，舌尖抵着糖在口腔内转了一圈，解着裙子带子的手一顿，抬眼，然后一拉紧，许随向后跌，后背立刻贴上他的胸膛。

"换衣服不关门的毛病哪来的？要是进来的是别人……"周京泽顿了顿，声音压低，靠了过来，热气拂到她耳边，"你是不是欠收拾？"

他这么一靠过来，许随耳朵那块又痒又麻，她侧身躲了一下，想推他出去又害怕文身被他看到。

整整五分钟，许随感觉自己像砧板上的一条鱼，被周京泽抵着，他靠得太近，动作又不紧不慢的，感觉他的每一寸呼吸都游走在后背上，她不由得缩了一下。

像有密密麻麻的电流带过，许随无法动弹。

终于，带子捋出来了，周京泽抬手将她后背的裙子拉链拉好。

许随舒了一口气，终于安全了，她立刻穿上鞋。

大少爷靠在沙发扶手上，眼皮半抬不抬，唇角带笑，一副等着被感谢的模样。

许随得到自由，转过身做的第一件事就是径直走到周京泽面前。

男人抬眼，四目相对，许随冲他笑了一下。

周京泽一愣，心一动，整个人还没反应过来，许随径直用力地踩了他一脚，然后一溜烟地跑开了。

"啧。"周京泽看着她的背影，步调缓慢地跟了过去。

他发现分开多年，许随不是那个软糯乖巧的小猫了，而是时不时露出小獠牙咬人的猫了。

两人一前一后地下楼，周京泽跟在后面。

吃饭时，周京泽的外公和外婆热情地给她夹菜，生怕招待不周，许随不好意思起来。

许随哪好意思啊，忙劝阻道："外公，今天是您的生日，就别给我夹菜了，我要是有想吃的，自己能夹，再不行，我可以叫他帮我夹。"

说完她悄悄推了一下他的手臂，周京泽看着手机，视线移过来，说道："是啊，你们就别忙活了，这不有我呢？"

老人总算放下筷子，一群人把关注的视线移到周京泽外公身上，敬酒的敬酒，小孩说着祝福的话，纷纷祝他七十六大寿快乐。

席间，周京泽收到一条陌生号码的短信，点开一看："嗨，我是佰佳佳，你还记得我不？喜欢看球赛的那个，我最近手里有足球比赛的门票，刚好有拜仁，要一起吗？"

周京泽盯着信息想了半天，才想起这个人是谁，他挑了挑眉，在对话框里敲字回复："忘了说，喜欢拜仁的人是许随。不介意的话，可以把两张票都卖给我，我带她去看。"

消息发出去后，一直到吃完饭，佰佳佳都没再发信息过来。

吃完饭后，一些人相继离场，亲戚则留下来凑了一桌麻将，一家人围在一起，好不欢乐。

下午，周京泽被外公指挥去后花园把前几天被狗咬坏的架子修好，一群小孩拿着玩具小铁锹兴奋地跟着周京泽去了花园。

客厅里只剩下外公和许随，外婆也去和他们打麻将了。

下午三点多，天气很好，室内敞亮，阳光斜斜地打了进来，照得人暖洋洋的。

"——啊，你家是哪儿的？"外公拄着拐杖笑眯眯地问。

"黎映，在江浙一带。"许随答。

"南方啊，那是个好地方。"老爷子说道。

"家里还有什么人？都做什么的？"

许随垂下眼睫，扯了扯嘴角："爸爸是消防员，在我初中的时候因为出任务意外去世了，妈妈是老师，家里还有一个奶奶。"

老爷子听着听着心疼起了这个孩子，安慰道："好孩子，你要是不嫌弃我这个老头子的话，常过来吃饭，外公教你下象棋，你外婆还会插花呢，让她教你。"

"好。"许随弯起唇角。

心里有一丝暖意，她觉得，周京泽一家都是很好的人。

"瞧我这脑子，陪我下盘象棋怎么样？"老爷子拄着拐杖敲了敲地面，"我刚好去楼上拿我的老花眼镜。"

"我扶您。"许随站起身。

许随小心翼翼地扶着周京泽外公上楼，一路扶他进书房。老爷子东翻西翻，只找到了一副眼镜，他开口："孩子，我在这儿先找着，你帮外公去京泽房间看看有没有象棋，平常他也会拿去玩，就在最里面那间。"

"好。"许随点点头。

许随走了出去，走到阳台边上最里面那个房间前，手放在门把手上，拧开推门走了进去。

周京泽的房间跟他本人的风格相同，冷色调，床单是麻灰色的，一本飞行航空杂志扔在床头。一张软沙发，地毯，墙上挂着投影仪，矮柜上一排航模。角落里还放着一把棕色的大提琴。

许随走过去，认真地翻找象棋，结果怎么找都没有。

视线不经意地一瞥，一盘象棋摆在沙发的角落里。

许随做事一向细心，她坐过去，打开棋盘，检查有没有漏掉的棋子，找了一会儿，发现沙发边上的缝隙里卡着两颗棋子。

她抬手去拿棋子，结果另一颗棋子吧嗒一声掉落，卡在更深的缝隙里。

许随只好弯腰，脸颊贴着沙发，费力地将手伸进缝隙里去抓。

摸索了好一会儿，许随终于抓到那颗棋子，慢慢起身，结果一不小心撞到了贴在沙发墙壁上的地图。

哐当一声，吸铁石掉下来。许随捡起吸铁石贴回去，发现地图上有好几个城市标了红色、蓝色的记号。

蓝色圈好的城市是出发点，红色圈好的城市是终点，中间用一根线连着。

而这上面有无数根红线。

许随发现，这些出发城市都统一指向三个终点，分别是香港、京北、南江。

南江是她读研的城市，一个不确定的猜想在心里慢慢产生，许随的情绪说不出来，只觉得呼吸沉重，她正盯着上面的地图，一道声音从门口传来，问道："一一，象棋找到了吗？"

"找到了。"许随回头，声音有点哑，"外公，你知道这是什么吗？"

外公拄着拐杖走来，他坐在沙发上看了一眼，笑笑说："说实话，我也不太清楚。孩子啊，你不好奇，我为什么一眼就认出你来了吗？"

"为什么？"许随感觉喉咙有些难受。

下午的阳光很好，周京泽外公坐在那里同许随说话，他的语序有些混乱，但许随还是抓住了一些关键词。

"我记得他读大学的时候，忽然有一天说要领个女生回家让我看看，"外公回忆了一下，说道，"他说，'外公，那个女孩叫一一，很乖，也善良，我很喜欢她'。"

那时周京泽倚在门口，身上没有了那股孟浪气息，垂下漆黑的眼睫，认真地开口，在想起许随时不自觉地笑："跟她在一起，我开始想以后了。"

老人家以为能见到许随，可在亲外孙生日那天，周京泽彻夜未归，饭桌上的菜和长寿面都没能吃上一口。

他似乎忘记了自己的生日。

"你们当初分手，这孩子就跟疯了一样，他一向自律，有规矩，可一连好几天都在酗酒，将自己关在房间里面不出来，课也不去上，十分颓丧，张妈都不敢靠近他这个房间。"外公顿了顿，叹了一口气，"当时，他那个混账模样，如果我不管他，就没人管他了。

"后来，他终于肯出来，情绪好了点的时候就跟我下象棋，陪我去花园种树。我看他状态好得差不多，肯正常进食了，会出去，也重新捡起落下的课，我以为这事就过去了，可哪能想到有一天——"

在一个很平常的午后，周京泽带着猫和德牧来外公家吃饭，饭后他带它们去晒太阳，1017原本翻着肚皮在他脚边晒太阳，忽然，它瞥见蝴蝶飞来，于是跳上花架去玩了，没一会儿就不见了。

外公拿着除草剪，弯着腰找了一会儿猫，没找到，看周京泽坐在长椅上发怔，问道："猫呢？"

周京泽坐在院子里的长椅上，脚下的荒草蔓延，快要盖过爬着红锈的椅子，他抬眼看着正前方，黑漆漆的眼睫有点湿，红着眼，声音嘶哑："外公，我把她弄丢了。"

小时候周京泽被关在地下室，遭受他爸暴打虐待，一直哭个不停。后来他发现哭不能解决事情，就再也没哭过。

这是老人家第一次见周京泽红了眼眶。

外公看着眼前的姑娘，继续往下说："后来我就不知道喽，他后来去美国训练，再毕业，满世界地飞。他也经常回来，问他怎么老回来，他说就是飞机拐个弯的事，一回来就往房间里钻，现在看来是在鼓捣这个地图。"

许随顺着周京泽外公的手势再次看向地图，她的手悄悄紧握成拳，裙角快要被她揪得变形，可还是没忍住，一滴又一滴的眼泪砸在地上，视线一片模糊。

地图上，这么多年，无数个蓝点通往三座城市，标记了数次的来回。

洛杉矶—香港，距离约 11600 公里，耗时 16 小时。

苏黎世—南江，距离 9002 公里，耗时 10 小时。

柏林—京北，距离 8984 公里，耗时 18 小时。

……

这些航程途经欧洲、亚洲等几个大洲，但都通往同一个地方。

香港是他的终点，京北城是他的终点，南江也是他的终点。

许随在哪儿，哪儿就是他的终点。

许随一个人站在那里安静地哭，眼睛、鼻尖都是通红的，外公也没责怪她，只是说："我家这个孩子，从小受的苦比较多，导致性格可能有点缺陷，不会表达，也不会去爱，你多担待一下他。"

后来许随陪外公下棋的时候，情绪渐渐恢复，临走下楼时，她特地去洗手间洗了一把脸，看镜子里的自己脸色好点了才出去。

周京泽拎着工具箱从后花园回来，屁股后面跟了两个小孩。果果一脸高兴地走进来，扑到老人家怀里，她偏头给大家看耳边戴着的小花，语气有些小骄傲："叔叔给我戴的小花，他说是因为我漂亮。"

许随失笑，上午这小孩还怕他怕得要命，只是一会儿的时间，周京泽就收获了一个小女孩的芳心。

周京泽洗完手，等许随收拾好，虚揽着她的肩膀想带人离开。外婆忽然喊住许随，递过来一个锦盒，语气温柔："一一，外婆见到你很开心，第一次见面，外婆也没什么礼物给你的，这是以前他妈留下的，不是什么值钱的东西。"

许随打开锦盒一看，是一只成色很好、翠绿欲滴的玉镯子。这哪是什么不值钱的东西？她吓一跳，忙推了回去，说道："太贵重了，我不能要。"

"你这孩子，收下！"

许随觉得两位老人真的很好，要是知道了她不是周京泽的女朋友，会很失落。想到这儿，她还是摆手，可一抬眼，对上两位老人期待的眼神，拒绝的话就说不出来了。

她最终收下了这个礼物。

周京泽开车载许随回家，一路上，他发现她整个人都有点不对劲，失魂落魄的，不知道在想什么。

"不开心？"周京泽抬手捏了一把她的脸。

许随拍开他的手，说："没。"

周京泽打着方向盘偏头看了她一眼，发现她眼睛都是肿的，眉头蹙起，嗓音低沉："哭过了？"

"没，前一晚熬夜熬的。"许随垂下眼睫解释。

周京泽沉吟了一会儿，看出她不开心，看了一眼时间，语气轻哄："那要不要去吃点东西？"

"我不饿。"许随摇头，犹豫了一会儿从包里拿出那个锦盒递给他，吸了一口气，"镯子你找个时间还给外婆吧……"

车子正缓慢向前开，倏地发出一声尖锐的刹车声，许随不受控制地向前一磕。周京泽打着方向盘，车子靠边停了下来。

车内一阵沉默，周京泽在一片沉默中开口，声音沉沉，问："为什么？"

"太贵重了，而且才第一次见面……"许随的声音有点哑。

周京泽的下颌线绷紧，弧度凌厉，眼睛紧锁着她："我说过，我喜欢的，他们也会很喜欢。"

气氛僵持，许随只觉得嗓子干得厉害，她有很多想说的，又不知道该从哪儿说起。

周京泽心底有些说不出来的无力感，他烦躁得想去拿中控台上的烟，想起什么又放弃。

最终他摁下车窗，风灌了进来。日落时分，天空呈现一种浓稠的昏黄色，半晌，他看向正前方，风声很大，把他的声音割成了碎片，语气缓缓的："你要是不想要，就扔了吧。"

第六章

某人醋坛子打翻了

喜欢一个人就是，
尽管心情已经低到了谷底，
还是愿意为一个人买爱吃的菠萝包和糖炒栗子。

她怎么可能扔掉？许随递出去的手又缩了回去。

到家以后，许随整个人如释重负，倒在沙发上，昏昏沉沉地睡了一觉。等她醒来的时候，已经是晚上十点了。

许随洗完澡，吃了点东西，然后看了一会儿电视，结果发现怎么也集中不了注意力，干脆关了电视跑去睡觉。

可能是先前睡过一觉的原因，许随在床上翻来覆去，一直到后半夜，怎么都睡不着。脑子里还是会想起白天的事。

原来当初分手，周京泽并不像表面表现得那么无所谓和洒脱，他也是在乎这段感情的。

还有那张世界地图。那么多标记，无一不指向她读书、工作的城市。

他是不是去看过她很多次？

为什么又不出现？

这些藏在心底的疑问，许随想问又不敢问，最后拿起枕边的手机，打开某乎软件，这是她第一次发帖提问。

——问一下大家，如果你和前男友分手多年，最近忽然发现他其实一直没放下这段感情，他正好在重新追你，但你还是不敢尝试，怎么办？

兴是许随发帖子时很晚了，几乎没什么人回复，半夜两点，只有一个匿名账号回道：那就冷他一段时间，好好听一下自己内心的想法，是不是真的有勇气再来一次。

许随盯着这条回复，想了很久，觉得有道理，心底也有了个方向。

接下来几天，周京泽发消息给她，许随很少回复，因为一和他聊天，内心就会不坚定，也会想不清楚。

不过周京泽并没有察觉到其中的变化，他最近好像很忙，偶尔发语音过来声音也是疲惫的，照例关心着她的日常。

周末，许随终于等到想看的那部电影的首映发布会。

她其实在香港的时候看过这部电影，叫《后街区女孩》，它根据意大利一本畅销小说改编而成。

许随很喜欢这部电影，这次能再看到，她非常开心。最让人期待的是，她喜欢的女主角也会到访宣传。

许随很迷电影里的一个场景。女主角克丽莎穿着海一样颜色的衬衫、红短裤，在灰土扬尘、肮脏不堪的后街区，穿过黑暗的隧道，走过公路，坚定地走向她的海。

为了期待的这场发布会，许随还特地带了一本绿色软皮封面的原著小说和电影海报，打算到时去要个签名。

周六下午三点，梁爽开着车出现在她家楼下。

许随上车以后，梁爽锁了车门，把一袋甜点给她，说道："喏，特意给你买的。"

"谢谢。"许随拆开纸袋，从里面拿了一个可颂。

梁爽一边发动车子一边同许随讲话，笑眯眯地说道："我还没见过明星呢，希望能有金发碧眼的帅哥！"

"金发碧眼的美女倒是有，这部电影算大女主电影，不过也有几个男配角，都挺好看的。"许随撕了一块面包扔进嘴里。

约四十分钟后，她们抵达国际会展中心，然后凭票入场。发布会设在一个场地极大的影厅，流程是观众先观影，主创团队再出来交流，最后做宣传。

影片开始，许随特地将手机调成了静音，认真地看起电影来。李漾给她们留的位置恰好是中后排正中央，最佳的观影位置。

许随一直看得很专注，电影进入尾声的时候她还是没走出来，直到啪的一声，影厅内的灯光亮起，一室明亮，才将人从故事的情境里唤出来。

同时，各路媒体架起摄像机等候主创团队出来，舞台的灯光也随之轰的一声亮起。

主创团队一并出现在台前，许随坐在椅子上有点激动，从包里拿出她的手机对准喜欢的演员照了一张照。

主持人站在一旁问观众看完电影的感受，许随手肘抵在椅子扶手上，专心听着观众提问，演员回答，偶尔主持人开玩笑时她也跟着笑。

有些关于电影的观点，许随也很认同。

后面有观众上台跟主演做游戏互动的环节，结束之后可以得到演员的签名照。许随的心动了一下，但还是没有动作，她不是好动的性格。

她想着一会儿还有机会，因为李漾之前说过观影结束后让工作人员带她们去要签名。

观影结束后，许随发消息给李漾："欸，你的工作人员朋友呢？现在发布会结束啦，我想去后台要个签名。"

没多久，手机屏幕亮起，李漾回："甜心，Sorry，我那个朋友请了病假，签名可能要不到了。"

观众陆续散场，许随还坐在那里，她把手机信息给梁爽看。

"啊，啥意思啊，泡汤了？李漾这个不靠谱的！"梁爽皱眉，把手机还给她，"随随，要不我们去后台碰碰运气吧，你来这儿不就是为了要签名吗？"

"好。"许随犹豫了一下，点头，站了起来。

两人手拉着手一前一后离开了影厅，偷偷摸摸地来到演员休息室。不知道为什么，许随第一次干这种事，有些紧张，一颗心怦怦直跳。她的目光掠过一间间化妆间和休息室，最后停在了女演员克丽莎的休息室门口。

梁爽刚想抬手敲门，身后传来一道严肃的声音："你们两个在干什么？"

许随回头一看，工作人员就在不远处，正朝她们走来，神情十分严厉。

"你好，我们可以进去要个签名吗？"许随说道。

对方做了一个驱逐的姿势，一板一眼地说道："出去吧，不可以。"

"那……我们在这儿等一会儿，要是碰见她出来再要签名，可以吗？"许随语气带着请求，希望这个工作人员能够通融一下。

哪知对方丝毫不肯通融，还一副"我见多了你们这些狂热粉"的模样，一脸不胜其烦："不要打扰演员休息，再不出去，我们叫保安亲自'请'人了。"

梁爽听他一板一眼地说话就来气，刚想开口骂人，许随拉住她的手制止了。

她有些泄气，心想第一次追星就失败了。

"不好意思，打扰了。"许随冲工作人员说道。

许随拉着梁爽转身正要走时，身后忽然传来一道低沉磁性的声音："许随？"

许随回头，看着不远处的男人愣了三秒。

对方穿着一件笔挺的黑色羊绒大衣，身材高大，头发略短，眉眼立体，脸庞轮廓深邃，正看着她。身后的助理拿着他的咖啡和文件。

她反应过来，声音透着惊喜："柏教授？"

梁爽第一次看见这种温柔英挺型的帅哥，激动又紧张，悄悄用手肘推着她："什么什么，这就是你在香港做交换生时的教授吗？"

柏郁实单手插着大衣口袋，朝她们走来，笑的时候眼角有一道细细的纹："好久不见，小姑娘。"

"好久不见，柏教授，没想到会在这里碰见你。"许随也不由得笑道，想起什么，又说道，"这是我朋友，梁爽。"

"你好。"柏郁实伸手，又笑了一下。

梁爽整个人都愣住了，迷失在他的笑容里，开始结巴："你……好。"

柏郁实极轻地握了一下她的手，再收回，体贴又绅士，他抬了抬眼皮，一猜就中："想要签名？"

"对，想碰个运气来着。"许随有些不好意思。

柏郁实点头，朝身后的助理使了一个眼色，助理立刻明白过来，敲了敲门："这是我们柏老师的朋友。"

门打开以后，柏郁实走了进去，许随站在门口，里面隐约传来柏郁实说话的声音。他在说意大利语，微卷着舌头，发音字字清晰，让人想到黄昏里动听的琴弦声。

没一会儿助理让她们进去，许随进去之后，顺利地要到了签名照，女演员还拥抱了她一下，说道："谢谢你的喜欢，很荣幸。"

许随的脸很红，心跳也有点快，以至于出来之后她仍然觉得开心。

柏郁实留在后面跟女演员聊了几句，最后来了个贴面礼告别。

许随站在门外等柏郁实出来，开口："谢谢你，柏教授，不过怎么这么巧，会在这部电影上映时碰见你？"

"因为这部电影我有参与配音。"柏郁实淡淡地解释。

"那你也太厉害了，柏教授！"梁爽见缝插针夸道。

"一点兴趣。"柏郁实抬手看了一眼腕表的时间，笑道，"我还有点事要处理，不介意的话等我十分钟，一起吃个饭？"

"好。"许随点点头。

柏郁实走后，他身上的那股好闻舒适的檀香味也随之消失在空气中。

两人坐在后台等柏郁实，梁爽挽着她的手臂，问道："随宝，你们怎么认识的呀？我今天看到他，忽然领悟到了老男人的魅力。"

"就是有一段渊源，下次讲给你听。"许随解释。

柏郁实没多久出现在走廊上，朝她们招了一下手。

许随和梁爽走过去，她们上了柏郁实的车。柏郁实跟司机报了一个地址，车朝京南路的方向开去。

许随和梁爽坐在后座，车里一股淡淡的雪松味，清清冷冷。有些无聊，柏郁实放了音乐，舒缓的钢琴声如流水，潺潺动听。

梁爽坐在车里，无聊地乱看，忽然眼尖地发现这辆男性化气息明显的车里，中控台上摆着一只陈旧的粉色千纸鹤，实在不像他的风格。

"柏教授，你喜欢折纸啊？"梁爽问道。

柏郁实坐在副驾驶位上正合着眼休憩，闻言睁眼，看向车前方那只小小的千纸鹤。

他狭长的眼眸里骤然生出浓郁的黑色，只是一瞬，又归为平静，淡淡道："不是什么重要的东西。"

车子偏离城中心，在一个胡同口停了下来。司机下车绕过来开门，一双长腿侧下来，柏郁实将大衣的第二个扣子系好，他抬手制止，给了司机一个眼神。司机立刻心领神会，跑到后面给两位女士开门。

柏教授带她们去了一家法国餐厅，他走在一侧，声音缓缓："听朋友介绍说这里不错，要是不好吃我们再换。"

梁爽算是土生土长的本地人了，活了近三十年，竟然不知道这里居然有一家美术馆餐厅。

餐厅无论从外观，还是装潢设计、里面的格调，都像极了美术馆。吃饭全程由柏郁实招待，他面面俱到，细节、礼仪一样不少。

反倒她们成了客人，柏郁实成了东道主。许随有些不好意思地说道："柏教授，你来到京北城，应该是我请你吃饭的。"

柏郁实喝了一口红酒，开口，他的普通话带着一种港腔，低低的，很悦耳："我在这边出差一周，这几天还要麻烦你招待。"

一句话让许随的压力消除，也将两人归于同一水平线。许随松一口气，浅笑一声："一定。"

梁爽坐在一边，边吃边欣赏窗外的景色，觉得舒服又放松。她拿起手机拍了外面一只猫跳上屋顶的照片，又拍了用餐的照片。

这里谁的脸都没有入镜，只有柏郁实的虎口卡在高脚杯上，以及许随低头吃水果时，袖子上移，露出一截纤白的手腕，出现在照片里。

梁爽把这两张照片发到朋友圈，配文："跟着我随宝来蹭吃的，嘻嘻。"

许随一点也不知这事，她同柏郁实聊天，说了一下近况，同时也得知他还在香港 B 大任教。

吃完后，柏郁实送她们回家。梁爽家比较近，她先下了车。柏郁实坐在副驾驶位上，忽然想起什么，从皮夹里抽出两张票，转过身，问："国外近现代电影海报展，过两天有时间吗？"

许随接过来看了一眼，手搁在膝盖上点头，道："有的，但下次吃饭一定要让我请。"

柏郁实笑了一下，眼角那道好看的细纹皱起，车窗外的流光擦过他的鬓角。

车子在许随家楼下缓慢停下来，柏郁实主动先下车替许随打开车门，许随拎着手提包下车，鞋跟却不小心崴了一下。

许随一声不小的惊呼，控制不住地向前摔去，结果一双手稳稳当当地接住了她，柏郁实的嗓音在黑暗里听起来格外温润："小心。"

许随站稳之后，稍稍拉开两人间的距离，开口："谢谢。"

"进去吧，我看着你进去。"柏郁实站在她面前，从大衣口袋里摸出一根雪茄，指尖捻了捻。

许随想了一下展览的日期，说道："好，后天见，柏教授。"

说完后，许随笑着转身，不经意地一抬眼，发现周京泽站在不远处，正看着他们，整个人半陷在黑暗里。他穿着一件黑色的派克外套，一只手插在裤兜里，另一只手抽着烟，一动也不动地盯着两人。

灰白的烟雾吐出来，周京泽眼神像黑暗里蛰伏已久的一头野兽，黑暗，深不可测，似冰刃，刺得她心尖一颤。

许随被周京泽的眼神钉在原地无法动弹，她有一瞬的心虚，虽然他们什么也没有。

"不介绍一下？"周京泽摁灭烟头，声音沉沉，一直看着她。

周京泽那句话根本不是让许随介绍一下这是×××的意思，他是在让她交底。柏郁实到底跟一般的男人不同，是第一个让周京泽产生危机感的男人。

明明今天一整天，他破事一堆，憋着一股坏情绪，在看到梁爽朋友圈动态那一刻，还是抛下一堆正在处理的破事赶过来了。

许随垂下眼，她其实不知道怎么介绍柏郁实。他对于许随，算是人生某个迷茫阶段里的一盏小小的灯火。

她认识柏郁实，其实是机缘巧合。

在香港做交换生的时候，许随的专业和意大利语八竿子打不着，她既没选修这门课程，也对意大利语一窍不通。

当时许随在西环住，室友除了嘉莉这个同班同学，还有一个外语系的女生，叫施宁，她选修的第二门语言正是意大利语。

许随已经忘了施宁为什么让她去帮忙上课点到了。只记得当时情况紧急，施宁临时赶不到学校，只好让许随帮忙去上课。

那会儿许随刚从实验室里出来，她听见电话里施宁急得哭腔都要出来了，最后点头答应了。

许随找教室找了有十多分钟，最后她是踩着点进教室的。她很少做这样的事，怕被抓到，便坐在倒数第二排。

这是她第一次上意大利语课。

那个时候，课堂上放的电影正好是《后街区女孩》。

许随对意大利语电影不了解，加上他们的语言让人听着觉得有点刺耳，所以她从一开始就没打算看它。

香港的夏天太热了，海边吹过来的风都是闷热滚烫的，加上教室里放着她听不懂的电影，许随热得昏昏欲睡，最后趴在桌子上睡着了。

以至于柏郁实眼尖地发现了她，当众点名提问，结果许随睡得昏沉，最后是被邻桌女孩推醒的。

问题答不上来。许随被罚写一篇五千多字的影评，并要亲自交给他。

后来替施宁上课的事情败露，许随以为能逃过一劫，但柏郁实就像跟她杠上了一样，还是要她交那份影评。

没办法，许随只好利用课余时间认真看起了这部电影。起初她只是把它当作一个任务，可真认真看起来，许随发现意大利的夏天很美，海浪万顷，很蓝，树木高大葱绿，每个街区都有一家老旧的书店。

有人在喷泉广场上接吻，也有人在海边晒太阳看书，把自己晒成健康的小麦色。

当然，电影更好看，故事讲了一个穷人家的小孩，如何在分崩离析的家庭里夹缝生长并快速成长。她一步步从沼泽地里走出来，再一路过关斩将，在事业方面成了自己的女王，同时也遇到了自己的爱情，但结局并不尽如人意。

看完之后，许随认真写了影评。当她把影评交给柏郁实的时候，他看了一眼，抓住关键词，敏锐地问道："你觉得克丽莎的爱情观是唯一，还是说你的爱情观是唯一？"

许随避开了这个问题。

后来她不知道怎么就和柏郁实熟悉了。许随很喜欢这部电影，想要找更多的意大利电影看。柏郁实知道后，经常借蓝光珍藏版影片给她，还推荐了很多原著小说给她。

一来一往中，两人竟成了朋友。柏郁实对于许随来说，不仅是朋友，还有点像人生导师。有一段时间，许随对之后的学业很迷茫，对感情也是。

柏郁实说，迷茫的时候就多读书，多看电影。

许随说道："我不知道怎么形容那种感觉，我还是会想起他，在这段感情里，他其实对我很好，挑不出毛病，但我可能比较较真，想要独一份的爱，他做不到。"

柏郁实只是笑："你们小女孩是爱较真。"

许随敏感地提取"你们"两个字，其实这段时间，学校一直疯传一个八卦，说有个比柏教授小十岁的女生千里迢迢跑来找他，对方还曾经是他的学生。结果绝情如柏郁实，一面都不肯见她。据说他有婚约，两家交好的那种。

学校的女生说柏郁实的祖籍是广东，在香港长大，半个香港人，家境殷实，背靠着盘根错节的柏氏财团。

像柏郁实这样的男人，优秀、强大、有魅力，很难不吸引女生。

学校里传得厉害，可柏郁实本人泰然自若，该上课就上课，一点儿没受影响。

"柏教授，那你的爱情观是什么？"许随问。

许随到现在都记得，他莞尔一笑，眉眼低下来："我没什么爱情观，都是资本累积。"

许随正发着呆，想着该怎么介绍他时，柏郁实的声音将她的思绪拉回来。他主动伸出手说道："你好，我是许随在香港念书时的教授，柏郁实。"

听到"香港"二字，周京泽黑如岩石的眼睛一瞬间黯淡，是干涸的，汹涌的河水一退，只剩河床。

"周京泽。"周京泽嗓音冷淡，抬眼看他，并没有伸出手回握。

柏郁实收回手，插进口袋里，冲两人点了点头，说："先走一步。"

车子发动的声音在寂静的黑夜里听起来格外响，紧接着一辆黑色的车消失在夜色中。许随从包里拿出钥匙，对周京泽说："很晚了，你也早点回去休息。"

说完，许随去拿包里的钥匙，正准备与周京泽擦肩而过，不料男人站在许随面前，攥住她的手臂不让走。

"你是想气死我吗？还教授，嗯？"周京泽咬了一下后槽牙。

刚才看到两人在一起有说有笑，他整个人有一种说不上来的情绪，堵得慌，却又发泄不出来。

四目相对间，许随静静地看着他。

周京泽受不了一双漆黑的瞳仁看着自己，一把拽住她，往怀里死死地搂住。许随立刻反抗，手臂推拒，不让他碰。

"让我抱一会儿。"周京泽的声音嘶哑。

他一开口，许随就感觉出来他的不对劲，原本还挣扎的身体这会儿停下来，站在那里。

周京泽抱着许随，把脑袋埋在她肩窝里。夜色很黑，有风吹来，扬起地上的枯叶，发出簌簌的声音。

有那么一瞬间，许随感觉周京泽是静止的。

她感觉他像一把沉默的弓，立在那里，好像下一秒就会崩断。

许随不知道周京泽发生了什么，但她感觉出了他的低气压和失意。

他说抱一会儿就真的松开了她。

"我走了。"周京泽抬手捏了一把她的脸，脸上又恢复了吊儿郎当的表情。

周京泽转身离开的时候，许随站在原地看着他的背影。

路灯昏暗，冬夜里的灯都是冷清的。周京泽的背影看起来孤绝又冷清，他的外套衣摆被风扬起一角，又很快垂下去。

其实这五六年，他们对彼此的人生认知和参与度都为 0。

许随看着地上周京泽被拖得长长的影子，开口问道："你吃饭没有？"

啪的一声，灯光亮起，室内温暖如春。

许随弯下腰，拿了一双男鞋给他，周京泽站在门口，看着那双鞋没有动。

"新的，一次性的。"许随说道。周京泽这才穿上，走进来，一双漆黑的眼睛在里面环视了一圈。

许随住的房子两室一厅，外加一个阳台，布局简洁，偏日系，电视柜旁边摆了很多可爱的小摆件，左手边的角落里插了一束尤加利叶，很具生活气息。

她以前就是这样，两人在一起的时候，周末许随经常带一些小玩意儿过来。

他忽然想起鱼缸里的小金鱼，还有她买来放在他房间窗台上的绿色小多肉。

好像就在昨天。

周京泽垂下眼睫，在眼底投下淡淡的阴影。

"你先坐一下。"许随收拾好沙发上的杂志，倒了一杯白开水放在桌上。

周京泽坐在沙发上，喝了一口水。许随脱下外套后，打开冰箱，神色有一丝尴尬："只有面了，你吃吗？"

"吃。"周京泽撂下一个字。

许随拿出一把面条、一盒鸡蛋、几个西红柿，走到厨房，摸出口袋里的皮筋把头发扎起来。其实她不太会做饭，只会做一些简单的素食。像面条，她做出来就是勉强凑合的那种。

周京泽把杯子放在桌上，一眼看穿许随，说道："我来吧。"

周京泽下面的姿势很熟练，没一会儿，一份热气腾腾的面就出锅了。

因为许随晚上吃过了，所以她就没吃。周京泽坐在那里，低头吃着面，热气熏得他的眉眼有些模糊。

"你今天去哪里了？"许随问道。

发生了什么？她还有后半句话没问。

周京泽拿着筷子的手一顿，答："东照。"

周围又归于一片寂静，他继续低头吃面，周遭只有吸溜面的声音。东照，这不是周京泽停飞前的航空公司吗？

周京泽吃面一向慢条斯理，不紧不慢的，可不知道为什么被呛到了，他低下头，胸腔颤动，发出剧烈的咳嗽声，咳得眼梢有一点红。

许随倒了一杯水给他，问："你想说吗？"

周京泽接过来喝了两口，脸上习惯性地挂起散漫的笑，语气轻描淡写："下次吧。"

他好像不太想提这事，说完就岔开了话题，竟然还有心情讲笑话逗许随开心。吃完面后，周京泽看了一眼时间，拿起桌上的钥匙和打火机，开口："啧，满足了。"

周京泽拿好东西出门，想起什么，他又回头，手停在门把上，眯了眯眼，暗含警告地说道："你给老子锁好门。"

"我每晚都会锁门，该防的应该是你吧。"许随小声地说道。

周京泽懒散哼笑一声，低下头，直视她："我要是想要你的话，你觉得这门能防住我吗？"

"总之，晚安。"周京泽抬手摸了一下她的头。

送走周京泽后，许随关上门，在收拾桌子的时候，收到梁爽发来的一条短信，她八卦兮兮地问："宝贝，到家了吗？我觉得柏教授不错，你可以考虑一下哦。"

"你想多了，宝。"许随无奈地回道。

梁爽收到这条信息只当许随是在害羞，便"嘿嘿"了两声。她其实一直觉得许随这样乖软的性格跟周京泽那样的人谈恋爱是很吃亏的。周京泽身上不确定的因素太多了，喜欢你的时候，像火焰一般，灼热又激烈，可有时又像一阵风，捉摸不定又抓不住。

比起轰轰烈烈的爱恋，许随更需要的是细水长流和安全感。

和柏郁实看展的前一天，许随提前在大众点评上找了评分较高的餐厅，还特意问他："柏教授，你吃新疆菜吗？可能有点辣。"

柏郁实很快回复："可以，吃多了港粤菜，换一下口味。"

"好。"许随回。

天气越来越冷，气温骤降。

许随穿了大衣还不够，里面加了一件白色高领毛衣，出门的时候，一阵凛冽的风刮来，似刀子刮在脸上。她立刻把脸埋在领子里，只露出一双乌黑安静的眼眸。

柏郁实看见她这副模样觉得有点好笑，说："我车上有件大衣，我让司机拿过来。"

"不用，"许随摆手，脸从领子里挪出来，呼吸了两口新鲜空气，"马上就要进去了，里面应该很暖。"

柏郁实点了点头，不再勉强。两人一起走进会展中心，一进去，像是走上了欧洲街头。复古的电影海报挂在墙壁上。

许随和柏郁实一前一后地走着，偶尔遇到感兴趣的海报，她会停下来多看几眼，柏郁实便会为她讲解。

在这次电影海报展中，许随惊喜地看到了她看过的意大利电影《灿烂人生》等。

镜头一转，许随看到了《南方与北方》的电影海报，画面正停在男主角对女主角表白的场景。

"前两天在你家楼下碰见的那位，是一直困扰你的唯一论吗？"柏郁实见她思绪发怔，问道。

许随犹豫了一下，点头，说道："再遇见他，发现其实他一直没放下这段感情，也在追我，但是我——"

"但是你不敢了，害怕重蹈覆辙。"柏郁实一针见血地接话。

"是。"许随应道。

她缺乏一份重新和他在一起的勇气。

柏郁实点点头，这次他竟然没有像之前在香港一样，戏称"这是你们天真小女孩才想要的东西"，他开口："我有点理解你了。"

许随觉得惊讶，笑着问："教授，是什么改变了你？"

像柏郁实这样的人，有自己的一套人生价值体系，旁人应该很难改变他。这会儿换柏郁实怔住了，半晌，他淡淡一笑："是有这么个人。总之，有什么需要我帮忙的，尽管提。"

许随点了点头，继续看展，两人看完之后，打算去吃饭。司机有事先回去了，柏郁实亲自开着车载她从环城路出发，一路上断断续续地堵着车。

周京泽最近事儿多，一直很忙，没怎么出来过，刚好大刘最近休完年假回来了，他们这帮人才又聚到了一起。

会所 2070 包厢，红色的灯光幽暗，大刘坐在那儿鬼哭狼嚎地唱着："找一个最爱的深爱的相爱的亲爱的人来告别单身……"

周京泽懒散地窝在沙发上调酒，他调了一款很烈的酒，从白瓷盘里捞了一块柠檬卡在杯口，低头时，后颈的棘突缓缓滚动，禁欲且勾人。

嘭的一声，盛南洲推门进来，一屁股坐在周京泽旁边，沙发凹陷，他疯狂为自己迟到的事找补："环城路那一块儿也忒堵了，跟煮饺子一样，一路走走停停，总之，迟到这事不怪我。"

周京泽把那杯刚调好的伏特加放在他面前，抬了抬眉骨："少废话，喝了它。"

盛南洲瞥了一眼那酒的度数，以他的酒量，要是这一杯下肚，不得抱着马桶狂吐？他一把搂住周京泽的脖颈，语气揶揄："兄弟，该喝这杯酒的人是你吧，我刚碰见许随跟一个男人在一起，那男人看着

133

挺有学识、有魅力的啊，心碎了吧？"

周京泽指间夹着一根烟，烟灰掉落，掌心传来灼痛感，他哼笑一声，没有说话。

"啧，你别不信，兄弟我可没骗人，两人有说有笑的，看上去要去约会，我开着车与他们擦肩而过，不然我就拍张照给你看了。"盛南洲无形之中又往他心底捅上一刀。

周京泽缓慢又用力地摁灭烟头，猩红消失，烟灰缸也被烫得一片漆黑。他垂下眼睑，眼底的戾气浓郁一片。

盛南洲拍了拍他的肩膀："女人狠起来可太绝情了，她都坐人家副驾驶上位了，你呢？重逢之后，人家坐过你车副驾驶位吗？"

确实，分手之后，除非周京泽主动靠近，她避无可避，其他时候，许随都本本分分的，就好像两人只是比陌生人多一层前任的关系。

在得到这个认知后，周京泽漆黑的瞳孔倏地一缩，将那杯伏特加一饮而尽，酒在入喉的一瞬间，有如火烧，辛辣味蹿上天灵盖，太阳穴突突地跳着，嗓子哑得说不出一句话来。

他好半天才缓过来。

舌尖抵着冰块，不紧不慢地嚼得嘎嘣作响，嘭的一声，酒杯归于原位。周京泽起身，压低声音，撂下两个字："走了。"

周京泽拎着外套，扔下一众兄弟就这么走了。大刘刚唱完《单身情歌》，一回头，人就没了。他一脸的疑惑："我哥们儿怎么了？"

"还能怎么了？"盛南洲坐在沙发上幸灾乐祸，"某人醋坛子打翻了呗。"

柏郁实开着车，许随坐在车上，两人正在去往餐厅的路上，她放在包里的手机忽然响了。

她拿出来点了接听："喂？"

电话那边传来打火机咔嚓的声音，周京泽声音带着颗粒感，低低沉沉的："在哪儿？"

"在去吃饭的路上。"许随答。

周京泽在那边冷不丁地问："和谁？"

许随摁了一下车窗，问道："我去哪儿要跟你报备吗？"

电话那边没声了，压抑的沉默，只有吱吱的电流声。要不是手机显示正在通话中，许随都怀疑周京泽把电话挂了。

"确实，你是不用报备，"周京泽的语气漫不经心的，话锋一转，"但是基地学员的档案和急救测试考核资料你得给我。"

"简而言之，让你现在过来加班。"周京泽言简意赅。

许随声音迟疑："现在？可以晚点吗？东西都存在电脑里了，晚点我回到家再发给你……"

"情况紧急，事关他们考商照。"周京泽打断她，面不改色地诓起人来。许随还想争取："可是……"

周京泽在那边没有说话，隔着电话，许随都感觉到他的严肃，学员考执照的事确实耽误不起。

"好吧，我现在回家。"许随说道。

挂电话后，许随一脸为难地看着柏郁实。男人笑笑，其实他隐隐约约听了个大概，他可能成了周京泽的假想敌。

"抱歉，教授，我临时有点事，吃饭只能下次了。"许随一脸的歉意。

"没事，我先送你回家。"柏郁实笑笑，指节敲了敲方向盘。

说完，他便拐了个弯，掉头，在导航里输入许随家的地址，开过去。车子开了四十分钟后抵达，许随在下车前冲他认真道谢。

许随走回家，没想到周京泽出现在她家门口，他的脸色并不太好看。

"你是不是没有车？"周京泽走过来问她。

"什么？"许随有点接不上他的话。

周京泽撩起眼皮看向她身后缓慢开走的黑色车，声音有点沉："没有的话，我送你一辆。"省得老坐别人的车回来。

许随不知道他在说什么，从包里拿出钥匙说道："走吧，我把资料给你。"

第二次来许随家，周京泽进来的时候轻车熟路，往那儿一坐，那大少爷姿态，仿佛当成自己家了。

许随在房间里翻了好一会儿，抱着一沓文件出来，来到他面前："纸质版的在这儿，一会儿电子版的我发你邮箱。"

"好了，你可以走了。"许随开始赶人。

周京泽抽出几份文件，修长的指尖捏着纸的一角翻了翻，动作慢悠悠的。

他低头看着上面的学员信息，忽然没来由地冒出一句："你是不是和柏郁实约会去了？"

约会？她不是单纯地和朋友看个展吗？许随下意识地想解释，倏地想起什么，话到嘴边变成了："是，接触下来发现他人挺好的。"她这意思是希望他知难而退了。

周京泽正随意地有一搭没一搭地翻着文件，闻言动作一顿，一失神，被纸张锋利的边缘割了一下手。立刻有鲜红的血珠冒出来，源源不断，痛感也随之传来，他没管，就这么抬眸定定地看着她。

送走周京泽后，许随想了很多。她是一个被动的人，重新和他在一起，许随不敢了。

由于前一晚许随失眠，导致第二天起来的时候整个人脸色苍白，眼底一片黛青，她只好化了个淡妆去上班。

一整个上午，许随在坐诊时都有点犯困，最后去洗手间洗了一把冷水脸才打起精神来。

中午赵书儿拉着许随一起去医院食堂吃饭。许随打了紫菜鸡蛋汤、烧排骨、青椒炒肉，还有一份时蔬。

许随低头喝着汤，发现赵书儿老盯着手机看，都忘了吃饭。

她笑着提醒道："在看什么呀？难道手机里住了个男朋友吗？"

赵书儿回神，笑着说："不是啦！我最近迷上了一个模特，老看她的日常穿搭，她太御姐范了，迷死我了。她长得好漂亮啊，性格也酷，唉，搞得我天天看她社交网页。"

"谁呀？"许随低头咬了一口豆角。

"喏，给你看看，是不是特别美？她是国外风头正盛的一个模特呢，好像要回国发展了，她在国内粉丝也很多，人气很高。"

许随不经意地一抬眼，在看清手机屏幕上的女人时视线定住。像是触发了什么按键开关一样，嗡的一声，脑子里刻意封存的记忆被打开。

许随一下子想起了那个异常闷热的夏天，空气中松林少女的香水味，以及叶赛宁一边撕酸奶盖，一边自信地说："我们没在一起，是因为他说不想失去我。"

镜头一转，又切到许随明明知道了答案，还要自虐般问他："你以前是不是对她有好感？"

周京泽点了点头，说："是。"

赵书儿还在那儿滔滔不绝地给许随介绍她的新偶像："她镜头感真的绝，人长得好看，穿什么都引起潮流。上次 FG 新款上市你记得吧？就是因为她穿着去了巴黎走秀，导致这个系列主题的衣服被一抢而空，而且她一回国就拿了三个高奢代言、五个产品代言，入股叶赛宁真的不亏。"

许随的耳朵跟出现了耳鸣一样，发出嗡嗡的声音，什么也听不进去。她低头机械地夹着白米饭，感觉什么味道也没有，最后吃了半碗米饭，就没吃了。

中午休息的时候，许随待在办公室，拿出手机，上网搜了一下叶赛宁，网页一连弹出好几条相关链接。

"模特叶赛宁从巴黎凯旋，有意在国内发展。"

"叶赛宁回国第一件事，注册微博，一夜之间涨粉五百万。"

"叶赛宁神秘恋情。"

比起从前，叶赛宁风光更甚，她从一个小有名气的模特，成了一个星途璀璨的大明星。

许随握着手机点开一条叶赛宁的视频采访。画面里，记者提问："请问您是有回国发展的意愿吗？"

"是。"

"是什么让您做出回国的这个决定呢？"

镁光灯对准叶赛宁咔嚓咔嚓地闪着，她眼睛一下都没眨，偏头思考了一下说道："一方面是事业发展需要，国内的时尚文化一直在稳步向前迈。"

叶赛宁说着说着，话锋一转，笑吟吟的："而且，亲人和朋友一直在国内，我一直想回来，再加上有一些重要的事要处理。"

后面的采访，许随没看完就关了。她垂下眼睫想，不是挺好的吗？反正她推开了周京泽，也跟他说清楚了。叶赛宁要怎么样，跟她无关了。

下午许随坐诊的时候，忽然收到一条陌生号码的短信："许随？我是叶赛宁，弄你的号码费了一点功夫，不知道你有没有时间，有些事想跟你聊一下。"

许随睫毛颤动了一下，在对话框里编辑道："我没什么好和你聊的，周京泽也不在我这儿。"

打完字之后，她又点了删除，把叶赛宁那条信息拖进了垃圾箱，最后什么也没回复。

没多久，柏郁实打了电话过来，说道："许随，你那天在我车上落了一个耳环，刚好我在这附近办事，等你下了班过来还给你？"

"好，谢谢教授。"许随说道。

晚上六点钟，许随准时下班，她脱掉身上的白大褂，拿出手机的时候才看到一个小时前周京泽发来的微信消息，他问道："想吃什么？下班我过去接你。"

许随看到这句话后有点无力，感觉自己做的一切像一拳打在棉花上，撼动不了他分毫。

很多事情，她知道自己拖泥带水，贪恋温存，一点都不干脆。可比起要因为叶赛宁而患得患失，许随情愿绕过这条路。

她很讨厌争夺。非常讨厌。

她的眼皮颤动，给周京泽发消息，一字一句道："想了很久，发现我们两个不合适，你以后别再联系我了，真的，我现在有喜欢的人了。"

消息过了几秒钟便显示发送成功。过了很久，周京泽都没再发消息过来。

许随也没再看手机，直接把它揣兜里，拿起包走出医院的大门。

下了楼，许随推开门诊部大楼的旋转玻璃门，直往外走。一阵刺骨的冷风刮来，她下意识地把脸埋在围巾里，正从包里翻找着手套，忽然听到旁边的人一阵惊呼。

一个小女孩扯着大人的袖子，声音惊喜："妈妈，下雪啦！"

许随手上的动作顿住，一抬头，竟然下了初雪。

今年的初雪来得比较迟，以至于路过的人看见都比较兴奋，纷纷喊着"下雪了下雪了"。

雪花小小的，像绒毛，像透明的水晶，许随不由得伸出手去接它，雪花落在掌心，转瞬融化，有水从指缝间往下落。

许随在门口等了一会儿柏郁实，他撑着伞出现在不远处。

柏郁实走到许随面前的时候，伸手拂了一下衣领上的雪花，笑道："一来京北出差就赶上下雪。"

"毕竟香港不会下雪，所以你这趟来对了。"许随笑着应道。

"是吗？"柏郁实道。

许随这话让他想起了某个人，一个烂漫的小女孩，灵动又娇俏，一双黑眼珠写满了坚定："弥敦道总有一天会下雪的！"

她还没等到弥敦道下雪，就离开了。

像雪花，转瞬即逝。

柏郁实岔开话题，同许随站在门口聊了几句，两人有说有笑地说着各自遇到的趣事。许随听得认真，偶尔嘴角带笑，一转头，余光不经意地瞥见某个熟悉的身影。

周京泽想做的事，前方一片黑也要做到底。

唯一让他能放弃的方法，就是再一次，击碎他的自尊。

她重新看向柏郁实，抬起眼睫，嗓音有点哑："柏教授，那天看展你不是说有什么事可以找你吗，我现在……"

周京泽看着眼前的这一幕想，如果他的人生写成自传，他最精彩的地方必然属于这一天。

今天一整个下午，周京泽都待在东照国际航空公司。

他坐在一间宽敞的、空荡荡的会议室，没有人接待他。只有前台的小张，因为平日周京泽飞机落地的时候会从各国淘来一些小玩意送给她，加上平日对她照顾有加，她主动进来给他倒了一杯水。

周京泽坐在那里，看着水珠吸附在一次性杯子杯壁上，直到热气腾腾的水杯慢慢变冷。

昔日的老东家，当初有多重视他，现在就有多冷落他。

周京泽坐在那里等了两个多小时，调查部的人以及他曾经的顶头上司这才姗姗来迟。

"京泽啊，不好意思，你的事耽误好久了，现在出结果了。"上司转了一下笔尖，手肘下垫着一份合同。

周京泽稍微坐直了一点，语气平静："没事，您说。"

经公司特批的调查部门查后发现，由周京泽机长经手操作驾驶的CA7340 国际航班，从多伦多飞往京北市途中，周机长藐视了组织规则和纪律，同时也违背了飞行及机长相关条例，差点造成飞机乘客人员伤亡，公司就周机长对东照国际航空公司造成的恶劣声誉影响，于2020 年 11 月 20 日正式对周京泽机长解聘，并永不录用。

"届时我们会在公司内部发送邮件，以及在业内通报这个结果。

"公司念在你过去工作的辛苦和努力，就不要求你进行经济赔偿了。"

领导低头念着公司的决策，没有看周京泽一眼。

这么多年的付出，被一段话轻易抹杀，到头来还给你加了一个罪名。他没什么好说。

在座每一位同事和领导都了解周京泽这个人，骄傲狂妄，可偏偏在天空中，他就是有一身本事。

终止聘用和业内通报，算是毁灭性的打击了。

周京泽的飞行人生可能就止步于此了。

明明有大好前程，却在不到三十岁的时候，天之骄子受挫，骄傲之星陨落。

就在所有人以为周京泽会发火，或者大闹一场的时候，他扯了扯嘴角，撩起眼皮问道："说完了吗？"

领导以为是暴风雨的前奏，内心有一瞬间的惊慌："说……完了。"

"那成，我还有事，先走一步。"周京泽起身，脸上的表情无波无痕，好像这是一件无所谓的事。

他的背影挺拔，好像从来没有低过头一般。

走到会议室门口的时候，周京泽想起什么，回头，一双漆黑的眼睛静静地环视这间会议室。

这间会议室，他来过无数次，在这里领过大大小小的奖章，也和同事一起挨过领导的批评。

他看着会议平板旁边一排航模中那架小小的纸飞机。那是他来公司以后第一次飞上天空，肩上扛着乘客的性命，成功落地，于是他用飞机上的宣传单折了一架小小的纸飞机放在那里，告诉自己，不负初心。

周京泽单手插着兜，习惯性地挑起唇角，看着共过事、同患难的同事们，一字一顿，笑了笑："各位，江湖再见。"

说完这句话，周京泽就走了，人到走廊的时候，领导追出来叫住他。

领导叹了一口气："我相信你不会做这样的事，但是 Voice Recorder（记录飞机驾驶舱情况的录音机），还有监控，都证明你做出了错误决断，至于副机长李浩宁，他坚持认为在飞机上是听从了你的指令。"

"好，没事，谢谢过去的照顾和包容，老张。"周京泽笑了笑。

周京泽走出东照国际航空大楼的时候，夕阳暖色的光恰好停留在高楼上插着的红旗扬起的一角。

万丈高楼平地起，"东照航空"四个烫金大字赫然出现在眼前。

航字右边的一点，是一个小小的金色的飞机图案，它在残阳下依然熠熠生辉。

周京泽静静地站在那里，看着它。看一眼少一眼。这栋大楼承载了他过去所有的痛苦和荣耀。从今日起，将一并归零。

"须知少时凌云志，曾许人间第一流。"①不知道为什么，周京泽忽然想起了这句话。

最终，周京泽收回视线，莞尔笑了一下，双手插着兜，离开了东照。阳光将周京泽的身影拖得很长，直至最后一抹光消失。

周京泽一个人走在寒风中，风刮得他的眼睛睁不开，他拿出手机给许随发了一条短信，问她想吃什么。

走到一半，周京泽碰到路上有人在卖糖炒栗子，他走过去买了一份。

走到下一个路口，夕阳已经完全消失，夜色降临，街边灯火亮起，路上烤奶油面包的香气飘来。周京泽抬眼一看，路口有一家面包店排起了长长的队，这家主打菠萝包。他把糖炒栗子揣兜里，走过去，排起了队。

喜欢一个人就是，尽管心情已经低到了谷底，还是愿意为一个人买爱吃的菠萝包和糖炒栗子。

不远万里，他冒着风雪送过来。

周京泽一路心情复杂地来到许随上班的医院门口，他突然有些累，打算和她说一说以前发生的事，想抱一抱她。

他在去找许随的路上，心里隐隐有一簇燃起的火光，结果在看到眼前的一幕时，心中的微光彻彻底底熄灭了。

柏郁实俯下身，正动作亲昵地给许随戴耳环，弄好后，他的拇指摁着她的额头，轻轻把她掉在额前的头发钩到耳后。

原来亲昵地点额头和为她钩头发，并不是他的专属动作。

周京泽眯眼看着两人眼底映着彼此的笑容，冰冷的雪花砸在眼皮上，一直没动。雪越下越大，刺骨又冰冷，他感觉自己的手指被冻僵，冷得说不出一句话来。

因为怕送过来的糖炒栗子变冷，周京泽一直把它揣在兜里以保持

---

① 出自清代诗人吴庆坻诗句："须知少时凌云志，曾许人间第一流。哪晓岁月蹉跎过，依旧名利两无收。"

热度，还有刚出炉的菠萝包。

看来她不需要了。

周京泽在得出这个结论后，将这两样东西一并扔在了一旁的垃圾桶里，然后转身离开，他的肩头被雪水染出一片深色，紧接着黑色的背影消失在冰天雪地中。

有风吹来，躺在垃圾桶装着两样东西的塑料袋发出哗啦啦的声音，然后被遗忘在那里。

许随余光瞥见那个挺拔的身影消失，像是突然从梦中惊醒般，后退一步，跟柏郁实开口："谢谢，抱歉。"

谢谢你的帮忙，也抱歉利用了你。

柏郁实收回手，笑道："是我冒犯了。"

"那个，柏教授，我还有事，先回去了，谢谢你。"许随低下头，匆匆说了一句话就离开了。

回到家，许随整个人如释重负，躺在床上，她拿着手机，将这段时间与周京泽发的短信，一一删除掉，包括两人的通话记录。

她在清除有关周京泽的一切。

酒吧里，周京泽坐在吧台前一杯接一杯地喝酒，舞池里的红绿光一束接一束地交替打过来，将他的侧脸轮廓衬得更加硬朗深邃。

兴许是喝得有点热，周京泽脱了外套搁在一边，只穿了一件黑色卫衣，小臂线条紧实流畅，握着方口酒杯的手腕骨节清晰突出，痞中又透着一股禁欲感。

人往那儿一坐，惹得酒吧里的人纷纷想上前来搭讪，多得周京泽不胜其烦，加上他喝得有些高，点了一排最烈的酒，直接端了一杯给旁边想勾搭他的女孩。

周京泽伸手拽了一下锁骨处的领口，姿态慵懒，抬了抬眉骨，笑道："喝过我，就给你一个机会。"

女孩一脸震惊，哪有男人一见面就挑衅喝酒的？她正想骂人时，一个男人出现，抢过他手里的酒杯，冲她歉意地笑笑："他喝高了，犯浑了，抱歉抱歉。"

女孩冷哼一声，踩着高跟鞋走了。

周京泽拿了桌上一杯酒，仰头一饮而尽。盛南洲站在一边，知道他这段时间发生的糟心事太多，便坐下来陪兄弟一起喝酒。

酒喝到一半，盛南洲拍了拍他的肩膀，说道："李浩宁这个阴沟里的贱人，亏你把他当兄弟。放心，你这事还没完，老张说私下还是会为你继续调查，我这边也会查。"

"随便。"周京泽又仰头喝了一口酒。

反正许随不会回来了，他无所谓了。事情已经这样了，还能坏成什么样？

盛南洲叹了一口气，只能陪他继续喝酒。他以为周京泽只是喝酒发泄，知道轻重，哪知他喝到后面根本没有停下来的意思，盛南洲一把抢过他手里的酒，骂道："你不要命了？我现在就打电话给许随。"

周京泽果然不再敢有去拿酒杯的动作。

盛南洲想，果然，许随是他的命门，百掐百中。他当着周京泽的面打了许随的电话，开了免提。

电话隔了好久才接通，盛南洲只说出了一个"我"字，对方便把电话挂断了。

盛南洲一脸尴尬，周京泽的表情还算平静，他抬手漫不经心地转了一下桌上的小球，薄唇一张一合不知道在说什么。

"什么？"舞池里的电音穿透耳膜，吵得人几乎耳鸣。盛南洲凑上前去听周京泽说什么，他不经意地一瞥，怔住了。

周京泽漆黑的眉眼压下来，扯了扯唇角，语气缓慢："结束了。"

说完，周京泽缓缓褪下手指上戴的一枚银戒，因为长时间戴着，褪下来后，骨节那里有一圈白色的印记。

他褪下来拿在手里端详了一会儿，灯光晃过来，看不清他脸上的表情。

咚的一声，戒指被扔进酒杯里，酒液立刻翻腾，咕噜咕噜地冒着泡，有水溢出来。银色的戒指迅速下沉，然后坠落。

周京泽看了它一眼，头也不回地离开了酒吧。

盛南洲还不了解周京泽？他知道这人一定会后悔，于是赶紧从酒杯里捞出戒指，追了出去。

"我每次不是当你的奴隶就是当你的保姆——"盛南洲边抱怨边往外走。

第一场雪下完后，京北气温急转直下，冷到早上人躺在被窝里一点都不想起来。

许随在基地的任教正式结束，她不用再去那个尘土飞扬的地方，也不用再见到周京泽。

从那次撞见她跟柏郁实在一块儿之后，周京泽再没找过她。

许随自认为生活过得还算平静。直到周末在家的时候，盛南洲登门拜访。

许随一看到盛南洲就想关门，可他手放在那里，嘴里说着"疼疼疼"，人却趁势溜了进来。

"找我什么事？"许随声音淡淡。

盛南洲接过她递过来的一杯水，喝了一口，说道："你去看一下他吧，他住院了。"

许随正给自己倒着水，动作顿了一下，开口："他应该有人照顾，我看不看都一样。"

"当然不一样啊，还不是因为你，他才把自己搞成这样的？许妹子，你不知道周京泽多惨，为了你喝酒喝到胃出血去了医院，基地的班也不上了，他外公都把电话打到我这儿来了。我真的很少看他意志这么消沉，估计只有你能解开他的心结了，你就去看看他呗。"盛南洲动之以情，晓之以理。

盛南洲又喝了一口水，润润嗓子，苦口婆心道："我不知道你们发生了什么，但大家认识这么多年，情分还在吧？他现在半死不活地躺在那里，你就去看他一眼，就当我求你了。地址我放这儿了，先走了，妹子，我还有事。"

盛南洲把名片放在那里，起身走了。客厅里，只剩许随一个人，她拿起茶几上的名片看了一眼，是医院的地址。

下午三点，许随收拾了一下，从水果店买了一个果篮，去往西和医院。

许随到达住院部后，询问了护士周京泽所在的病房位置。

乘坐电梯上楼后，许随来到了 702 病房，犹豫了一下，敲门，里面传来一道嘶哑低沉的声音："进。"

许随推开门走进去，一抬眼，与病床上的男人四目相对。

护士正在给周京泽换药。周京泽躺在那里，也同样看着她。他额前的碎发搭在眉间，眼睛漆黑，唇色苍白。

护士给他换完药后，脸一红，说道："要注意休息，这几天主食还是以清粥为主哦。"

说完后，护士端着托盘从许随旁边经过，她一眼瞥见某个熟悉的药物，拿起药盒一看，是阑尾炎手术后要用的消炎药。

"病人是做了阑尾手术吗？"许随问。

护士点点头："是的。"

许随把药放回托盘里，立刻明白过来她是被盛南洲骗来这里的。什么一蹶不振、意志消沉，因为她而大受打击，都是诓人的。

许随把水果篮放在他床头的矮柜上，周京泽的眼神锐利，他撩起眼皮看着许随，语气沉沉："你怎么来这儿了？"原来他也不知情，语气里透着冷淡，仿佛她不应该来这儿。

许随放下果篮后，语气平淡："盛南洲让我来的，你没事就好，我先走了。"

这本来就是一场不应该有的会面。

许随前脚刚走出病房，周京泽脸色一沉，拔了针管，长腿一迈，阔步追了出去。

许随刚走到走廊的窗口处，一个高大的身影晃了过来，周京泽将她整个人抵在墙上，将人桎梏住，牢牢地把人圈在怀里。

男人眼睛沉沉地盯着她："短信什么意思？"

"就是不合适的意思。"许随别过脸去说。

不料，她的脸被男人扳了过来，周京泽看着她，直接飙了一句脏话："怎么不合适？之前怎么会在一起那么久？"

"那不也还是分手了吗？"许随轻轻说道。

许随的语气虽然柔柔的，说出来的话却一针见血，一句话让两人沉默下来。

周京泽的手背因为吊了两天的水，一片瘀青，此时正往外冒着血珠。

周京泽胸腔剧烈地起伏了一下，他单手执起许随的下巴，看着她，一字一顿认真说道："只要你说不喜欢老子了，我放你走。"

他的语气没较真，也没赌气。他这个人就是这样，有错就认，喜欢一个人就好好处，但如果对方都不喜欢他了，一直缠着也挺没劲儿的。

许随垂下眼，视线落在他领口衬衫的第二颗扣子上，轻声道："我不喜欢你了。"

一句话落地，周遭静得连风拍打着窗户的声音都能听见。

今天没有出太阳，天气暗沉沉的，压抑得令人难以呼吸。细小的浮尘飘在空气中，被切碎落在地上。

许随感觉周京泽慢慢松开了她，人也撤离，他身上好闻的罗勒味随之消失。

周京泽站在那里，没再说什么。得到自由后，许随拿着包匆匆下了楼梯。

周京泽回到病房后，拿起手机看起了球赛，镇定得好像经历的这些糟心事不是他自己的。

他看着内马尔横跨半个球场，正要来一个射门时，手机屏幕忽然切换成大刘来电。

周京泽点了接听，大刘扯着嗓子在那边说："哥们儿，你病房在哪儿啊？这可忒大了，不好找哇。"

"你别来了。"周京泽开口。

"啊？"大刘一脸纳闷。

他看了一眼外面的天，阴风阵阵，厚厚的乌云往下压，似乎要下雨了。

"许随刚走，你送她回去吧，"周京泽顿了顿，继续说，"她要是不肯，你就帮她叫辆车。"

说完以后，周京泽不理会大刘在那边嚷嚷，把电话挂了。

一周后，周京泽出院，他在家歇了几天后开始照常上班，闲时回家就带德牧出去遛遛。还好，他有猫有狗。

周五，周京泽牵着奎大人去公园散步，可不知怎么的，散着散着就来到了许随家楼下。

周京泽抬起眼皮看了一下她家那层，黑漆漆的，没有灯亮起，她没回来。

他牵着奎大人走进了维德里，拿了一包黄鹤楼和一个打火机。

推开便利店的门，周京泽一眼看见正要进去的梁爽。梁爽脚步一顿，明显也看到了他。

许随今天临时有个手术，要住在医院那边，梁爽赶过来帮她拿一些东西。

"怎么是你？"梁爽语气不善。

周京泽咬着烟盒的包装纸，一扯，透明的纸膜被撕开，他从里面抖出一支烟。

"我说路过，你信吗？"周京泽捻了捻指尖的烟屁股，轻笑道。

梁爽"呵"了一声，走到他面前，说道："既然碰上了，我有话跟你说。"

"嗯，你说。"周京泽把烟塞进嘴里。

梁爽站在周京泽面前说了很久，他一声不吭，最后点了点头，哑声道："行，我知道了。"然后，周京泽牵着奎大人离开了许随家楼下。

当天晚上，周京泽做了一个梦。梦里他回到了大学。

那是他人生最轻狂肆意的时候，做什么都全 A 或是满分，老师也看重他，前路好像没什么拦路石，一路坦途。

那时的他身上带着不可一世的狂妄，面对千人在台上发言，把演讲稿折成纸飞机飞到台下，笑得肆意，说出："上帝一声不响，一切皆由我定。"

镜头一转，夏天热烈，周京泽在操场上打篮球，许随穿着白色的裙子站在阴影处，扎了一个丸子头，拿着一瓶水，安静乖巧地等着他。

周京泽把球一扔，掀起 T 恤的一角擦了擦眼角的汗，走到许随面前，脸上挂着玩世不恭的笑："这么快就想你男朋友了？"

"才不是，我就是顺路。"许随睫毛颤动，红着脸否认。

他还想要继续说话时，眼前的场景变得模糊。

夏天、女孩、冰水、飞机，一切都离他远去。

周京泽从梦中惊醒，醒来后背上出了一层汗。

他睁眼看着黑漆漆的天花板，起身，捞起桌上的烟和打火机。

周京泽坐在床上，单穿着一条裤子，抽起了烟。

他嘴里咬着一根烟，打火机发出啪的一声，他伸手拢住火，露出的一截眉眼冷淡又透着倦意。

周京泽吐了一口灰白的烟，回顾了一下刚才的梦，自嘲地笑了一下。

书上怎么说来着？ "梦里与你情深意浓，梦里王位在，醒觉万事空。"①

关于梦想，转瞬即逝，关于爱情，不复往昔。

他什么都没有了。

---

① 好一场春梦里与你情深意浓，梦里王位在，醒觉万事空。——莎士比亚《十四行诗》

第七章
Heliotrope&ZJZ

而许随肋骨处的文身是 Heliotrope&ZJZ，
它在希腊语的意思是永远朝着烈阳，
向着周京泽而生。

十一月底，降雪，气温再度骤降。

天气一冷，医院的病患急剧增多，医生的工作量也随之加大。原因一是下雪，道路结冰，造成交通事故增多；二是气温一冷，许多高龄多病的老人就挨不过冬天了。

许随已经连续加了一个星期的班，忙的时候匆匆吃了两口外卖又被护士叫走了。

虽然工作很忙，每天拖着疲惫的身躯回到家倒头就睡，但许随觉得挺好的，日子充实且平静。

次日中午，医院休息室，许随站在饮水机前，拿了一条速溶咖啡，撕开小口子，正往马克杯里倒粉末冲咖啡，身后的同事坐在长桌边上，一边聊天一边喝咖啡。

"哎，你们看新闻了没？淮宁路那一带发生了强奸案，也太可怕了。那个女生才二十六岁，据说凶手是专盯下班晚的年轻女性，那个受害人也太惨了，耳朵都被咬烂了，被发现的时候是清晨，好好的一小姑娘浑身血淋淋地躺在草丛里，人渣。"成医生说道。

"这种人真的是畜生，鞭尸都不为过。"

何护士眼皮一跳："淮宁路？上周我和朋友去万众影城看完《神奇女侠》，回家的时候我还特别开心地买了一束黄色泡泡玫瑰，下了地铁，走了不到十分钟，在等红绿灯时，我总感觉有个人一直盯着我。一回头，我发现有个留长发的男人一直冲我笑，长得很猥琐，还冲我做了一个亲嘴的动作。"

"妈呀！然后呢？"韩梅神色吃惊。

"然后绿灯一亮，我就钻进人群跑了呀，好可怕，我到现在都心有余悸。"何护士拍了拍自己的胸脯。

"下次别走那条路了，我听说那段路最近变态有点多，晚上回家注意安全。"有人安慰道。

"欸，许医生，你家不就在淮宁路吗？你最近天天加班，晚上要小心啊。"韩梅说道。

许随正用长柄汤匙慢慢搅着咖啡，轻啜了一口，半张脸被杯口挡住："应该没事。我不会那么倒霉吧。"

"以防万一啊，而且淮宁路就是你家小区那条路，避都避不了，怎么办？"何护士担心地说。

医院的男同事把咖啡一放，抱着手臂说道："许医生，你是我们普仁的一枝花啊，可不能出事。要不让我们这些男同志送你回家？"

"对啊，一三五我俩，二四小高和老顾。"有同事笑着接话。

许随舌尖被咖啡烫了一下，她笑着说："那院长不得扒了我的皮？各位请放心，我会带好防狼警报器和防身笔。"

"那就好。"

晚上下地铁回家的时候，不知道是不是白天同事说了这则新闻的原因，许随总感觉身后有人跟踪她。

隐隐感觉对方是特意跟着她的步调，她停对方也停，她快对方也快，像个鬼魅，悄无声息地跟在身后。但许随停下来，发现背后什么也没有，空荡荡的，只有匆匆而过的路人。许随还是感觉有人跟着她，于是加快了回家的步伐。钥匙插孔转动，人走进去以后，许随背抵在门上，后背沁了一层薄汗，重重地喘了一口气。

一连好几天，许随感觉每晚回家都有人在背后跟踪她，可她每次都抓不到，只有一次，她看见一个人影一晃而过，但什么也没看清。以至于每次一踏上淮宁路，她就提心吊胆的，心口简直像悬着一块大石。

一直到第五天，许随安全顺利地回到家，长舒了一口气，坐在沙发上发了一条朋友圈："最近好像被变态跟了好几天，有点想搬家了。"

她这条动态一发，出现了许多评论。胡茜西评："随宝，好想派我养的犀牛来保护你。"

梁爽："不是吧，你来我家住。"

大刘："妹子，你得多加小心啊。"

许随一一认真回复，让他们放心。

红鹤会所，一帮人正在一起玩骰子，玩游戏喝酒。

盛南洲正在玩手机，看见许随朋友圈底下胡茜西的评论，故作不经意地问："什么时候回来？我还挺想看看你养的犀牛。"

然而等了十分钟，盛南洲也没能等到胡茜西的回复。

坐在一旁的周京泽正在漫不经心地玩着骰盅，脸上挂着放荡不羁的笑容，把这帮人虐得体无完肤。

"哎，你看许随动态没有？她说她这段时间遇见了变态。"大刘还不知道两人发生的事情，主动提道。

然而"许随"二字一出，周围气氛明显僵了一下，周京泽脸上的笑容明显淡了下去，他转了一下手里的骰子，语气好似不怎么在意："是吗？"

"对啊。居然有变态，现在的男人确实禽兽，对长得好看的姑娘只会用下半身思考。"盛南洲接话。

大刘疯狂点头："许随真惨，沾上这种社会垃圾。"

周京泽穿着一条黑色的锁扣裤子，膝盖抵在茶几上，啪的一声，骰盅搁在桌上，他抬起眼皮看了两人一眼："呵。"

周京泽这哼笑一声，大刘没反应过来，盛南洲脑子转得飞快，发出一个惊天大咆哮："你就是那个垃圾？！禽兽？！"

大刘顺着他的话明白过来，一脸震惊："不是吧，周爷，你什么时候这么深情了？"

"深情个屁！"周京泽窝回沙发上，语气慢悠悠的，"我就是刚好在那段路遛狗。"

遛个锤子，你家跟她家离那么远，那你的狗跟着你挺辛苦的啊，要走那么多冤枉路。盛南洲心里想了这么一长串台词，正要开口吐槽的时候，周京泽一记眼刀扫了过来，指了指台上的点数，语气傲慢："付钱。"

盛南洲看了一眼，语气痛苦："又输了，你老赢不会觉得没意思，人生很无聊吗？"

周京泽接过他手里的筹码，抬了抬眉尾："不会。"

"很爽。"周京泽补了一句。

周五晚上十点，许随做了一台八小时的手术，出来时整个人累得不行，简单收拾了一下就出了医院。

冷风一吹，许随整个人精神恍惚了一下，差点没站稳，她以为是肚子饿加过于劳累导致的，就没太在意地上了车。

到了地铁口后，凛风掠过树上的枯枝，从四面八方朝人吹来。许随打了一个冷战，把脸埋进围巾里。

眼看就要走到小区楼下，许随感觉脑袋越来越晕，似有千斤压在那儿，路也看不清，脚步一软，朝一旁的长椅直直地倒去。

周京泽今天没带狗出来，原因是今天天气太冷了，零摄氏度，奎大人这几天被他当成借口拉出来，走这么远的路遛烦了，今天干脆发脾气不肯出来了。周京泽只好一个人在背后默默地跟着许随，看着她安全到家再折回去。

他在想：柏郁实这个男朋友怎么当的？明知道这条路最近不安全，事故多发，还让许随一个人回家。可转念一想，要亲眼看见两人在一起他还真不知道能不能受得了。周京泽自嘲地扯了扯嘴角。

眼看许随走在前面，步子发飘，他就有点不太放心，从裤袋里摸出一根烟的工夫，不经意地掀起眼皮一看，许随就已经倒在长椅上了。

手指捏着的烟被掰成两段，周京泽神色一凛，立刻冲过去，半蹲下来，手臂穿过她的臂窝，另一只手搭在腰上，一把将人横抱在怀里。

寒风凛凛，夜色浓稠，疏星点点，周京泽抱着许随走在风中。

周京泽穿着一件黑色的羽绒服，肩宽腿长，单眼皮，侧脸线条干脆凌厉，他怀里抱着一个女人，神色匆匆地经过一个又一个路人。

"哇，你看那男的好帅。"

"是欸，大冷天穿这么厚的衣服抱着一个人，我看着都辛苦，不过也太有男友力了。"

周京泽把许随抱上楼，来到她家门口的时候，站在那里犹豫了一下，最后拿出手机拨打了梁爽的电话。他这身份，照顾许随也不合适。可电话一直打不通，周京泽没办法，从许随包里翻出钥匙，拧开了门，把人抱进了房间。

周京泽抱着人，把许随小心翼翼地放在床上，结果不小心被地上的毛拖鞋绊了一下，不经意地朝床头撞去。

他整个人伏在许随身上，她的手还搭在他脖颈上，他闻到了她身上独有的奶香味，特别是……甘甜，像果冻一样的嘴唇擦过他的脸颊。

周京泽瞬间僵住，下腹一阵热，他有些难耐地闭了闭眼，再重新睁眼，将她的两条胳膊塞进棉被里，又转过身去帮她脱鞋，掖好被子。

周京泽摸了一下她的额头，很烫，许随好像很难受，转了一个身，把他的手打掉了。

周京泽跑出去找体温计，许随一向爱干净，东西也收拾得条理分明，他一眼就在客厅电视柜下面找到了医药箱。

他走过去，半蹲在地上，找出体温枪和退烧药，又急忙跑进房间。

周京泽给她量了一下温度，38.5℃，高烧，他倒了一杯水，从药板里抠出三粒药，两粒绿色的，一颗红色的，给人喂了。

兴是药效还没发挥，许随整个人还是很难受，一直在床上翻来覆去，不停地呓语。

周京泽靠在墙壁上，一条长腿抵在那里，闻言放下腿，走过去，又摸了一下她的额头，还是非常烫。

周京泽想起来小时候外婆给他煮过姜汤，拿着手机走出去，叫了食材闪送。外卖员很快将食材送到，周京泽拿着食材进了厨房，动手煮了一份姜汤。

他用手机卡着时间煮好，端到许随面前，单手扶着她的肩头坐在床上。

周京泽手里端着碗，两人靠得很近，手指习惯性地将她额前的碎发钩到耳后，做完之后他想起什么，动作顿了一下，右手盛了一汤匙姜汤递到许随嘴唇边。

许随下意识地喝了两口，周京泽心想生病了还这么乖，于是继续喂。

谁能想到，这想法一出，下一秒，许随将喝下去的姜汤悉数吐在了他身上。

灰色的毛衣立刻沾上了黄色的水渍，脏得不像话。

"……"周京泽扶着她的后脖颈把人放回床上。

他从床头抽纸盒抽了几张纸巾，瞥了一眼躺在床上睡得安然无恙的许随，漆黑的眉眼溢出一点无奈："我真是……服了你。"

一夜，许随一直高烧不退，反反复复，周京泽不睡，守在她床前，隔半个小时便用毛巾冷敷她的额头，擦拭一遍手心，以此来物理降温。

直到下半夜，周京泽都没怎么睡，眼皮半掀不掀的，透着倦意，眼底一片黛青，一直守到许随退烧。

凌晨四点，许随终于退烧。

周京泽松了一口气，他喉咙发痒，忽然想抽一根烟，又想起许随还在生病，于是刚从烟盒里抖出一根烟又塞了回去。周京泽改从口袋里摸出一颗糖，慢条斯理地剥了糖纸丢进嘴里，抬眼看着正在熟睡的许随。

许随正在熟睡中，长发如瀑，散乱地落在床上，白皙的脸颊残余一点高烧的潮红，嘴唇有些干，黑漆漆的睫毛垂下来，漂亮又动人。

周京泽看了她一眼，勾唇笑，开始自顾自地说话。

他顿了顿，想到什么似的说道："柏郁实这个人确实挺优秀的，履历和为人都无可挑剔，不然我会把你抢过来。"

"梁爽那天说得对，我现在……什么都没有，拿什么跟他争？"周京泽舌尖抵着糖，声音有点嘶哑。

"而且，你不喜欢我了，我没办法。"周京泽看着她说。

周京泽走过去，把许随的被子掖好。啪的一声，他把床头灯关了，周围陷入一片黑暗。他的脸半陷在阴影里，看不清表情。只觉得他的背影像一尊高大沉默的石膏像，带着一股孤绝和落寞，透着无能为力。

周京泽走之前深深地看了许随一眼，垂下眼睫，语气带着一贯的散漫，自嘲地笑了笑："原来……喜欢一个人会自卑啊。"

次日上午，许随从床上睁眼醒来，感觉整个人像被扔进洗衣机里，全身的水分被抽干，虚脱又无力。

她挣扎起来坐在床头，喉咙一阵干渴，正想找水喝，瞥见床头有一板退烧药，还有一杯余温早已尽失的水。

许随的视线怔住，昨晚她高烧昏倒，意识不清楚，迷迷糊糊记得有个人一直在认真照顾她。

许随想了一下，昨天梁爽说晚上要来她家拿东西，会不会是她？还是小区楼下哪个好心人？想到这儿，许随拿起手机发了微信语音给她："爽爽，昨晚我生病是不是你在照顾我？还是别人？如果是你，辛苦你，改天请你吃饭哦。"

过了很久，梁爽才回了一条语音过来。

她的语气有些含糊，说话断断续续："啊……对，没事，周末你好好休息。"

许随同时也庆幸今天是周末，她可以好好休息。

高烧就是这样，来得快去得也快。周一，许随就神采奕奕地去上班了。

上午，许随挎着一个米色的托特包，穿着驼色羊毛大衣，踩着通勤鞋走进医院办公室，可意外地发现，同事们没有坐在办公室做自己的事，而是纷纷凑在前台，看着何护士值班的那台电脑监控，不知道在讨论什么。

"欸，你们干吗呢？"许随走过去，笑着问道。

"有生之年啊，我大普仁居然来了个大明星。"一个医生接话道。

"嗯？"

"叶赛宁啊，那个国际超模，来我们医院做手术，把顶楼那一层的 VIP 套房全包了。"

"啧啧，明星好有钱。"赵书儿语气羡慕。

"听说她是要做一个乳腺瘤手术，不知道挂了谁的号，"何护士想了一下，说道，"不会是许医生吧？"

被点名的许随心口一跳，她笑笑一带而过："我最近半个月的手术都排满了，而且我资历还不够，她挂的估计是专家号，比如方教授、副院长的号。"

韩梅说道："哎，你还真别说，她挂了方教授的号。"

许随嘴角提了一下，收回搭在桌子上的手正打算走。

同事喊住她："许医生，不好奇大明星长什么样吗？"

许随回头瞥了一眼监控，一辆房车靠在路边，叶赛宁穿着一件黑色的长款羽绒服，口罩将她巴掌大的脸遮住，只露出一双上挑的琥珀色眼眸，即使穿得严实，也遮不住她曼妙的身材。

她将视线收回，笑道："不太好奇，因为我再不过去，24 床的病人该着急了。"

因为叶赛宁来普仁做手术，一整个上午，许随都有些恍惚，以至于倒开水的时候险些被烫到，病人的病历报告最后一行的医生签名也签错。

许随把笔放在桌上，背靠在椅子上，仰头看着天花板，心里既苦又涩，但许随提醒自己，这没什么的，叶赛宁已经伤害不到她了。

周三，天气放晴，气温开始回暖。

许随办公桌上养的虎皮兰，这几天卷着的叶子又慢慢舒展开来。

午休时分，阳光从百叶窗缝隙中射进来，落在桌子的一角。

许随拿着小型的喷水壶正在浇花，护士长忽然敲了敲门，手上拿着文件夹，说道："许医生，VIP703病房的病人说想见您一面。"

"703？"许随放下喷水壶，她对这个数字很敏感，前几天刚在护士前台的值班表上看到过这个病房号，正是叶赛宁的房间，看一眼就在脑子里形成印象了。

许随冲门口的护士长温软一笑："好，我知道了。"

护士长走后，许随抽出花瓶里水养的一枝郁金香，走出办公室。

许随乘坐电梯来到VIP病房703，插在衣兜里的手伸了出来，屈起手指叩了叩门。

"进。"里面传来了一道女声。

许随走了进去，一眼看到了病床上的叶赛宁，她的助理正坐在一边给她削水果。

"云朵，你先出去。"叶赛宁跟那个女孩说道。

"好，宁宁姐，有什么事叫我。"助理放下苹果，在经过许随的时候冲她友好地笑了一下，出去的时候还顺带关上了门。

叶赛宁躺在病床上，因为刚做完手术，元气大伤，整个人肉眼可见地憔悴，脸色苍白，一点血色都没有。

许随看着她，问："好点没有？"

叶赛宁看着她忽然笑出声，多年不见，许随还是那么温柔好脾气。换作是她，受到伤害再见面，指不定会指着对方的脸并薅住头发，大骂你这个臭贱人，抢了我男朋友，祝你不得好死，可许随没有。

也许这就是她和许随的区别，所以周京泽愿意护着许随。

叶赛宁睁着琥珀色的眼眸看着眼前的人。

许随穿着白大褂，人瘦，两根锁骨像月牙，很细，皮肤白腻，扎了一个低马尾，嘴唇浅红，一双眼眸依然澄澈，但多了一丝坚定和从容。

她右胸口处别着两支黑色碳素笔、一支红色水性笔，手里拿着一枝橘黄色的郁金香，正弯腰把花插到一旁的花瓶中。

许随从一个安静话少的少女变成了一个优秀、漂亮、从容自信的女人。

"你变漂亮很多啊。"叶赛宁夸道。

"谢谢。"许随低着头，正认真给花找一个好看的位置。

倏地，叶赛宁咳嗽了一声，这一咳牵引了胸腔阵痛，她痛苦地皱了一下眉。

"其实我今天找你来，是因为欠你一句隔了很多年的道歉，"叶赛宁声音有点沙，她的语气郑重，一字一句道，"对不起。"

许随摆着花的动作一顿，恰好被旁边花篮里一枝玫瑰的刺碰到，指尖一阵刺痛，有血珠涌出来。她没想到叶赛宁会道歉。

"已经过去了，而且周京泽也不在我这儿。"许随抬了抬眼，重新摆弄花。

叶赛宁摇头，顿了顿："其实当年有些事我应该跟你说清楚，但我一直在国外，事业太忙了，所以这次回国第一件事就是找到你，来道歉。"

"其实当初你们分手，周大受打击，很长一段时间都处在痛苦失意的状态中，尤其是他知道这件事是我搞的之后，"叶赛宁低头勾唇自嘲，语气有些痛苦，"他立刻把我送回了英国。他说再也不要见到我。

"他说如果没有你，这辈子他会随便找一个人结婚，也不会跟我。"

叶赛宁知道周京泽这话不是气话，所以真正听到的时候整个人十分崩溃，她想求得他的原谅，但周京泽铁了心要让她吃到教训。

叶赛宁到现在还记得周京泽的温柔与绝情。

他漆黑的眉眼压满了浓重的戾气和压抑，像一只困兽，差点动手把她掐死。

那一刻，叶赛宁才知道周京泽以前对她的好感，可能就是比看普通女孩多了一点儿欣赏和惺惺相惜。

许随是他的底线。叶赛宁以为能碰，碰了之后才发现她错了，错得彻底。

叶赛宁被送回英国后，以为他是一时置气，坚持经常寄礼物、写信给他，可每次都被退回。直到一年后，圣诞节，叶赛宁鼓起勇气打电话给周京泽，结果电话提示那边是个空号。

叶赛宁如梦初醒，才知道他不会再原谅她了。

后来叶赛宁事业发展不顺心，在异国十分孤独，没有亲人，没有朋友，患上了抑郁症。

叶赛宁那会儿是真的很想念周京泽，她半夜失眠，爬起来吃了一粒安定，再闭眼，依然睡不着，看到窗外的月亮竟然是模糊的。

她忽然整个人情绪崩溃，从床上爬起来，一边哭一边给周京泽写邮件，向他认错，说愿意给许随道歉，还说了她最近过得很不好，得了抑郁症，情绪经常崩溃。她甚至低到了尘埃里，叶赛宁在邮件里写道：只要你来看我，让我做什么都可以。

邮件发出去后，石沉大海。

叶赛宁在起伏的焦虑情绪中，每天盼着周京泽回她邮件。

每天她从医院治疗回来第一件事就是查看邮件有没有收到回复，直到第十天，她亲眼看见邮件状态从未读变成已读。

周京泽没有回复，更没来看她。这是对她的惩罚。

"我认识周的时候，他年纪比较小，刚好他妈妈又去世没多久，我比他大一岁，还比他入社会早，那个时候发生了点事儿，我只是凑巧拉了他一把，所以他觉得欠我的，才会对我事事都纵容。"叶赛宁脸色苍白，回忆起这段往事表情仍是痛苦的，不堪的。因为在爱情里，谁也不愿意承认自己的失败。

叶赛宁抬眼捕捉到许随疑惑的表情，问道："不会吧，他还没有跟你说是什么事？"

许随摇摇头，她不知道当初周京泽发生了什么事，她隐约记得当初发错短信，她被认成叶赛宁，两人产生了误会。周京泽跟她道歉，他也有阴暗的一面，害怕让她知道。

叶赛宁点了点头，忽然有点酸，虽然不想承认，但她还是叹道："那他真是……爱惨了你。"

许随瞳孔紧缩，心颤了一下。有人告诉她，这么多年，他还爱着她，从一而终。

她忽然有点适应不过来。

像是你努力想要得到一朵花，一朵属于你自己的花，有人却愿意穿越沙漠，跋山涉水，把一束花捧到你面前。

因为喜欢你，所以不远万里。

从叶赛宁病房出来后，许随情绪一直处于低落当中。

忽然，这个时候，梁爽打来了电话，许随点了接听，调整了一下语气："喂，怎么了？"

梁爽的语气有些不好意思，吞吞吐吐的，叹了一口气："随随，其实……你生病那天照顾你的不是我，应该是周京泽。他还打了电话给我，估计是想让我照顾你，但那天晚上我喝高了，说好去你家也没去……然后我最近不是看他不爽吗？第二天你发消息感谢我的时候，我就认领了这份心意。但想来想去，觉得这样不太好。唉，我也不知道他到底啥想法了，呜呜呜呜，总之，姐妹对不起。"

"好，我知道了，没事呀。"许随轻声说道。

挂电话后，许随想，原来那天照顾她的竟然是他。

这样顺着逻辑一想，这段时间，怕她有危险每天晚上在后面跟着的也是周京泽了。

一时间，她的心绪复杂。知道这些事后，她不知道该哭还是该笑。

晚上，刚好是科室聚餐，一帮人吃完龙虾大餐以后，转战去了红鹤会所。

路上，许随坐在车后排，身边坐着同事赵书儿。

赵书儿见许随状态有点不对劲，推了推她的手臂，问道："你失恋啦？脸色这么差。"

许随嘴角牵出一丝笑容："比失恋更复杂。"

"哦，没事儿，一会儿用嗓子吼出来呀，K歌的时候咱俩一起情歌对唱啊，发泄发泄。"

"好。"许随点了点头。

一行人到了红鹤会所，进了包厢以后，同事们一下子解放自身原本的天性，玩游戏的玩游戏，唱歌的唱歌，闹成一团。

出来唱歌还挺开心的，再加上周围闹哄哄的气氛，许随低落的情绪多少好了一点。

许随唱完了一首歌，赵书儿点的歌切了上来。

她瞥了一眼，伍佰和徐佳莹经典对唱的一首歌——《被动》。

许随把话筒递给她，跳下高脚凳，刚喝了一口水就有人拍她的背，赵书儿把话筒递了过来，语气焦急："你先帮我唱着，我的Darling来电话了。"

"可——"话筒塞到许随手里，她话还没说完，赵书儿就急匆匆地跑了出去。许随只好重新坐上高脚凳，看着屏幕。

在这场盛大的演唱会上，节奏一出来，徐佳莹立刻发出爽朗洒脱的笑声。

许随跟着节奏慢慢地唱起来，她其实对这首歌不是很熟，听过，有印象，但记不住词的那种。不知怎么的，许随越唱到后面，声音越小，后来干脆盯着屏幕，不唱了。整个KTV都回荡着原唱的声音。

红色的灯光昏暗，周围吵得不行，有的人因为赢了游戏而尖叫，有的人因为输了而卖惨，在赖账。周围十分喧闹，每个人都沉浸在自己眼前的世界中，投入巨大的热情和专注力，没人注意到许随的不对劲。

她坐在高脚凳上，背对大家，听着歌，眼泪猝不及防地掉了下来，一滴接一滴，眼角、鼻尖都是红的。

徐佳莹在"是日救星"演唱会上，在歌曲的开头发出一阵爽朗洒脱的笑声，以一种看透一切仍满怀少女心事的腔调唱道：

> 我可以很久不和你联络，
> 任日子一天天这么过。
> 让自己忙碌可以当作借口，
> 逃避想念你的种种软弱。

我可以学会对你很冷漠，
为何学不会将爱没收。
面对你是对我最大的折磨，
这些年始终没有对你说。
爱你越久我越被动，
只因你的爱居无定所。
是你让我的心慢慢退缩，
退到你看不见的角落。

许随再也承受不住，把话筒往旁边一搁，急匆匆地跑了出去。

许随属于一哭就很不容易停下来的人，她不想在同事面前哭，跑出去只是想在洗手间哭完后洗把脸，让自己冷静一下，她也不知道自己怎么了。可能想起了很多事，想起了分手后这么多年，她看似过得很好，从来没有联络他，也很少想他。

她把自己变成了被茧裹着的蛹，可这么多年，有时深夜看到一张照片，一本高中的习题集，她会忽然掉眼泪。没有人知道。

有些人，在心里某个角落，根本不敢碰。

许随一直低着头，朝洗手间的方向走去，不料一不小心撞向一个温热的胸膛。

"对不——"许随满脸泪痕地抬头。

周京泽嘴里咬着一根烟，漆黑凌厉的眼睛正一动也不动地盯着她。

见许随哭得眼睛通红，他的心忽地疼了一下，蹙起眉头，声音低低沉沉："怎么哭了？谁欺负你了？"

"没。"许随吸了一下鼻子。

她低下头，晶莹剔透的泪珠还沾在眼睫毛上："我去洗个脸。"说完，许随就从他身边逃开了。

周京泽看着她的背影，自嘲地笑了笑。

数了一下，刚才，她一共就跟他讲了三句话。

周京泽重新走向包厢，人走到门口，又犹豫了一下，走到走廊的尽头点了一支烟。

包厢里面正在打麻将，三缺一，盛南洲怎么等也等不着人，于是出来遛了一圈。

盛南洲在走廊窗边找到周京泽，拍了拍他的肩膀，说道："还在这儿抽烟？我刚出来好像看见许随也在这儿呢，和同事聚餐，不去找她？"

周京泽想说刚才我们已经见过面了，但这和没见面没差，于是他什么也没说，拿下嘴里的烟，扯了扯嘴角，语气缓缓："算了，人家已经不喜欢我了。"

成年人大概就是上一秒还心事重重，下一秒就要擦掉眼泪投入工作当中去。许随在洗手间接到医院电话，说她的病人忽然病症发作。许随关掉水龙头，抽出一张纸巾擦了一下脸匆匆赶回医院。

她走出来，冬景一片肃杀，只有冰晶结在叶子上，目光所及之处，都是单一的色调，衰草枯杨。

一直到凌晨，许随才回到家，倒头就睡。

气温并没有像天气预报所说回暖一周，暖意持续没两天，冷空气急转而来，大肆侵袭，第三天，京北下起了暴雪，十二月正式到来，预示着 2020 年即将结束。

许随最近值的都是夜班，因为暴雪，半夜城栈路发生了一起大巴车侧翻事故。

凌晨5:32，外面大雪纷飞，偶尔有松枝被压弯，积雪掉在地上发出啪的声音。手术室内静谧无声，只有仪器发出机械且缓慢的嘀嘀声。

手术室内，许随穿着蓝色无菌服，接到车祸导致腹主动脉破裂的病人。即使熬了一整夜，一双眼睛仍保持着清醒、沉静。

"缝合腹壁切口。"许随戴着口罩说道。

经过手术操作后，许随看了一眼，病患双足血运正常，终于舒了一口气，温声说："转入 ICU 进行监护治疗。"

"各位辛苦。"许随松了一口气，紧绷了一夜的脸也终于出现了点儿笑意。

"许医生，你也辛苦了。"

许随走下手术台，脱下一次性医用口罩和防护手套扔进垃圾桶里，抬脚踩开手术室感应门，左转进入洗手间，洗手，换上白大褂，再走出来。

人的神经一旦放松下来，身体四处后知后觉传来酸痛感。许随感觉自己累得胳膊都抬不起来了，肩颈也是痛得不行。

许随抬手揉着脖子，又捶了捶后背，正心不在焉地往前走，忽然，正前方蹿出一个穿着陈旧、袖子磨卷边的壮实男人，胡子拉碴，光头，用一双布满红血丝的眼睛恶狠狠地盯着许随："外科室的沈林清大夫在不在？"

许随抬眸打量眼前的男人，他手里举着一块纸牌，上面用红色油漆大大写着——魔鬼医生，杀人偿命。像是泣血的绝叫。

他脸上的表情有哀伤，但更多的是失去亲人的愤怒，浑身散发着一种偏执的阴森感。

医患关系，是医院最常见，也最难调解的关系。

"还没到上班时间。"许随回答。

说完后，许随插着口袋正打算与这个中年男人擦肩而过，不料对方抓住许随的手臂，明显是被她冷淡的态度激怒："你什么意思？就是两天前，在你们医院，我老娘活生生的一个人说没就没了！我白天蹲晚上蹲，都没见着人，那姓沈的不会藏起来了吧？你们今天必须给我一个说法。"

中年男人拉扯着她向前，许随一个趔趄撞到墙壁，痛得直皱眉，他攥得越来越用力，语气激动："你们都要给老子偿命！医生不就是救人的吗？你们这叫失职懂吗？一群废物！

"以沈林清为首，他就是杀人狂魔！

"我没妈了！"

经过的护士被吓得尖叫一声，立刻叫来保安和同事，将两人分开。许随被中年男人晃了十分钟左右，一阵反胃，人都快被晃吐了。

许随被拉到保安身后，在中年男人大肆辱骂医务人员，问候他们祖宗全家，激动得面红耳赤时，她终于开口："你母亲半个月前入住普仁医院，家属隐瞒患者病史，导致医生诊断错误。在造成错误后，医生重新制订方案并尽力救治，但患者病情过重，两天前病发抢救无效去世。"

许随的声音始终不冷不热，似在阐述一件事："医生有尽全力救人的责任和义务，但没有赔命这一项。"

"节哀。"许随从他身上收回视线，插着口袋离开了医院走廊。

许随满身疲惫，直接回了办公室，趴在办公桌上睡着了，还做了一个梦，梦里那个病患家属的脸与封存记忆里的几张脸重合。

那一家人高高在上地看着她和许母，语气谴责又充满怨恨："你爸这叫失职，懂吗？"

许随一下子从梦中惊醒，后背出了一层冷汗。直到听到周围同事细碎的聊天声，她的思绪才渐渐回笼，原来现在是早上八点，新的一天已经来临。

许随匆忙吃了个早餐后出去填值班表，却没想到在走廊碰见了一直带着自己的老师，张主任。

"小许，刚值完夜班啊？"对方问她。

"对。"许随点头，看着主任好像有什么话要说，便主动问，"老师，您有什么事吗？"

"你今天早上的言论啊，都传到我这儿来了，怎么还直接跟病患家属杠起来了呢？"主任犹豫了一会儿，换了个语气，"不要刺激到他，尤其是现在医患关系这么紧张。"

"好，我知道了，谢谢老师。"许随说道。

主任走后，许随双手插在衣兜里，边朝前走边想，估计老师后半句话还没说出来，是想再提她作为医生没有悲悯之心的事吧，可许随不后悔昨晚跟病患家属讲出事实，也不害怕对方蓄意报复。因为他们没失职，作为医生已经尽了全力。

次日下午，许随坐诊外科门诊部，她坐在电脑前，用鼠标划拉页面查看病人预约名单和时间，她一目十行，眼睛掠过网页，在看到某个名字时，视线怔住。

周京泽，28 周岁，预约时间是 16:30 到 17:00。

他怎么来了？

许随正思忖着，门口传来一阵声响，何护士抱着一沓病历本，收回敲门的手，说道："许医生，要开始啦。"

"好。"许随声音温软。

许随坐在办公桌前，耐心又负责地接待了一个又一个病人。她低着头，碎发掉到额前，伸手钩了一下，这时，门外响起一阵有节奏的敲门声。

"进。"许随开口。

说完她抬头，看见周京泽出现在眼前，臂弯里挂着一件松垮的外套，眼睑微耷着，还是那双漆黑狭长的眼眸，好像少了一点光，但他还是冲许随挑了一下唇角。

许随心口缩了一下，她移开视线，问道："哪里不舒服？"

"前几天在基地修飞机，后背被零件砸了一下。"周京泽语气轻描淡写。

许随点了点头，表示知晓，她为周京泽检查了一下伤势，万幸是皮外伤，她给他开了一张药单，递过去："去窗口排队拿药，再回来，给你说一下使用注意事项。"

"嗯，谢谢医生。"周京泽声音透着客气和规矩。

人走后，那股侵略性的、凛冽的气息也随之消失在空气里。许随呼了一口气，后脑勺靠在椅背上，只觉得胸口堵了一下，有些呼吸不过来。

许随低下头继续写着病历报告，写错了一个字正要划掉时，一道阴影笼罩在桌前，她以为是周京泽回来了，头也没抬，问道："这么快回来了？"

无人应答，许随隐隐觉得不对劲，正要拉开抽屉去拿里面的手机时，对方迅速劈了她的手掌一下，许随吃痛皱眉。

人还没反应过来，对方一把将许随从椅子上拉了起来，整个人钳制住她，右手拿出一把水果刀抵在她喉咙处。

"你干什么？"许随语气冷静，神色一点儿也不惊慌。其实只有她自己知道，掌心已经出了一层冷汗。

男人冷哼一声，一字一句地开口，语气阴狠："当然是让你给我老娘陪葬。"

男人是个光头，穿着一件破旧的蓝色羽绒服，身体强壮，许随被他钳制住，一点都动弹不得。

"给老子把门反锁了。"男人把锋利的刀刃抵在许随喉咙上，示威性地往前挪了一寸，白皙的皮肤层立刻渗出血丝来。

许随只好点了点头，两人一前一后地朝门口的方向走去，光头神情严肃，眼神警惕地看向门口，生怕有人下一秒来敲门。

许随趁对方神经过于紧绷，注意力都集中于门口时，手肘往后用力一撞，正中他心口要害部位，光头闷哼一声放手。

她立刻蹲下来仓皇逃走，一颗心快要跳到嗓子眼。

"臭婊子！"光头恶狠狠地朝地上吐了一口唾沫。

眼看许随的手刚摸到门把，男人一把薅住她的头发，狠狠地往后扯，右手拿着刀作势要砍她。头皮一阵刺痛，许随费力挣扎。

两人在拉扯间，倏地发出刺一声，衣服被割裂，刀刃割中她的腹部，许随紧蹙眉头，慢慢蹲下身，感觉腹部有血不断涌出，痛得说不出一句话来。

前两天半夜她刚给病人做完一台腹腔手术，今天就被病患家属割伤了腹部。

男人红了一双眼，再次揪着许随的衣领把人提了起来。阳光射过来，打在刀刃上，折射出偏激的冷光。

光头男人正要拿着刀抵向许随喉咙时，一阵猛力袭来，有人在背后踹了他的手　脚，啪的一声，水果刀被踢飞。

许随捂着腹部，费力地抬眼看过去。周京泽不知道什么时候出现在眼前，心尖颤了一下，他沉着一张脸正在和光头男人赤手搏斗。

周京泽一拳挥了过去，光头男人嘴角渗出一抹血，正要上前，他又补了一脚。周京泽将光头制服在地，抬脚踩在他胸腔的位置，拽着他的衣领，往死里揍他。

他寒着一张脸，眼底压着浓稠的阴郁，像地狱里的阿修罗，正往死里揍着凶手，揍得手背红肿渗出血也浑然不觉。许随一点也不怀疑他会把那个男人打死。

许随费力地挪到办公桌旁，喘着气艰难地按下紧急按钮。

光头男人被揍得鼻青脸肿还在那儿放声大笑，眼睛直勾勾地盯着周京泽，诡异得像个变态，忽然，他衣袖里甩出一把折叠刀，锋利的刀刃直直地朝周京泽的手劈过去，暗红的鲜血立刻喷涌出来。

许随瞳孔剧烈地缩了一下，整个人受到刺激，昏了过去。

二十分钟后，许随躺在病床上醒来，睁开眼，发现同事们都围在她身边，一脸的关心，纷纷问道："许医生，你有没有事？有没有哪里不舒服？""许医生，你腹部的伤口虽然长，但很浅，没什么大碍。幸好伤的不是你做手术的手，但真的寒了我们这些医生的心。嫌犯已经被抓起来了。"

敏感地捕捉到"手"这个字，许随眼皮颤动了一下，她挣扎着从病床上起来，牵动了伤口神经，直皱眉。

许随苍白着一张脸问道："他呢？"

同事愣了一下，才反应过来："是刚才那个见义勇为的大帅哥吧？在隔壁包扎伤口呢。"

"我去看看他。"许随咳嗽了一声，掀开被子走下去。

周京泽坐在病床边上，此刻黄昏霞光已经完全消失，他背后一片漆黑，无尽的暗。他正咬着手背上的纱布，想打个结。

周京泽正垂眼盯着纱布上渗出的血迹，倏忽，一双纤白的手轻轻扯住他牙齿咬着的纱布。他松口，掀起薄薄的眼皮看着眼前的许随。

许随垂下眼，主动给他包扎。

"你去休息，"周京泽开口，在瞥见她沉默异样的表情时，漫不经心地笑了笑，"我这手没事，就算有事也没关系，正好以后也开不成飞机了。"

不重要。

"放屁。"许随说道。

许随看起来温柔又乖巧，忽然飙出一句脏话来，他还真没反应过来，随即低低地笑出声，后来越笑越大声，连胸腔的震颤都透着愉悦的气息。

啧，怎么会有人说脏话都这么可爱，一点杀伤力都没有。

周京泽还在那儿笑，许随眼睛却渐渐起了湿意，他低下头，看见一双杏仁眼泛红，收住笑声，看着她："你怎么跟个水龙头一样，嗯？"

"我真没事儿，刚才我逗你的。"周京泽撩起上眼睑，语气无奈，"我真是……拿你一点办法都没有。"

等许随下班后，周京泽要送她回家，说不放心她一个人。许随点了点头，答应了。

一路上，两人坐在出租车后排，中间的缝隙彰显着两人的距离感，相对无言。车窗外的风景倒退而过，暖黄的路灯，暗红的霓虹，交错而过，有好几次，许随想张口说话，心事到了嗓子眼，却又什么都说不出来。

到了许随家楼下，她打开车门下车，想起什么又敲了敲车窗，开口："我家里有个药膏，淡化疤痕的，你上来。"

"行。"周京泽点点头。

两人一前一后地来到许随家门口，许随开门走进去，摁了一下墙壁上的开关，啪的一声，暖色的灯光如涨潮的海水，倾泻一地。

"你先在这儿坐着，我去找找。"许随脱了外套。

周京泽点头坐在沙发上。许随穿着一件白色的针织衫，趿拉着绿色的兔子毛拖鞋，在客厅和卧室来回找药膏。

大约找了十分钟，许随有点崩溃，说道："奇怪，我明明是放这儿的啊。"

"你坐着，"周京泽站起来，双手插在裤兜里，冲她抬了抬下巴，"你给我说几个有可能的地方，我给你找。"

许随说了几个平常放东西的地方，坐过去，给自己倒了一杯水。她喝了两口，没一会儿，周京泽手指钩着一个医药箱，慢悠悠地走到她面前。

"找到啦？"许随抬起眸。

周京泽没有说话，单膝半蹲下来，打开医药箱，拿出里面的纱布和药，语气缓缓："包扎一下。"

许随这才发现她刚才来回折腾，牵动了腹部的伤口，白色的针织衫已经隐隐渗出血迹。原来他是要给她拿纱布。

许随点了点头，手指捏着针织衫的一角往上卷，一截白腻的腰腹露出来，白色的纱布缠着纤腰，再往上，隐约看见黑色的类似文身的东西。

许随如梦初醒，反应过来立刻扯着衣衫往下，可是已经来不及了。

一股更强的蛮力攥住了她，一只骨骼分明、手背青色血管清晰凸起的手掌覆在许随手背上，阻止她把衣服往下拉。

许随垂着眼，执着地要往下拉。

周京泽偏不让。

一拉一扯，像是无声的对峙。

窗外的风很大，夜晚静悄悄的，静到好像世界末日要来临，他们坐在一条无法分割的船上。明明坐在对面，只是望一望。

内心深处掩盖的眷恋和痴缠，像一张网，被勾了出来，一触即燃。

周京泽沉着一张脸，攥紧她的手，用力往上一扯。她"嗞"的一声，衣服被完全掀开，他的手恰好抵在她胸口。

白皙的皮肤暴露，立刻起了细细的疙瘩。她的胸部下侧，肋骨那里文了一个文身。一串希腊语加了字母，外圈由一串蛇缠莲花的图案组成。

这是周京泽年少轻狂在手背上文的文身，带有个人张扬嚣张的鲜明标志。许随竟然将它复刻到了自己身上。

明明她是一个怕疼的姑娘。

周京泽想起大学两人刚在一起，在雪山玩坦白局的那晚。

"换我了。"许随伸出五指在他眼前晃了晃，试图让周京泽回神，"你觉得比较可惜的一件事是什么？"

171

"把手背上的文身洗掉了。"周京泽语气漫不经心。

她默默把周京泽这句话给记了下来，最后什么也没说，点了点头。

当初在男孩手背上遗憾消失的文身，而今再度出现在他眼前。

Z&Heliotrope，是明亮、向阳而生[1]的意思，他希望自己活得敞亮，堂堂正正。

而许随肋骨处的文身是 Heliotrope&ZJZ，它在希腊语的意思是永远朝着烈阳，向着周京泽而生。

希望爱的少年永远热烈。

还是永远热烈地爱着少年。

把一个人的名字文在最痛的肋骨处，是少女虔诚的心经。

周京泽分不清，他足足盯了有一分钟，看了又看，红了一双眼睛，哑声道："什么时候文的？"

"在我们分手的三天前。"许随想了想道。

周京泽想了一下，分手三天前，不就是他生日的时候吗？原来这就是她说要送给他的生日礼物。

像是失而复得般，欣喜、懊悔、愧疚一并袭来。

他们到底错过了多少年？

而许随，又是怀着怎样的心情和期待文上这个刺青，最后却全部落空？所以重逢后，她把自己的心事藏了起来，退到一个没有人看得到的角落。

周京泽看着她，眼神炙热，烤得她心口一缩，语气缓缓，在陈述一个事实："你喜欢我。"

"那是以前。"许随低下头，急忙把衣服拉下来。

周京泽站起来，靠近一寸，将人限制在沙发上，喷出来的气息拂在她耳边，痒痒麻麻的，他捏着她的下巴挑了起来，漆黑的眼睛紧锁着她，问："是吗？那你怎么不把它洗了？"

那个熟悉的周京泽又回来了。

---

① 出自宋代文集《清夜录》："心有花木，向阳而生。"

许随打掉他的手，起身躲避，道："我嫌麻烦。"

人刚一起身，又被周京泽伸手拽了回去，许随撞上一双漆黑的眼睛。他抬手用拇指摁着她的额头，看着她，四目相对。

粗糙的指腹一遍又一遍地按着她额头，许随呼吸颤了一下。

周京泽眼睛沉沉地盯着她，如猛火一般汹涌炙热。

许随被他看得脸颊发热，脸转过去，视线移开。男人偏要逼她重新看他，扳回她的脸，咬了一下后槽牙："老子就不信你没感觉。"

他毫不犹豫地偏头吻了下去，来势凶猛。

许随整个人被抵在沙发背墙上，她脖颈靠着墙壁，一阵冰凉。他人靠了过来，气息温热，额头抵着额头，嘴唇轻轻碰了碰她的唇瓣，似有电穿过。

许随的心忽地缩了一下，想退又不能退，一个亲吻将人带回以前。

有一滴汗，滴到眼角处，泪腺受到刺激，最后，一滴眼泪从眼角滑落。

很熟悉，好像他们从未分开过。

最终，她臣服于自己的内心深处想要的。

手指轻轻抚上他的鬓角，是温柔的触碰，像是给出了一个回应。

窗外有树影摇曳，树叶落在地上，一辆车接一辆开过去，轮胎碾过去，最后落于地面，好像要起风了，室内却温暖如初。

周京泽动作顿住，黑如鹰眸的眼睛紧锁着她，粗粝的手掌以及纱布，摩挲着她白皙的脸颊。

许随心底一阵战栗。

男人伏在她身上，捆着她的手，以一种绝对掌控的姿态，盯着她。

他什么也没做，只是看着她。许随感觉自己额头出了一层薄汗。

屋子里的暖气流通，一开始是温热，慢慢变为燥热，很干。这种天气，她好像回到了在琥珀巷时两人一起看球赛的夏天，也是很热，但浓情蜜意的时刻。

那时是蝉鸣声，现在是楼下对面的马路一声声鸣笛声，一短两长。

周京泽看着许随，眼眸只映着她。

好像他是属于她的。

许随抬起眼睫，天花板的暖色吊灯有些刺眼，她抬手挡住自己的眼睛，又被男人拿开。

周京泽俯身用拇指轻轻按了按她肋骨处的文身。

少女直白的心事就这么展现在他眼前。

他俯身用嘴唇碰了碰她耳边红色的小痣，许随只觉得耳边一阵酥麻，推也推不开。

渐渐地，她认输了。

还是一靠近，就会心动。

周京泽依然不让许随开灯，以一种占有者的姿态审视她的眼睛。

许随长发散乱，有一种少女圣洁的美，她的睫毛紧闭，颤动着，脸颊潮红。无声的诱惑。

周京泽喉结缓缓滚动，低下头，咬了她嘴唇一口，恶狠狠的。"柏郁实和我，选他还是选我？"周京泽盯着她，沉声问。他还是介意和吃醋，那天看到两个人的亲密举动。

许随识相地不答，不然吃亏的是她自己。

"你说我是谁？"周京泽伸手将她额前的碎发钩到耳后，再次用拇指摁住她的额头。

许随不答，他继续逼她看向自己，这可怕的占有欲。她拍开他的手，不太愿意地说道："周京泽。"她到最后还是只选他。

最后许随累得筋疲力尽，毕竟白天经历了高强度的工作，又受了伤，迷迷糊糊地睡着了。周京泽抽完一根烟后抱着她去浴室擦洗。即使垫了垫子，他也很小心，她伤口处的纱布还是需要换。

热水很热，许随眯着眼，不想动，只觉得舒服。

因为许随刚受过伤，伤口不能碰到水，周京泽擦洗的动作很小心，难得温柔，但他也没闲着，干这事得拿好处，还跟她讲道理。

他就是帮忙处理伤口而已，还要讨要好处，许随难以置信地睁大眼，然后一口拒绝了。

周京泽碰了一下她耳朵，懒散地哼笑一句："我都多久没开过荤了。"

窗外的风声很大，呼呼刮过来，高楼黑暗，只有他们这里亮了一盏小小的灯火。

属于他们两个人的世界。

夜晚浮沉，风也惹人沉醉，隐去的月亮出来一半，似拨云见雾。

周京泽一声又一声地喊她，一字一句，似认定又认真，声音很沙："一一，我的一一。"

第 八 章
暴雪过后，天晴

你想要的，
有人会在暴雪后的早晨，迎着冷风，买来你喜欢的早餐，送到你面前。
是另一种暴雪天晴。

　　许随醒来的时候，浑身腰酸背痛，骨头像是被拆卸一般，比她熬夜做手术还辛苦。她试图挣扎着起身，失败，干脆躺了回去。

　　一转头，身边早已空空如也，枕边却留有余温。

　　许随一转身，鼻尖充斥着男人残余的淡淡的烟草味，引得人思绪紊乱。

　　她背过身去，闭上眼，回想着昨晚发生的一切。她不记得自己怎么迷迷糊糊地就点头了。

　　分隔多年，周京泽依然记得她敏感的地方，一靠近，就有本事让她一步一步投降，牢牢地掌控她，让她不自觉地沦陷。

　　昨晚，他似乎很喜欢那个文身，吻着它，一遍又一遍，似乎要在肋骨处留下他的印记。

　　最后泪汗交融，周京泽用鼻尖亲昵地蹭了蹭她的额头，哑声喊着"——"的时候，许随忽然掉出一滴眼泪来。

　　都说"爱人眼睛里有星辰大海"，这一次，她好像在他眼睛里看到了一个小小的身影。

　　暴雪过后，天晴。

　　因为之前那件事，副院长特批了许随两天假，让她好好在家休息。许随赖了一会儿床，慢吞吞地起来，打算洗漱完下楼去买个早餐。

她很久没有吃陈记的珍珠肠粉了，还有他家的米浆，必须是刚磨好的，烫舌尖的那种，味道醇香，喝一口，唇舌间是淡淡的甜味。忽然很想吃，但都这个点了，他家的米浆肯定被一抢而空，哪轮得上她这个懒虫？能吃上珍珠肠粉就已经很幸福了。

许随边想边走到客厅，她拿起一个马克杯，给自己倒水喝，喝了一口，视线不经意地一瞥。

餐桌上有张字条，许随拿起来一看，周京泽字迹冷峻，看起来很正经，字里行间却透着孟浪气息：厨房里热着早餐，醒来可以吃，跑步去了，不走的话，会忍不住接着弄你。

许随脸一热，将字条放回餐桌上。她走到厨房，掀开保温锅，热气拂到脸上，里面是陈记的珍珠肠粉、烫舌尖的醇香米浆。

一切都刚刚好。

你想想要的，有人会在暴雪后的早晨，迎着冷风，买来你喜欢的早餐，送到你面前。

是另一种暴雪天晴。

许随洗漱完，坐在窗台前，认真吃完了那份早餐。

早上九点，周京泽跑完步回家，拎着一瓶冰水慢悠悠地走到许随家楼下。他正走着，迎面而来一张有点面熟的脸庞，视线掠过，顿了顿，继续往前走。

隐约好像有人喊他，周京泽停下脚步，摘下耳边 AirPods，回头。

"周机长，真的是你啊？这也太巧了。"一个约四十岁的男人神色激动道。

周京泽看着他，愣了一秒，只觉得眼熟，还是没想起这个人来。

"我呀！前年东照国际航空 T380 那趟航班，你记得不？"

对方这么一说，周京泽想起来了，伸出手，笑了笑："记起来了，你好，你女儿过得怎么样？"

"挺好的，今年还谈了恋爱呢，在英国继续读研究生。"男人继续说道。

对方在这个小区住了很久，还是头一回在这儿碰到周京泽，以为他刚结婚，问道："你呢？周机长，成家了吗？"

周京泽扯了扯嘴角："还没。"

"像周机长这么年轻有为、优秀的青年，怎么还没成家呢？要不我给你介绍个……"

周京泽低下头笑出声，他不经意地抬眸，瞥见不远处的一个身影。

许随扎了一个松垮的马尾，瘦瘦弱弱，正下楼倒垃圾。

周京泽眼底起了细微的变化，冲他抬了抬下巴："我媳妇儿在那儿呢。虽然还没结婚，但——是她了。"

"这样啊。"男人扭头看过去，许随也发现了他们，倒完垃圾后走了过来。

"是真的巧啊，周机长，今天说什么也得让我请你吃顿饭，不然我今晚肯定睡不着，你可是我的恩人。"男人语气热切。

周京泽手指抓着冰水，唇角微扬："您言重了，我只是做了分内的事。"

许随站在旁边听得有点云里雾里，但猜想周京泽应该是遇到了以前的乘客。

"飞机上要多一些你们这种负责又赤诚的飞行人员才好，乘客才放心把性命交到你们手上，那次鸟撞上飞机前挡风玻璃，要不是你负伤坚持单发返航着陆，我——唉，"中年男人说着说着眼角泛红，再次握住他的手，认真说道，"请你一定要继续飞，我们这些老百姓一定会支持你。"

周京泽怔住，一时间不知道该说什么。他其实很想说，我已经被东照永久开除了，以后有可能再也开不了飞机了。可是对上对方殷切、鼓励的眼神时，他还是不忍心让对方失望、落空。

周京泽点了点头，声音低哑："好，谢谢，不过饭就不吃了，晚上我还得去机场，要飞一趟。"

说完他看向身旁的人，许随接到周京泽眼底的信息后，点了点头："对。"

对方同周京泽寒暄了几句，才离开。

人走后，许随仍看着对方离去的背影，把心中的疑惑问出来："以前你开飞机的时候，遇到事故，救过他？"

"聪明。"周京泽抬起右手想揉她的头发，发现抓过冰水的手很冰，于是换了只手，摸了一下她的脑袋。

许随便别过头去，眼神警告地看着他，声音仍是软的："有事说事，别动手动脚。"

周京泽低低地笑出声来，用食指滑开矿泉水瓶盖，仰头喝了一口水，喉结缓缓滚动，语气漫不经心："其实飞机上的是他女儿，他是单亲爸爸，一个人把小孩养大送她去英国读书，但两人的关系一直很紧绷，前年寒假，他女儿回家看他，搭乘的就是我那趟航班。"

周京泽顿了顿："哪知遇上了事故，那天飞机上的乘客都很紧张和绝望，甚至有人给亲人写好了遗嘱。他女儿潸然泪下，到最后一刻才发现她第一个放不下的人是父亲。"

"但幸好最后危机解除了。"周京泽语气轻描淡写，继续笑笑，"平安落地后，她第一个打电话说——爸爸我爱你。"

其实在那次鸟撞飞机事故中他还受了挺严重的伤，事后，好几个乘客送来了礼物，甚至有人直接送来了厚厚的红包。

周京泽一一拒绝，只收下了乘客写的感谢信。

拒绝名利，但不辜负真心。

他不太喜欢把过往的经历，夸大为身上的荣耀。周京泽只是认为，他做了该做的事。

"你很厉害。"许随抬头看着他。

"运气好。"周京泽回。

许随语气犹豫，还是问道："你那件事结果怎么样了？"

"停飞了。"周京泽语气散漫，好像透着一股无所谓。

许随想再说点什么，周京泽岔开话题，轻轻拽住她的马尾，笑道："上去换套衣服下来，陪我去吃早餐。"

一双漆黑的眼眸扫向她脖颈处的红痕，他俯下身，人靠得很近，眼睛捕捉到她领口露出的一片白腻，眼神晦暗不明，许随心头一颤。

"那……改吃别的也行。"

许随立刻捂住自己的领口，跟只兔子一样飞也似的逃开了。

周京泽双手插兜，盯着她的背影，哼笑了一声。

两天休假已过，兴是休假太放松的原因，工作日那天，许随醒来的时候发现自己起晚了，于是慌乱起床，洗漱完后，随便抓了一下头发就跑下楼。

她的车前两天拿去保修了，只好跑去路口打车，却发现一辆黑色的大 G 早已稳当地停在面前。

车窗徐徐降下来，露出一张轮廓硬朗的脸，周京泽单手抽着烟，手肘撑在车窗沿上，狭长的眼眸压着轻佻和戏谑："上不上？黑车。"

许随低头看了一眼，打车软件上面的红色圆圈转啊转，迟迟没有人接单，选择打开了车门。

车内，周京泽很快发动车子，一踩油门，直直朝前。

一双骨节分明的手搭在方向盘上，他直视着前方，偏头瞥了一眼许随，开口："吃点早餐。"

许随顺着他的目光看过去，旁边放着一个装着早餐的红色纸袋，还有一杯热咖啡。

"谢谢。"

一路上，许随小口地吃着早餐，基本没怎么说话，她一直在想两人之前的关系，特别是关于那天晚上的事。

车子很快到达普仁医院，一脚急刹车将她的思绪带回。

许随正要解安全带，周京泽叫住她，问道："你几点下班？我来接你。"

"要加班。"许随说。

周京泽仍看着她，问："那你加完班几点？我来接你。"

"我不一定有时间。"许随这是拒绝的意思。

气氛一下子冷了下来，周京泽眯了眯眼看着她，漆黑的眼睛里有着浓重不满的情绪，声音又低又沉："什么意思？嫖了不负责？嗯？"

什么叫她不负责？明明是他占了便宜，怎么搞得他吃亏了一样？论脸皮厚，她只服周京泽。

许随在这方面一向面薄，不会和人理论这个，她的耳根泛红，只憋出一句："那晚是一时冲动。"

她干脆解安全带下车，不料，被一只手给挡了回去。人被周京泽摁在了座位上。

男人解了安全带，凑过来，盯着她，以一种严谨的思路，开口："来，给你顺顺。"

"你那天晚上喝酒了没有？"周京泽逻辑清晰，给她顺出理来。

许随摇头。

"你那天是不是给我回应了？"周京泽问。

许随想了一下，她那天晚上是摸了他的头发、碰了他的鬓角。最后她迟疑了一下，点头。

"所以——"周京泽的嗓音低低沉沉震在耳边，人贴了过来，粗粝的指腹碰了碰她的嘴唇。

许随的心缩了一下。想后退，却无处可退。

男人用拇指指腹慢条斯理地刮了一下她唇角旁的面包屑，嗓音里带着清透的笑意："你这叫本能爱意。"

粗粝的拇指指腹摁着她的唇角，许随感觉那一块的皮肤都是麻的，许随从他诱哄的语气中回神，拍开他的手臂，说道："我是本能远离你。"

眼看人又要溜走，周京泽轻轻拽住她的马尾，眯了眯眼，语气散漫："你们单位纪检委在哪儿？"

许随疑惑地看他。

周京泽指尖钩过一缕她的黑发，手指绕动，哼笑一声："说你不负责，肇、事、逃、逸。"

看周京泽这态度，是铁了心要许随给个交代。

"一个月，"许随认真思考了一下，特意避开周京泽的眼神，害怕地缩了一下脖子，"到时不行，还能反悔。"

周京泽的脸色顷刻变黑，他盯着许随低下头露出一截纤白的脖颈，咬了一下后槽牙，最后脸色恢复，似想通了什么："行，试用期内我争取转正。"

送许随去上班后，周京泽开着车，方向盘一打，去往基地。

路上，窗外的天气并不算很好，天色有点暗，似浓稠的墨水染上白布，一路衰草，冰晶裹住黄色的叶子，挂在树梢上，像摇摇欲坠的琥珀。

原本不算明朗的天气，愣是被他看顺眼了。

恰好盛南洲来电，周京泽点了接听，从中控台拿起 AirPods 塞到耳朵里，好听的声音扬起："什么事？"

"嘀，周爷，瞧您这话说得，没事我就不能找你了吗？"盛南洲立刻就有意见了。

周京泽哼笑了一声，从烟盒里摸出一根烟，低下头咬着它。

"你那事有点眉目了，你猜背后是谁搞的鬼？"盛南洲刻意卖了个关子。

周京泽偏不上钩，啪的一声，打火机弹开，橘红色的火焰燃起。

"是高阳。"

"猜到了。"周京泽吐了一口灰白色的烟，语气淡淡的。

"不说这个。"周京泽似乎有事要问他，犹豫了一下，"你知道怎么追人吗？"

盛南洲愣了一秒，才反应过来他和许随的事有进展了，笑嘻嘻地道："那泡妞的招儿可多了去了，你先叫声洲哥来听听。"

周京泽哼笑一声，刚好前方堵车，他也就停了下来，声音低沉："成，洲妹，支个着儿呗。"

"老子这辈子还有机会占到你的便宜吗？"盛南洲气得不轻，叹了一口气，妥协道，"姑娘最喜欢的是什么？浪漫啊，花啊，烛光晚餐啊，看电影……"

"后两个我和她都做过，"周京泽抬了抬眉尾，转念一想，"花好像还没送过。"

"谢了。"说完之后,周京泽干脆利落地挂了电话。

"欸……你不是对花粉过敏吗?"盛南洲只吼了半句,那边就传来冰冷的"嘟嘟"声。真冷酷无情,盛南洲感觉自己好像瞬间被打入冷宫了。

周京泽开车来到基地后,拔了钥匙慢悠悠地下车,关车门。

手指钩着钥匙,他去训练场看了一圈学员,他们正在做体能测试。

"啧,你们这速度,是不是打算去菜市场买菜?"周京泽冷不丁地站在他们背后出声,调侃道。

学员们吓了一跳,铿锵有力地齐声喊道:"周教官下午好!"

周京泽点了点头,抬手指了指远处的测试杆:"再来五套触杆跳。"

"啊?!"

"不要吧?教官,你刚才只是随便看了一眼,没有了解我们真正的实力。"

"又来,我这小身板得遭不住了。"

哀号声四起,学员纷纷感叹自己不走运,怎么测个试都能遇到魔鬼?

正当一群人哀叹的时候,吴凡气喘吁吁地跑过来,擦了一把额头上的汗:"老大,你让我一通好找,你办公室有个人等你半天了,说今天一定要见到你。"

"好,知道了。"周京泽应道。

话落,周京泽转过身盯着面前一群穿着蓝色训练服的年轻人,舌尖顶了一下左脸颊,漫不经心地笑:"你们这帮兔崽子,好好训练啊。"

说完后,周京泽长腿迈开,慢悠悠地朝办公室的方向走去。

"好的,教官!"

"Yes, sir!"

一帮学员松了一口气,纷纷振臂欢呼,跟刚才如临大敌的模样完全不同。

周京泽以为是哪个老友到访,双手插进裤兜,一路上唇角带着细微的笑意，等走进办公室门，在瞥见沙发上坐的人是谁时，脸上的笑敛得干干净净。

坐在沙发上的人见到周京泽的一刹那，立刻拘谨地站起来，神色躲躲闪闪。对方正是他多年并肩作战的老搭档李浩宁，也是指认、陷害他的副机长。

"好久不见。"周京泽声音平缓。

李浩宁愣了一秒，他以为周京泽至少会冲过来揍他一顿，没想到人家还能平静地跟他打招呼。

"老大，我今天是来找你道歉的，对……不起。"李浩宁说着哽咽了，他揉了一下发红的眼眶，"要不你骂我一顿，或者怎么打我都行。"

周京泽站在那里没有说话，他接受李浩宁的道歉，但不代表他会原谅李浩宁。

办公室内没有暖气，只有一台老的立式空调，发出嗡嗡的声音，一阵死寂的沉默。

李浩宁在一阵死寂中呼吸不过来，说道："老大，我……真是没办法了，我妈进了两次 ICU。"

这么久，李浩宁一直不敢见他，每天心神不宁，晚上都睡不着觉。是他对不起周京泽。

千错万错，都是他的错。他想来道个歉，让自己心安点儿。

周京泽打开冰箱，从里面拿出一瓶冰水，用食指滑开瓶盖，砰的一声，瓶盖正巧掉落在垃圾桶里。

他仰头，喉结缓缓滚动，喝了一大口冰水，连着碎冰一块咽下去，大冬天的，喉咙里像含了很凉的薄荷冰块。

"我已经不飞了，照顾好你妈。"周京泽拍了拍李浩宁的肩膀，语气缓缓的，转身走了。

他最后没责怪，也没怨恨相向，还让李浩宁照顾好家人，但也借此结束了话茬。

李浩宁盯着他离去的背影，心沉得有千斤重。

许随在医院上班的时候，周京泽发了消息问她几点下班，她回的是晚上六点多。

周京泽回："小骗子。"

许随脸颊温度升高，想起早上还骗他说要加班。

晚上六点多，许随结束工作，和几位同事一同出来。

远远地，她一眼便看见了周京泽。

这人相当招摇，直接把车停在了医院的门口。

冬天的天暗得比较快，黄昏的霞光只剩一半，他的肩膀宽阔挺拔，漆黑的眉，薄唇，身后一半蓝调，一半暖红。他好像等了很久。

周京泽懒散地倚靠在车边，正伸手拢着火，他皮肤冷白，一截眉骨凌厉高挺，紧接着，丝丝缕缕的白雾从指缝中飘上来。

他今天穿着一件黑色的连帽抽绳冲锋衣，增添了一丝少年气息。

见许随出来，他立刻把烟熄灭，走上前。

同事站在旁边早就瞄到了不远处气质出众的男人，但他的眼睛从头到尾只锁着许随。

同事见状，八卦地推了推她的手臂，问："许医生啊，他是来接你的吧？太帅了，好有男人味。"

"怎么办？我已经快三十了，还是很喜欢这种痞帅类型的。"另一个同事感叹道。

许随被问得有点不好意思，随便搪塞了句："是我叫的出租车司机。"

"谁信哪？开大G，车牌还是连号的出租车，我怎么打不到？"同事见招拆招，笑她。

许随招架不住同事熊熊燃烧的八卦之火，眼看周京泽就要走到眼前，她走过去拽住他的袖子，立刻朝车子的方向走，回头笑着说："我还有事，先走了。"

周京泽垂眼看着许随抓着他的衣袖，浓黑的布料上，手指葱白且扎眼。

许随正凝神朝前走着，忽地感觉一阵温热贴了过来，宽大的手贴着她的掌根，温暖交覆，带着薄茧的根根手指穿过她的五指，然后十指相扣。她心尖颤了颤，变成他牢牢地牵着她。

明明不是第一次牵手，为什么还是会心动？

一颗心跳得快要蹿出胸腔，许随没看他，神色不自然地看着前方，周京泽却神色自若，也没有看她。

周京泽的手始终牵着她，没有放开过。

上了车以后，周京泽点了一下导航，输入地址，偶尔偏头同她聊天，问她今天发生了什么。

车子缓慢向前开，许随坐在副驾驶位，说了一下今天遇到的病人，还有在食堂吃的饭。

很无聊的日常，周京泽却听得认真。许随正说着今天一个乐观的病人在病房里讲相声时，一抹清新的黄绿色出现在眼前。

"路上顺手买的。"周京泽开着车，直视着前方，忽然递了一束花给她。

递完之后，他抬手摸了一下脖子，有点痒。

许随怔住，接过来，印象中，这好像是他第一次给她送花。

记得以前两人在一起时，约吃饭，会在餐厅送花给女朋友的男生明明很浪漫，周京泽却点评道："虚头巴脑。"如今，他为了哄她开心，开始学会送花。

是一束乒乓菊，三枝绿色的，两枝黄色的，像雪绒球。许随接过来，低头用鼻尖碰了一下。

她很喜欢绿色。

"谢谢。"

女孩子收到花最开心了，无论送花的是谁，因为花有一种能取悦人的神奇魔力。

周京泽带许随吃完饭以后，一路驱车带她前往狮鹿山的方向。

"去哪里？"许随问。

"去看星星，我预约好了。"周京泽手掌搭在方向盘上，说道。

车子一路驶到半山腰处，许随刚下车，有山风吹来，周京泽阔步走过来，手里拿着一条毛毯，展开，跟裹小动物一样，不太熟练地围在她胸前。

他身上淡淡的烟草味飘来，手指偶尔碰到她的脖颈，带着轻微摩挲的战栗感，一抬眼，周京泽正低头看着她，似有电流蹿过。

许随率先别开脸，移开了视线。

周京泽哼笑一声，牵着她的手往前走。

眼看他们还有十分钟就要走到天文台时，天空突然滚下一道闷雷，轰隆作响。刚才还尚见微光的天空，这会儿黑得浓稠，像打翻的墨汁。猝不及防，暴雨就砸了下来，来往的行人皆跑起来。

周京泽立刻要脱外套，许随拦住他，说道："有小毯子。"

话一说完，雨下得更密了，砸在人身上，又冰又凉。周京泽见状立刻拥着许随奔向车子。

路上，雨越下越大，身上穿的衣服被浇湿，像吸了水的海绵，渐渐变沉。

等他们回到车里的时候，两人多少都淋湿了一些，周京泽因为拥着她，整件外套都湿了。

他干脆脱了外套，将车里的暖气开到最大，俯身从车后座拿出一条干净的毛巾递给许随。

许随的肩头、头发都湿了，胸前有一缕头发正往下滴着水，贴着锁骨流下来。

雨下得越来越大，一时半会儿他们也走不了，干脆坐在这儿等雨停。

周京泽抽出纸巾擦了一下脸上的水，抖了抖头发上的水珠，视线一瞥，许随还握着那束乒乓菊看，他唇角的弧度不自觉上翘。

因为车窗关得紧，暖气在流动，花粉渐渐飘到周京泽鼻尖，他没忍住，打了个喷嚏，漆黑的眼睛有点湿意。

许随正开心地看着自己的花，一只骨节分明的手伸了过来，将她手里的花放到一边。

周京泽拿过她手里的干毛巾，凑过来，认真地给许随擦着头发。

雨越下越大，风拍打着窗户，雨珠像断了线的珠子贴着车窗往下掉。

两个人靠得很近，周京泽闻到了她身上独有的淡淡的奶香味。

许随头发上的水珠滴到他手腕上，水倒流，顺着紧实的手臂淌到胸膛。

空气闷热，一阵冰凉的刺激感。

许随一抬头，发现周京泽眉骨上的水还没有擦干净，脸颊上也是，于是，她不由得抬手抚上他的脸颊，到鼻子，再缓慢地到高挺的眉骨上，慢慢将雨珠擦去。

很柔软的触碰，带着温度，贴了过来。

周京泽擦着擦着头发，动作一顿，猛然用力地攥住她的手臂，许随被动地看着他，心尖不受控制地一颤。

他眼底压抑的情绪在克制什么，声音又低又沉，在暴雨声中却显得格外清晰，询问道："接吻吗？"

周京泽靠了过来，嘴唇贴近，许随倏地扭头，耳根发烫，说道："不接。"

这一句拒绝的话在雨天中显得格外清晰。

男人刚好吻在她头发上。

"啧。"周京泽声音低哑，伸出宽大的手掌从后面拎住她，虎口卡住白皙的脖颈，许随被迫仰起头，一双安静的眼眸有些无助地看着他。

偏偏是这双眼睛，将男人心里恶劣的、占有欲强的因子勾了出来。他低头吻了下去。

他先是碰了碰嘴唇，紧接着吻了吻她紧闭双眼后发颤的睫毛、鼻尖，轻轻地吮着她的唇瓣。

许随被动地承受着，头仰得很辛苦，先是抗拒，紧接着不受控制地去抓他的衣服。

车内温度逐渐升高，四周有自动雨刮器摇摆的声音、雨水撞击石板声、衣服摩挲轻微的声音，还有他们接吻的声音。周京泽吻着她，腾出一只手将紧抓着他肩头的手拿下来，反握住她。

两人在一场暴雨里，十指相扣，接了一个漫长的吻。

周京泽足足吻了她三分钟才肯放开人。

骤雨初歇，周京泽开车送许随回家。人送回去后，周京泽在回家的路上接到胡茜西的越洋电话。

周京泽点了接听，还没开口，电话那头传来胡茜西活泼有力的声音："舅舅！"

"在，你这气势，不知道的还以为你死了舅舅。"周京泽打着方向盘，语气慢悠悠的。

胡茜西"嘿嘿"了两声，问起周京泽的近况，他唇角扯出细微的弧度，应道："挺好的，你很快要有舅妈了。"

西西是什么聪明的主啊，一听就知道两人在复合的路上了，毕竟她作为周京泽的亲人，最了解他了。

这么多年，他认定的，只有许随。

"哇，恭喜，我就知道最后你俩还是会走到一起的，她确实很喜欢你，你都不知道当初……"胡茜西有感而发地说道。

周京泽方向盘倏地打偏，紧急刹车，发出一声划破天际的尖锐声音，神色一凛，又确认了一遍："你说什么？"

电话那头怔了一下，以为周京泽没听清，只好重复了一遍。

一种失而复得、感慨万千的心绪冒出来，周京泽把车停靠在路边，抽了一支烟，才把情绪稳住。

半晌，他再开口："你呢？跟舅舅说说你最近怎么样。"

"那当然是充实快乐呀，就是有点累，我们最近在一场战火冲突中救下了一只受伤的鹿，还有我养的非洲小象越来越亲我了呢，它竟然学会了把食物分享给我。"胡茜西语气兴奋，尾调上扬，一提起她养的小动物们，如数家珍。

"还有还有……"胡茜西一开始是开心地分享，到后面声音渐渐地弱了下来，语气哽咽，"就是有时候它……很疼，有好几次都这样，我觉得快熬不下去了。"

周京泽原本还是悠闲的姿态，听到这话忽地坐直身子，打断她，正色道："西西，回家吧。"

盛南洲接到周京泽电话时已经晚上十一点多了，说是有事让他过去一趟。

没办法，奴隶盛南洲只好哆哆嗦嗦地从床上爬起来，穿好衣服后，叮的一声，手机屏幕显示周京泽发来的信息："顺便带盒氯雷他定过来。"

盛南洲冷漠地回了个字："哦。"

盛南洲冒着风雪拎着一盒药赶去周京泽家，进门后他瞥见周京泽脖子处的红痕，还有几道血红的抓痕。

咚的一声，盛南洲的手费劲地从袖子里伸出来，把药盒往茶几上一扔，瞥了一眼他脖子的惨状，语气嘲讽："真行，为爱过敏，把妹高手。"

周京泽也不生气，坐下来，从烟盒里抖出一根烟，放在嘴里衔着，打火机发出啪的一声，橘红色的火苗蹿起，点燃，再熄灭。

他吐出一口灰白的烟，声音带着冰碴，语气自得："爷确实比你行，你这个厩货。"

"嗝，我大半夜赶过来给你送药，怎么还骂起人来了？"盛南洲在他对面坐下。

"西西在那边情况不太好……"周京泽顿了顿，讲了一下她最近的情况。

周京泽说完后，盛南洲意外地沉默下来，眼皮翕动了一下："我去接她回来。"

话刚说完，盛南洲拿起一旁的手机垂下眼订了最早的一趟国际航班，边看手机边往外走。周京泽抬眼看了一眼他的背影，抬手把指尖夹的烟摁灭在烟灰缸里，开口："人接不回来，你也别回来了。"

盛南洲背影顿住，声音压低："我知道。"

周京泽成为许随的试用期男友后，是真真切切地在宠她。

因为知道她怕冷和低血糖，口袋里永远有暖宝宝和巧克力。

偶尔一起看电影，中途碰上周京泽有急事，许随催他走，表示自己一个人看完这场电影没问题，周京泽却反扣住她的手，语气慢条斯理："不急，我还挺想看完结局。"

许随默然，她知道，周京泽试着把她放在第一位。

周京泽这个男人最致命的不仅是他吸引人的皮相和性格，还有他这个人永远严密周到，骨子里始终透着一股稳重。

周末，两人约好，周京泽带她去蓉城海边玩，高铁票订在上午十点，当天来回。

次日，许随因为前一天工作劳累，足足赖了四十分钟才起床。她原本定的七点的闹钟，却在七点四十分起床。

许随洗漱完，化妆化到一半的时候，周京泽上了楼，敲门进来。

他们约好九点半出发去高铁站，而距离两人约好的时间还有半个小时。许随语气有点慌："我马上就好。"

周京泽什么都没说，坐在一旁等她。

女孩子出门之前比较磨蹭，许随手忙脚乱地化完妆，又纠结起发带的搭配。她想选绿色的，又觉得和耳坠的颜色太相似了，于是拿了一条黑白波点的，配了一下好像还可以。许随眼睛一瞥，又觉得蓝绸带不错。最后彻底陷入了纠结。

全程，周京泽一声也没有催过她，一直在耐心地等她。

许随看了一眼时间，九点四十分，吓一跳，她推着周京泽的手臂往外走，语气沮丧："啊，要迟到了，走吧，不戴了。"

周京泽脚步顿住，回头，牵着她的手走过梳妆台，指了指桌上的发带："我觉得黑白波点的比较好看，但你可以都戴上，试出来才有效果。没事，不急。"

"还不急啊？要迟到了。"许随语气充满苦恼。

周京泽从梳妆台上拿起发带一根一根地帮她试，眼眸里溢出漫不经心："猜到你今天会赖床或者因为化妆迟到，我已经提前把票改签到下午两点了。"

"所以你可以慢慢选，选完之后带你吃个午饭，再去高铁站，酒店也订好了，在那儿住一晚，这是 Plan B。"周京泽语气缓缓的。

许随松了一口气，同时又感叹于他的周到细心，说道："好，那我慢慢选。"

情侣约会，往往会因为一方迟到磨蹭，导致另一方发脾气，从而吵架，但在周京泽这儿，这种情况根本不会发生。

周京泽作为男朋友，确实无可挑剔。

从蓉城回来后，即是工作日，周京泽好像要去邻市出差一天，恰逢1017打疫苗的日子，他把钥匙给了许随，让她帮忙带猫去打疫苗。

许随已经很久没有来琥珀巷了，一脚踏进去，许多封存的记忆被打开。

一进大门，许随试探性地喊了声"1017"，一只老猫立刻从花坛里蹿了出来，跟个橘色的大雪球般滚到她脚边。许随蹲下来摸了摸它的脑袋，心底软得一塌糊涂。

许随走进周京泽家，找到宠物包，奎大人发现是她，摇了摇尾巴，还热情地舔了她的手心。

"你也好久不见。"许随笑着说。

许随跟它玩了一会儿，抱着猫走了出去，人走出院子刚关上门，迎面碰上了一个留着平头、个子挺高的年轻人。

许随觉得他面熟，又想不起对方是谁，便冲他点了一下头，抱着猫就要走。哪知年轻人喊住她，说道："哎，许随姐。"

"你怎么认识我？"许随脚步顿住，语气疑惑。

成尤手里拿着一个牛皮纸文件袋，走过来："我叫成尤，咱俩见过的呀，相亲、烧烤摊、老大为你打架，记得不？那时我就在旁边。"

成尤一边说关键词一边比画，许随看着他的脸逐渐对上号，点了点头："记得，你找他有什么事？他出差了，但是明天能回来。"

"这样啊，公司的通告下来了，"成尤挠了挠头，语气犹疑，"要不你帮我转交给他吧，这事……我有点不敢面对他，也想象不出他的表情。"

许随接过牛皮纸文件袋，本来想拿回去的，听他这么一说，手指解开上面的白线，犹豫了一下还是打开来看了。

白色文件从袋内露出一半，加粗的标题显眼且刺目，是东照国际航空公司对周京泽的终止聘任书。

乌黑的瞳孔剧烈地一缩。她看了一眼上面的日期，是许随推开他、故意和柏郁实待一块儿的那天。周京泽从头到尾没提这件事，和好之后也只是轻描淡写地说自己停飞了。

她到底……都做了些什么？

许随吸了一口气，喉咙一阵干涩："你能告诉我他为什么会被停飞吗？"

"这个……我……"成尤说话吞吞吐吐，可一对上她的眼神，还是叹了一口气，"我全都告诉你，但是你千万别跟老大说是我说的，我还想好好活着。"

成尤说，周京泽在业内成绩优秀，飞行技术一流，一直深受领导的器重，加上他性格坦荡，骄傲但不自负，同事也与他相处得很好。在业内，周京泽三个字声名在外。与此同时，东照国际航空公司还有一名得力猛将，叫高阳，稍微逊色一点。提到东航，人们第一时间想到的是周京泽，而不是高阳，因为没有人关心第二名。

在一趟从檀香山往返沪市的 CA7340 国际航班中，周京泽照例与他的老搭档李浩宁一同飞。机长和副机长能够一起搭档，一定是绝对信任的关系。

周京泽这人做事比较稳当，多次飞行中几乎没出什么事，为了乘客的生命安全，飞行过程中，所有重要的事，他事必躬亲，其他次要的事则会交由副机长去做。

然而这次飞行前，李浩宁忽然请周京泽喝咖啡。

李浩宁手握着滚烫的咖啡，脸色有点白，说道："我妈上个月确诊肾衰竭，尿毒症。"

周京泽刚喝了一口咖啡，闻言烫了一下舌尖，他拍了拍李浩宁的肩膀："有什么需要帮忙的，尽管说。"

李浩宁苦笑道："本来还想休年假带我妈去檀香山玩，现在看来不可能了。老大……返的那趟你能不能全程交由我飞，再帮我拍个照？我想发给我妈。"

沪市返檀香山这趟飞行，主控权交给李浩宁，是不在周京泽的计划内的。按理说，四趟航班，有一趟是可以交付给副机长的，可是沪市返檀香山时间段不对，是半夜飞行员最疲劳的时刻，加上航空管制方面每条航线的要求不同，他怕李浩宁有点应付不过来。

"老大，你放心，我一定不会拖你后腿。"李浩宁强调道，神色祈求。

"我可以让你飞，"周京泽思考了一下，抬起眼皮看他，眼神锐利，"不是不拖我后腿，是得记住你肩上担着乘客的性命。"

"明白。"李浩宁保证道。

"行。"

到了返檀香山那段，李浩宁眼神小心翼翼地看着周京泽。

主驾驶周京泽声音低沉："李浩宁，你来操控。"

"收到。"李浩宁立刻咧开嘴笑了。

一切都检查完毕后，飞机正常起飞，慢慢地，四平八稳地飞在天空。

李浩宁手心出了一层汗，额头也出了一层薄薄的汗。周京泽以为他是紧张，还笑着递给他一张纸巾擦额头上的汗。

后半夜三点，一切都很正常，雷达屏幕忽然失效，半侧发白。

一切还没反应过来的时候，李浩宁偏了一下航道，往右转。

致命性的操作失误。

因为雷达失效，加上天气不好，飞机开始剧烈地摇晃。

紧接着，一个刚走出厕所的乘客因舱内大幅度晃动倒地，癫痫发作。

乘客舱骚乱起来，小孩子哭闹的声音、乘客不安求救的声音，以及空姐安抚的声音混杂在一起。

事态变得严重并且不可控起来。

周京泽坐在驾驶舱内，飞机剧烈地摇晃，整个人快要被甩出去，他紧紧抓住扶手，一双鹰眸沉着，事态如果更加严重，后果是什么？

左侧忽然响了一道雷声，打开屏幕查看，他这才看清原来是左机翼插进了积雨云里。同时他迅速思考，保持冷静。因为主副机长面前的操控仪器是一样的，是相互制衡的关系，所以周京泽只能提醒他："控制飞行速度，操纵杆向右偏。"

话说完，李浩宁人还是蒙的，周京泽注意到他的不对劲，一时间也没思考他当时的眼神是后悔还是慌乱。

周京泽厉声提醒："I have!"他要自己操作了。当机长发出这声指令时，副机长必须让位，李浩宁如梦初醒，脸色惨白。

周京泽无暇顾及他的情绪，在拼命稳住速度的同时，把操纵杆往右拉。机身还在不停地摇晃，李浩宁的头磕在挡板上，一片瘀青。

电闪雷鸣中，周京泽仍沉着一张脸，十分镇定，拉动操纵杆，想离开积雨云。

千钧一发的时候，终于，左机翼擦着积雨云离开。

机身开始恢复平稳，骚乱声渐渐变小，周京泽重重地舒了一口气，后背出了一层密密麻麻的汗。

劫后余生。

这次飞行事故最终结果是两名乘客受伤。

事后，公司对周京泽、李浩宁进行了严肃的暂时停飞处分，并立刻在公司进行了紧急公关。

周京泽毕竟是公司的得力干将，错也不在他，就在所有人以为这事应该不会出大问题的时候，媒体开始大肆报道周京泽的失误导致飞行事故，各种延伸新闻在网上漫天飞。据同事爆料，他性格狂妄，这次把任务交给副驾驶也是习惯性地推卸责任，只想享受成果。爆料人还添油加醋地说他这个人藐视生命，罔顾飞行员守则，私生活混乱等。

虽然网上爆出的是东航某周姓机长，隐去了名字，但像是有人恶意引导似的，精准针对周京泽一个人。

一时间，东照国际航空公司接到成百上千的投诉信。

不仅如此，营销号还刻意引导舆论。网络上铺天盖地的骂声如潮水般向周京泽袭来。甚至有人在航空公司蹲点，朝他砸矿泉水瓶，并诅咒他出门被车撞死。

同事曾怀疑过是有人恶意所为，但周京泽当时已无暇顾及其他。

一时间，孤狼坠落神坛。

周京泽忽然明白一件事，网络可以毫不吝啬地赞美你，也可以用最恶毒的语言把一个人杀死。

最让周京泽失望的是，他视作生死兄弟的李浩宁在事后第一时间指控他，说是受周京泽指使而操纵的这趟航班。因为规定就是这样，飞行安全的全部责任在于机长，副驾驶犯错，机长全部承担。

周京泽就这样被下放，成了一名普通的飞行训练教官，还是那种被学员看轻和嘲讽的教官。

前段时间，李浩宁找他忏悔，周京泽是没有想到的。因为周京泽用自己的工资积蓄赔偿了飞机上受伤的两名乘客，还剩一份匿名寄给了李浩宁妈妈，这件事发生在李浩宁指控他之前。

李浩宁知道这件事后，良心不安，哭着找周京泽认错，红了眼眶说："我是受高阳指使的，他说搞垮你，他会承担我妈所有的治疗费用，并给她……请最好的医生。"

周京泽沉默半晌，拎着他的衣领用力挥了一拳，恶狠狠地盯着他："你亲妈的性命是性命，飞机上乘客的性命就不是了吗？"

周京泽临走之前，深深地看了他一眼："别拿生命开玩笑。"

高阳能在这件事上出手，并暗中阻止周京泽复飞，通过一切手段打击他，是因为身后有那么点权势。他从大学时期就被拿来和周京泽比，万年老二，一路被碾压，毕业了两人还就职于同一家公司，始终被周京泽压一头。嫉妒的种子很早便开始生根发芽，渐渐扭曲，最后疯长成为一株邪恶的藤蔓。

许随整个人都是蒙的，高阳就是当初大学里和周京泽进行篮球比赛以及飞行比赛的那个高瘦的男生吗？当初他无论是篮球赢了，还是飞行输了，外界的评价都是说高阳始终在周京泽之下。

"谢谢你。"许随勉强地笑了一下，抱着猫离开了。

她怕自己再不走，会控制不住自己的情绪。

推算了一下周京泽发生的事，那会儿许随恰好出差去美国参加一个封闭的医疗培训。

——许随不知道。

只有他一个人，在孤军奋战。

晚上，许随在酒吧里一杯接一杯地喝酒，等梁爽赶到的时候，她已经喝了半打啤酒。

许随一边喝酒一边跟梁爽讲这段时间她和周京泽发生的事，讲他身上承受的事情。

原来他遭受了那么多。

许随说着说着，忽然有一滴晶莹剔透的眼泪滴到酒杯里，眼睛瞬间就红了，她吸了吸鼻子，嗓音哽咽："你当初不是问我为什么分手了还么关心他吗？"

许随仰头喝了一口酒，啤酒泡沫呛到鼻子里，喉咙发酸："我……就是觉得，像他这种走在路上遇见流浪猫都能捡回家养一辈子，对面馆的阿姨都能说句'您辛苦了'，赤诚又善良，那么好的一个人，应该是前途坦荡、一路顺利的。"

而不是像现在这样，经常沉默地抽烟，困于那个尘土飞扬的基地，用玩世不恭的笑容来掩饰失意，却再也做不了他喜欢的事情。

梁爽握住她的手，柔声安慰："我懂。"

吧台正对着一个 VIP 卡座，舞池里的人群魔乱舞，电音快要穿透耳膜了。

坐在卡座中间一个穿着休闲衫的男人从许随进来就一直盯着她看。他抬手叫来服务员，低声耳语了几句。

没多久，一杯野格送到许随面前，服务员拿着托盘说道："是那边那位先生请您喝的。"

许随扭头看过去，男人露出一个温柔的笑，还冲她遥遥举杯。

她眯眼看过去，在确认对方是谁之后，跳下高脚凳，拿着野格，穿过重重人群，走向那个男人。

人生不仅处处狭路相逢，而且有的人，骨子里的劣根性是不会变的。

许随走到男人面前，一旁的李森一见许随，出言嘲讽："哟，老同学，好久不见哪。"

"你男朋友呢？他现在是一破基地的教官，应该很闲吧。"李森嘲笑道，还扭头冲一旁的人说，"哎，你们不知道吧，咱们业内大佬周大机长周京泽现在不能飞了，成了丧家之犬。真是三十年河东，三十年河西，哈哈哈！"

说完，人群爆发一阵哄笑，夹杂着轻蔑、高高在上、鄙视。

许随始终没做任何反应。

座位中间的高阳一直没有说话，缓缓露出一个得意的笑容。

见状，许随毫不犹豫地把一杯酒泼了过去，红色的酒水从头浇到尾。

原本还衣冠楚楚的高阳脸上的笑容一僵，身上的白衬衫红一道，灰一道，头发因为酒而变成一缕一缕，湿漉漉地往下淌着酒。

"你疯了？"李森立刻站起来，攥住她的手腕。

许随也不怕，眼神凛凛，透着无畏。

高阳开口："松开她吧。"

李森闻言松了手，许随看着眼前一帮人，只觉得恶心，她盯着高阳骂了一句生平最恶毒的脏话，气到说话的气息都不稳："你这个狗娘养的死太监！"

梁爽冲过来的时候，这句话刚好说完，她拉着许随的手，不停地道歉："不好意思，她喝酒了。"

李森脸色一沉，高阳摆了摆手，心想，算了，周京泽也翻不了身了。

半夜十二点，周京泽刚下高铁就接到了梁爽的电话，他立刻开车前往她们所在的酒吧。

夜晚寂静，人一说话会哈出一团白雾。

梁爽扶着许随站在路灯下，没多久，周京泽出现，他从梁爽手里接过许随。

停车场离他们有一段距离，周京泽背着许随，两手托住她两条腿，往上颠了颠。

许随喝得醉醺醺的，她忽然抬手打了周京泽一巴掌："你怎么回来了？"

"想你了，就提前回来了。"周京泽笑。

许随打了一个酒嗝，"哦"了一声，她的眼神迷茫，长睫毛眨啊眨，开始一连串地骂起脏话。

周京泽对于她骂人时贫瘠的词汇量感到好笑，也不知道她在骂谁，从头到尾只会骂"死太监""小人吃泡面没有叉子"之类的话。

"喂，我跟你说个秘密。"许随忽然捏住他的耳朵，热气全拂在上面。

周京泽身体瞬间僵硬，他平稳了一下呼吸，问道："什么秘密？"

"就是你一定可以再开飞机的。"许随轻声说道，又低喃了一遍，"一定可以。"

回答许随的是一阵长长的沉默。

许随见没人应她，竟然胆大地拽起了他的衣领，凶巴巴地问："你是不是不信我？"

周京泽低低地笑出声，他暂且不跟一个醉鬼计较了，漫不经心道："信。"

周京泽继续背着她往前走，快要到停车场的时候，恰好有一轮月亮出来。

许随的两只手臂不自觉地揽住他的胳膊，认真说道："我会一直陪着你的。"

与此同时，滚烫的眼泪从她眼角滑落，流到周京泽脖颈里，烫了他心口一下。

他整个人一震，僵住不敢动，直到背后传来均匀绵长的呼吸声。

周京泽唇角扯出细微的弧度，心想，没白疼她，他的姑娘现在知道心疼他了。

哪知道第二天宿醉醒来的许随对"会一直陪着你"一概不认账。无论周京泽怎么变相求证，都撬不开她的嘴。

许随佯装淡定地喝水，用杯子挡住自己的脸，说："就是醉话。"她一点也不想回忆起昨晚那个失态的自己。

头顶响起一道磁性的、低低的哂笑声，周京泽拿开她的杯子，俯身看她，问："是吗？那你跟我解释一下猫为什么叫1017。"

许随怔住，想起了一些事情。当初在宿舍附近遇见一只流浪猫，决定取这个名字，是她的秘密，后来只有胡茜西知道。

1017，上了大学再见到周京泽的第一天，2010年10月17日。

从此，她的生活明朗似阳光。

第 九 章
我的一整个青春都是你

周京泽，我喜欢你。
你听见了吗？

　　"原来你上大学时就对我倾心了。"周京泽弯下脖颈看她，狭长的
眼眸里流露出零星笑意。

　　许随从他手里抢过自己的杯子，眼睫颤动了一下，没有说话。

　　是从大学开始吗？周京泽应该永远不知道这个答案。

　　周五，两人约好去吃饭，许随临时加班，给周京泽发了消息，让
他在商场先找一家咖啡厅坐着，她晚点会到。

　　很快，屏幕再次亮起，周京泽回了信息，话语简短："成。"

　　周京泽坐在咖啡厅里，点了一杯冰美式，刷了一下新闻，继而看
了一场球赛。周京泽坐在那里，姿态慵懒，拿着手机露出一截手腕，
手背的青色血管明显，正低着头，侧脸弧度勾人。

　　他正看着球赛，面前忽然落下一道阴影，女人的香水味明显。不是
许随，周京泽头也没抬一下。眼前的阴影不但没走，反而更近了一寸。

　　周京泽以为对方没位置，要过来拼桌，抬手把桌上的宣传单给撤
走了，眼睛仍看着屏幕上的球赛。

　　对方"扑哧"笑出声，一道好听的女声响起："周京泽，这么多
年过去了，你还是老样子。"一副跩酷的模样，只关心自己关注的东
西。就算别人用尽浑身解数，也入不了他的眼。

　　周京泽这才抬眼，在看清对方长相的那一刻，很轻地挑了一下唇

角，磁性的声音响起：“好久不见，柏瑜月。”

柏瑜月挑了一下眉，拉开椅子在他对面坐下，开玩笑道：“采访一下，见到众多前女友中的一员，什么感觉？”

周京泽将手机屏幕熄灭，抬了抬眉尾，笑道：“感觉啊……啧，好像没什么感觉。”

柏瑜月拿着手机点了一杯咖啡，听到周京泽这个答案，她并不意外。会回头的话就不是周京泽了。

两人的状态比较放松，柏瑜月冲他晃了一下手指上的戒指，说自己最近订婚了，也谈起她的工作，还说道：“哦，开研讨会的时候，我还碰见了许随，你不知道，她现在完全不是读书时怯懦安静的样子，漂亮很多，也很有能力……”

她一提起许随，发现周京泽原本倦淡的脸色忽地精神了许多，垂眼认真听着。柏瑜月心情不爽了，问道：“不会吧？你对许随还念念不忘？她有什么特别的？”长相既不是浓颜系惊艳人那一挂的，性格也不符合周京泽的偏好。

“她啊……”周京泽声音压低，眯了眯眼，想到什么，说，“哪里都特别。”

柏瑜月竖了个大拇指，这答案，她无话可说。她岔开话题，又聊了一下大学同学们的现状。

刚好有服务员经过，柏瑜月扭头叫了一下对方，表示要加甜点，结果一眼就看到了刚进门的许随，许随也明显看到了他们。

周京泽作势要起身，柏瑜月用眼神示意他坐下，开口："你先坐下。”柏瑜月的本意是许随肯定会吃醋。

周京泽重新和柏瑜月聊天，她一会儿扯自己现在的未婚夫多好多专一，一会儿托腮看着眼前的男人感叹：“这个年纪的男同学不是发福，就是油腻到死，可你越老越有魅力，身上的少年感竟然还在。”

周京泽抬起眼眸漫不经心地笑了一下，明显没怎么听柏瑜月说话。从许随进入这家咖啡厅开始，他的眼神就只能捕捉到她。

他们都想错了。许随看到周京泽和柏瑜月在一起，并没有催他，也没有什么反应，她挑了一个座位坐下，服务员过来点单的时候，她还冲对方笑了一下。

周京泽发现，她一点儿也不在乎他和谁在一块儿。她不吃醋。

得出这个结论后，周京泽心底一阵郁结，说不上来地沉闷。

许随刚好下班时带了笔记本电脑，坐下来后，顺手打开了笔记本电脑，整理起了工作相关的邮件。她整理没多久，对面响起一道男声，语气踌躇："你好，能留个电话吗？"

许随抬头刚要开口拒绝，一道冷淡的声音插了过来，周京泽不知道什么时候走了过来，他抬起眼皮看过来，舌尖顶了一下左脸颊，语气狂妄："你觉得她看上你的概率更大，还是看上我的？"

男人悻悻地收回视线，冲他们说了一句抱歉就走了。

他再不过来，媳妇儿就要被拐跑了。

周京泽带许随离开，两人一起去吃了新加坡菜，他给许随倒茶的时候，主动提起话茬道："你不好奇，我和柏瑜月说什么了吗？"

许随喝了一口茶，抬起眼睫，好像是周京泽主动提了这事，她才勉强接茬："说了什么？"

"说某人现在没有我喜欢她那么多。"周京泽语气散漫，眼睛却直视她。

许随眨了一下眼，并没有正面回答这个问题，而是开玩笑地回应："是吗？那她挺不识好歹的。"

周末，许随窝在家里休息，十点，门铃声响起，打开门，是快递员送货上门。

前段时间许随在网上买了书桌和落地书架，还有别的快递也到了，她一一签收了。

许随打算上午把书桌和落地书架组装好，下午收拾一下出门看个展然后吃饭。然而她高估了自己的动手能力，组装了不到十分钟，许随看着桌腿钉在桌上，另一块木板怎么也拼不上的惨状，彻底崩溃。

许随的手还被木刺给划伤了，她找来创可贴贴上，决定先把书桌放一边，试试落地书架。结果这个更难组装，她毫无头绪，甚至认为这比背医学上的专有名词还难。

她丧气地坐在地板上，对着一堆木板拍了一张照片，发了一条朋友圈吐槽："我可太难了，早知道直接去宜家买现成的。"许随还配了一个可达鸭崩溃的表情包，发完之后，她随手把手机搁在地板上，没多久，屏幕亮起。

她捞起手机一看，周京泽发了一条消息过来，隔着屏幕都能感觉出他的不爽，一字一顿道："你是不是忘了你还有个试用期男友？"

许随有些不好意思，她确实是忘记了，主要是这么多年，一个人的时候遇到的很多事情，她只能独自处理。

半个小时后，周京泽登门拜访。大少爷嘴里叼着一张说明书卡片，黑长的睫毛垂下来，没多久，不费吹灰之力就把书架组装好了，书桌更是组装得相当轻松。

许随倒了一杯水给他表示感谢。男人挑了挑眉，没有接，而是就着她的手喝了两口水。一切都弄好之后，周京泽窝在沙发里，刚打开手机就收到了盛南洲的信息。

盛南洲发了一个苦笑的表情，说道："她不肯见我。"

周京泽拇指摁着手机屏幕，在对话框里敲字发送："那你想不想她回来？"换作是他，早把人给绑回来了。

把手机放在一边，周京泽想起什么，问道："下周有高中同学聚会，你应该收到了邀请函，去吗？"

"什么邀请函？"许随神色疑惑。

许随想起还有一堆没拆封的快递，走过去，拿裁纸刀拆了一个快递，一张邀请函，还有一块名牌抖搂出来。

邀请函上面写着："天华中学十二周年同学聚会，诚邀许随同学参加。我们在天中等你。"上面附了一个聚会地址，还让大家必须带上天中的校服和名牌到场，据说是因为有一个查看时光机信箱的活动。

许随拾起桌上的名牌，上面一笔一画地刻着：高一（三）班许随。

一时间，脑海中刻意封存的记忆城墙倒塌，她垂下眼睫，指尖摩举着名牌，不知道在想什么。最后许随对着周京泽说道："应该会去，但是别说我们俩在一起了。"

周京泽刚开了一罐碳酸饮料，咔嗒一声，拉环落地声与她的声音一并出现，他下意识地眯了眯眼，不太爽地问道："我怎么发现你没以前那么喜欢我了？"不然为什么连这种同学聚会都要躲着藏着？

高中同学聚会定在周五，当天下班后许随回到家后补了个妆，她对着镜子细细地描画嘴唇时，看着镜子里一张细眉红唇的脸有些出神。

谁能想到她过去最讨厌的就是照镜子，她顶着一张黯淡无光、长着青春痘的脸，时常把脸埋进宽大的校服里，低着头匆匆经过走廊上一个谈笑风生的男生，余光里全是球场上那个全场为之欢呼的身影。

常常希望没有人能注意到她，又希望他能注意到她。

许随回神，发现口红涂偏了一点，她抽出一张纸巾凑到镜子前把多余的口红擦掉。

晚上八点一刻，许随出现在等秋来酒店。当她推门进去的时候，里面已经到了十几个人。

许随进去时，其实有一点小小的紧张，高中时她性格比较安静内敛，且奉行"苦读书"的原则，大部分的时间用来与卷子打交道了，所以基本没什么朋友。

她进去的时候，场内的人愣了一瞬，班长最先反应过来，说道："许随，你变化太大了，很漂亮，我差点没认出来。"

"听说你现在在普仁上班，以后看病是不是可以找你？"有人笑道。

许随笑了一下，正要应答，一个脑袋凑上来，脸上洋溢着笑容："漂亮妹妹还记得我不？体育委员王健，当初运动会三千米没人报，还好你善良，报了这个项目，拯救了我，快进来坐。"

"记得，毕竟我当时的腿废了一个星期。"许随开玩笑道。

许随走了进去，一只手从女生堆里伸了出来，说道："同桌，快过来这里，我给你留了个位置。"

她眼睛扫过去，是她原来的高中同桌，许随坐过去没多久，人陆续进来。

高中三年，再加上近十年过去，大家都变了模样。

话题从学生时期男女生的暧昧，谁穿的裙子又改短了，变成了老板就是一大傻帽，谁谁结婚了。

周京泽、从语绒等几个人姗姗来迟。他们一进来，场子就热起来了，有人打趣道："周爷和班花一起来的啊？"

从语绒笑吟吟地正要接话，一道冷淡的声音插了进来，周京泽踹了最近的男生一脚："去你的，门口碰上的。"说完，他抬起眼，看向不远处的许随，视线霸道且直白，许随亦回看他。两人视线缠了一会儿，她先移开了视线。

许随坐在那里同她的同桌聊天，倏地，有个皮肤很白，穿着米色大衣，戴着细边眼镜，踩着浅色系靴子的女人走进来，是钟灵。

钟灵走到许随跟前打了个招呼，问道："你旁边有人吗？"

许随愣了一下，摇了摇头，说道："没有。"

钟灵在旁边坐下，许随闻到了她身上淡淡的香水味。她没想到钟灵会来，高考结束后她们就失去了联系，准确地说，是钟灵单方面拉黑了她的 QQ，连带校园网的账号一并注销了。

许随和钟灵成为朋友是巧合。

高三，艺术生进修完回来学习，全班座位大调换，并实行了一帮一助的制度，钟灵作为一名音乐生，文化课需要恶补，因此许随成了她的同桌。

一番接触下来，许随发现钟灵和她的性格很像，都是性子温吞、敏感慢热型的，唯一不同的是，钟灵的性格阴郁一些，想法充满了负能量，戴着一副厚厚的眼镜，经常睡觉和神游，不知道在想些什么。

直到有一次他们这栋楼停电。灯一灭，整栋楼的学生雀跃欢呼，地板都快要被他们踩破，有人趁机跑到窗户边吼了一嗓子，还有人趁机把试卷扔到地上，发泄地踩了几脚。

坐班的英语老师在一片发疯的欢呼声中用戒尺敲了敲桌面，宣布："自习二十分钟，电还没来的话就放学。"

话音刚落，欢呼声和尖叫声更甚，分贝大得快要掀翻屋顶。

英语老师上个厕所的工夫，班上后排的男生就躁动不安，乱作一团，以周京泽为首的那帮男生捞起脚下的足球，一脚踹开后面那道摇摇欲坠的门，阔步走了出去。

许随借着月光的亮度清理杂乱的书桌，后桌同学用笔戳了戳她的后背，要借支水性笔。许随从笔袋里拿出一根黑色的笔转过身去，余光却瞥向那个肩膀宽阔，身材高瘦，走路漫不经心，穿着黑色 T 恤的少年。

他正有一搭没一搭地嚼着口香糖，右手握着一个银色打火机，它时不时地蹿出橘红色的火焰，照亮手背上的文身——Z&Heliotrope。

张扬狂妄又分外吸引人。

隔壁四班是班主任坐镇，乖得不行，自发地大合唱周杰伦的《七里香》，刚好唱到"雨下整夜，我的爱溢出就像雨水"时，周京泽插着兜慢悠悠地来到四班后门，敲了敲玻璃窗，散漫不羁地笑道："甭唱了，踢球去。"

那个黑色的身影最后消失在拐角处，许随垂下眼皮兀自收回视线，须臾，钟灵凑过来问道："翘课去操场吗？"

鬼使神差地，好学生如许随，竟然点了点头。

两人手牵着手偷偷溜到学校操场，找了一块干净的绿草地坐下来，看着对面的男生在球场上踢球。

夏天的夜晚有点闷热，周遭还有不知名的虫鸣声，许随用试卷扇了扇发烫的脸颊。

钟灵忽然怔怔地开口："你知道我为什么半道改去学音乐吗？"

"为什么？"许随接话。

"因为一个人。"钟灵看过去。

许随坐在绿草地上，抱着膝盖顺着她的视线看过去，周京泽不知道什么时候换了衣服，他穿着火红的球衣，黑色裤子，白色运动长袜，小腿肌肉紧实，线条流畅又漂亮。

周京泽脚下带着球，不停地向前奔跑，像一只矫健的豹子，额头的汗滴下来，他直接掀起衣服的一角随意地擦汗，透着洒脱又浑不吝的气息。

许随下巴搁在膝盖上，心一紧，试探性地问了一句："周京泽？"

钟灵点了点头，说道："是。"

许随笑了一下，也是，没什么好奇怪的，人人都爱周京泽。

后来钟灵不知道是出于信任还是因为缺少倾诉对象，她向许随讲起了自己隐秘的少女心事。钟灵说她很早就暗恋周京泽了，她知道那张玩世不恭、永远以笑示人的脸，其实是一副面具，里面藏着善良和赤诚。

高中半道改去学音乐，钟灵和她爸大吵了一架。因为这是一件很冒险的事，她比其他艺术生学得晚，天分也不够。别人已经走到中间了，她才刚来到起点，但是她一点都不后悔。

上艺术课时，钟灵可以正大光明地听他拉大提琴，用手机偷偷录下他拉的《小夜曲》，晚上回到家偷偷地反复听。

周京泽上课时，偶尔会叫她，"哎，上课了"，虽然他连她名字都不记得，可钟灵仍心跳加速，慌乱地把试卷塞进抽屉里，跟着他走出教室。

"可他应该永远也看不到我。"钟灵目光追逐着球场上那个奔跑的身影，苦笑道。

许随握住她的手，垂下眼轻声说："我懂。"

钟灵神情古怪地看了她一眼。

直到高考结束后，钟灵也没跟周京泽表白。没多久，她就把许随的联系方式删了。许随猜想，钟灵不止删了她一个人，应该是想跟过去撇干净。果然，后来钟灵把校园网的社交账号注销了，主页一片空白。

倏忽，一道声音将许随的思绪拉回，她握着一杯气泡酒，眼睛微眨："什么？"

钟灵问她，说："我问你现在在哪儿工作。"

"普仁。"许随抬手喝了一口气泡酒，感觉唇齿间全是碳酸的味道，"你呢？"

钟灵难得笑了一下，她说："我在彩虹合唱团，担任小提琴手。"

"挺好的。"许随应道。除此之外，她也不知道该说什么了。

人陆续到齐，吃饭的间隙，自然免不了推杯换盏、暗自比拼的环节。落座的时候，许随特意与周京泽离得远远的，刚好她右手边是钟灵，左手边是体育委员王健。

周京泽作为学校的风云人物，大家的话题一开始也是围着他。有人问他："周爷，听说你年纪轻轻，肩上早已四条杠，当上机长了。"

"年轻有为啊，佩服，佩服。"班长冲他抱拳。

周京泽握着方口酒杯，晃了一下里面的酒，兀自扯了扯嘴角："现在失业了。"

场内所有人，除了许随，全都哈哈一笑，与他碰杯，眼神艳羡："那有啥？回去继承家产了是吧？"

"对啊，周老板，你家集团缺不缺保安？我顶上。"

这些奉承，或多或少地夹着羡慕。当初网上爆出周姓机长这事，闹得这么大，他们有所耳闻，却没一个人向周京泽求证或表示关心。

因为他们的认知是：像周京泽这样的天之骄子，出生在罗马，一路顺利惯了的人，只怕老天都会为他开天辟地。风头一过，事情压下去，他还是有大好前途的周京泽。

这世上大部分人，关心的不是别人，不关注过程，只在意结果，以满足自己内心的好奇。

周京泽依旧神色散漫，他没打算解释，也没必要，唇角扯出细微的弧度把这个话题带过。

坐在许随左手边的体委王健，十分热情，一会儿问她要不要喝水，一会儿又主动夹菜到她碗里，热情得让许随有些不知所措。

这一幕恰好让班长看到了，大着嗓门开始起哄："贱贱，我口好渴哦，给我倒杯水吧。"

"贱贱，你偏心，你为什么只照顾许同学一个人？"有个男同学捏着嗓子喊道。

王健服了这一帮起哄的人，笑骂道："滚滚，你们自己没手没脚吗？"

气氛喧闹，忽然插进来一道偏冷较低的、带着冰碴的声音，喊道:"王健。"

"到！"王健正与旁人说着话，闻言条件反射般回答。

王健这话一出，哄笑声更大了，甚至有人笑得直拿筷子敲碗。班长啐道："你是不是以为还在周爷球队，受他指挥？"

"可不吗！"王健不好意思地摸了摸脑袋。

周京泽拎着一瓶啤酒，往桌角一磕，瓶盖哐当一声掉在地上，他递给王健，锐利漆黑的眼睛盯着他，嘴角仍是笑的："来，敬那些年在球场的日子。"

王健接过来，云里雾里地又喝了半瓶啤酒，接下来的时间，周京泽好像只针对他一人，变着法儿地灌他。以至于王健去了好几趟厕所，接连吐了三回。

许随正跟王健说话，放在一旁的手机屏幕亮起，她拿起来一看，是周京泽发的信息："你再跟他说一句话试试。"

许随心一颤，抬眼看过去，隔着不远的距离，撞上一双深邃漆黑的眼睛。

周京泽的眼神肆无忌惮，带着侵占性，视线笔直地看过来。直到旁边有人喊他，周京泽才暂时放过她。

饭后上甜品，选择权自然是交到女生手里。从语绒恰好坐在周京泽旁边，她低头看菜单的时候，随手拨了拨自己的秀发，眼看头发就要拂到周京泽的手臂上，男人不动声色地侧身。

扑了个空。从语绒漂亮的眼眸里失望一闪而过。

从语绒把视线移到菜单上，蔻丹色的指甲指了指上面大份的水果拼盘，说道："要不点大份的芒果捞吧，我最喜欢这个口味了。"

班花发话，大家都表示没意见，谁不喜欢迁就美女？从语绒正要叫服务员点这个时，周京泽背抵在椅子上，忽然开口，声音沉沉："我对芒果过敏。"

许随的眼皮颤了一下。

从语绒惊呼，红唇一张一合："呀，你过敏啊，那我点别的喽。"

一段小小的插曲就此过去，一行人打算转战顶楼的包厢。班长站起来，用筷子敲了敲杯子，说道："男同志们、女同志们，现在可以去换上我们天中的校服，戴上三班的名牌了，一会儿开完时光机信箱，我们还要大合影呢。"

"嘻，别说了，我特意翻出我家压箱底的校服，你们猜怎么着？拉链拉不上了。"

"岁月是把杀猪刀，专往我脸上祸祸。"

"今儿个我们也算怀念青春了，主题就叫十七吧。"

十七，多么美好又转瞬即逝的两个字，是 S.H.E 歌里唱的"既期待又害怕"的年纪。

许随和钟灵速度比较慢，等她们出来的时候，更衣室里已经没有人了。钟灵一把拧开水龙头，水流哗哗地倾泻而下。

天中的校服，是很典型的中国式学校的校服，既不是偶像剧里的蓝白色，也不是日剧里的制服裙装，他们的校服宽大古板，甚至透着一种俗气。可现在穿上去，又觉得很好看。

许随一边扎头发一边看向镜子里的自己，盈盈一双黑眼珠，皮肤白皙，嘴唇浅红，额头有细小的绒毛，高马尾，绀色的校服，袖子中间是一道橙色，像是点睛的一笔。

钟灵看向镜子里的许随，忽然问道："你是不是和周京泽在一起了？"

许随握住头发的手一顿，放下来，轻声说："算吧，不过你怎么知道的？"

"眼神，他看你的眼神。"钟灵笑了一下，转而一针见血地说道，"而且，我记得对芒果过敏的是你吧。"

许随点了点头，钟灵心底被针刺了一下，看到自己暗恋很久的男生记住别的女生过敏，她心里有一种说不上来的滋味。

"你能不能帮我保密？在同学面前……主要是我和他现在关系有点复杂。"许随说道。

"你很幸运。"钟灵点了点头，关了水龙头，抽了一张纸巾一边擦手一边往外走。她似想起什么，看向许随说道："不是所有的暗恋都能窥见天光。"说完，钟灵转身就走了。

许随默然，原来她一直都知道。

许随洗完手后，也离开了更衣室。

没多久，更衣室的隔间发出砰的一声，门被踢开，从语绒走出来，她一手抓着白色胸衣的扣子，衣服还没穿好，镜子反射出她脸上怨恨愤怒的表情。

"思思，你猜时光机里'给十年后的自己'，她会写什么？"从语绒问旁边的女生。

"写什么？"

"学生时代打扮寒酸，又穷又不好看的自卑女生，当然是希望自己摆脱这一切，"从语绒眼珠转动，说道，"一会儿当众念她的信。"她想让许随出丑。

换好校服后，推开那扇门，许随有些恍惚，好像真的回到了穿着校服，不停地写试卷，下课偶尔做白日梦的学生时代。

周京泽穿着松垮的校服，衣襟敞开，手里握着一罐啤酒，腕骨清晰突出，旁人不知道说了什么荤话，他脸上挂着放浪形骸的笑。

他胸膛左侧别着一块名牌，一笔一画地刻着名字：高一（三）班周京泽。

还是那个轻狂肆意的少年。

好像真的穿越了。

直到班长出声，她才回神，在沙发上找了个空位坐过去，许随俯身想拿罐饮料，手刚伸出去，一个冰凉的指尖刚好挨到她的手背。

许随看向他，周京泽也看着她。

"老规矩啊，玩游戏，输了的真心话大冒险，真心话就是念自己十年前写的什么中二发言。"

一圈游戏下来，大家都选择念自己当初写的愿望，当真正念出来的时候，大家笑作一团，因为这发言中二又热血。

"长大以后老子要拯救世界。"

"希望能坐上诺亚方舟环游宇宙。"

女生的愿望则没有这么天马行空，愿望都是"有个好工作和爱自己的人"，或是"希望自己变漂亮和身体健康"。

许随记得这个时光机信箱的活动是班长在高三发起的，她那天生病请假了没有交，高考以后她没和其他人联系，也就忘记了这件事。直到大一下学期，他们组织了一次聚会，班长催许随交信。许随那会儿特别忙，匆匆写了一封信就寄过去了。

第二轮游戏，第一局许随就输了，她也选了一个保险的方式，说道："念信吧。"

她应该写了一些希望世界和平、生活安稳之类的句子。

文艺委员从一堆信封里找到许随的，看到信封上画了一轮太阳，随即又被叉掉了，没隔多远，旁边又出现了一个太阳，她神色疑惑。

她拆开信封，有些磕绊地念道："ZJZ，你好，我是许随，也是你的同班同学。写信告白这么老土的事，可能你会笑我吧——"

许随心里咯噔一下，她竟然寄错信了，那封一直没送出去、反复涂改的信竟然出现在这里。

她下意识地想叫文艺委员把信拿回来，可是已经来不及了，周围谈论和八卦的声音越来越大。从语绒她们甚至凑过去看。

周围人哈哈大笑，有人说道："谁放错了吧，把告白信寄错了。"

"ZJZ，这谁啊？赵健正，有人暗恋你！"

"哇哦，有一说一，写信这件事确实挺老土的。"有人嘲笑道。

周围闹哄哄的，没人在意信的内容是什么，唱歌声、口哨声、酒杯碰撞的声音交织在一起，早已把读信的声音淹没。

倏忽，啪的一声，周京泽直接拎起桌上的一个玻璃酒杯狠狠地砸到地上，碎片飞溅，他坐在那里，手肘撑在大腿上，抬起眼皮看向在场的每一个人，眼底压着戾气和低沉的情绪，语气缓缓的："很好笑吗？"

场面霎时安静下来，他们不知道周京泽为什么突然发火，都不敢说话。

文艺委员重新念起那封信。周围还是有细碎的声音，他们不以为意，可是听到最后，场内静得连一根针掉在地上都能听见，所有人不再说话，一致地安静下来。

文艺委员嗓音本来就好听，不知道她是情绪受到了感染还是什么，念得认真有感情，语气很缓，一字一句道：

　　ZJZ，你好，我是许随，也是你的同班同学。写信告白这么老土的事，可能你会笑我吧。

　　我喜欢你一身火红球衣，戴着黑色护腕飞奔进球赢得尖叫的身影，我喜欢你轻狂坦荡，在台上发言谈理想的模样，我喜欢你发脾气后，沉默地憋着劲把撂下的事做完。

　　甚至喜欢你紧皱的眉，喜欢你吊儿郎当地捉弄人时散漫的笑。

　　天气好的时候会想起你，看到日落的时候也会想起你，白试卷是你，蓝色 T 恤是你。

　　每周一晨会扭头偷看你而脖子发酸的是我，下暴雨时在顶楼偷听你拉大提琴的是我。

　　没有人知道，我的一整个青春都是你。

　　我用什么把你留住？

　　以前你拉大提琴的时候，想成为你一低头就能看见寻常又普通的阴影。

　　想成为你打完球爱喝碳酸饮料吸附着的冰雾，容易消散但存在你的记忆里。

　　后来你成为飞行员，飞上几万英尺的高空，途经沙漠，越过航线，看见浩瀚宇宙。想变成一颗星，一颗你日常飞行无意能瞥见的星。

　　哪怕黯淡又不起眼。

　　都说青春里的暗恋没有姓名，所以我连你的名字都只敢写缩写。

　　不是 Z、J、Z，而是周、京、泽。

　　这是我不知道第几次反复练习叫你的名字，这次终于我勇敢叫出口了。

　　周京泽，我喜欢你。

　　你听见了吗？

第 十 章
无处藏

她好像太喜欢他了，无处藏。
这么多年，好像能让她心动的只有他。

这封信念完之后，场内鸦雀无声。

没有人说话，很多人陷入这封信的情绪中，或多或少地想起了自己高中时喜欢的那个人，像夏天的风，桌上成堆的试卷，跑步时追逐的那个身影。

倏忽，许随手里紧握的手机发出尖锐的铃声，打破了这阵沉默。许随整个人如释重负，站起来就要往外走。

她勉强挤出一丝笑容，说道："我还有点事，先走了。"许随就是这样，她不想或者不敢面对事情时就会下意识地逃避。胡茜西之前还评价过她："世上无难事，只要肯逃避。"

许随拿起手包，匆忙拉开拉链放东西，发出的声音在一片寂静中格外地响。

她侧着身子往外走，从语绒忽然当着众人的面，声音尖锐，质问道："所以你一直在倒追周京泽？"

许随身体一僵，继而抬脚往前走，沙发是一个大的半弧形，在经过左手边的时候，被挡住了。

男人窝在沙发上，外套衣襟敞开，左手还拿着半罐啤酒，中指搭在拉环上，脸上的表情晦暗不明，有红光游在他的脸上。

沉默的，黑暗的，眼睑下有一层阴影，似乎在隐忍什么，像蛰伏

215

已久的野兽。

他的长腿交叠，恰好挡住了过道。许随手心出了一点汗，不敢看他，视线落在他裤子处，膝盖骨凸起。

"让一下。"她说。

视线里的那双腿真的侧了一下，许随走过去，小腿擦着他的膝盖而过，发出轻微的摩挲声。

走出来了，许随松了一口气。

她刚要走，下一秒，男人直接抬手攥住她的手臂，许随怎么挣都挣不开。

周京泽的手直接攀上她的脖颈，用力往下一带。

许随整个人被迫一个趔趄俯身，周京泽吻了上去，当着众人的面。

潮湿的唇瓣堵上她的唇，薄荷气息混进来。

许随脸上的温度急剧升高，感觉唇齿间都是他的气息，还混着啤酒沫儿的味道。

好在周京泽一吻辄止，松开了她，用拇指将贴在她脸颊处的头发钩到耳后。

"是我在追她。"周京泽当着众人的面宣布。

局势急转直下。

老同学们一脸惊讶，班长的嘴巴直接成了一个 O 形，从语绒的表情最难看，跟打翻了的颜料盘一样精彩。

"先走一步，她比较容易害羞。"周京泽起身，当着众人的面牵着许随离开了。

走出去，周京泽把包厢门关上，将里面各色的讨论声和惊讶、好奇一并隔绝。

周京泽紧牵着她的手，许随用力挣了一下，不料一阵猛力袭来，一个趔趄，她撞向男人坚硬的胸膛，下巴有点疼，呼吸相对，近得可以看清彼此的睫毛。

"躲哪儿去？"周京泽脸色沉沉。

许随心口缩了一下，她打着商量："没，你先放开我。"

周京泽牵着她，来到电梯门口，慢悠悠地按了一下键，语气笃定："不放。"

"据我的经验，你现在就想逃。"周京泽抬起眼皮上下打量了她一眼，"如果你不介意我当众犯浑的话……"

他一向说一不二。许随立刻不再挣扎，任他牵着，上了车。

周京泽冷着一张脸坐在驾驶座上，单手开着车，仍牵着她的手。

一路上，他烟不抽，电话响破天也不接。

下了车，男人直接一把将许随扛在肩头，手搭在她臀上，阔步朝家的方向走去。

钥匙插了几次都没有插进去，最终他抖着手费力一扭，门开了。

砰的一声，地转天旋间，许随整个人被抵在门上。

胸口剧烈地起伏着，分不清是谁的喘息声。

周京泽漆黑的眼睛紧盯着她，眼神掠过她身上每一寸地方。

许随被看得身上起了一阵躁意。

周京泽拇指摁着她的额头，偏头吻了下去。准确地说，是咬。

许随仰起头，发出"咝"的一声，他埋在她肩窝处，叼着脖颈那块白嫩的软肉嗫。

脖颈处传来痒痒麻麻的痛感，没多久便见了红。

屋里没有开灯，很暗，对面的光投过来，许随看见他的眼睛很亮，里面隐隐跳起来一簇火。

窗帘晃动，他搂着她继续亲，火愈来愈烈，情难自已。

许随的腰被撞向桌角，旧的伤口牵动神经，她吃痛皱眉，眼眶里蓄着泪，手搭在他头上，隐忍地说道："疼。"

周京泽的动作停了下来。

啪的一声，墙上开关打开，室内倾泻一地的暖黄色。

周京泽拎着一个医药箱，半蹲在许随面前。

他低着头，嘴里叼着一把棉签，拧开碘酒瓶盖，一只手卷着她穿着的绿色针织衫往上掀。

周京泽低着头，眼睫黑长，侧脸线条锋利，他用棉签蘸了碘酒，轻轻地往伤口上面涂。

"为什么大学时不跟我说，从一开始你就喜欢我？"周京泽忽然开口问。

许随垂下眼，说："因为我觉得那是我一个人的事。"

暗恋一直是她一个人的事，喜怒哀乐，风雨天晴，都藏在心里。

"那重逢之后呢？为什么这么……反复犹豫？"周京泽眼睛看着她。

每次他进一步，她就退一步。

周京泽明明是询问的语气，可话一说出来好像一直都是许随的问题，是他在控诉。

许随的眼眶立刻红了。

"我怕了，我真的怕了，"许随发出轻微的啜泣声，紧接着，像是再也忍不住，大滴眼泪吧嗒吧嗒地掉下来，红着眼，"要是还有下一个叶赛宁怎么办？"

从十六岁起，许随就喜欢上他了，花了三年时间，大学努力靠近他，再到两人在一起，分手，再纠缠。她好像逃不开周京泽这三个字。

"分手后，我试着向前走，"许随伸手胡乱抹掉泪，轻声说，"可是仅有的两段都失败了。"

周京泽半蹲着，垂眼听她说，心揪了一下。

第一段在一起只有一周的时间，对方觉得许随不主动、不热情，两人交往像同事，所以她被甩了。

第二段恋爱持续了两个月的时间，许随试着让自己发生变化，主动一点，主动联系和关心对方，所以一切都很顺利。直到那年冬天，林家峰摘下围巾给她戴，最后拥抱她的时候，说她浑身很僵硬，很抵触情侣间的亲密触碰，而且这不是第一次了。

"你心里有忘不掉的人，我还挺羡慕他，"林家峰苦笑道，"但我没办法让你忘掉他，抱歉。"

"我也没有……非说一定要和你在一起，"许随眼眶红红的，"所以我去谈恋爱。"

可每个瞬间都忘不了他。

周京泽三个字就像心经，从十六岁开始，便是她无法与别人诉说的少女心事。

两人再纠缠的时候，许随刻意表现得不在乎，不吃醋，没那么喜欢他，比之前洒脱，只有她自己知道，爱一个人，反复又怯懦。她这样，是因为太喜欢了。

因为太喜欢，所以害怕失去，即使到最后答应他在一起，许随也是在心底希望他能多喜欢自己一点。

周京泽这样的人，时而像热烈的太阳，时而像捉摸不定的风。

他爱人的本事变得越来越好，可许随还是怕，怕他的爱会消失，下一秒说不喜欢就不喜欢了。

周京泽半蹲在她面前，知道她的想法后，只觉得心疼。

他这个人浪荡惯了，从小受家庭的影响，见证了太多悲欢离合。周京泽潜意识认为，爱不会长久，它是欲望，是感官饥渴，是情绪占有，是刚出炉的面包，但不会恒久。

直到遇到许随之后，他才渐渐改变想法。原来在很多个他不知道的瞬间，他被爱了很久。

周京泽抬手将她的眼泪拭去，动作温柔，看着她，扯了扯唇角："我最怕你哭。"

"我本来挺不愿意提那事，"周京泽继续用棉签擦拭她的伤口，顿了顿，"但是我现在得好好跟你解释。"

认识叶赛宁的时候，周京泽母亲刚在家烧炭自杀，她的头七一过，周正岩就把祝玲母子领进了家门。

那个时候正是周京泽最叛逆的时期，也是人生迷茫绝望的一个阶段。

周京泽那段时间几乎不上学，整天逃课打架，不是往网吧里钻，就是和人在台球室吞云吐雾。他还一身反骨地打了唇钉，文身。从一个向上的三好学生变成了堕落的垃圾生，像是在反抗什么。

周京泽也是那个时候在一场群殴中认识了彭子。他是个街头混混，从小靠替老大收租和打拳为生。

彭子那个时候对周京泽很好，替他出头，有什么好玩的也第一时间带上他，还因为他而受过伤。

十五六岁正是热忱又盲目的时期。周京泽以为自己交到了过命的兄弟。也因为彭子，他整天泡在酒吧里，烂死在风尘场所中，迷离又虚幻的灯光能让人短暂地忘记一切痛苦。

周京泽翘掉了一场考试，原因是彭子说晚上有个好东西要给他看。

周三，零度酒吧，周京泽把校服外套塞进书包里，直接去找彭子。

推门进去的时候，彭子扔了一根烟给他。周京泽接过来，抬眼发现里面坐了一票他不认识的人，都是三四十岁的成年人。彭子对上他眼底的疑惑，解释道："都是一起玩的朋友。"

没多久，周京泽发现了彭子设局的目的。

包厢这一帮人在交易，吸"神仙散"。红紫灯光交错而下，他们一个个仰头靠在沙发上，眼睛翻白，嘴唇微张，全都是飘飘欲仙的表情，好像得到了解脱。

彭子凑过来，扔了一包给他，问："要不要尝尝？这就是'神仙散'，吃了什么都忘了。"

白天他在家的时候，祝玲收拾东西把他妈妈生前拉的大提琴扔到了杂货间。周京泽跟祝玲起了争执，周正岩从书房里出来甩了他一巴掌："死人的东西还留着干什么！"然后周京泽翘掉考试躲到了彭子这里。

说实话，周京泽心底是动摇的，那个时候他内心深处腐烂、绝望，其实很想去见他妈妈，一了百了。

彭子把东西给他的时候，周京泽也没拒绝，握在手心里，觉得发烫。

灯光很暗，他坐在沙发的角落里，额头出了汗。

周围是淫靡而放浪的叫声，周京泽看他们的表情，好像真的到了极乐世界。

周京泽把它放到桌上，用指尖抠出来一点，正想试的时候，酒吧里的服务员推门，进来送酒。那人是叶赛宁。

等她到周京泽面前的时候，不知道是有意还是无意，手一偏，酒酒了，粉末溶化在酒里，也废了。

酒杯哐当一声，砸在地上，摔得四分五裂，也突然惊醒了周京泽。

周京泽如梦初醒，同时也出了一身冷汗。

叶赛宁拿出餐巾伸手去擦桌上的酒，不料被彭子一脚直接踹到墙上。彭子走过去，就要动手扇她两巴掌，周京泽起身拦住他，从皮夹里掏出一沓红钞票："这钱我付，算了。"

"臭婊子。"彭子凶狠地瞪了她一眼，这才松开她。

走出酒吧后，一阵冷风吹来，周京泽想他到底在干什么。差一点，他就回不了头了。

劫后余生。

周京泽在这一刻真正明白，彭子那样的，一开始就没把他当朋友，只不过认识一个富二代，就多了一个控制他并可以赚钱的机会。

当天晚上，周京泽等到叶赛宁下班，他上前去道歉："对不起。"

"还有刚才，谢谢。"周京泽说。

叶赛宁从烟盒里抖出一根薄荷女士烟，吐了一口，皱眉："要是知道会被踹，我就不多管闲事了。"

"医药费。"叶赛宁冲他伸手。

周京泽愣了一秒，拿了一沓钱给她。

叶赛宁临走的时候跟他说了一句话："我看你也就比我小一两岁，世界上比你苦的人多了去了，作践自己给谁看？给不在乎你的人看？那是情绪浪费，不值。"

两人就此告别，周京泽经过这一晚的事幡然醒悟，他主动去找了外公认错。

外公勃然大怒，用藤条把他揍个半死，关了半个月的禁闭。

外公叹了一口气，说道："人生是你自己的啊。"

很长一段时间，周京泽连酒吧都没再去。

他在开始他的新生。无非是将一切打碎，重新开始，再苦再累，也要走上正途。

一个月后，周京泽去那家酒吧找叶赛宁，却得知在那晚之后，她就被投诉辞退了，连最后一个月的工资都没拿到。酒吧里的同事私下还跟他说，叶赛宁被彭子的人打了一顿。

周京泽费了一番劲找到叶赛宁，彼时的她正在烧烤摊端盘子，脸上的伤口还没结痂。

"抱歉，因为我——"周京泽觉得这话有点矫情，换了个话题问，"你有没有想实现的愿望？只要我能做到。"

叶赛宁正忙得不可开交，她随口说了句："这么想补偿我，那送我出国读书呗，反正这操蛋地方我也待够了。"

哪知，身后传来一道磁性的声音，竟一口答应："成，英国怎么样？"

"我之前对她的好感是那种……迷茫时产生的一种依赖，还有欣赏，她大我一岁，"周京泽语气缓慢，"接触之后发现我们两个性格挺像。"

因为他对叶赛宁充满了感激，以及欠了她人情，所以有求必应。

"到现在我还是感谢她，参加工作以后，出于工作的原因见过那种人，我当时很远地看了他们一眼，怎么说呢？没有什么最后一次，吸了第一次，这辈子就完了。"周京泽说道。

周京泽将许随的衣衫放下来，眼皮翕动，自嘲地扯了扯唇角："我其实……一直很担心你知道这件事，发现我并没有那么好，就不喜欢我了。"

他也没有表面这么好，也曾阴暗、折堕、腐烂过。他害怕知道真相的许随会失望，会厌恶他。

许随哭得更厉害了，比起这件事之后造成的误会，她更希望那个时候周京泽不要经历那么多原生家庭的伤痛，误入迷途，而伤害自己，也遗憾那个时候陪在他身边的不是她。

"那……分手后你喜欢过谁吗？"许随的眼泪还挂在睫毛上，抽噎着问他，因为哭得太厉害，还打了一个嗝。

周京泽愣了一下，随即笑了，他仰头看着她，点了一下她的鼻子，语气慎重又认真："还没明白吗？这么多年我没再谈过。只会是你。"

"当初扔下你，是我没有分清主次，对不起，"周京泽仰头看着她，语气缓缓的，"让我们一一伤心了。以后你在我心里永远是第一位。"

许随低下头，她不知道自己为什么一在周京泽面前就很容易哭，她伸手胡乱地抹掉泪，不再说一句话。

周京泽一见他姑娘哭就束手无策，只好抽出纸巾，动作轻柔地给她擦拭眼泪，将她额前凌乱的头发别到耳后。

他似想起什么，盯着她腰腹的一截问道，声音有些沙："疼不疼？"

许随愣了一秒，注意到他的眼神不对劲，才反应过来。

他问的不是腰伤疼不疼，而是文身的时候疼不疼。

"疼。"许随点点头，轻声呢喃，"后来我想开了，要是我同别人结婚了就把文身洗掉。"

周京泽给她擦着眼泪的手一顿，手指挑起她的下巴，眯了眯眼："你还想跟谁结婚？"

"我——"许随想辩解，她当然想过的，那会儿分手受到的打击太大，谁不想往前看？

周京泽忽然打断她，轻声说："我只想过跟你结婚。"

年轻时不懂爱人，也不会爱人，直到遇见许随，他第一次有了同人共度余生的想法。

说完这话后，周围一片寂静。

周京泽说完这话可能觉得有点娘就岔开了话题，许随发现他的表情依然泰然自若，耳根却悄悄地红了。

冷风从窗户的缝隙涌进来，许随的脚趾缩了一下，冻得发白。

刚才一进门周京泽就搂住她亲，又把她整个人撞向桌子，鞋早在搂抱时丢在了玄关处。

周京泽也注意到了这事，手掌握住白嫩的双足，温暖渡过来，开口："我去给你拿鞋。"

许随拦住他，看着他发红的耳根释然一笑，张开双臂，脸颊有点红："要抱。"

周京泽愣怔了一秒，唇角的弧度缓缓上扬，应道："好。"

男人俯下身，强有力的手臂穿过她的胳膊肘，一只手揽住纤腰直接将人竖抱了起来。

白藕似的胳膊攀上他的脖颈，男人宽大的手掌拖住她的臀往上颠了颠，抱着她在客厅里走来走去。

穿好鞋以后，许随还挂在他身上，不肯下来。

"怎么忽然这么黏人？"周京泽笑。

"这一回好像真的美梦成真。"许随抬头看着他，手指抚上他的眉骨，忽然说道。

周京泽看着她，心疼，又有一种说不上来的情绪。

少女的暗恋，是一种很深很复杂的情感。

他也想象不出，一个人是如何十年如一日用同一道目光追逐着一个背影。

说完之后，许随的肚子却不合时宜地叫了起来。

周京泽放下许随，打开她家的冰箱门，只剩几个鸡蛋和一包饺子，其他什么食材也没有。深夜，周京泽下了一份饺子。餐桌上的灯光呈暖色调，穿过桌布的细格子投下一道阴影在地上。

他们面对面地坐在一起吃饺子，室内寂静，只有汤匙碰撞瓷碗发出的声音。

两人的视线偶尔在半空中相撞，又分开，久处仍怦然。

吃完饺子后，周京泽低头拿着手机不知道在刷什么。

许随疑惑，问道："你在干吗？"

"下单一次性牙刷，毛巾，"周京泽抬了抬眉尾，在说到某个词的时候特意停顿了一下，"内裤。"

许随的脸轰的一下就红了，周京泽这赤裸裸的暗示任谁一听都明白。他不仅要待在这儿，还要与她颠鸾倒凤。

"不行，你今晚不能留在这里，"许随看了一眼墙上的挂钟，说道，"到点了，你该走了。"

周京泽抬起眼皮，语气缓缓："为什么？"刚才还黏他黏得不行。

许随拿着茶几上的钥匙、烟和打火机之类的塞到他口袋里，推着他往外走："我就是偶尔热情，最终要的是保持新鲜感。"

话刚说完，砰的一声，门关上，周京泽被轰了出来，门差点夹到他鼻子。

周京泽站在那里看着紧闭的门，舌尖顶了一下左脸颊，低声哼笑："小女生。"

他靠在门口抽了两支烟，吞云吐雾后，用鞋尖蹍灭火星才离开。

许随赶走周京泽后，洗了个澡，她在洗澡的时候，心情释然很多。

她出来后，偏着头，拿着一条白毛巾擦着头发上的水，没多久，铃声响起，许随跑去开门。

外卖员拿了一个纸袋给她，并给了一个商品单，说道："备注周先生是吧？东西确认一下。"

"哦，好。"许随接过来。

关上门以后，许随坐在沙发上，拆开袋子一看：一次性牙刷、毛巾，还有两条一次性内裤，连……避孕套他都买好了。

水珠顺着她的湿发淌到脖颈里，明明十分冰凉，她身上却起了一股躁意。

许随急忙拍了张照片发过去，说道："把你东西拿走。"

没多久，手机屏幕亮起，周京泽意味深长地回了句："留着下次用。"

许随握着手机，感觉掌心发烫，她在对话框里打了字又删除。算了，论讲荤话和行动能力，她哪样都比不过周京泽，还是少招惹他为妙。

许随开始慢慢接纳周京泽，没多久，两人算正式在一起了。只是许随太忙了，又很少让周京泽留宿，因此他一周基本都见不上她几次面。

周六上午九点，周京泽掐准了许随起床的时间，拎着一份早餐慢悠悠地来到她家。

周京泽来到许随家门外，屈起手指敲了敲门，发出咚咚的声音。许随打开门，接过他手里的早餐，坐在餐桌前开始进食。

周京泽拉开椅子坐在她对面，看她匆匆吃饭，皱起眉，刚想出声提醒她别吃得太急，视线不经意地一扫，客厅里放着一个行李箱。

"去哪里？"周京泽神色一凛，冷不防地出声。

许随吹着勺子里的粥，没抬头，心血来潮想逗周京泽，笑着说："得离开一阵。"

随之而来的是长长的沉默，他没出声。

许随才意识到这个玩笑开大了，抬头刚想解释，一对上周京泽的眼睛，她就后悔了。

"这次我拨过去又是空号吗？"他问。

周京泽想起两人分手那会儿，一周而已，许随整个人就退出了他的生活，消失得无影无踪，只留下一个用过的发圈、冰箱里她没喝完的牛奶、还没来得及浇水的多肉。

他还忘不了那会儿电话打过去，听到是空号的感觉。像有人在你生命里匆匆留下一笔，虽不是浓重墨彩，却教人难以忘记，结果一切转瞬皆空。

所以他才会在两人重逢时，故意用车撞上去，来换取一个号码。

"对不起，我刚才开玩笑的，只是去沪市出差三天。"

周京泽松了一口气，再开口："你吃完，我一会儿送你过去。"

这时桌上的手机铃声响了，许随看了一眼来电，急忙站起身就要拿外套："我同事来了，一会儿我就把航班号发给你，下了飞机也立刻告诉你。"

周京泽站起来，看着她："一起。"

男人拿到她的航班号后才放人。最后他一只手拿着行李，另一只手牵住许随的手，把人送上了车。

今天气温再次突破新低，上了车后，车窗把冰冻枯枝隔绝在外。

车里暖气烘烤着人的皮肤，旁边一个男同事递给她一杯咖啡。

许随接过来笑着说了句："谢谢。"

男同事接着吐槽："我真是服了，这么冷的天，沪市那边好像更冷，周末开个锤子的研讨会。"

韩梅附和道："就是，我还准备周末在家给孩子辅导完作业，煲韩剧呢。"

"唉，我只想好好睡一觉。"许随靠在车窗边上说，眼底一片倦色。

三个人包车来到机场，托运了行李后，顺利登机。

一上飞机，许随就向空姐要了一床毯子，戴上眼罩，坐在座位上补觉。

谁知道飞机快要飞到沪市的时候，忽然遇到暴雨。

空姐在广播里温柔地安慰乘客，说飞机遇到强对流降雨天气，将备降在沪市附近的城市——宁城。预计乘客会在宁城机场逗留六小时，再飞沪市。

机舱内骚动不安，抱怨声连连，谁也没想到会忽然遇到暴雨，因而耽误了行程。

飞机在轻微的摇晃中缓速降落在宁城机场。

他们三个人逗留在机场休息室，韩梅则火速发了条朋友圈动态抱怨这该死的天气。

许随遥遥地看向远处的窗户。

哗哗的暴雨卷着远山疯狂摇曳的树影，一片茫茫雾气。

"宁城离沪市也不远，我看现在天也晚了，不如在这儿待一晚，明天直接坐车过去，坐飞机中转更费劲。"男同事说道。

韩梅叹了一口气："唉，只能这样了，谁让我们三个是倒霉蛋呢。"

"我跟负责接机的工作人员说一下。"许随说。

他们在机场逗留了一个小时后，开始烦躁不安。

许随握着手机，收到了周京泽的消息。他问她到了没。

许随回了三个字：算到了。之后她没再回复，情绪有点烦躁。

因为打不到车，平台上显示打车至少要排队一百单，周围的酒店也是订满的状态。

同事拿着手机好不容易订到两间房，却离机场十万八千里。

"住不住？"男同事问。

许随果敢地给出一个字："住。"再不住就要露宿街头了。

许随他们走出航站楼，和一个乘客拼车，又加了三倍的钱，对方才勉强同意他们上车。

宁城的暴雨下得很大，一路上堵车，出租车走走停停，雨从车窗缝隙里打进来，扑到脸上，刺骨地冷。

好不容易到达目的地，这是一家小旅馆，一进去，闻到了一股潮味。

同事递过身份证登记拿到房卡。男同事一间房，许随和韩梅一间房。进了房间，放好行李后，韩梅冷得去洗了个澡。

许随则在床上休息，然而闭眼不到五分钟，由于房间隔音太差，传来一阵刺耳的男女交欢的声音。她完全睡不着了。

许随有点头疼，她只是想好好休息一下。

枕边的手机发出振动声，许随在暗紫的夜色中捞过手机，连来电人都没看一眼就点了接听，声音有点低："喂。"

"怎么不回消息？"电话那头传来一道压低的凛冽的嗓音。

许随抚上眉，说道："在路上太赶，忘了。"

电话里气流发出不平稳的声音，紧接着传来咔嚓打火机点燃的声音，男人忽然开口问道："你想不想我？"

他突然来这么一句，许随翻了个身，声音沉闷："有点儿。"

尤其是她前一晚加了班，第二天马不停蹄地出差，还遇上了糟糕的天气，一路舟车劳顿，好不容易能休息一下，结果住的环境还这么恶劣。

其实换以前来说，许随觉得这没什么，可周京泽电话一来，她就下意识地撒娇，开始想他。

"那你出来。"啪的一声，火焰熄灭，男人吸了一口烟，声音低沉，含着颗粒感。

一个不确定的猜想在心底渐渐形成，许随握着手机，连外套都没穿，急匆匆地跑下楼。小旅馆的楼梯是木质的，踩在上面发出嘎吱作响的声音，彰显着她此刻的急切。

两人的通话仍没有挂断，周京泽那边的风声呼呼作响，他将嘴里的烟拿下来，轻笑一声，声音有点低："跑什么？我在这儿呢。"

推开那扇门，许随喘着气，一眼就看到了站在不远处的男人。他穿着一件黑色的外套，肩头被雨水染成一片深色，人站在一块红色的广告牌下，侧脸轮廓线条硬朗，懒散地咬着一根烟，看着她笑。

常常不想你，但一见到你，每一个对视的瞬间都心动。

此刻明明应该在另一座城市的人忽然出现在你面前，说不惊喜是假的。

许随一路小跑到男人面前，拽住他的袖子，问："你什么时候来的？"

周京泽把烟摁灭，抬手捏了一把她的脸，喉音响起，戏谑道："在某个小姑娘不开心的时候。"

他刷到韩梅发的抱怨飞机迫降的朋友圈动态，才知道他们还滞留在机场。周京泽给许随发信息确认，她回得很简短。

周京泽猜想，他的姑娘不开心了，所以赶来了。

韩梅把地址发给他后，周京泽买了最近一趟去宁城的高铁票。

周京泽见到人后，牵着许随，带她重新开了另一家酒店的房间。之后，许随在沪市出差三天，周京泽就放下一切陪了她三天。

回到京北城之后，许随终于可以歇口气，调休了一天，在家睡到日上三竿。她依然没让周京泽留宿，因为在沪市的那三天，许随没脸回想。

落地窗前，镜子前，书桌上，他能想到的地方都来了一遍，许随被折腾得半死，她决定回去以后，绝对不让这人进家门。

上午十点半，许随从床上醒来，简单地洗漱了一下，她打算点份外卖，然后在家整理研讨会报告，搜集一些病历资料。

许随正准备拿起一旁的手机时，周京泽发来了信息，话语简短，多一个字的废话都懒得说："门，你的饲养员到了。"

许随放下手机，连拖鞋都来不及穿，赤脚走过去开门。周京泽出现在门口，中指指节钩着一份早餐，左手拿着一杯热咖啡。

"我差点要点外卖了。"许随接过来，脸颊的梨涡浮现。

周京泽垂眼扫了一下她光着的脚，换好鞋后，直接一把将人横抱起来，阔步走向沙发，将人放下。

"下次再不穿鞋就打断你的腿，"周京泽半蹲在她面前给她穿鞋，手掌攥住她的脚，撩起眼皮看着她，"正好，温存的时候跑不了。"

"你想都别想。"许随瞪他一眼，脸颊却是烫的。

许随吃完早餐后，窝进书房里工作。周京泽把餐桌上的东西扔到垃圾桶里，从冰箱里拿了一罐碳酸饮料，正准备扯开拉环时，许随的声音隐隐从书房里传出来："周京泽，你进来帮我拿一下书。"

周京泽右手端着一罐可乐，慢悠悠地来到书房门口，抬眼瞥见许随正费劲地踮起脚去够书架最上面一层的书。

因为手臂向上抬，身上穿的米色紧身毛衣往上移，露出一截纤腰，白到发光，再往上，肋骨突显，大面积的文身露出来。

Heliotrope&ZJZ。

这一串英文无论看多少次，周京泽的心都会颤一下。

"你还不过来？"许随扭头看他，拧起两道细眉。

周京泽走过去，人靠了过来，单手环住她的腰，掌根贴着她的肋骨，一阵冰凉，粗粝的拇指摩挲着文身，一快一慢，温热的气息拂到她脖颈。

许随不自觉地弓着腰，心口一缩，就要往后躲。周京泽见状手搭在她腰上，顺势将人抱起来，漆黑的眉眼压着一抹轻佻，嗓音低沉："但凡你叫声老公，这书已经拿下来了。"

周京泽一抬手，轻而易举地够到许随说的那本医学书，他在转身的时候，一个不注意，手肘撞向旁边的一本书。

啪的一声，厚厚的一本诗集应声摔在不远处的地上。下午一点，阳光正好，风涌了进来，书页被吹得哗哗作响。

一张语文试卷掉了出来，连带着一张寸照，晃晃悠悠地落在地上。

这次许随远没有大学那回在医务室好运，蓝底寸照正面朝上，将她的青春心事再一次暴露无遗。

许随眼神一紧，正要上前。男人腿更长，步子一跨，上前一步将试卷和照片捡起来，冬日的阳光从百叶窗照进来，落在照片上。

照片上的男生头发极短，单眼皮，眉骨高挺，挺鼻薄唇，看向镜头时，偏长的眼睛透着一点儿不耐烦，气质冷峻又夹着不羁。

上面的人正是周京泽。

周京泽眯眼看了一下照片，却怎么也想不起来他是什么时候拍的，问："这哪儿来的？"

"高中，百名榜。"许随轻声应道。

许随看着照片上意气风发的少年，怎么也想不到，这张照片她保存了有十年。

在天中读书的时候，许随从偷偷喜欢他后，便开始追逐那个身影。高二上半学期，班上座位有小小的调动。

周京泽搬着桌子直接把座位移到了她这一组，许随听到后面桌子移动的声响，瞥见挂在桌角上的黑色书包时，心跳得很快。她终于不用经常盼着双周换小组，想着这样就能离他近一点了。

许随是小组组长，负责收作业，每天上完早读的任务就是清点谁的作业没交，然后催交。

有好几次，许随数着作业本，希望没交的名单上有周京泽，这样她就有借口去催交作业，从而离他更近一点。哪怕只是说上一句话。

可是好学生如周京泽，基本没有缺交作业的时候。就是有那么一种人，就算前一天晚上翘掉晚自习去打游戏，或者出去打球，作业也能准时交上，常坐年级第一的宝座。

唯一一次，大少爷也有犯懒的时候。

早上，班上后排的男生一片哀号，从他们嘈杂的对话声中，许随才知道他们一帮人昨晚去酒吧熬夜看了世界杯比赛，还赌了球。输了的人一脸痛哭，说要去投学校的人工湖。

"周爷，老张说要去跳湖了，作为赢得他内裤都没的穿的人，不安慰两句？"

周京泽倚在靠背上，模样慵懒，有一搭没一搭地转着手里的笔，语调懒洋洋的："跳吧，我负责捞你。"

老张哭得更大声，控诉道："你这个万恶的资本家。"

周京泽嚣张地抬了一下眉尾，以示回应，最后懒散地趴在桌上补觉。

许随抱着一沓作业穿过打闹的走道，走向最后一排时，心跳如擂鼓，她紧抱着作业，手肘压得纸面有些变形，嗓音有点抖："你没交生物作业。"

声音很小，但他还是听见了，眼皮动了一下，费劲地从臂弯里抬起头，声音有点沙："啧，忘做了。你的借我看看。"

许随愣了一秒，才反应过来他是在向她借作业，眼睫抬起："啊，好。"

许随手忙脚乱地从十二本练习册里翻出自己的那本，慌乱中有一本掉在了地上。他起身，一只骨骼清晰分明的手伸过来，身影落在她这一侧，将练习册抽走，影子又移开。

许随不敢看他，视线落在男生低头写字时修长的脖颈上，发现他后背的棘突明显，肩膀清瘦且宽阔。

周京泽写得很快，最后，手指捏着她的练习册一角准备归还时，似笑非笑地看着她，压低的气音从喉咙里滚出来："没想到你一女生，字还挺潦草的，看得我挺费劲。"

轰的一声，许随脸上的温度急剧升高，她急忙抽回自己的练习册，在一长串急促的铃声中，把作业交给课代表。

她确实爱写连笔字，就连老师也说过，这样的字迹是会扣卷面分的，许随一直没放在心上。重新回到座位的时候，她暗暗地想，这次一定好好练字，努力争取获得他认同。哪怕只是轻飘飘的一句"字好像有变化"，这样也算认同吧。

可到后来许随把字练好，就连老师都开始夸奖她的时候，周京泽却再也没有缺交过作业。

直到有一次，语文老师让大家交换批改随堂测试卷，不知道是不是老天垂怜她，她的试卷竟然分到了周京泽手上。

下课，后桌把试卷传回给许随，她看到上面的字迹后，如同处在梦中，不敢相信。周京泽在上面留了一句话，字迹冷峻：字好看了。

分数下边还有一个批卷人的签名：周。旁边有一个字迹洇开的红色圆点。许随感觉自己像那个小圆点，卑小但渴望太阳。

像是上帝奖励她的一颗糖。许随小心翼翼地把这颗糖珍藏起来。

试卷最后被她折好夹在日记本里。

人都是这样的，会不自觉地贪心，一旦尝到甜头就想要更多。

天中的考场都是按照排名来分的，百名榜会第一时间更新在学校的公告栏上。

许随转学来没多久，课程也不太能跟上，成绩一直不太稳，但为了离周京泽近一点，她埋头更加努力学习，晚自习永远是最后一个离开，早上天还没亮就爬起来背书了。她从来不是一个多有天赋的人。许随知道，只有通过努力，她才能走得更远一点。

下午进行例行的跑操，傍晚的太阳披在他们身上，烘烤得人喉咙发干，额头出了一层汗。许随一边跑步一边费劲地背单词，背到"one-sided love"时，停顿了一下，然后自嘲地笑笑，不知道天道酬勤有没有用。

事情证明天道酬勤有时候是真的，期末考的时候，许随进步了很多，一下子跃至了全年级第二名。学校放榜的时候，同学跟她说这个消息，许随有点蒙。

班上后排的男生去骚扰还在睡梦中的周京泽，摇着他的肩膀说："哥们儿，这回你又是第一名。"

"不然呢？"周京泽仍没有抬头，声音有点哑。

同伴冲他竖了个大拇指，说道："但是你身后的同学被人挤下去了，这次第二名换人了。"

"哦，谁？"男生的语气漫不经心，也敷衍。

许随握着笔的手一顿，算着题，眼前的公式却怎么也套不进去了。

"许随啊，班上那个特安静的女生。"同伴说道。

许随背对着他们，心一紧，屏息听着，她想知道周京泽的评价，想知道他记不记得她。

男生的脸从胳膊弯里抬起来，屈起手指搓了一下倦怠的脸，好像笑了一下，声音沙沙的："挺好。"

这两个字在许随耳朵里炸开了烟花，她心情有点雀跃，以至于一整天上课都有些分神。晚自习上完后，班上的人陆续离开。

许随走出班级，走在校园里的时候，周围空荡荡的，只有高三的学长学姐扶着单车并肩走在一起，讨论试题答案。

许随站在公告栏前，静静地看着第一名的名字——周京泽，紧挨着第二名——许随。不知道为什么，她心底产生了一种扭曲的亲密感。

月光很亮，她抬眼看着公告栏照片上的少年，许随环顾了一下四周，没有人，鬼使神差的，她匆忙撕下照片，仓皇逃走。

于是，试卷连带照片，一起被她保存到了现在。

周京泽忽然想起大二篮球比赛，许随昏倒那次，他送她去医务室，照片掉了出来，周京泽捡起来也没看，看到她着急的模样就想逗弄一下她。

"很重要的人吗？"周京泽似笑非笑地看着她。

许随点了点头，长睫毛发颤："对，很重要。"

现在看来，那个很重要的人原来是他。

许随当时撕照片还有一个很重要的原因：他照片下面标着周京泽的名字，她的名字紧挨在旁边。

如今全被周京泽知道了，她好像太喜欢他了，无处藏。

这么多年，好像能让她心动的只有他。

"湖心草深长，我心无处藏。"①

周京泽抬手捏了一下她的鼻子，看着她："傻瓜。"

时隔多年，周京泽拿着那张照片和试卷站在许随面前，他从她手里抽出笔，在周京泽和许随之间认真地加了两个字。

他把照片给许随看，她抬眼看过去，心跳不受控制快了起来。周京泽挑起她的下巴，看着她，一字一顿郑重地说道："懂吗？你不是单恋。"

早已褪色的蓝底照片下面并排的两个名字有些模糊，周京泽在上面加了"是"和"的"两个字，连起来读：周京泽是许随的。

我是你的，一直都是。

---

① 出自中国台湾歌手张雨生经典歌曲《湖心草深长》。

当归

D A N G   G U I

Part 4

第 一 章

这个世界仍是好的

我们只是遇到了万分之一的不幸，
但这个世界仍是好的。

周一，工作日，天气越来越好。

阳光一照进来，人的心情就会变好。她和周京泽的关系快要尘埃落定了，一切看起来都在往好的方向发展。

许随正在办公室整理资料时，护士敲了敲她的门，笑着说："许医生，咱们外科室的张主任找您。"

许随的手指刚好停在页面上，动作一顿，点点头："好。"

护士走过，许随放下手里的工作，双手插兜来到主任办公室门口，腾出手敲门。

里面传来一道温润的男声："进来。"

许随推开门走进去，手停在门把上，笑着说："老师，听说您找我。"

"来，坐。"张主任抬手指了指眼前的座位。

许随点了点头，走过去拉开椅子坐下。

张主任放下手里的保温杯，从旁边拿出一份病历本。

"你是不是还不知道你即将接手的病人？院长亲自接待的，他跟病患家属推荐了你，毕竟胆囊恶性肿瘤摘除手术是你的专长。"张主任一脸笑意地跟她说。

许随接过病历本，一目十行，看到病人之前的病历诊断说是胆囊恶性肿瘤，发现得不算太晚，存在的风险是病人年纪较大，有三高，还是个残疾人。

许随眼皮动了一下，一种不好的预感在心底慢慢成形。

一双杏眸扫向病历本的最上方，病人栏那里赫然写着：宋方章。

瞳孔骤然紧缩，指尖攥住病历的一角，指甲盖发白，她脸上的表情怔住。

她忽然一阵耳鸣，耳朵嗡嗡的，主任在旁边说的话，她一个字都听不清，整个人陷入一种悲恸的情绪中。

好半天，许随才从那种情绪中走出来，她的眼神茫然，半晌才定焦，打断正在说话的张主任，声音冷静："抱歉，老师，这个手术我接不了。"

张主任想说的话噎在喉咙里，没有反应过来，下意识地皱眉，从医数十年，他什么大风大浪没见过啊，医生拒绝病人的情况非常少见。更何况对方是许随，她年轻又有魄力，且需要累积更多的手术经验。

"胡闹，哪有医生拒绝病人的！"张主任脸上的表情不太好看。

许随的唇色有点发白，她喉咙一阵紧，费劲地组织语言："我有自己的私人原因。"

张主任一听这话就更生气了，他很少说重话，语气里夹着厚望和期待："你选择了这个职业就不能耍性子，医生的职责就是救死扶伤，要有悲悯之心，再说了，你的职称以后还要不要评了？一台手术就是一次经验，老师是希望你能一直进步……"

许随倏地拉开椅子站起来，椅脚摩擦着地面发出尖锐刺耳的声音，她冲张主任鞠了一躬，唇角勉强出现一丝笑容："我还是拒绝。"

说完之后，许随头也不回地离开了办公室。

中午在食堂吃饭的时候，许随看着餐盘里色泽鲜亮的菜一点食欲都没有。

一想到下午还要上班，许随硬塞了几口饭进去，结果脑子里一晃而过上午病历本上的那个名字后，胃里一阵恶心，许随放下刀叉，捂着嘴急匆匆地向厕所的方向跑去。

许随在厕所对着马桶干呕了几分钟，吐得脑袋的血液直往下冲，眼睛发酸，泪腺受到刺激直掉眼泪。是真的很恶心。

吐完之后，许随走到洗手池前，拧开水龙头，哗哗的自来水往下冲。

她伸手接了一捧凉水直往脸上扑，脸颊倏地一下被冻住，麻木到失去知觉。

许随的眼睫被水粘几乎得睁不开，她侧头趴在洗手池上，盯着天花板上的白炽灯发怔。

叮的一声，口袋里的手机发出声响，许随拿出来一看，是周京泽发来的信息："你下班后我去接你，有没有想吃的东西，嗯？"

周京泽发这条信息的时候正坐在他大学时期的管制员顾老师的办公室里。

老顾见他直瞅着手机，唇角还不自觉地上翘，问道："你小子，在跟女朋友发信息啊？"

周京泽熄灭手机屏幕，不自觉地笑："是，您见过的，她叫许随。"

"哦，我见过？"老顾认真回想了一下。

周京泽轻笑一声，也回忆起什么，说道："就是大学我和高阳飞行技术比赛那回，您和张教官打赌，您不是押了我赢吗？最后您把那200块作为比赛奖金给了我。我拿给她买糖了。"

老顾恍然大悟，拿手指了指他："你小子——"

周京泽坐在那里笑，同老顾继续聊天。

最后他拿起茶几上的烟和打火机要走，老顾喊住了他："我说的那件事你考虑一下，天空还是属于你的。"

周京泽手指不自觉地捏紧烟盒，冲他笑了笑："谢谢您，我会好好考虑。"

许随在办公室午休的时候做了一个碎片式的梦。

梦里她还在黎映读初中，周末被妈妈关在家里，不准出门，也不让看电视，只能坐在小窗户旁写作业。

宋知书带着一帮女生来到她家楼下，朝她房间的窗户扔石头，一边扔一边大肆嘲笑："杀人犯的女儿！怎么不跟你爸一起下地狱？！"

许随躲在桌子下面，抱着膝盖，试图把自己调整成一个有安全感的姿势，她自言自语道："我爸不是。

"我爸是好人。"

……

最后许随从噩梦中惊醒，出了一身的冷汗。

下午看诊前，许随重新整理了一下情绪，把心思投到了工作当中。

墙上的挂钟指针差不多指到六点的时候，许随看了一眼电脑屏幕上的预约号，已经没了。

许随把笔扔在一边，抬手按了一下眉骨，端起一旁的杯子站起来活动筋骨。

门外响起一阵有节奏的敲门声，许随正抬手揉着僵硬的脖子，声音温柔："进。"

门把顺向转动，发出咔嗒的声音，有人走了进来。

许随刚好放下杯子，她以为是同事或是领导，下意识地抬眼，在看清来人时，笑意僵在嘴角。

宋知书穿着一件白色的绒毛外套，高筒靴配牛仔裤，手肘挎着一个通勤包，精致的妆容难掩憔悴。

"好久不见，许随。"宋知书主动示好。

许随的手指捏着汤匙的柄，垂下眼，声音冷淡："我已经下班了，看病的话出门右转。"她甚至都懒得周旋。

许随脱下白大褂，挂在衣架上，换上外套，拿起围巾，把眼镜塞进包里，临走前，她特意开了一下窗户通风。

一阵冷空气涌进来，宋知书站在那里缩了一下肩膀。

许随双手揣进衣兜里，全程没有看宋知书一眼，将她视若空气，擦着她的肩膀而过。

"我今天来……是跟你道歉的，"宋知书吸了一下鼻子，眼睑下是掩不住的疲惫，"我们家对你们造成的伤害，真的非常对不起。"

许随脚步顿住，回头看着她，声音冷静："我不接受你的道歉。"

说完，许随往外走，她刚走出门不到十步，宋知书从背后追了上来。

宋知书一把拽住她的手，声音很大："我今天接到消息，说你拒绝了我爸的手术，你们医生上手术台的时候会把私人情绪带上去吗？如果你是因为我之前对你造成的伤害，我给你道歉了，实在不行……我给你下跪，"宋知书拽着她的手，眼泪掉出来，"我爸他……是活生生的一条命啊。"

许随闻言抽回自己的手，沉静的眼眸看着她，一针见血道："那么我爸呢……我爸的命就不是命了吗？"

许随抽回自己的手，同时，宋知书失去支撑，跌在地上，她急忙拽住许随的衣袖不让她走。

宋知书的力气很大，许随怎么也挣不脱，一拉一扯间，围观的病人越来越多，不知情的人还以为许随在为难病人。

宋知书拽着许随的手不让人走，许随生气又难为情。

忽然，一道压迫性的阴影落了下来，一只强有力的手分开两人的手，周京泽牵着许随把人拎到身后，居高临下地看着坐在地上的女人，缓缓开口："不要仗着自己是病患或者病患家属的弱势地位，就为所欲为。"

周京泽另一只手握着手机，看向许随："你们医院的安保措施呢？要不要报警？"

"算了，我们走吧。"许随摇摇头，拉着周京泽离开了。

车内，许随坐在副驾驶位上，心情很低落，一直没有说话。

"你想说吗？"周京泽抬手碰了碰她的脸颊，开口，"不想说就先吃点东西。先吃菠萝包还是糖霜山楂？"

喜欢的人一对你温柔，你心里的那份委屈就会放大。

许随抬眼看向周京泽，声音很轻："我不知道我有没有做错，刚才在医院那个人，她爸要做一台手术，我给拒绝了。"

"她爸当年的命是我爸救的，可他们非但没有感激，还说是我爸失职，说我是杀人犯的女儿。"许随唇角漾起一丝苦笑。

许父在出任务时，因为一场意外，死在火场里。

当时黎映城北化工厂忽然起了火灾，消防队赶去救援，当他们抵达的时候，火舌舔着墙脚，大火熊熊。

尖叫声和撕心裂肺的声音混在一起。许父冲进火场里，来来回回，救了四五个人。

许父最后一趟赶去救的人是宋方章，那时他已经体力不支，仍强撑着身体，背着宋方章出来。在走到前门的时候，许父一个趔趄倒在地上，背上的宋方章也被摔到了地上。

谁知道，房屋横梁忽然坍塌，正中宋方章大腿。宋方章发出撕心裂肺的惨叫声，许父挪过去，徒手把人拽了出来，再次扶着他往外走。

这次许父处处留心，在快要出去的时候，火势加速蔓延，他意识到不对劲，把人一把推了出去。

建筑物轰然倒塌，许父永远地留在了火场中。

那会儿许随刚上初三，她爸出任务前还说给他——买了生日礼物，结果却也没有回来。

全家人沉浸在失去亲人的悲痛中，周围的人一边安慰她，一边暗自用情感绑住她："你妈以后就你一个人了，一定要听她的话。"

许随点点头，心里答应一定会做妈妈的乖女儿。

可事情远没有这么简单，当许随奔完丧回到学校时，她发现周围的人看她的眼光都变了。

她被孤立了。

许随并没有说什么，默默地承受着这一切，她坐在书桌旁写作业的时候，宋知书忽然冲过来，一把撕掉了她的作业本，号啕大哭："我爸变成残疾人了！你爸为什么失职，背他出去又把人摔在地上？

"你现在是烈士的女儿，有抚恤金可以领。我家呢？我全家就靠我爸一个人养着，现在我们一家怎么办？

"都怪你，你爸也配当消防员，还好意思说牺牲！"

"可是我没爸爸了。"许随轻声说，掉出一滴泪。

结果宋知书迎面给了她响亮的一巴掌，然后许随迎来了长达一年半的孤立。

她性格软，脾气好，宋知书料定许随不会告状，就带着同学变着法儿地欺负她。

在那个年代，青春期的小孩基本三观还没形成，他们长在小镇里，有纯朴，同时也有野蛮。他们跟着宋知书一起审判许随，不是要分对错，而是单纯享受审判一个人的快感。

许随经常在抽屉里收到死了的癫蛤蟆，或是作业本被口香糖粘住，上厕所的时候被人反锁住，拖把水把她整个人淋湿。

一开始她会吓得尖叫，也会哭，后来慢慢变得麻木了。

许母是在高一上半学期收到一位年轻的实习老师反映才知道这件事的。

许母跑去学校闹了一场，摁着宋知书的脑袋逼她道歉。最后这件事被许母以强硬的态度闹大，上面开始关注，宋知书这才急急地道歉。

许母为了许随的心理健康和学习环境，把人送到了京北，这才有了许随的第一次转学。

因为长时间受欺压，许随内心很自卑，心里的一套价值观也渐渐摇摆。

那时她走路经常低着头，甚至有点含胸驼背，生怕别人注意到她，对她指指点点。

转学那天遇到周京泽，是她接受到第一份善意。

那时许随刚转到天中，生病，情绪灰暗，整个人黯淡无光，穿着一条淡色的裙子，就连站在讲台上自我介绍都是一带而过。

害怕这里的人跟黎映的一样，嘲笑她，议论她，用异样的眼光看她。

那天虽然没发生这样的情况，可班上没一个人理她，全都漠视她。许随局促和沮丧到了极点。

只有周京泽。穿着黑色T恤，校服外套穿得松垮的少年，手里转着一个篮球，逆着光站在她面前，主动问她是不是没凳子，还跑上跑下五层楼，给许随找了一张新凳子。

蝉鸣声热烈，大片的光涌进来。

有风吹过，少年赶着去打球，眼眸匆匆掠过她，挑着唇角友好地点了一下头。

他成了她的光。

一直到上大学，许随收养1017，胡茜西问她理由，她说动物比人更懂得感恩。

所以在大学看到李森以一种讥讽的态度嘲笑她爸是烈士时，许随会露出尖锐的刺来。她爸明明拼了命救人的。

出来工作后，她努力变得优秀，也尽责，认为在职尽到自己的那一份责任就够了，导师却一直说她没有做医生的怜悯之心。

许随说的时候，压抑多年的情绪终于忍不住，整个人崩溃大哭："这个世界到底怎么了，以至于是好是坏我都分不清。"

这么多年，她爸坟前连一束宋家送的花都没有。

许随坐在副驾驶位上，手捧着脸，眼泪不断从手指缝隙里掉落。

周京泽低下头，拇指滑动，给她擦眼泪，拥她进怀里："你听我说，没有任何人有资格替你原谅他们。

"但这个世界大部分是好的，我前天遇到的外卖员，送过来一份面，汤洒在半路了，他当时崩溃得大哭，怕客户给差评，凌晨三点，他又拼命顶着寒风赶回去，打算自己再买一份补偿给客人，老板给他免了单，他说——这个冬天大家都不容易，一起挨过去。"

"就连我不也遇到不公正的行业对待，还遭到亲如手足的兄弟的陷害吗？"周京泽自嘲地扯了扯唇角。

"数据显示这个世界每天都会在各个不为人知的角落里发生不尽人意的事，但也有人愿意给陌生人加油，坚守岗位去救助每一条生命，比如你们。"周京泽将人从怀里拉开，看着她。

"我们只是遇到了万分之一的不幸，但这个世界仍是好的。"

周京泽声音平缓，同时不知道从哪里变出一个东西，手指扣住她的下颌，指关节抚着唇瓣，塞了进去。

许随舌尖碰了一下，外衣转瞬即化，甜味在唇齿间慢慢散开，一下子冲淡了心里的苦。

他给了她一颗糖。

许随在泪眼迷蒙中抬眸看他，周京泽捏着她的鼻子，轻轻笑道，眼底的赤诚明显："我们活着，守住自己的原则和初心，不是为了去改变世界，而是为了不让世界改变我们。"①

善的背面是恶，交互存在，人生就像上帝随手抛给你的一枚硬币，不是转到哪面就是哪面，而是取决于你选择成为哪一面。

硬币一直在你掌心里，你的人生游戏只取决于你自己。

罗曼·罗兰说过——世界上只有一种真正的英雄主义，那就是认清生活的真相后依然热爱它。

许随从周京泽身上感受到的是这样，不抱怨，不妥协，遭到不公对待也不怨恨相向。

少年不惧岁月长。②

他依然保留住了内心的一小部分东西。

周京泽抬手给她擦完眼泪，将人从怀里拉出来，岔开话题，扬起的眼梢含着笑意："山楂还吃不吃了？糖霜要融了。"

"要。"许随抽了一下鼻子。

周京泽带许随去吃完饭以后，恰好广场对面的鸦江燃起了一场冬日焰火，两人一起看了一场焰火。

晚上回到家，周京泽担心他姑娘这一天情绪激动会出什么事就留了下来。

结果许随洗完澡后，可能是下班后还大哭一场的原因，精力消耗太多，很快就睡着了。

---

① 出自韩国电影《熔炉》："我们一路奋战，不是为了去改变世界，而是为了不让世界改变我们。"
② 出自歌手陈粒的歌曲《历历万乡》。

周京泽反倒没睡，他倚在墙边守着许随，见她不安分地翻身，被子滑落，一截白藕似的胳膊露出来。

男人放下屈着的腿，走过去帮忙把被子盖上，俯身在她额头上落下一吻，最后走了出去。

阳台上，冷风萧萧，头顶的疏星凋落。

周京泽靠在栏杆前，从烟盒里抖出一根烟，低头咬着它，熟练地点火，丝丝缕缕的灰白烟雾从薄唇里滚出来，飘向空中。

周京泽拿着烟的手懒散地搭在栏杆上，眯眼看向不远处，不知道在想些什么。

烟屁股快烧到垂着的修长指尖时，周京泽把烟扔进花盆里，从裤袋里摸出手机，拨了一串号码。

没多久，电话接通，周京泽敛起脸上散漫的神色，正色道："您好，普仁医院的张主任吗……"

次日，许随从床上起来，因为睡了一觉，加之已经发泄过，她感觉轻松许多。

许随上午在医院办公室待到十一点，护士再次敲门，说张主任找她。许随点了点头，松开按着的鼠标，起身向主任办公室的方向走去。

来到主任办公室，老师抬手让她坐下。许随淡着一张脸，以为主任又会说出一大通劝告的话，让她接下这个病人。

没想到张老师把手里的笔放下，轻咳一声："小许啊，老师为之前说的那些话向你道歉……你男朋友都跟我说了，没想到有另一层隐情在，干我们这行的是多少要受点委屈。这个病人，你接不接可以自己决定，但老师只有一点要求，这事得你去跟病患说，你要自己面对。"

"好，谢谢您。"许随说道。

中午休息的时候，许随给备注为"饲养员"的人发消息："你跟我老师说什么了？他今天的态度180度大转变。"

没多久，周京泽回复："说我女朋友是个水龙头，要再让你哭，爷就把你们单位铲了。"

周京泽回复得相当不正经，许随盯着上面的话扑哧笑出声，她在对话框里敲字回复："要是我拒绝，到时有家属或媒体拿这个大做文章，我丢了工作怎么办？"

"爷养你。"周京泽回得果断又迅速。

很简单的三个字，许随的心却很快地跳了一下，脸颊有点烫，回复："你不是没钱了吗？"

周京泽看到这句话，舌尖顶了一下左脸颊，低笑一声，回复："老子都有媳妇了，家里的资产任我支配。"

许随更不好意思了，转移话题同周京泽扯了几句日常，最后，周京泽一句没来由的话跳到屏幕上："无论你做什么决定，都有我在这儿给你托底。"

许随睫毛颤了一下，回道："好。"

其实早在昨天周京泽同她说了那些话后，许随心里就已做了一个决定。

宋方章这两天已在普仁医院住下并接受治疗，只不过他一直在等许随回复。许随再次调出他的病历本查看。

不知道是不是有因果报应这一说，宋方章这几年身体大小毛病不断，数十次进入医院接受治疗，身体每况愈下。许随看了一眼上面密密麻麻的诊断，可以确认，他现在是拖着一副残缺的躯体在苟活。

许随想起那些年宋方章一家对她们的伤害和道德谴责，导致许母经常性地对她情感施压，让她一定不能犯错，好好学习，长大后要出人头地。而奶奶经常半夜偷偷地哭，她没了儿子，白发人送黑发人。

那几年，许随的家庭氛围很压抑，她现在都记不清当时自己是怎么熬过来的。

许随看着电脑屏幕上的号码，在手机上输入号码拨打过去，电话很快接通，那边有点受宠若惊，女声沙哑，说道："许随……"

"我有答案了。"许随说。

电话那头问道："要不约个咖啡馆之类的？"许随倏地打断她，说道："就医院楼下花园吧。"

下午三四点的光景，午后冬日的阳光暖洋洋，有护士或家属推着病人在花园里散步，呼吸一下新鲜空气。

许随没想到宋知书会推着她爸出现在花园里，她的眼神一紧。宋方章穿着蓝白条纹的病号服，整个人瘦得跟皮包骨一样，显得衣服宽大又空荡荡的，他身上的水分消失，皮肤成褶子堆积，松垮地挂在脸上，像一块即将枯死的老树皮。

"宋叔叔，你好。"许随双手插在白大褂衣兜里，语气平静。

宋方章抬起浑浊的眼眸看着她，明显认不出许随来了。

那一瞬间，许随说不上自己的情绪是恨意加深还是松了一口气。

"爸，让护士带你去那边晒太阳，我一会儿就过去。"宋知书的声音温柔，跟哄小孩一样。

现在任谁也看不出这个温柔的女人当年领着一群女生，公然把许随的书包从五楼的窗户扔下去，指着她的鼻子大骂。

宋方章笑着点头，在经过许随的时候冲她笑了一下。

人走远后，许随挺直背脊站在宋知书面前，开口："你爸的手术，我做不了。"

宋知书一下子就急红了眼眶，指着不远处说道："可是你看我爸，他都这样了——"

"所以呢？"许随倏地打断，一针见血地反问她，"你至少还有爸，我爸不在了，我连跟他说句话的机会都没有。"

她很想告诉爸爸，她目前的工作很好，还加薪了，谈了恋爱，遇到了一个很好的人。可是不可能了。

"我现在告诉你，我永远不会接你们家任何一个病人，这是我的决定，"许随看着她，声音冷静，"但我代表不了我们医院，所以你爸仍可以在普仁接受治疗。"

宋知书没想到许随竟然还耿耿于怀过去的事，气得不行，原本敛起的伪善爪牙露出来，说道："你还配当医生吗？！生命不都是平等

247

247

的吗？我都已经跟你道歉了，你还要怎么样？"

许随并没有被激怒，她笑了一下，随即语气认真："你不要用道德谴责我，我当然配做医生，因为从过去到现在，并且以后，我都会一直救人。

"我仍相信这个世界的大部分是好的，我内心有自己的一套价值观，你们现在影响不了我了。"

许随比宋知书高一截，她眼睛里露出淡淡的同情，说出的话温柔又残酷："宋知书，你不觉得这一切都是上天最好的安排吗？十三年前，我们生在同一片土壤里，我种下的是一棵树，而你，种下的是恶果。"

宋知书整个人一震，被许随的话和气场吓到。她从来没想到许随会反抗和拒绝。她后背出了一层汗，人都是蒙的。

这是因果报应吗？

许随从她身上收回视线，头也不回地离开了。

人走后，宋知书待在原地痛哭失声。

许随说完这些话后，心底一块大石落下，整个人轻松很多。这么多年，她终于取下了别人给她戴上的枷锁。

下班后，周京泽来接她。最近他下班早的话都会来接许随，有时会送一枝花，有时是一个路上买的黄色气球，或是一些小玩意儿。每天给她的都是不同的惊喜。

"今天吃饭带你见个人。"周京泽的手搭在方向盘上，语气闲散。

许随坐在副驾驶位上，抬手扯下安全带，准备摁进插扣里，却怎么也找不准位置，她正费力找着。

周京泽语气缓缓，报出一个名字。

她低着头，动作一顿。

另一边，京北机场，盛南洲推着两个大的行李箱从出口走出来，他旁边站了个女人，短发、个子矮一截，穿着蓝色牛仔连体工服，虽然脸色憔悴，但笑容灿烂，气质干练又漂亮。

盛南洲一只手推着行李箱，另一只手紧牵着女人的手，胡茜西哭笑不得："南洲哥，你能不能松开我？我又不会跑。"

"不。"盛南洲傲娇地给出一个字。

胡茜西拗不过他，只好任他牵着，在看到不远处厕所标志时开口，声音委屈："我想上个厕所，这回我保证不跑，而且护照不是在你手上呢吗？我也跑不了。"

盛南洲这才放开她。

胡茜西上完厕所后，站在洗手池前看向镜子里的自己，仍觉得不真实。脚踩在祖国的故土上，她却觉得晕乎乎的。

洗完手后，胡茜西正要去拿一张纸擦手，结果猝不及防一阵心悸，呼吸急促，整个人靠在洗手台上，脸色苍白，大口地喘着气，手脚也动弹不得。

像是心有灵犀般，盛南洲觉得不对劲，神色一凛，阔步往女厕所的方向走去，也不顾旁人异样的眼神，直往里面闯。

一进去，盛南洲便看见胡茜西趴在洗手台前，嘴唇泛白，脸色更是惨白得可怕。他走过去抱住胡茜西的肩膀，甚至都没问，从她右侧口袋里拿出药，熟练地喂进她嘴里。

胡茜西艰难地吞咽下去，人还没缓过来，被男人一把打横抱了出去。

车内，胡茜西坐在副驾驶位上，眼睛紧闭，急促的呼吸渐渐恢复平稳，十分钟后，再睁开眼时，眼睛里恢复了笑意，说道："南洲哥，你能不能答应我一件事？"

"嗯，你说。"

"这件事先不要告诉许随，我不想让她担心。我生病这件事，还是跟小时候一样，你们知道就好啦。"

盛南洲看着她，叹了一口气："好。"

"西西。"盛南洲忽然叫她。

胡茜西眼底带笑意回看他："嗯？"

"疼的话要告诉我。"盛南洲垂眼看她。

不要让我什么都做不了。

"西西回来了？！那我们现在去接她呀。"许随眼神惊喜，原本淡着的一张脸终于带上了笑意。

周京泽看了一眼手机里盛南洲发来的信息，眼神黯淡了一下，再抬头，脸上挂着惯常懒散的笑，拦住她："啧，你现在过去，盛南洲不得跟你急？让人多待两分钟。"

"也是。"许随醒悟过来。

周京泽发动车子，抬手揉了一下她的头发："走，咱们先上吃饭的地方等着去。"

餐厅内，许随和周京泽等了有半个多小时。其间每当有人推开餐厅门，上面的风铃发出声音，许随都下意识地回头。

须臾，她看见一个熟悉又陌生的女人走了进来，眼睛大大的，一笑让人感到温暖有活力，也变了，曾经怎么也减不下体重来的小妞，现在瘦得跟竹竿一样，头发齐耳，白皙的肤色因为长时间在外面风吹日晒，变成了健康的小麦色。

许随有些不敢叫她，总感觉眼前的一切像一场梦。

胡茜西像只树袋熊一样朝她扑过来，紧紧抱着许随，喊："随宝，我好想你呀。"

许随亦紧紧抱着她，听到这句话，眼睛一瞬间就红了，问："终于舍得回来了？"

"嘿嘿，当然啦，你是我最好的朋友，"胡茜西把脸埋在她肩膀上，笑着说，"说什么我也要亲眼见证你们的幸福呀。"

第 二 章
希望你一生被爱

你是我遥不可及的一场幻想，
希望你一生被爱，
轻狂坦荡，永远正直。

两人抱了好一会儿，才分开。许随和胡茜西干脆坐在一块儿，紧挨在一起。

许随拍了一下她的脑袋，笑着说："我给梁爽发信息了，她在路上堵车呢，一会儿就到。"

"好哦。"胡茜西应道。

等上菜的间隙，两人时不时地凑在一起说悄悄话，含笑的眼睛里全是彼此，完全忽略了坐在对面的两个大男人。

周京泽和盛南洲相视一眼，前者先开口，抬了抬眉尾："啧，你们是不是忘了对面还坐着活生生的两个大老爷们儿？"

胡茜西终于把注意力移过来，佯装不满："舅舅，你怎么这么小气？我就占用你女朋友一晚上，你还怕她跑了啊。"

周京泽低头哼笑一声，倒了一杯茶递给胡茜西，语气慢悠悠的，意有所指："我媳妇儿是跑不了，这不是怕某人吃醋吗？"

这个"某人"说得十分明显，胡茜西借喝茶掩盖自己的表情，笑着打哈哈："你少胡说八道啊！"

没多久，梁爽风风火火地闯进包间，高挺的鼻梁上架着一副墨镜，手臂上挎只鳄鱼皮包包，正要破口大骂路上的堵况时，对上胡茜西的脸，声音哽在喉咙里，说不出一句话来。因为她太瘦了，瘦得让人心疼。

胡茜西注意到梁爽的表情变化，站起来张开双臂，笑道："你可别玩煽情这一套啊，这一点都不像你，爽爽。"

一句话将原来若有若无的感伤气氛打散，梁爽脸上的伤感消失得干干净净，她昂起下巴，跟皇后娘娘一样，勉强拥抱了一下胡茜西，开始数落她："你瞅瞅自己这寒酸样，还是那个从头到脚，连指甲盖都精致的西西大小姐吗？"

胡茜西嘿嘿一笑，眼睛弯弯："这不经常在外面跑吗？穿成这样比较方便，也习惯了。"

饭桌上，大家的话题都围绕胡茜西一个人，毕竟她是今天的主角。胡茜西也大方地分享了这些年在国际野生动物救助组织的经历。

"你们不知道，我之前在火山脚下救下了一只受伤的小羊，然后当地人把它送给我了，取名叫西西。"胡茜西拿着一根筷子，灯光下眉眼飞扬着神采。

许随一下子被她说的吸引住了，问道："有照片吗？我看看。"

"有呢。"胡茜西拿出手机调出照片来给她看。

"还有一次，哎哟，是当地的赛马比赛，我本来是当医生给小动物治病的，哪知道他们比赛缺了一个选手，就临时抓我上去。他们还说那是家养的马，很温驯，结果我刚踩上去，就被马蹄子踹了一脚，当场就输了，大家哈哈大笑，都忘了比赛。"胡茜西回忆起来自己也觉得好笑。

"哈哈哈，搁我我也笑你。"

盛南洲坐在对面，听胡茜西分享这件事的时候眉心一紧，搭在酒杯上的手不自觉地收紧，但最终什么也没说。

因为胡茜西回来，大家都高兴得喝了酒，梁爽喝到最后，打了一个酒嗝，搂着胡茜西的脖子，语气醉醺醺的："小妞，你的生活经历这么丰富，那你个人的感情生活呢？"

胡茜西也喝酒了，她揽着梁爽的肩膀，捂着脸笑："我哪有时间呀？就算空闲时间出去玩，别人也会嫌我身上有牛屎、象屎的味道。"

"其实根本没有，你闻闻看，香着呢！"胡茜西倒在梁爽身上，卷起自己的衣袖露出一截手腕，凑到她面前让梁爽闻。

梁爽作势闻了一下，有意逗她："屎味的香水，谁家马桶没冲？"

话一落地，胡茜西立刻改为勒住梁爽的脖子，一顿暴打。

许随在想，原来时间真的能改变一个人，胡茜西从前活得精致讲究，吃不得一点苦，是位娇气的大小姐。现在穿着简单，一个人在国外过着风吹日晒、时不时会听到枪声的生活，竟然还能苦中作乐。

唯一不变的是她身上的活力和脸上灿烂的笑容，还有她们之间的友情。

酒过三巡，餐厅服务人员过来提示还有十分钟打烊，街边的霓虹也熄灭了。

一群人在路边分别。

就剩胡茜西和盛南洲还在那里。

胡茜西喝得有点难受，倚在路灯的柱子上，低着头。

盛南洲走过去，递给她一张纸，眉头蹙紧："刚才不是发信息让你不要喝酒？你这个身体——"

胡茜西接过纸往嘴角擦了一下，眼眸里含着水光，在灯光下显得温柔又可爱。

"这不是高兴吗？南洲哥，从小到大你念叨得还不够烦呀？"

盛南洲笑了一下，揉揉她的头发，背过身去，在胡茜西面前蹲下。

"干吗？"胡茜西神色疑惑。

"背你。"盛南洲声音淡淡的。

"好嘞。"胡茜西跳了上去，双臂下意识地揽住他的脖子。

盛南洲的手抱住她两条腿，往上颠了颠，英俊的眉头蹙起。她也太瘦了，压根就没什么分量。

"西西，这次回来就不要走了，万一你发病越来越严重——"

胡茜西接话，声音还是脆生生的："放心，本小姐福大命大，从小到大都这么过来了。"

还有，我不会走了，我想多看看你们。胡茜西趴在盛南洲宽阔的肩膀上，揽着他的脖子，在心里默默地说道。

"我担心你。"盛南洲接刚才的话。

夜色温柔，风吹树叶发出响声，就是天气冷了一点，胡茜西趴在盛南洲的背上，怕冻到他，搓了搓手捂住他的耳朵。

暖意袭来，盛南洲整个人一僵，耳根迅速发烫，他若无其事地背着胡茜西继续往前走。

"刚才你吃饭的时候，说比赛时被马踹了一脚，疼不疼？"盛南洲问道，顿了顿。

盛南洲低沉的声音顺着风递到胡茜西耳朵里，她的眼睛忽然有点酸。

刚才其他人都被她的笑话逗笑，只有盛南洲问她疼不疼。

"疼，到现在腰上还有疤呢，不过我皮比较厚实，也就那一阵疼，后来很快就好啦，嘻嘻。"胡茜西捏了一下他的耳朵。

盛南洲背着她继续往前走，胡茜西忽然想起什么，情绪有些低落，说道："南洲哥，其实你可以不管我的。"

盛南洲背着她步子一顿，敛下的眼睫溢出点笑意，认真道："我心甘情愿。"

因为胡茜西回来，许随一整晚都很开心，以至于周京泽都跟着她进来了，她也毫无防备。

她站在玄关处，直到门锁发出咔嗒的落锁声，才觉得不对劲，打了一个激灵，一道压迫性的阴影落了下来。

许随仰着头，脖子传来一阵痒痒麻麻的痛感。

"哒，你干吗……呀？"许随被他弄得有点招架不住。

周京泽人贴在她身后，手指灵活地伸了过来，没一会儿，许随扎的长发散落，一根头绳不知道什么时候戴到了他手腕上。

"你说呢？我今晚被晾了一晚上。"周京泽不满地眯了眯眼睛。

男人靠得近，两人严丝合缝地贴在一起，他伸手扳过许随的脸，粗粝的拇指抚上她的唇，动作缓慢。

许随只觉得喉咙一阵干涩，解释："这不是太久没见过西西了？"

"你也有两天没见你男朋友了。"

许随觉得这人完全在无理取闹。

周京泽捏着她的下巴，俯下身吻她。他吻得用情又认真，先是碰了碰嘴唇，紧接着不满地咬了她嘴唇一下。

许随不自觉地揪住他胸前的衣衫，他每吻进一寸，她就揪得用力一分。

周京泽嫌麻烦，干脆一把抱住她，认真地吻了起来。

许随被亲得晕乎乎的，他的手指捏住她耳后那块白嫩的软肉，慢慢摩挲。

嘴唇贴上颈侧那一寸皮肤时，似荒原着火。

到底是认真做事的周京泽更迷人，还是情动时的他更让人动心？许随分不清。

都有吧。

暖色吊灯的光落在男人漆黑的眸子上，阴影覆盖在她身上。

许随额头出了一层汗，周京泽一边吻她，一边用低到不行的声音诱哄她，说："晚上西西也说了，许随，你打算什么时候给我个名分？"

许随的声音有点哑："什么名分？你不一直……是我男朋友吗？"

周京泽不满地咬了一下她的耳垂，一字一顿："你知道我什么意思？"

"问你什么时候把男朋友变成老公，嗯？"周京泽停了下来，拇指摁住她的额头，看着她。

许随别过脸去，一阵难受，她想了想，笑着说："那我考虑一下。"

周京泽轻笑一声，抱着她往房间的方向走去。

许随的黑发扫到他的脖颈，喉咙一阵发痒，他动作有些粗暴地把人扔到床上。许随下意识地想逃，一只骨节分明的手抓住纤足，拽到身下。

"你慢慢想，反正老子也等了这么多年。"周京泽声音低哑。

次日，许随从床上醒来，浑身酸痛，趴在床上根本动弹不得。身边早已空荡荡的，周京泽在床边留了一张字条给她。

许随起身，身上的被子滑落，她拿起字条看了一眼，上面说他有事外出一趟，厨房里有早餐。

许随在床上磨蹭了半天才起床，她洗漱完正准备吃饭时，许母给她发来了消息，说道："你王婶给你介绍了一个好对象，你啥时有空，瞅瞅去。"

许随眼睫一顿，她其实没跟妈妈说她谈恋爱了，更没跟妈妈说对象是周京泽。但……是他了吧，许随想。

她想和他一直走下去的。

想到这儿，许随在对话框里打字发送："妈妈，我谈恋爱了。"

消息刚发出去，许母的电话就打了过来。

许随不想接，怕招架不住，便点了拒绝，快速回消息："在加班呢，有什么事情您发消息给我就成。"

许母发来一条信息："我买明天的车票过去见你对象。"

"啊？年底了，最近我俩都特别忙，要不再过段时间，过年我带他回家见你。"许随立刻劝道。

许母这才不再提要见她男朋友的事，过了一会儿，她又问："对方多大了？是做什么的？"

许随眼皮一跳，小心翼翼地组织措辞和铺垫："比我大一岁，职业……可能跟你想让我找的男朋友是安稳的职业不同，不过我是医生嘛，我俩差不多，忙起来还睡单位。"

"那他是做什么的？"

许随犹豫了一下，打了三个字过去："飞行员。"

这条消息发出去以后，对方再无任何回应。

老东家东照突然找周京泽，他是没有想到的。

领导张成志说约在外面，周京泽也就答应了。

老张约他在鸦江广场附近见面，周京泽赶到的时候，老张穿着一件棕色的棉服，裹着厚实的围巾，怀里抱着一纸袋面包，正坐在长椅上，喂广场上的鸽子。哪有平时在东照西装革履带领团队做报告时的严肃形象？

周京泽走过去，在他旁边坐下，拿出一盒烟，撕开薄膜纸，抖出一根烟给他。

老张笑笑，接过来，先点燃了它。

"找我什么事啊，老张？"

"你那件事真正的结果出来了，李浩宁出来自首了，把他受到的威胁，以及干过的事一五一十地全招了，公司已经正式对高阳和李浩宁进行了起诉，目前正在走司法程序。"老张咳嗽一声说道。

周京泽一愣，手指敲了敲打火机，漫不经心地问："李浩宁怎么忽然敢跳出来了？"

"听说是他压力太大了，他母亲也知道了这件事，说什么也不肯再用那笔钱治疗，而且最重要的一点是他有愧于你吧。"

周京泽哼笑一声没有接话，真相大白后，他并没有太大的心绪起伏。

怎么说，他知道，公正迟早有一天会到来。

老张拍了拍周京泽的肩膀，长舒一口气："公司会为你发澄清声明，并向业内道歉，还将用三倍的工资聘请你回来就职，你还是东照航空的第一机长，怎么样，周机长？"

周京泽正低头点着烟，闻言手一偏，一闪而过的火苗灼痛虎口。

继续点烟，吸了一口，吐出来，周京泽笑笑，弹了弹烟灰："不了，打算干点别的。"

老张一愣，拍了拍他，问道："不是吧，舍得转行？"

"也不算，我大学老师的朋友发的一个邀约，"周京泽把烟从嘴里拿下来，顿了一下，"国家中海交通运输部第一救援队。"

以后照样是开飞机，只不过是从喷气式飞机变成了直升机，成为空中救援队的一员，更危险，肩上担的责任也更为重大了。

老张一愣，笑道："可以啊，你小子，果然不用我担心，以你优秀的履历到哪儿都会发光。不过你是怎么下定决心去那儿的？"虽然都是属于蓝色的天空，但部门不同，职责也就不同了。

飞行救援，不仅危险，承担的社会责任也更大，等于是把命交给了国家。

周京泽侧头想了一下，吸了一口烟，语气缓缓："我的姑娘吧，她对这个社会，对选择的职业有疑惑，我就是想告诉她，这个世界仍是好的。"

即使时代再糟糕，我们心中仍有一套准则，无论是平庸，还是伟大，一定要坚守住。

老张瞬间就明白了，他似想起什么，说道："你女朋友？是不是那个叫许随的？她写了很多投诉邮件给公司，还拜托我们一定要查清楚，说你一定不是那样的人，邮件还附上了你过往的成绩与荣耀……我都不知道她哪儿找来你那么多资料。这不多此一举吗？我们老东家还不知道你的过去？"

周京泽瞳孔缩了一下，烟灰抖落，语气缓缓："她是什么时候给公司发邮件的？"

"我想想啊，好像是你刚去基地当教员不久。"老张回忆道。

这个时间点，也就是说他们还没和好，所有人都在嘲笑、痛骂他，冷眼、诬陷、冷待，好像他就该是条丧家犬时，只有许随相信他不是那样的，在背后一直默默地做着这些，希望有朝一日他能重返天空。

"这姑娘确实不错，我听说她还找了李浩宁几回。"老张叹了一口气，"你小子真有福气，找到这么好的一姑娘，不得抓住喽？不过你们这是双向的，彼此珍惜——"老张正在点评的时候，周京泽忽然站起身，摁灭烟头，哑声说："老张，我还有事，先走一步。"

周京泽回到车里，发动车子，一路加速，眼神凛凛，脚踩油门，飞也似的赶到琥珀巷。

周京泽跑上二楼，推开那间当初他们排练的琴房，他从角落里拖出一箱东西。

裁纸刀划开尘封的箱子，周京泽不停地翻找，在他青春时期收到的一箩筐情书和礼物中，他找到了一张尘封的唱片。是他喜欢的五月天的一张专辑《神的孩子都在跳舞》，与此同时，掉落的是一管过期的药膏和一个指套。

他现在知道，这礼物是许随送的了。

大学时，盛南洲翻出她的礼物，周京泽却当着众人的面，漫不经心地说道："送我礼物的人那么多，难道我得挨个去想吗？"

这句话，无异于将一个少女的幻梦给打破。

拆开塑封的专辑，一张书签啪的一声掉在地上。

周京泽捡起来一看，书签的背面写了一句话，少女的字迹清秀，一笔一画认真地写道：你是我遥不可及的一场幻想，希望你一生被爱，轻狂坦荡，永远正直。

周京泽手里拿着那张书签盯着看了很久，直到裤袋里的手机发出振动声，他摸出来一看，是许随来电，点了接听，嗓音有点哑："喂。"

许随的声音在电话那头听起来有点不好意思："我中午煮面的时候，一不小心把锅弄坏了，刚好晚上我要去超市采购一些生活用品，你能不能——过来帮我拎东西呀？"

"好。晚上想吃什么？刚好做给你吃。"周京泽站起来，把书签塞进裤兜。

许随想了一下："小龙虾，好久没吃啦。"

"嗯，一会儿过去接你。"周京泽应道。

挂电话后，周京泽把那些拿出来的礼物又丢回箱子里，指尖在碰到五月天那张专辑时，顿了顿，把它挑出来，将上面的灰尘拭净。

周京泽把它放在了唱片架上，与他喜欢的专辑排在一起。

傍晚，周京泽和许随一起逛超市，买一些生活用品。

京北城那么大，许随最喜欢的地方还是超市。她总感觉，超市里充满生活的气息，给人一种幸福感。

周京泽推着车，许随站在旁边，两人走到了食品区。许随拿起货架上的白桃牛奶看了一眼正要放进购物车里，发现旁边有一款海盐味的牛奶。

许随两个都拿下来放手里看着，犹豫不决。既想尝尝新款海盐味的，又舍不得放弃一直喝着的白桃味牛奶。

男人单手推着车，走在前面的时候，发现身后的小尾巴没有跟上来，往后瞥了一眼。

纠结症持续发作中，许随拿着两排牛奶正犹豫不决时，一道高大的阴影落了下来，一只骨节分明的手直接拿过她手里的两排牛奶丢进了手推车，他还侧身把货架上这两种口味的牛奶全拿下来扔进车里。

周京泽的语气散漫："啧，多大个事儿，想这么久。"

许随哭笑不得，说道："你会不会过日子啊？"

周京泽挑了挑眉，掐了一下她的脸，语气吊儿郎当的："我是不会过日子，但不是有你吗？以后工资卡交给你。"

许随有些不好意思，不敢看他，干脆推着他往前走，嘟囔道："谁说要嫁给你了？"说完这句话，她的唇角却不自觉地上翘，像一只偷腥的猫。

周京泽走在前面，直视前方，懒散地哼笑了一声："我知道你在笑。"

许随被戳穿后笑容敛住，声音不自觉地拖长，说道："你好烦啊。"

两人最后在超市买了一些生活用品、一口锅，还有一网兜啤酒，以及许随想吃的小龙虾。

晚上八点，周京泽在厨房弄小龙虾，许随则在一旁打下手。

一切都弄好以后，许随端着虾出来，她本来想把饭菜放餐桌上，可是不经意地往外一瞥，发现晚上忽然下雪了，透明的六瓣的绒毛纷纷扬扬地穿过淡黄色月光落下来，偶有松枝被压断，发出啪的一声。许随立刻决定今晚在落地窗前吃饭。

许随搬了一张小圆桌靠在窗前，打开电视，两人坐在厚厚的地毯上一起边吃小龙虾边喝酒。

周京泽身材高大，长手长脚，在许随家里怎么坐都显得局促。

"你这里还挺挤，不考虑换个地方住？"周京泽抬了抬眉尾，语气透着高高在上。

许随不是没听懂他的暗示，故意开玩笑地说："搬哪里啊？琥珀巷吗？那跟你做邻居也挺好。"

周京泽哼笑了一声，把剥好的虾放进她碗里，没有说话。

吃完小龙虾后，许随心情好，一连喝了好几罐啤酒，最后咔嚓一声，啤酒罐被她捏扁了。

许随明显是喝高了，拿着捏扁的啤酒罐冲他晃了晃，托着腮，温软的声音里夹着挑衅："你能不能喝过我？"

"不能。"周京泽决定不跟一个醉鬼计较。

周京泽见她喝醉了，绕到桌子的另一边，单膝跪下，正准备抱她回去，手刚碰到她的肩膀，许随就往后缩了缩，背靠在墙边。

许随忽地抬眼看着他，开口："我能问你个问题吗？"

"问。"

"为什么是我？"许随抬眼看他。言外之意是：为什么重逢后非她不可？为什么这么多年不谈恋爱，只等她一人？她其实不太敢相信。

许随穿着一件肉桂粉色的针织衫，长发落肩，因为喝醉了，眼睛雾蒙蒙的，蕴着一层水色，唇红齿白，让人有一种想欺负的欲望。

周京泽低头贴了过来，热气拂耳，额头抵着额头，看着她："没有为什么，以前是老子眼瞎。"

不知道他的——有多好。

"——，我今天答应了老师去空中飞行救援队，东照那事也真相大白了。"周京泽语气缓缓。

"真的吗？我就知道你一定——"听到这个消息，许随语气里夹着兴奋，晶亮的眸子撞上他深邃漆黑的眼睛，心口一窒。

周京泽在她额头上落下很轻的一个吻，他笑了笑："现在该我问你问题了，五月天专辑里的书签你是什么时候写的？"

许随正在半醉半醒的状态，她知道周京泽在耐心地等着她回答。

她眨了一下眼，语气讨巧："想不起来了。"

周京泽点了点头，将人一把抱起，面无表情地开口："行，那去床上说。"

前一晚他弄得她大腿内侧的伤口到现在还隐隐作痛，许随听后立刻从周京泽的怀里跳下来，准备招供："我说我说。"

"写书签上那句话是因为偶然知道了你身上发生的事。"许随看着他，招供道。

读高中的时候，许随万年不变一直坐在前排，但因为喜欢的那个男生坐在最后一排，所以许随经常早自习、交作业，就连上厕所都是特地绕到后门出去。

哪怕她余光里经常瞥见的只是一个习惯性趴在桌子上睡觉、肩胛骨凸起的黑色背影，也很满足。

但是忽然有一天，那个座位变得经常空荡荡了。

从那天起，许随很少再见到周京泽，前两天偶尔上厕所的时候还能撞见他，后来则是连续一个星期都见不到他人。

那个座位很空，连桌面都收拾得很干净，再也没有成堆的试卷。

许随听班上的同学说起八卦，说周京泽家里又出事了，说他爸把他继兄也送到天中来了，他爸去参加了继兄的毕业典礼，却忘了亲生儿子的家长会。还有人说他家矛盾激化，周京泽他爸把他暴打了一顿，他离开那个家了。

众说纷纭。

许随低着头收作业的时候，听到同学们在讨论他的家事。

"唉，家里有钱又怎么样，还不是没人爱！"

"不过周京泽也够惨的，母亲自杀，爹还是个畜生。"

"我昨天在酒吧撞见周京泽了，好像跟职校的在一起，他不会也变坏了吧？"

许随收着作业的手一紧，心里默念道：不会的，他不是那样的人。

许随开始下意识地制造跟周京泽偶遇的机会，她只是有些担心他。

她知道他会坐 29 路公交车上学，但这个运气不是经常能碰到的。

因为周京泽有时起晚了，会直接打车来学校，有时她根本不知道他是怎么来学校的，也可能完全不来，就像现在这样，可许随还是想碰一碰运气。

许随寄住在舅舅家，舅舅家在城南，而周京泽住在城北。

一南一北，完全是相反的方向，于是，许随每天早起一个小时，天没亮的时候背着书包顶着雾蒙蒙的天空就出门了，因为她要费一番力气转车，再搭乘 29 路公交车去学校。

可连续早起了一周，她愣是连周京泽一个人影都没见着。直到下个周一清晨，她才看见他。

许随因为前一晚熬夜刷题，起得有点晚，导致在换乘 29 路公交车的时候，碰到了上学高峰期。

许随好不容易挤上公交车，侧着身子，一手抓着黄色的横杠，费力地从校服口袋里拽出公交卡贴上刷卡器时，没有熟悉的嘀声响起，上面显示刷卡无效。

许随以为机器有问题，又反复试了几次，依然显示无效。会不会是没钱了？

挤在后面的学生不耐烦了，抱怨声和催促声接连响起。

许随有些局促和尴尬，羞赧的热意从脖子一路蹿到脸上，她正准备放弃打算后退时，男生的喉音低沉，带着颗粒感，震在许随耳边："一起刷了。"

许随整个人僵住。

紧接着，身后有人俯身过来，虽然保持着一定的距离，但是许随闻到了他衣服上淡淡的烟草味。

公交车内空间狭小，他敞开的校服拉链不小心碰了许随垂着的手一下。

一阵冰凉。

像是闷热夏天里一阵猛烈的风。

许随屏住呼吸，不敢动弹，瞥见男生刷卡的手收回，再揣回裤袋里。

他比她高一大截，收回卡的时候手肘擦着她的头发，一带而过。

薄荷味慢慢消失，有更多人挤上公交车。

不夸张地说，那一刻，许随感觉自己的头顶快要冒烟了。

周京泽坐在公交车倒数第二排靠窗的蓝色座椅上，许随走了过去，坐在他身后的一排，两人隔着一定的距离。

夏天的早上，阳光热烈又刺眼，许随感觉身上热出了一层薄汗，她从书包里拿出单词本一边扇风一边默背单词。

许随不经意往前一看，周京泽靠在窗边昏昏欲睡，他的皮肤呈冷白色，眼睫向下耷着，阳光从玻璃窗反射进来，在下眼睑处晕出一圈阴影。

周京泽的书包放在脚下，双腿微张，鸦青色的眼底明显，此刻他正在补觉。

许随忍不住多看了他几眼。

下一个站点到了，司机一个紧急刹车，大部分人受惯性冲击往前倾。

只有周京泽，岿然不动地靠在车窗边，听到声响也只是极轻地皱了一下眉，连眼睛都懒得睁。

公交车又拥进来一批人，大家纷纷嚷着"别挤"，被挤到的人不爽地骂着："就不知道等下一趟，非挤上来？"

约莫吵得太大声，周京泽费力地睁开眼睛，抬手搓了一下脸。

一个穿着棕色工服的老人拖着缓慢的步伐挤上公交车，手里还拎着一大袋东西，神色有点局促。

许随正背着单词，忽地瞥见阴影往前移，白色的运动球鞋挪动了一下。一道磁性的声音响起："老人家，您坐这儿。"

是周京泽。他一直没变。

许随看到了另一面的周京泽，她没跟任何人提起过，他成了她心里的秘密。

周三下午放学的时候，许随在校外买饭碰见周京泽同一个职校的人在学校的后巷谈天说地，笑得散漫不羁，也放肆。

熟悉又不熟悉。

但许随现在知道，哪面是真实的周京泽，哪面又是戴着面具放荡不羁的他。在公交车上不经意释放善意的才是真正的他。

许随在看到他和职校的人在一起的时候，想起了这段时间同学们对他贬多于褒的评价，可她觉得像周京泽这么好的人，就应该一生被爱簇拥，坦荡又正直地走他的路途，所以她在书签的背面写下了一句祝福。

"许随，我强调一下，我不是什么幻想，"周京泽扳过她的脸，逼着她回神对视，一字一顿，认真道："老子是你男人。"

你才是我此生唯一想要。

遇到你之后，所有的遗憾都被填满。

凌晨三点，许随还躺在男人臂弯里睡觉，可她做了一个噩梦，梦见胡茜西当着她的面纵身跳下悬崖，许随抓了个空，最后喘着粗气从梦里惊醒。

周京泽被吵醒，扶着她起来，摁亮床头灯，倒了一杯温水递给她。许随偎在他怀里，出了一身冷汗，喉咙一阵发紧，嘴唇抵着杯口，喝起水来。

周京泽手掌贴着她的脸颊，拇指关节将她额前的头发别到耳后，声音有点沙哑，问："怎么了？"

许随喝了两口水，润了一下嗓子："我梦见西西出事了。"

周京泽拥住她的手臂不自觉地收紧，眼底一瞬黯淡，他正想说些什么的时候，放在床边的手机铃声响起，尖锐的声音划破夜晚的宁静。

盛南洲来电。

周京泽点了接听，电话那头没说两句，他脸上的表情就变了，眉眼压着情绪："我们马上到。"

"西西去医院了，情况有点严重。"周京泽偏头低声说。

许随心口不安地跳了一下，立刻掀起被子，光脚踩在地板上，开始找衣服，语气焦急："那我们赶紧过去。"

周京泽看着正手忙脚乱穿衣服，还把针织衫穿反的女人，拉住她的手，两人目光对上，他的语气缓慢："我先跟你说个事儿，西西其实有先天性心脏病，五岁查出来的，最近……可能情况更严重了。"

许随站在那里，只觉得浑身冰凉，说不出一句话来，任周京泽俯身给她系好扣子，穿好外套，戴好围巾。她像一个提线木偶一般，被男人牵着出门，上车。

普仁医院，周京泽同许随赶到急救室的时候，一眼看到盛南洲倚靠在墙壁上，头微仰着，闭着眼，医院冰冷的白光打在他这一侧，一半冷光，一半阴影，沉默且严肃。

许随甚至怀疑，他整个人已经和身后那堵灰色的墙融在了一起。

周京泽走过去，问道："现在怎么样了？"

盛南洲睁眼，三个人一直看着手术室的方向，红色的灯亮着，显示在急救中。盛南洲艰难地从喉咙里挤出话来："半夜她突然胸闷，呼吸不上来，吃了药也没办法缓解，打了紧急电话给我，我赶过去的时候，她……躺在地上。"

周京泽问道："她爸妈知道吗？"

"没说，她之前不让说，估计明天就瞒不住了。"盛南洲答。

问完话，三个人保持着长久的沉默，等了两个小时，凌晨五点，啪的一声，手术室灯灭，医生抬脚踩开感应室的门，走了出来。

他们围了上去，医生偏头取下口罩，说道："病人暂时没有大碍，不过她的心脏功能正在失效，血管堵塞，而且之前就导致了心衰，现在是晚期，建议等病人醒来后全面检查再——"

盛南洲抓住其中的关键字，眼神一凛："医生，什么叫之前就导致了心衰？"

医生愣了一下："病人家属不知道吗？她的病历本显示六年前就已经查出来心衰了。"

医生说完以后离开了，盛南洲一句话没说，背过身去，一拳用力地打在墙壁上，手背上立刻变得青紫。

六年前，也就是刚毕业那会儿，胡茜西不顾家人的反对和朋友的担心加入了国际野生动物救助组织。所有人都以为胡茜西是闹着玩的，以为她就是图个新鲜，玩一会儿就回来了，谁也没想到，她坚持了这么多年。

许随到现在还记得当时问她为什么要去这么艰苦的环境工作的场景。

胡茜西笑嘻嘻地回答："当然是想在我有限的生命中发一分光、一分热，去温暖别人呀。想做个小太阳，照亮别人呀。"

许随当时以为她这是敷衍的话，没想到玩笑话下藏着她对生命最大的敬意。

胡茜西很快转入病房，他们跟着走过去，隔着一层玻璃，许随看过去，胡茜西躺在病床上，脸色惨白，身子瘦弱得像一片摇摇欲坠的树叶。

许随克制了一夜的情绪，终于没忍住，鼻子一酸，吧嗒吧嗒地掉下眼泪。

周京泽拥她入怀，她趴在他肩头一边哭一边想，怎么会有这么傻的人。

难怪大一入学，胡茜西请了一个月的假，没有参加军训。每天早上胡茜西也不参加跑操，她当时解释说自己懒，不想跑，就让家里找医生开了病历证明。以及胡茜西经常莫名地消失一段时间，又再回来。

还有北山滑雪场那次，她为什么不去多想想，西西一个从小在北方长大的人却向往滑雪。盛南洲坚持让大家一起去，原来是为了实现胡茜西的愿望。

许随越想，哭得越厉害，这些明明是有迹可寻的事，为什么自己不能多关心一下她？那样也许情况就不同了。

盛南洲看了一眼腕表上的时间，走过去，说道："都快天亮了，你俩回去洗漱上班吧，我在这儿守着就成。"

"我就在普外科室，有什么事喊我。"许随再开口感觉嗓子粘住了。

"嗯。"

上午十点，许随趁着休息的间隙，跑去住院部看胡茜西。胡茜西已经醒来了，她靠坐在床头，手背上插着针管，一片瘀紫。

胡茜西见许随来了，扬起唇角冲她笑了一下。

许随眼睛里立刻有一层湿意涌出来，许随暗自用指甲掐了一下掌心，把眼泪逼回去，回以她一个温柔的笑。

"还是被你知道啦？唉，游戏失败。"胡茜西吐了一下舌头。

许随走过去，握住她的手，笑着说："不是失败，是我们陪你一起把游戏通关。"

"你不要担心，心内的医生是我的同事，还有，我在香港读书时，认识一位权威的医学教授，专治疗心脏病这块的。"许随拇指按了一下她的手背，说道，"你信我，我可是医生。"

"总之，一定会好起来的。"许随看着她。

胡茜西眨了一下眼，说道："好噢。"

其实类似的话胡茜西从小到大听了无数遍，她身体情况怎么样自己清楚，但是她现在想让许随开心一点。

想让身边的人都开开心心，不要因为她的事而皱眉。

十二月中旬，周京泽正式加入中海交通运输部飞行救援队。从他赴任开始，许随见他次数最多的竟然是在新闻上，不是跨省搜救西部匝北因暴雪被困的铁路工人，就是用直升机搜救因森林大火遇险的人。

许随与周京泽视频通话的次数少之又少，每次通话都被紧急打断，她心里其实一直很想他。

这个月，好朋友生病的事让许随焦虑又心力交瘁，她每天下班后熬夜大量搜集资料，力所能及地联系同行，就连医院的同事都被她搞烦了，对方语气无奈："住院这段时间她进了两次 ICU，你一个学临床的还不清楚吗？心衰是心脏病发展到后期的临床综合征，她是长期反复的心衰，预后情况也差，唉，难。"

最辛苦的其实还是盛南洲，为胡茜西跑上跑下，一直守着她。

就这样，许随在兵荒马乱的十二月迎来了二十八岁生日，是圣诞节的前一天，平安夜。

许随暂时将纷扰的心事抛下，化了个淡妆，穿了条蓝色的丝绒裙子，戴了个珍珠发箍，乌眸红唇，温柔又动人。

周京泽特地把假期调到今天，说要陪她过生日。

许随提前到了周京泽订好的餐厅，是一家音乐餐吧。许随落座的时候，服务员把菜单递给她，许随笑着说："先等一会儿吧，我在等人。"

七点五十分，距离约定的时间还有十分钟，周京泽来电。许随神色惊喜，接听的时候声音带了点开心的意味："你到了吗？"

电话那头传来呼呼的风声，周京泽的声音压低，传了过来："宝宝，抱歉，临时有个紧急任务——"

"啊，"许随眸子中失落一闪而过，但语调佯装轻松，"没事，我一会儿叫梁爽出来陪我。"

"嗯，生日快乐。"

挂电话后，许随心里一阵失落，她其实有十多天没见到周京泽了，很想他。许随一个人等了一会儿，叫服务员点了一桌子菜，打算吃完回家时再买个蛋糕，这个生日就算结束了。

本来许随觉得一个人吃饭没什么的，可是音乐餐厅里驻唱的人在唱情歌，恰好今天是平安夜，周围人又出双入对。她吃了两口前菜便放下了筷子，低头看着菜单，忽然想点一杯冰果汁来刺激一下味蕾。

许随正认真看着菜单，一道阴影落下来，上扬的声音响起："这位小姐，能拼个桌吗？"

"不好意思，这里有人——"许随头也没抬，下意识就拒绝。

直到头顶落下一道意味不明的哼笑声，对方用气音说话，带着笑："我的姑娘防范意识还挺强。"

许随抬头，在看清眼前的人时，脸上的梨涡浮现："你不是说不来了吗？"

"逗你的呗，"周京泽笑，将拎着的蛋糕放到一边，"不过路上拿东西的时候耽误了一下。"

周京泽站在她面前，穿着黑色的夹克，头发极短，露出青楂儿，脸部线条凌厉，不知道什么时候受了伤，眉骨上有一道疤，依旧是浑不吝的模样，身上的气场却越发成熟稳重。

他宽阔的肩膀上还沾着雪粒子，像是穿越风雪而来。

周京泽拆开蛋糕，点了三根蜡烛，用打火机点燃，许随立刻双手合十，认真地许愿。

男人懒散地靠在椅子上，见许随一脸虔诚，挑了挑眉，开玩笑道："男朋友沾沾你的光，分个愿望给我呗。"

许随睁开眼，吹灭蜡烛，笑道："好啊，我不贪心，分你一个愿望。"

269

饭吃到一半，服务员拿着宣传单走上前，说道："您好，今天本餐厅推出了平安夜优惠活动，一起拍照打卡朋友圈有优惠哦。两位是情侣吗？那就是折上折。"

"不用了，谢谢。"周京泽言辞礼貌地拒绝。

许随有点郁闷，刚才服务员问两人是不是情侣他没应是什么意思，唉。她正暗自郁闷，周京泽屈起手指敲了敲桌子，说道："我去上个厕所。"

"哦，好。"

人走后，许随正认真用勺子挖着碗里的酸奶捞时，忽然，大厅中央的大吊灯啪的一声熄灭，每张餐桌上只剩暖色的暗光。

不远处倏地亮起一道追光，有人拍了一下麦克风，许随顺着声响看过去，周京泽不知道什么时候出现在舞台那里，他坐在那里，拿着话筒，目光笔直地看她这个方向，声音低低沉沉："一首歌送给我爱的人。"

熟悉前奏响起，许随心口颤了一下，是她最喜欢的周杰伦的《可爱女人》。大学的周末和室友一起去 KTV 唱歌时，她跟胡茜西她们说，她挺喜欢他，要是谁唱周杰伦的歌表白，她会冲动地想跟对方一直走下去。梁爽当时立刻单膝跪下，说道："跟了我吧。"几个人顿时笑在一起，扭作一团。不过他又是怎么知道的？

周京泽的声线很低，透过话筒萦绕在许随的耳边，她感觉耳朵都麻了，他手里还拿着一罐啤酒，背略微低着，脚踩在地板上，磁性又抓人的声音从他的喉咙里冒出来：

> 漂亮的让我面红的可爱女人
> 温柔的让我心疼的可爱女人
> 聪明的让我感动的可爱女人
> 坏坏的让我疯狂的可爱女人

一曲完毕，周京泽朝她走来，全场的尖叫声和起哄声快要掀翻屋顶，许随也跟着紧张起来，他笑着开口，一字一句道："生日快乐，一一，你送我的愿望，刚才许了——不是岁岁平安，是随随平安。"

加入空中救援队后，周京泽见了更多的生死和悲欢离合，现在只希望他爱的人能够平安。

两人吃完饭后，周京泽载着她回家，走到一半，许随才发现这不是回家的路，问道："你要带我去哪儿呀？"

"去了你就知道了。"周京泽开着车，直视前方说道。

周京泽载着她开向鸦江区那一块儿，车子在凌南公馆停下。许随有点怔，还是下了车。周京泽牵着她刷卡进去，两人来到一栋房子前。

许随以为他是带她来见他的朋友之类的，刚想抬手敲门，周京泽喊住她，冲她抬了抬下巴："给。"

放到许随掌心的是一串钥匙。

"这是什么？"许随问。

周京泽笑道："生日礼物。"

许随拧开门锁，推门走进去，房子很大，一共三层，是复式的，里面家具齐全。走上二楼，有一间主卧，靠着阳台。

"这是我们以后的婚房？"许随问。

周京泽哼笑了一声，拍了一下她的脑袋，低头看着她："不是我们，房子只写了你一个人的名字，我不想结婚以后媳妇受委屈了，还跑出去住酒店，以后吵架也是你赶我走。"

"这个礼物太贵重了——"许随拿着钥匙想还给他。

周京泽眼睛紧锁着她，笑道："是我占你便宜了，我不想做你的邻居，想做你的室友，合法的、能同床共枕的那种。"

许随心口颤了一下，只觉得脸热，她岔开话题，看着房子好像是刚装修好的样子，栏杆处的油漆还半干未干，便问道："你最近买的吗？"

周京泽单手插兜，偏头想了一下，答："好像是大二，想带你回家见外公的时候。"

也是第一次想要跟一个人有以后，所以买了这套房子。

第 三 章

不分手

周京泽看着她，声音有点儿沉，
喉结缓缓滚动，一字一顿道："不分手。"
"嗯，不分手。"

胡茜西的病情越来越严重，前天晚上心脏病复发，再次被送进急诊室，凌晨五点，她从鬼门关回来了。

因为心脏功能衰竭，加上引起了各类并发症，胡茜西病发的次数越来越多，呼吸越发短促，还经常胸闷。不仅如此，她的腹腔还有大量的积液，导致全身水肿，需要每天抽取废液。

有时病痛让胡茜西痛得说不出一句话来，她躺在病床上，浑身无法动弹，只能无声地掉眼泪。

盛南洲看到胡茜西这样疼，常常想，要是他能代替她就好了。

胡茜西在熬的同时，盛南洲也在陪她熬。盛南洲到处给胡茜西找静脉扩张类的药物，经常对方一个电话就让他放下手头重要的事去找药了。

盛南洲陪着胡茜西治疗，天南海北地找医生，一个月下来，盛南洲瘦了一大圈，骨架越发地清晰，侧脸线条也变得锋利起来。

新年即将来临，冰雪开始融化，春意悄然攀上枝头，阳光涌起来。病房内，盛南洲抱着胡茜西到轮椅上，推着她到窗前晒太阳，吹吹风。

胡茜西坐在那里，手搭在膝盖上，无意间看到玻璃窗反射出一个毫无血色、病态的、肚子因为积液过多而显得臃肿的女人。

她好像老了十岁。

胡茜西一怔，随即捂住脸，眼泪从缝隙里流出来，轻声说："我现在变得好丑呀。"

盛南洲半蹲在她面前，把她的手拉开，笑着逗她："不丑，我觉得还挺好看的。"

"而且，你小时候尿裤子的模样我又不是没见过，更丑。"盛南洲语气懒洋洋的。

"扑哧"一声，胡茜西破涕为笑，她静静地看着瘦得几乎只剩一具凌厉骨架的盛南洲，忽然开口："南洲哥，我没事，我真的不能耽误你，你别管我了。"

盛南洲替胡茜西擦泪的动作一顿，抬手将她额前的刘海儿移开，光洁的额头上露出一道疤痕，因为时间的关系，它已经缩小成指甲盖大小的疤了。

男人用拇指轻轻撮了撮她额头上那道月牙般的疤，说道："那也是我先耽误的你，哥哥不得管你一辈子啊？"

胡茜西心口一窒，这句话像一枚石子在平静的湖面荡起层层涟漪，她的心不受控制地跳了起来。

盛南洲轻轻摸了摸她的头，漆黑的眸子映着她的身影，声音很低，认真道："我想负责一辈子，心甘情愿。"

这一句隐晦的告白胜过一百句"我喜欢你"之类的话，这句话像是跨越了一段漫长的时间。

小时候玩过家家，胡茜西穿着精致的公主裙，拿着一把金色的尚方宝剑递到盛南洲面前，昂着下巴说道："你以后就是本公主的骑士啦。"

到十一岁，盛南洲性格顽劣，一时贪玩，失手把胡茜西推倒在地，她的额头刚好磕在地上的碎花瓶上。

小公主哭得撕心裂肺，抽噎道："我要是毁容了，以后没人要了怎么办？"

盛南洲怎么哄都哄不好她，最后拍着胸口承诺道："公主，别哭了，以后我娶你。"

再一路到大学，两人吵闹斗嘴，一直是以最佳损友的关系出现，现在盛南洲终于把藏在心里的秘密说了出来。

"可我初中听到你说我只是你的一个妹妹。"这句多年萦绕在胡茜西心口的话，好像变得没那么重要了。

盛南洲半蹲在胡茜西面前，看着她，胡茜西又哭又笑，也回看他，最终轻轻抬手抚他的鬓角。

下午三点半的太阳透过窗户斜斜地照进来，地上两人的影子重叠到一起。

一切都刚刚好。

年关将至，街边开始换上灯笼，马路上的行人越来越多，许随偶尔坐公交车回家，视线不经意地往外一瞥，路上卖大红春联的摊贩多了起来，车子一闪而过，窗外的景象氤氲模糊在呵出来的白雾里。

许母老早就催促着许随早点买票回家，她不太想回家那么早，因为周京泽好不容易也休假，她想和他多待几天。

毕竟一旦他归队，许随有可能连着两个月都见不到他人影。

周五，天气冷，许随和周京泽一起逛超市，买了一大堆食材，两人打算在家涮火锅吃。

楼道里感应灯亮起，许随挽着周京泽的手臂，脸上漾着笑走到家门口，许随摸了一下身上，发现没带钥匙，便伸手去周京泽大衣兜里拿。

钥匙插进锁孔里，咔嗒一声，许随打开门，正要说话，在看清眼前的人时笑意僵在脸上。

周京泽顺着许随的目光看过去，面前站着一个四十多岁的女人，穿戴整齐，长相温婉，一双含水的眼眸跟许随很像。

他在心底猜测出女人的身份，敛起脸上原本散漫的笑意，礼貌地打招呼："阿姨，您好，我是许随男朋友——"

"妈，你怎么来了？"许随的手从男人的臂弯里拿出来，又悄悄扯了一下他的袖子示意他先别说话。

许母的态度说不上好，她冲周京泽笑了一下便再也没问其他，继而看向自己的女儿，说："我看你一直没回来，就想过来看看。"

许母接过许随手里的超市袋子，看了一眼墙上的挂钟，一脸的歉意："谢谢你送她回来，这么晚了……"

周京泽本来还想说点什么，在看到许随的眼神后还是改了口："成，我把东西放这儿，那我先走了。"

许母的驱逐是体面的，但也生硬强势，周京泽刚踏出去一步，门就在他背后关上了。

室内，许母和许随两个人，许随喉咙有些干涩，试探性地叫了句："妈——"

"一一，妈不同意你们在一起，分了吧，明天早点跟妈回家过年。"许母转过身说道。

"妈，我……"许随试图说点什么。

"我给你下了你爱吃的香菜馅饺子，我去捞上来。"许母笑笑，急匆匆地向厨房的方向走去。

许随叹了一口气，这是许母典型的战术，当她决定好或者不想再谈下去时就会这样回避。许随只当她是在气头上，打算第二天等她气消了再好好谈谈。

许随坐在沙发上喝了一口水，瞥见手机屏幕亮起，点开一看，是男人发来的消息："有什么事打电话给我。"

许随在对话框里打字回复："没事。"

她忽地想起什么，问道："你不会还没走吧？"

周京泽很快发了消息过来，许随看得心底一片温暖，他回："刚好在楼下抽两根烟，怕你妈觉得跟我在一起，是你不听话，然后动手打你。"

"哪有？我妈很温柔，从来不打人，你快回去吧，我明天跟你说。"

两人一起吃饺子的时候，许随特意观察了一下她妈妈的表情，许母状态看起来很轻松，还跟她扯了一下家常，说姑姑家的小孩儿太调皮了。许随的心稍定下来一些。

哪知第二天，许随迷迷糊糊地从床上睁眼醒来，一眼看见许母把她的银色行李箱拿出来，在一旁叠她的衣服塞进去。

"你醒了啊，收拾一下，下午我们就回去。"许母一边叠衣服一边说道。

许随从床上起来，解释道："妈妈，距离过年还有四天，我手里还有一些工作没有收尾，后天我一定回去。"可许母就跟没听见一样，自顾自地在那儿收拾东西，许随有些无奈地喊她，许母动作顿了一下，说："你一直不肯回家，是不是想和他待在一起？分了吧，我不会同意你们在一起的。"

许随走过去，伸手拿过自己的衣服，说道："妈，我知道你顾虑什么。他是飞行员，已经很平安地飞了这么多年，而且他飞行技术很好，不会有事。我不也是医生吗？这个职业风险也高，还有猝死的呢……"

她正在那儿劝着，许母一把拽过她的衣服往床上一摔，一瞬间就红了眼："你忘了你爸是怎么死的吗？你是不是也想像我一样，年纪轻轻就被人叫寡妇？"

一句话在原本半结痂的伤口上再次划破一道伤痕，许随沉默了很久，轻声说："那只是意外。"

"妈妈，以前你让我好好学习，不能让别人看笑话，我很听话，努力地学习。你让我懂事，多体谅大人，所以我从来不敢惹你生气，也不会说不。到现在我还记得那次全班组织去郊游，我特别想滑一次雪，可是你让我在家学习，说我比别人多走一天就赢了，我就没去。"许随看着她，顿了顿，费力地从嗓子里挤出来一句话，"你让我放弃打架子鼓，我也放弃了，后来我发现不是这样的，到大学，再遇见他，我才把喜欢的重新捡起来。我真的很喜欢他，和他在一起很开心。"

"这一次我想自己做主，我会幸福的，你不信我吗？从小到大，我哪次让你失望过？"许随吸了一下鼻子，垂下黑漆漆的眼睫，"我只是想和他在一起。"

许母愣了一下，最后叹了一口气把这个话题结束了。

许随帮许母收拾好东西后，亲自把她送到高铁站，并再三保证，自己一定会在过年前回去。

许随把许母劝回去后，总算松了一口气，然后在回去的路上接到了盛南洲的电话。

不知道对方说了什么，许随点了点头，笑着笑着，眼睛里有了湿意，答道："好。"

临近过年，所有人脸上都洋溢着期盼和兴奋的笑容，医院除外。

灰白的墙，清冷的白炽灯，桌子上渐渐枯萎卷缩的叶子。

医院每天重复着亲人离别痛哭的声音和病患因疼痛而发出的惨叫。

好在过年的前一天出了太阳，日光照进来，烘烤得人身上暖洋洋的，好像要带给人希望。

许随在病房里陪着胡茜西，一直在照顾她，陪她聊天。

她坐在病床前刷着微博，忽然把微博推送的一组热门闺密照展示给胡茜西看，说道："西西，我们好像都没拍过这种照片欸，好想和你拍一组。"

胡茜西眼睛亮了一下，随即又黯淡下去："可是我现在好丑呀，等我以后好了我们再拍！"

"谁说的？你现在依然很漂亮，"许随拍了拍她脑袋，说道，"前两天我们科室的同事还想找我要你的电话呢。我没给，主要是他长得还没盛南洲帅。"许随补充道。

两人对视，忍不住笑出声来。

"趁今天阳光好，我现在给你化一下妆，我们一会儿到医院楼下花园拍吧，那里好看。"许随鼓动她，食指钩了钩她的小拇指，"你是不是也好久没有穿漂亮衣服了？"

"嘿嘿，你这样一说我就心动了。"

许随立刻行动起来，她从办公室拿来自己的化妆包，认真地给胡茜西化妆。

化好妆以后，镜子里出现一个眼睛盈盈空灵、脸庞明艳漂亮的女人。

许随揽着胡茜西去浴室换衣服，西西公主拿到自己的衣服傻了，睁大玻璃珠似的眼睛："颂光的高中校服？"

"对呀，我穿天中的校服陪你，因为我最近有点怀念校园。"许随解释道。

胡茜西指尖摩挲着校服领口线绣制的颂光二字，不自觉地露出微笑，声音也有活力起来："穿穿穿！我也不怕别人说装嫩二字了。"

许随和胡茜西换好校服后手拉着手相视一笑。

胡茜西心情明显好了很多，她准备出去的时候，许随拉住她："欸，还差点东西。"

"什么呀？"

许随从口袋里摸出两枚糖果色的发卡，轻轻别在胡茜西头发的右侧。

她留着短发，这么一看，可真是个名副其实的高中生了。

许随拉着胡茜西下楼，两人走到楼下花园，她看似随意地瞥了一眼，说道："西西，这儿背景有点乱，我们去那边的绿草坡上。"

"好噢。"

两人手拉着手走到东侧的草坡前，远处的景象渐渐放大到眼前，如同被拭去水雾的镜子一般清晰。

雪刚融化，草坪湿漉漉的，面前是向日葵开辟出的一条小道，小路尽头有一个白色的布满鲜花的舞台。

"哇，不是吧，我们乱入别人的求婚现场了？"胡茜西拉着许随，语气有点紧张，"快点走啦。"可胡茜西怎么也拽不动许随，直到一阵熟悉的低沉的声音喊她："西西。"

胡茜西下意识地抬眼看过去，盛南洲穿着笔挺的燕尾服，肩宽腿长，领口戴着红领结，英俊非凡，手里拿着一束捧花，朝她一步一步走来，像是从天而降的骑士。

十二岁就承诺要娶她的人。

盛南洲手里拿的不是娇艳的玫瑰，不是清新的雏菊，也不是动人的郁金香，是她最喜欢的向日葵。

"胡茜西小姐，请问你愿意嫁给我吗？无论我高矮胖瘦，长得不像你喜欢的金城武，"盛南洲拿着戒指单膝跪下，抬眼看她，缓缓说道，"但是有一点，我永远并将只看得到你。"

此刻，聚集在草坪的人越来越多，她的家人、朋友，就连主治医师、病友都在场，共同见证着这场特别的求婚。

"嫁给他！嫁给他！"

"西西，你就可怜可怜老盛，把他这条光棍收了吧！"

有个人笑着大喊："你不嫁我可嫁了啊！"

场内哄然大笑，气氛轻松又和谐。

胡茜西眼睛里蓄着的眼泪掉出来，说话抽抽搭搭的："你好烦啊，我好不容易化的妆，眼线……都晕了，呜呜呜呜。"

胡茜西什么也没再说，在他紧张的眼神和期待下伸出了手，周围响起尖叫声和欢呼声，盛南洲笑着把戒指给她戴上。

两人在阳光下接吻，胡茜西环住他，小声地说道："南洲哥，我其实有个小秘密没告诉你。"

"什么？"

"算了，有机会再说。"

绿草坪、阳光、向日葵、戒指，天气刚刚好，喜欢你的心也是。

日光过于刺眼，以至于许随看到眼前的场景都模糊了。

她捂着眼睛，把眼泪憋回去，周京泽揽着她，手指安抚性地按了按她的肩膀，声音压低："你该为她感到高兴。"

忙完胡茜西的事后，许随收拾好东西回黎映过年。

周京泽送她到高铁站，叮嘱她到了之后发消息给他。

许随迷迷糊糊地点头，并说了拜拜，转身就要走，哪知男人一把拽住她，整个人被迫跌向他怀里。

周京泽抬手捏住她的下巴，偏头吻了下来，以至于声音有点模糊不清："你是不是忘了什么？"

在分别的车站，周京泽拽着她吻了有五分钟之久，最后在她白皙的脖颈后面曝出一个印记才肯放人走。

许随的脸烫得厉害，得到自由后飞也似的向安检口逃。

回到黎映后，许随还没走到门口，远远地就看见了奶奶站在家门口，佝偻着腰等她。

许随拖着行李箱加快了脚下的步伐，走到老人家面前，握住她的手，说道："奶奶！怎么不在里面等？外面天冷。"

"我刚出来不久。"奶奶笑呵呵地拍了拍她的手。

一进屋，暖意融融，许母正从厨房里端菜出来，说道："快去洗手，可以吃饭了。"

许随立刻钻进厨房里，刚拧开水龙头，许母拍了拍她的背，说道："水冷，去那边洗。"

"嘻，有妈的孩子像块宝。"许随走到另一边，拧开热水撒娇道。

许母笑了笑，继续把其他菜端出去。

年三十的晚上，电视机里放着小品，一家人围坐在一起吃年夜饭。

大家一边吃饭一边聊家常，许母对那天发生的事情只字不提，愉快地同她聊着天，气氛看起来还算融洽。

吃完饭后，许随给妈妈和奶奶两个厚厚的红包和新年礼物。

不料，许母又朝她伸出了手，许随愣了一下，笑道："钱不够啊？"

"手机给我。"许母开口。

许随云里雾里地把手机递过去，结果许母拿到手机后，站起来宣布道："今天起，你的手机没收，不准再联系他。"说完也不看许随的反应，拿着她的手机径直往房间里走。

许随很想同她争论，可是电视机里春晚中的鞭炮声提醒着她，今天是除夕。

许随决定忍一忍，她不想大过年的还和家人吵架。

可临近十二点的时候，许随到底没忍住，悄悄溜进奶奶房间里给周京泽发短信。

末了，还在短信里故意提起陈年往事："一个有可能还会被你认错的号码。"

没多久，手机屏幕亮起来，周京泽回："不太可能认错，大一那件事后我就把号码背下来了。另：这条信息是跪着发的。

"新年快乐，我的唯一。"

许随收到这条短信的时候，唇角弧度不自觉地上翘，故作云淡风轻地回答："那我也勉强祝你新年快乐。"

只可惜，周京泽过年在京北只待了两天半就被第一救援队紧急召唤回去。再加上许随的手机被没收，她时刻在许母的监督下，之后也就和周京泽很难联系上了。

大年初四，一家人坐在饭桌前吃饭，电视机正在播报一则新闻，主持人念着稿子："2 月 17 日晚，由怀宁飞往都州市的京航航班 G7085，于晚上 7 点 10 分，受天气影响，发生雷击空难。调查结果显示，遇难两人，重伤五人，机长张朝明在飞机降落时英勇……"

啪的一声，许随手里拿着的筷子掉在地上。

黎映这边迷信，新年掉筷子，是非常不吉利的征兆。

许母看向那则新闻，视线收回来，声音依旧是温柔的，却绵里藏针："看见没有？以后他出事，你一点保障都没有。"

许母后半句话还没说完，许随的心颤了一下，她冲进妈妈的房间里找回了自己的手机，开机，给周京泽打电话。

电话拨过去，机械的嘟嘟声响得越长，许随的心就越悬得高。

能不能接个电话？

许母走了进来，抱着手臂看着她："你在干什么？"

"我想确认他——""有没有事"这几个字还哽在喉头，被许母倏地打断。

许母一把夺走她的手机，这时电话终于接通，传来一道清晰的男声："喂。"

许母毫不犹豫地挂断了，她的声音尖锐："——，你什么时候变得这么不听话了？！你是不是看我死你才甘心？"

许母这几天限制她联系周京泽，还时不时地暗讽这个男人不能给她带来幸福，强行给她灌输安稳才是正确的选择。此时抢她手机，做主挂了周京泽电话。这一切的一切让许随终于爆发。

"你为什么非要这么强势呢？我只是喜欢一个人，我连和他在一起的权利都没有吗？"许随情绪控制不住，眼泪掉下来。

许母没想到一向乖巧的女儿会生气，可她还是不肯后退一步："你们不合适，你要相信过来人，当初我嫁给你爸，整天过着提心吊胆的日子……"

"什么叫合适？"许随倏地打断她，她整个人崩溃，听够了这些负能量的话，终于克制不住，一连串的重话冒了出来。

"你过得不幸福，就代表我也不幸福吗？我再也不想听你的话了，我真的觉得有点窒息。"许随嗓音哽咽，转过身去。

许母一愣，指着她："你——"说不出一句完整的话来，随即剧烈地喘气，整个人呼吸不上来，不慎朝旁边直直地倒下去。

许随听到声响后立刻回头，看见躺在地上的母亲，惊慌失措地喊道："妈——"

最后许随手忙脚乱地把许母送进了医院。

许母这一倒下，引发了一系列陈年积累的毛病。她被送进了手术室。

许随坐在手术室外的长椅上，后知后觉地感到了害怕。

如果妈妈出现了什么问题，如果……许随不敢再往下想。

她为什么要去顶嘴，跟妈妈置气？她还小时，许母顶着娘家那边的压力，为了女儿有一个好的成长环境，坚决不改嫁，其间还要时不时忍受邻里嘲笑是寡妇。即便如此，许母仍咬牙一个人将她顺顺利利地抚养大，同时还肩负着照顾一个老人的责任。

她到底在干什么？

许随整个人蜷在椅子上，双手抱住膝盖，把自己蜷成一个安全的自我保护的姿势，然而手掌搭在膝盖骨上，一直在不停地抖。

她正出着神，忽然，一双宽大的、掌心带着凉意的手握住她发抖的手，他的手掌很沉，也重，却莫名让人安心。

许随慢慢抬眼，撞上一双漆黑深邃的眼睛。

周京泽穿着一件黑色的冲锋衣，眉目冷峻，轮廓线条利落，他半蹲在许随面前，握住她的手，衣领上有一颗透明的雪粒子落在两人虎口中间，转瞬即化。

分不清是眼泪，还是雪。

"你怎么来了？"许随一开口，发现喉咙干涩得厉害。

"今天休假，刚好打算来看你，你打电话给我的时候，我正在飞机上，一下飞机听到电话这边的争执就赶过来了。"周京泽搓了搓她的掌心，温暖一点点传来。

他笑，捏了捏许随的脸，问："做事怎么这么慌张？我赶到你家去，奶奶还一个人在家。"

"啊？我现在——"许随反应过来。

周京泽拇指钳住她要动的指关节，说道："我已经把她安顿好了。"

唰的一声，手术室门打开，一个护士戴着沾上血污的手套，喊道："病人需要血浆置换，谁是 B 型血？"

许随神情一瞬间茫然，周京泽握住她的手，偏头冲护士说："我是。"

周京泽做完身体检查后去抽血，时间过半，黑色的影子落在许随身旁，他坐在旁边，抬手拥住她的肩膀，闭上眼，仰头靠在冰冷的墙壁上，陪她一起等待结果。

许随靠在周京泽有力的手臂上，瞥见他手腕上有一个小孔，青色的血管凸起，周边一片瘀紫，仍有斑斑点点的血迹残留。

半夜，医生从手术室出来，同他们报了平安，并嘱咐许随一定不能再让病人情绪激动，先住院观察半个月，注意调养身体。

许随松了一口气，最后她催周京泽去酒店开个房间休息。

周京泽不肯，仍陪着她。两人坐在长椅上盖着外套睡了一整夜。

天刚微亮的时候，一道尖锐的手机铃声将两人吵醒。

周京泽熬了一夜，脸色惨白，神色困倦，眼底一片黛青。

他看了手机来电显示，许随看过去。

是第一救援队的电话。

周京泽没接，任它响着。

"我们——"许随语气慢吞吞的，喉咙里长久没有发音，声音既哑又干涩。

周京泽看着她，声音有点儿沉，喉结缓缓滚动，一字一顿道："不分手。"

"嗯，不分手。"许随笑着看他，语气哽咽。

周京泽轻轻捏了捏她的鼻子，开口："总之，这事你交给我。"

周京泽摁了电话后，手机铃声就没再响起过。

天光才亮，早市还没开始，只有路口几家早餐店开了门。

周京泽牵着许随出去，带她去吃早餐。他点了两碗馄饨，顺手拿了一袋牛奶放到许随面前。

馄饨端上来以后，周京泽一直没顾得上吃东西，低头看着手机，拇指按着手机屏幕不知道在划拉什么，还出去打了个电话。

许随捏着汤勺随意地搅了一下碗里的馄饨，她只吃了两个，就再也吃不下去。

周京泽打完电话回来后，送许随回医院，还打包了一份许母的早餐。

医院门口，周京泽把清粥递给她，他一向办事周全，说道："刚给阿姨请了个护工，照顾好自己，有什么事打电话给我。"

周京泽手里握着的电话响了，他看了一眼，说："我得走了，宝宝。"

许随抬眼看着他，没有说话，周京泽好像一眼看穿她心里在想什么，缓缓开口，声音一如少年时清澈干净："这个职业确实辛苦，也危险了点，但这个世界就是这样，总得有人去做。你知道我每次在飞机上准备营救时，想的是什么吗？"

"什么？"许随疑惑道。

周京泽低头看她，拇指轻轻蹭了蹭她的脸颊："因为你在那里，天空才有了意义。"

因为心里想着有人在等他，所以每一次全力以赴营救的背后都是好好活着，平安回来见她。

许随的心缩了一下，她看着周京泽，无论如何也说不出"你别去"这三个字。

"好，平安回来。"许随最后说道。

许随拿出手机看了一眼日程表，本来明天就要返程，但因为许母生病这事，她向单位请了两天的假，将高铁票改签了。最后她拎着早餐走进了病房。

没隔多久许母睁眼醒来，脸色惨白地躺在床上。

许随垂下眼睫，说道："妈，对不起，我不应该跟你说那样重的话。"

"傻孩子，这哪能怪你，老毛病了。"许母挤出一个笑容来。

母女就是这样，因为有那层血浓于水的联系在，情感始终割舍不掉。

许随这几天都在医院照顾许母，忙得晕头转向，幸好周京泽请的护工阿姨帮了她很多。许母怕耽误许随的工作，一直催着她回去。

许随坐在病床前给许母削着苹果，笑着应道："我已经请了假，在家待了还没两天，您总得让我把假休完吧。"

护士这会儿正给许母换药，听到了母女两人的对话，笑着说："你真幸福，前有女婿为你输血，还请了个护工照看，后有亲女儿为你忙前忙后。"

"之前他来了？"许母听后语气淡淡地问许随。

许随点点头，想在许母面前说周京泽好话："对，你昏迷的时候都是他在照顾。"

"替我谢谢他。"许母说道，转而朝正在帮她调缓输液速度的护士说道："他不是我女婿，是我女儿的朋友。"

许随正削着苹果，动作一顿，一串长长的青苹果皮忽然断了，啪的一声掉在地上，她垂下眼睫，俯身将它捡起扔进垃圾桶里，最后什么也没说。

这件事，许母仍没有松口。

回京北的前一晚，许随在医院病房照顾许母。让人放心的是，她的身体情况逐渐好转，精神头也恢复了大半。

晚上九点，许随正给许母倒着热水，热气迅速地飘向纸杯上空，这时，裤袋里的手机发出嗡嗡的振动声，她放下热水壶，摸出手机一看，目光顿了一下。

是周京泽来电。

许随握着手机，走出病房门，正要点接听的时候，许母的声音冷不丁地从身后传来，语气充满了失望："——，你是不是想气死妈妈？"

许随最终还是没接这个电话。

回到京北以后，许随照例上班，同周京泽每天保持联系，下班以后偶尔和朋友出去吃饭逛街，她看起来什么事也没发生，但心里始终有一块石头压着。

许母的阻拦或多或少让许随对这份感情有了一丝动摇。

自从周京泽加入救援队后，每次一在新闻上看见他们的消息，许随就提心吊胆。

人有了另一半后确实比较自私，只希望他平安就好。

周五下班，许随无事可干，一个人漫无目的地走在大街上，她随便搭上一班公交车，坐在最后一排的位置上，靠在窗边，盯着车窗外一路倒退的风景发呆。

公交车开了一个小时后，许随随意选择一个站台下车，向前走了十多分钟，不经意地一看，她竟然晃荡到母校医科大学来了。

斜对面是学校有名的小吃街，正好将京北航空航天大学和京北医科大学两所大学隔开。许随刚好饿了，双手插进口袋里，朝对面走了过去。

踏进熙攘的街道，年轻的女学生手挽着手，脸上堆满了胶原蛋白，正在水果摊前挑水果，一颦一笑都透着青春气息。刚打完篮球穿着球服身上汗津津的男生，旁边跟着的女朋友正给他送水喝。

熟悉又陌生。

许随看到不远处的云记面馆，走了进去。

这家面馆的生意还是这么好，老板脸上洋溢着喜庆的笑容，忙得不行。

许随找到角落里的一个位置坐下，抽出一张纸巾正擦着桌子，老板走了过来，问她要点什么。

"来一碗鲜虾面。"许随手肘压着菜单，随便扫了一眼，抬起头，说道，"对了，老板，不要——"

"哎，是你呀，"老板手指捏着一根圆珠笔，掌心托着一个记菜的小本子，"医科大的学生对不对？你考研那会儿经常来我家吃的。"

"对，是我。"许随笑着答。

老板接过她递过来的菜单，声音爽朗："还是老规矩，多加葱和香菜，不要醋，对不对？"

"对，您还记得。"许随笑。

面端上来以后，许随拿起筷子夹了一口送进嘴里，面很筋道，汤还是那么鲜美。

许随吃得很慢，到最后吃得全身起了一层薄薄的汗，很暖很舒服。

毕业以后，她就没吃过这么好吃的面了。

吃完后，许随起身来到收银台结账。

老板正在那儿清点货物账单。

许随握着手机，轻轻敲了敲桌面，说道："老板，结账。"

老板闻声抬头，停下手里的动作，寒暄道："今天你一个人过来啊，你男朋友呢？那个长得很帅很高的寸头小伙子？"

许随愣了一下，她和周京泽总共来面馆吃饭也没几次，没想到老板还记得。

她抬手钩了一下耳侧的碎发，应道："他……啊，在工作，暂时没时间过来。"

"老板，多少钱？"许随拿出手机对着收银台上的二维码正准备付钱。

老板摆摆手，用白布擦拭着玻璃杯子，笑眯眯地说："不用啦，当初你男朋友给的钱在我这儿还剩不少呢。"

许随正低头看着手机，目光一顿，语气是难以置信："什么钱？"

"哎呀，你不知道吗？那会儿你不是在考研吗？经常复习到很晚，他怕你出来没有饭吃，就给了一笔钱让我把店关晚点，还让我多照顾你。"

轰的一声，许随内心有堵城墙完全倒塌。

许随准备考研那会儿，她记得两人已经分手很久了。

许随这个人就是这样，一旦投入某件事情就会变得很忘我，喜欢一个人是这样，学习也是。

她到现在还记得，那会儿为了考研，天天待在自习室，直到教室里的人都走光了，她还在那儿学习。以至于她出来的时候，食堂早已关门，跑到校外，门口那几家店也陆续关了门，要么是正在收摊，要么就是店里一天的食材都卖完了。

只有这家云记面馆，无论多晚都亮着灯。

有时候，许随坐在那里吃面，遇到了大雨，老板还会友好地递给她一把伞。

京北的冬天很冷，每次许随跑出来，抱着本书，手指冻得通红，老板娘看到后都会拿暖宝宝或者倒杯热水给她。

考研那段艰难的日子，许随坚定又孤独，难挨的时候，看到面馆的灯还亮着，就觉得好像它在陪着她，但许随没想到的是他。

风雨不动一直陪着她的人是周京泽。

许随想起了什么就要走，末了还不忘冲老板道谢。

老板开玩笑道："客气，你们结婚的时候记得请我啊，我也算你们感情一路的见证人了。"

许随愣了一下，随即重重地点头，笑道："会的。"

我们会结婚。

许随跑出店门，急忙打了个车回到家里，迅速地按电梯，从一楼坐到八楼。

她走进家门，开始在书房里找东西。在一箱旧物中，许随翻到了一顶蓝色的小熊鸭舌帽。

许随坐在厚厚的地毯上，用手拍了一下上面的灰，她伸手拿出里面的标签，一看，里面挡着一个字母 Z。

不知道为什么，许随忽然想哭。

许随到现在还记得，本科毕业聚餐的那天晚上。

学业完成，许随松了一口气的同时，也沉浸在毕业大家即将离散的感伤氛围中。

聚餐当天，许随特意化了妆，穿了一条好看的裙子出席当晚的活动。

几十个同学围坐在一张暖棕色的长方形桌子旁，一边吃烤肉一边喝酒，畅谈人生。

坐在许随旁边的一个女生，在众人嘻嘻哈哈聊天的时候，突然亮出了两个红本本。女生靠在身旁男生的肩膀上，朝众人晃了晃她的结婚证："各位亲爱的同学，我们结束多年爱情长跑了，今天领证啦。"

气氛一下子被炒热，鼓掌声和欢呼声此起彼伏。

"闷声不响干大事！"

"来来，喝酒！今晚你俩必须给我不醉不归。"

女生同男生相视一笑，眼里是融化彼此的爱意，大方地接过他们递过来的酒杯。

许随撑着脑袋，心里默默感叹真好啊，手拿着钳子正在翻烤炉子上面的五花肉，发出吱吱的声音。

女生凑过来说："随随，发什么呆呢？来，我俩敬你。"

许随回神，拿起桌上的酒杯，一饮而尽："恭喜你们，百年好合。"

"哈哈哈，谢谢。你打算什么时候结婚呀？"同学问道。

许随扯了一下嘴角，放下酒杯："我还早着呢，连对象都没有。"

"过两天我给你介绍！"

"好。"许随笑笑，随口应道。

同窗好友即将分别，各自散落在天涯，周围人出双入对，或分手。一场聚会下来，气氛总是萦绕着一种感伤。无论怎么样，许随发现这一路上她好像都是一个人。

中途，许随出去上了趟厕所，在走廊拐角处一不小心撞到一个女生。

浓郁的香水味飘来，许随低着头，连忙道歉："不好意思。"

"是你啊，许随。"一道熟悉的声音传来，许随抬起头，竟然是柏瑜月。

可是惊讶过后又不觉得奇怪了，毕竟两人同系同专业，她还在隔壁班，他们把毕业聚餐地点定在这里也不稀奇。

"嗯，好久不见。"许随同她打招呼。

柏瑜月穿着一条红色的裙子，露出一截纤白的脚踝，她居高临下地看着许随，挑了挑眉梢，盛气凌人道："当初我没说错吧，你驾驭不住他。"

这个"他"，两人都知道是谁，许随脸上的表情并没有太大变化，她甚至自嘲地扯了一下唇角："确实是。"

柏瑜月低头拨了一下指甲上面的亮片，看似漫不经心却有意重击："你最近和他还有联系吗？我听说他新交了个女朋友。"

许随双手插进口袋里，指甲陷进掌心里，受虐般用力收紧，一阵疼痛，她勉强笑笑："分手了再谈恋爱不是很正常？人都要朝前看。"

后半句话，许随也不知道是说给谁听。

"我还有事，先走了。"许随从她身上收回视线，低下头走了。

柏瑜月看着许随匆匆离去的背影，心想这个谎撒得挺值。

回到包厢后，许随在那儿一边烤肉一边听同学们聊天。

钳子抵住薄薄的肉片，有油溢出来，许随撒了一把孜然和调料粉，翻转了几下肉，不一会儿，香味飘出来。

许随拿了一片生菜，裹住肉，机械地放进嘴里嚼动着。不知道是不是油烟太呛的原因，泪腺受到刺激，眼里有了一层水意。

后来许随喝了很多的酒，喝得头昏脑涨，意识开始不清醒。要命的是，喝完酒后，她牙开始疼。

其实许随牙疼发作已经持续一段时间了。奈何毕业这段时间太忙，她一直没时间去看。牙疼不是病，疼起来要命。

许随喝个半醉，此时难受得厉害，加上牙痛牵动着神经，她半张脸都不敢有任何动作。

她放下酒杯，跑到阳台上吹风。

夏天闷热，天空很亮，但一颗星星也没有。

许随醉得没有意识，此刻她特别想找人倾诉一下，恍惚中，她拿出手机打给了胡茜西。

电话很快接听，奇怪的是，那头一阵沉默，只听到风声很大，似乎在一个空旷的平地上。

许随没有发现异样，她捂着半张疼到不行的脸，啜泣声从电话传到那边去。

她只是哭，电话那边也没有问什么。

许随哭到后来，啜泣声渐渐变大，眼睫沾着眼泪："西西，我好想他。你……是不是想笑我没用？可我就是想他。"

没多久，电话那头顿了顿，似乎问她在哪里。

"聚会呀，呜呜呜呜，我好惨，喝醉了还牙疼，我现在有点想回家。"许随伸手擦掉眼泪。

电话那头的人似乎让她在原地等着，不要乱跑，许随乖乖地应了句"好"。

在等待的间隙，许随脸颊贴在栏杆上，一阵冰凉传来，疼痛得到缓解，她舒服地眯了眯眼。

后面的事许随记不太清了，隐约记得有人背她回了家。

第二天醒来，许随桌前放着一杯解酒茶和止痛药，旁边还落下了一顶蓝色小熊鸭舌帽。

许随一直以为那天晚上是胡茜西叫了别的男生一起送她回家的。现在看来，那天晚上的人是周京泽。

许随到现在才发现，无论她需不需要他，他一直都在。

许随拿着那顶小熊帽子蹲坐在箱子前，她现在很想打电话给周京泽。

许随拿出手机拨了个电话过去，响了几下，那边很快接通。

周京泽似乎刚下飞机，他的声音一如既往地透着颗粒感："一一，什么事？"

"没什么——"

许随心口颤了一下，她紧握着那顶蓝色的小熊鸭舌帽，声音缱绻温软："我就是想你了。"

很想很想你。

第 四 章
西西，永住太阳里

这一天，晴空万里，天空一望无垠，
黄昏美丽，花香阵阵，鸟儿争鸣，
风也温柔。

那边没有声音，似乎静止了很久。

许随一向内敛，难得表达爱意，没有得到回应有点尴尬，她正准备岔开话题时，周京泽忽然开口，声音低低沉沉："我也是，比你想我还要想。"

电话那头传来啪的一声，是打火机齿轮擦动的声音，他吸了一口烟，轻笑道："晚上我有反应的时候，只能靠你的照片消火，懂吗？"

周京泽语调吊儿郎当，透着一股邪气，自带低音效果的声音通过不平稳的电流钻到她的耳朵里。

痒痒麻麻，许随只感觉耳朵烫得厉害。

"流氓。"许随红着脸干干巴巴地骂了一句。

周京泽一声轻笑，拿下烟，哄她："去我家帮忙给那些植物浇水，乖，等你浇完我就回去了。"

"好。"

恰逢周末，许随把 1017 和奎大人带回了周京泽琥珀巷的家，她推开院子的门，放眼望过去，院子里的植物几乎都死光了，叶子泛黄，整个枝干软塌塌地躺在地上。

周京泽分明是骗她过来的，就这植物，农学专家过来也救不活。

许随进去喝了两口水，牵着奎大人去花市买了好几盆植物回来。

有仙人掌、尤加利叶、琴叶榕、虎尾兰。这些植物一并被她摆在院子里，再浇上沁凉的水，一下子让整栋房子的色调明亮轻快许多。

许随走进家门，从冰箱里拿出一盒牛奶，用白吸管戳破铝纸薄膜，仰靠在沙发上喝牛奶。然而休息没多久，她无意间瞥见桌子上还有一堆东倒西歪的啤酒罐，沙发上凌乱地搭着男人的衣服，航空杂志扔在一旁，她又闲不住了。

许随放下牛奶，起身找来一个白色的塑料袋，把啤酒罐扔进去，将茶几擦干净，还顺手把家里其他凌乱的地方打扫干净，最后把垃圾扔了出去。

整个家看起来焕然一新。

一切都收拾好后，许随又把他的衣服扔进洗衣机里，丢了颗蓝色的洗衣凝珠进去，摁下按钮，洗衣滚筒开始缓缓转动后，她就去做别的事了。

今天是开春以来最热的一天，加上她收拾了一下午，许随整个人热得出了一身汗。她走进周京泽房间，找了件他的 T 恤和运动裤，立刻钻进浴室里冲澡去了。

洗完澡穿衣服的时候，许随发现周京泽的黑色运动裤太大了，裤头两根绳子也系不住的那种，直接掉了下来，她干脆放弃，最后穿着他的 T 恤，踩着一双拖鞋就出来了。

她用白毛巾随意地擦了一下湿发，头发半干未干地披在肩头，发梢往下滴着水，胸前一片水痕。

许随侧头晃了一下耳朵里的水，趿拉着拖鞋，走到洗衣机前，把洗好的衣服放进衣篓里。她抱着衣篓走上二楼晒衣服。

这会儿已经是黄昏，天空呈现一种浓稠的蜂蜜般的颜色，燥热的风吹来，天气闷得让人误以为夏天快到了。

许随正要晒衣服，发现护栏顶端卡着几件周京泽的衣服，此刻正迎风飘荡着。许随踮起脚费力地伸手去拿衣服，却够不着。

她从房间里搬来一张小板凳，赤脚踩上去，伸手去够护栏上卡着的衣服，可每次手刚够到衣摆，晚风一吹，那衣摆就擦着她的指尖又晃到别处去了，许随只好更努力地踮起脚去伸手够衣服。

周京泽嘴里叼着一根烟，倚靠在墙边不知道看了多久。

许随背对着他，完全不知情，还在那儿与那几件迎风飘荡的衣服做斗争。她穿着周京泽的白 T 恤，勉强遮住白嫩的大腿根，露出两条光溜溜纤直的长腿，圆润的小腿上面还沾着几滴水珠。挺翘的臀部在宽大的 T 恤下若隐若现，她每伸出一次手去够衣服，透过宽松的衣裳可见那对白玉似的浑圆。

头发湿答答的，往地板上滴了一摊水。

依然是那个清纯的少女，一举一动却透着勾人的媚。

周京泽眯了眯眼看着她，嘴里咬着的烟飘出丝丝缕缕灰白的雾，喉结缓缓滚动，下腹涌起一股热流。许随的本事就是什么都不用做，光是站在那儿，就能让他有反应。

周京泽摁灭手中的烟，随手把它丢在脚下的花盆里，双手插兜，踩着军靴，朝许随一步一步走过去。

许随踮起脚，好几次费力地去够衣服，风一吹，结果又没抓着，终于泄气。倏地，一阵阴影笼罩过来，一双匀实有力、青色血管明显的手环住她的两条腿，将她整个人腾空抱起。

许随吓得发出一声惊呼，听到一道意味不明的哼笑声，低头一看，才发现此刻本应该远在千里之外的男人出现在眼前。

"你怎么回来啦？"许随声音里充满了惊喜。

周京泽身上还穿着空中救援队的蓝色制服，左肩四道杠，右肩上有一个小小的金色小飞机，有一圈鲜红的旗帜绕着它，他穿着工装裤，踩着军靴，整个人肩宽腿长，潇洒帅气又透着一股浑不吝。

"我什么时候骗过你？给植物浇完水我就回来了。"周京泽笑。

"要拿哪件衣服？"周京泽问她。

许随搂住他的脖颈，坐在男人一侧肩头，周京泽托着她，心甘情愿地听小姑娘指挥，一会儿往左，一会儿往右，她最后收到了衣服。

周京泽单手托着她的臀部，粗粝的手指摩挲了一下她白嫩的腿，喉咙一阵发紧："穿我的衣服，勾引我？"

许随被他摸得一阵战栗，她又坐得高，整个人提心吊胆，怕掉下去，心尖简直被拿在火上烤，哑声道："没……没有，我又不知道你要回来。"

男人舌尖顶了一下左脸颊，笑，声音沉沉："但是勾引到我了。"

周京泽回来，许随很高兴，也出奇地黏人，他去哪儿，她就跟在后面，像一条小尾巴。

晚上许随说不想吃饭，想吃个蛋糕，周京泽连衣服都没换，从冰箱里拿出食材，走进厨房，认命地给他的姑娘烤小蛋糕。

没办法，自个儿媳妇，他不宠谁宠？

周京泽在厨房里打好鸡蛋，揉好面粉，等它成了模后，正准备拿器具时，许随不知道什么时候进来了，从背后抱住他，脸颊蹭了蹭他。

"嗞——"周京泽散漫地笑，语气危险又意有所指，声音压低，"再乱撩拨当场办了你。"

"你要不要摸摸有没有反应，嗯？"周京泽作势去拿她的手想带过去，许随紧抱着他的腰，怎么也不肯撒手。

"怎么忽然这么黏人？"周京泽使坏，偏头把奶油蹭到她脸颊、鼻子上。

许随也不生气，声音闷闷的："我要跟你说声对不起。"

"你一直以来为我做的事我都知道了，地图、小熊鸭舌帽、面馆……"许随抱住他，吸了吸鼻子，"前段时间因为我妈的事，我对这份感情不够坚定，对不起。"

周京泽手里的动作顿住，转过身，看着她。

许随也抬眼看他，周京泽头发短了很多，五官凌厉，正抬着眼皮看她，薄薄的眼皮像两片利刃。

一对视，便掉入他掌控的旋涡中。

许随先开口："我会跟着你，支持你，以后不会再为感情动摇了，一生一世，只认定你。"

像是一枚拨片在平静无痕的湖面拨开层层涟漪。

周京泽低下头，摁住她的额头，语气认真，说道："许随，跟了我，我不会让你后悔。"

会把最好的捧到你面前，不再让你难过。

"好。"许随点点头。

周京泽怕她又要哭，继而岔开话题，手指将她额前的碎发钩到耳后，笑道："你刚才是在道歉？那补偿我。"

许随眼神懵懂，看着他："怎么补偿？"

她说完这句话，人还没反应过来，周京泽一把搂住她的腰，将人拽到跟前，他低下头，将许随鼻尖、脸颊上的奶油舔到嘴里。

周京泽看着她，低下头，喂到她嘴里。许随被动地尝了一点奶油，还挺甜，紧接着，唇瓣一痛，男人直接咬了起来。

许随被迫咽下他送进来的奶油，甜得嗓子发哑。她穿着白色的T恤，宽大松垮，刚好方便了他。

许随只觉得前面一阵冰凉，指节粗粝，戒指硌人，又凉又热。她低下头，被动地埋在男人脖颈间，嗓子干得说不出一句话来。

奶油被烘烤得融化，很快，化成了一摊水。

周京泽动作很用力，按着她肋骨处的文身，到关键难耐处，眼梢溢出一点红，额头的汗滴在厨房的地板上。

"——。"

"嗯？"

周京泽看着她，声音嘶哑："想娶你。"

周京泽这段时间都休假，许随和他整天待在一起，除了上班，几乎形影不离，她以为所有人都在朝好的方向发展。

哪知道，一个晴天霹雳劈了下来。生活就是这样，时好时坏，时晴时雨，你不知道哪个浪头会朝你打过来。

周日凌晨三点，周京泽接到医院的电话，被告知胡茜西心脏病突发，两次紧急抢救，第二次抢救的时候，盛南洲看到胡茜西痛苦到了极点，整个人瘦得像一张纸，心肺又鼓得像皮球，呼吸接近衰竭。

每做一次除颤，她都无力得像一个软掉的黄桃，身体极度虚弱、痛苦，但她的意识很清醒。

越清醒越痛苦。

她在无声地掉眼泪。

像易碎的娃娃。

医生走出去，同盛南洲说了胡茜西的情况，盛南洲垂下眼，拳头不自觉地紧握，最后点了点头。

他选择了放弃抢救。

盛南洲冷静地通知胡茜西的每一位亲人和朋友到场来同她告别。

盛南洲是最后一个进去的，他一直握着她的手，脸上始终带着笑。他不想他的妻子到最后还要为他担心。

最终，胡茜西于凌晨 4 点 45 分离开人世。

当医生宣布胡茜西的死亡时间时，许随整个人昏了过去。而盛南洲始终坐在那张白色的病床前，握着胡茜西的手，久久没有动弹，沉默得像一尊雕像，与医院昏暗惨白的背景融为一体，像是一个分裂的切割体。

在没有人看见的角落里，一滴滚烫的眼泪滴在床单上，迅速洇开，然后消失不见。

胡茜西的后事都是盛南洲一手操办的，吊唁那天，许随、周京泽他们站在主位上，作为胡茜西的家人，迎接和招待每一位宾客。

路闻白也来了，他带着一束迎春花，眼睫下是淡淡的阴郁，脸色仍是病态的白，他走上前，拍了拍盛南洲的肩膀，低声说："节哀。"

墓前凭吊的时候，许随穿着一身黑衣服站在百人中央，手里拿着一张她写的稿子，念的过程不是很顺利，几度哽咽，她说道——

"胡茜西，1993 年 3 月 17 日，在春天花开的时候出生，今年 28 岁。我的好朋友胡茜西，长得漂亮，眼睛很大，皮肤很白，第一眼看她，以为她是漫画里走出来的元气少女。她和大部分普通的女孩一样，喜欢追星，为减不下体重和脸上长了一颗痘痘而烦恼。喜欢吃寿司，讨厌一切刺激性的东西，最爱的颜色是粉色。

"她是我们的朋友，是父母眼里的小公主，是一名普通的妻子，也是在世界各地救助了一千三百只小动物的野生动物医生。她独自一人看了三千次日落，仍……好好活着。偶尔爱哭，时而娇气，但她一生善良且活泼，聪明且坚强，勇敢又热烈，像向日葵。

"请不要忘记她。"

说完以后，全场安静得不像话，只有轻微的啜泣声，紧接着哭声越来越大，所有人像是被浓郁的黑色笼罩。

送走宾客后，许随他们站在墓前，她在那里站了很久。许随看着墓碑前照片上笑靥如花的胡茜西发怔。

自从上次回暖后，整座城市陷入了雨季，终日被一层白色的湿气笼罩着，可是今天，许随抬头看了一下天空。

出奇地晴朗。是个好天气。

西西，你在看着我们吗？我永远不会忘记你，下辈子，我们还要做好朋友，给你套一辈子的被套。

其他人都离开后，盛南洲一个人坐在墓碑旁。太阳渐渐地下沉，火烧云呈一种血色的浪漫铺在天空之下，瑰丽又壮观。

盛南洲坐在那里，想了一些事情。那天晚上告别的时候，他握着胡茜西的手，她躺在那里，费力挤出一个笑容，开口："南洲哥，我一直有个秘密没告诉你，其实我也偷偷喜欢你很久啦。但有一次无意听见你跟朋友说，只拿我当妹妹，所以我就把这份喜欢藏在心底了。大学追路闻白那次，真的很傻，谈不上喜欢，纯粹是被美色诱惑，也莫名地执着，当时的我在想，反正也活不长，不如试试大胆热烈地喜欢一个人是什么感觉。"

路闻白算她人生游戏通关选择的一位角色体验。后来她和路闻白讲清楚了，两人成了朋友。

胡茜西说着说着眼角滑落一滴泪，她费力地抬手抚上盛南洲的鬓角，嗓音虚弱又无力，一个字一个字从喉咙里挤出来："南洲哥，我要走了，不要为我难过。你一定要好好活着，替我看一看世界上美好的东西，彩虹、晴天、日落，我还没看够呢，还有好多好吃的也没来得及吃，所以……这些你要替我完成，不许做傻事。

"如果下辈子有机会，我会先遇见你，来追你。"

盛南洲坐在墓碑旁，维持了好几天坚强平静的表情终于崩裂，表情悲恸，潦倒地靠在那里，他抬手抚着墓碑上面的字——

爱妻胡茜西之墓。

这一天，永失所爱。

同时，他将一枝向日葵放到墓前，从喉咙里滚出一句话，语气认真："西西，永住太阳里。"

这一天，晴空万里，天空一望无垠，黄昏美丽，花香阵阵，鸟儿争鸣，风也温柔。

第 五 章
蝉鸣声永不停歇

夏天永远热烈，
我爱的少年也是。

生活就是这样，像一面镜子，打碎了还得拼接起来继续朝前看。

没多久，盛南洲出了国。

没人知道他去了哪里，有人说在法国巴黎街头见过他，还有人说他成为一名国际组织志愿者，把胡茜西走过的每一个地方都走了一遍。

总之，他与大家失去了联系。

周京泽结束休假回了基地，许随则继续回医院上班，虽然两人在不同的岗位上，但始终做着同一件事——尽全力救护每一条生命。

中午休息的时候，许随坐在办公室对着电脑屏幕发怔，鼠标在确认打印上，犹豫了一下，以至于韩梅进来时的敲门声她都没听见。

韩梅端着一杯咖啡，一只手撑在桌面上，凑了过来，神色惊讶："你要辞职啊？"

许随回神，伸出食指抵在唇边做了一个"嘘"的动作，应道："我这还没交上去呢，暂时帮我保密啊。"

韩梅上下打量了她一眼，不太敢相信许随要放弃这么安稳且前途无限的一份工作，尤其是她正处于事业上升期。

"你这是怀孕了还是嫁进豪门了，怎么突然放弃这么好的工作？"韩梅语气疑惑，开玩笑道。

许随笑了笑，托着腮，食指点了点脸颊："没有，就是想清楚了一些事情，想换个工作环境。"

韩梅见她去意已决，也不好再说什么，立刻放下咖啡伸手环住她的肩膀，说道："我会想你的。"

"我这还没走呢。"许随笑着拍了拍她的背。

辞呈交上去后，第一个找许随的便是她的老师，也就是张主任。张主任代表医院和个人对许随进行了全力挽留，还从各方面分析了她离职的负面影响。总之，他认为辞职是年轻人脑子一热的冲动行为。

许随在张主任办公室待了有一个多小时，主任费尽口舌，他喝干了一缸茶，还是丝毫没有改变她的心意。

"你这孩子，怎么那么轴呢？"张主任叹了一口气。

许随双手插兜，开口，语气真诚："老师，你说我身为医者没有怜悯心，现在我找到答案了……"

主任听完后放了人。

最后，许随从普仁顺利辞职了，但她目前还要在那里工作一段时间，等真正交完班才能从医院离开。

辞职这件事，她跟谁也没说。

她和周京泽在一起这件事，从她妈出院之后，她就在跟许母打持久战，见缝插针地给许母说周京泽这个人有多好，有多靠谱。

时间久了，许母看起来好像也没之前那么反对了。

放假，许随回了黎映看望老人。晚上她同许母站在厨房里包饺子，厨房的白炽灯光打下来，她捏着一个圆鼓鼓的饺子，看似开玩笑，实则在试探，说道："妈妈，我真的想嫁给他，你不答应我真去山上当尼姑了啊。"

许母认真擀着饺子皮，动作顿了一下，也没看她，笑着说："那妈可不能让你当尼姑。"

许随愣了三秒才反应过来，声音惊喜，立刻冲过去用满是面粉的手搂住许母的脖颈道："妈，妈，妈，你这是同意我和他在一起了？！"

一段感情里，许随最想得到的是亲人和朋友的祝福。

"再不同意，你都该不认我这个妈了。"许母笑着把她全是面粉的手拍开，没好气地看了她一眼，说道，"不过女孩子家家的，怎么一点都不矜持，天天嚷着要嫁给他。你要把主动权握在手里。"

许随心情很好，还舔了一口手指上沾的面粉，笑嘻嘻的："他现在很喜欢我！"

许母拍了一下她的脑袋，笑骂道："没皮没脸。"

睡觉的时候，许随躲在被窝里同周京泽说了这件事，她握着电话，语气有些小得意："怎么样？葛女士在我的软磨硬泡下终于同意我们在一起了，我是不是很厉害呀？"

周京泽在那边笑了一下，敲了一下指尖夹着的烟，烟灰扑簌簌地落下来，声音压低："嗯，我媳妇儿真棒。"

其实许随不知道的是，许母之所以会同意两人在一起，是因为上周末周京泽正式拜访了许母。

出发前一天，周京泽嘴里还咬着根烟，踩着一双军靴在基地到处借西装白衬衫，队友嘲笑他："怎么着，周队要去当伴郎啊？"

周京泽哼笑了一声，嘴里叼着的烟，一截烟灰簌簌地抖落，扯了扯嘴角："伴个屁，见丈母娘用的。"

不管怎么着，这次正式拜访，他也得拾掇得正式一点，总不能一件冲锋衣套上去，穿得跟个痞子一样，这样许母还怎么放心把女儿交给他？

同事笑了一下，把他嘴里咬着的烟拿下来扔进垃圾桶里，说道："你顺便把胡楂儿刮一下，西装白衬衫，一定要再配根领带，靠谱值上升十倍。"

"成。"周京泽低笑一声。

等周京泽换上西装皮鞋出来后，同事们笑不出来了，有人指着他笑骂道："要是不认识你，看你这人模狗样的，我他妈都想把女儿嫁给你。"

周京泽仍觉得不舒服，伸手拽了一下领带，语调散漫："这是骂我，还是夸我啊？"

"很明显是夸！"

就这样，平常不穿衬衫西装的男人为了许随，正儿八经地换上了这衣服。

等真正拜访许母的时候，周京泽内心还是有一丝忐忑不安，他第一次起飞的时候都没这么紧张。

许母打开门，看见是周京泽的时候，脸上滑过一丝意外的表情，说道："进来吧。"

许母沏了一壶茶，倒了一杯给他，周京泽坐在沙发上，倾身接过来，问道："前段时间一直在忙，加上要处理一些事情，没时间过来看您，您身体好些了吗？"

许母吹了一口茶杯上的热气，握着它，手肘抵在膝盖处，说道："好些了，上次还没谢谢你在医院帮忙。"

周京泽愣了一下，答道："应该做的。"

不知道是不是许随闹了一场，再加上她们又在打持久战的原因，周京泽觉得许母的态度柔和许多，没之前那么强硬了。

"伯母，我今天来是和您谈……许随的事情，这话可能听起来有点假，但是我希望您能放心地把女儿交给我。"周京泽语气真诚。

许母把茶杯放在桌子上，看着他，咳嗽了几声，脸上的疲态明显："你应该知道孩子她爸是因为什么去世的吧？你这份职业，这么危险，叫我怎么放心把女儿交给你？"

说完之后，许母的咳嗽声更为剧烈，她身材瘦弱，躺在那里，像一杆瘦弱的旗，一咳嗽起来，怎么都停不下来。周京泽忙倒了一杯白开水给她。

许母接过来喝了几口后，脸色恢复了一点，嗓音仍有点哑："还有我这身体情况，她奶奶年纪也大了，以后我走了……怎么放心得下她一个人在世上？"

许母的想法跟大部分普通的父母一样，希望自己的小孩健康，找一个爱她的人，有一份简单普通的幸福就够了。

"我理解您的顾虑，"周京泽语气缓慢，从身后拿出两份文件递到许母面前，"但我还是希望您放心，我会照顾好她。"

许母接过文件，语气诧异："这是什么？"

"这是我的体能锻炼记录表，我是飞行员，原本身体素质已经达标了，但最近又重新开始训练了。"周京泽解释道。

许母拿着一份厚厚的文件开始翻看，周京泽从两个月前就开始了负重训练，一连串的数字都在表明他的态度。

周一

早上 5:00——负重长跑 5 公里。

早上 6:00——绳索下压 5 ～ 10 组，凳上反屈伸 5 ～ 10 组。

周二

19:00——核心力量和 HIIT 一小时。

20:00——杠铃箭步蹲 5 ～ 10 组，器械腿屈伸 5 ～ 10 组。

周三

……

厚厚的一份体能训练表，从头到尾透露着一个信息：他没玩，是认真的。

"我以后也会继续锻炼，保持健康的身体状态，等她老了，八十岁了，走不动，要坐轮椅了，我也抱得动她。许随这一生都由我来负责，我一定比她后死。"周京泽一字一顿，语气认真道。

周京泽喝了一口茶，顿了顿："要是万一……我真的出了什么事，这是我签好的财产转让书，我不在了，她这一生会衣食无忧，我的家族也会护着她，不会让她受委屈。"

"她比我的命还重要。"周京泽说。

这是周京泽全部的诚意和真心。

许母拿着两份文件，只觉得又沉又重，同时也松了一口气，她的女儿被眼前这个男人真正放在了心上。

"女大不由娘啊。"许母笑了笑，终于松口。

从许随家里出来后，周京泽一身轻松，倏地，裤袋里传来一阵振动，他拿出手机，在看清屏幕上的来电提醒后笑意敛住。

真行，好事坏事都赶一块了。

周京泽站在太阳底下觉得有点晒，于是挪到树底下点了接听，同时从烟盒里抖出一根烟衔在嘴里："什么事儿？"

电话那头传来翻阅文件的声音，师越杰停顿了一下："爸得了癌症，晚期，时间……不多了，他想见你一面。"

烟灰抖落，吸进来的烟呛了喉咙一下，半晌，周京泽终于开口："成。"

周京泽拎着一个果篮出现在华附第一医院，病房内外，他并没有看见祝玲贴身照顾的身影，只有一个护工坐在那里打瞌睡。

房间空荡荡的，午后的风卷起窗帘的一角，桌上花瓶里的花打蔫儿，有的已经枯萎。周正岩有气无力地躺在病床上，整个人十分干瘦，形容枯槁，两鬓已经长出了白发，竟有点晚景凄凉的味道。

周正岩听到声响，睁开浑浊的双眼挣扎着要起来，费力地笑了笑："京泽，你……来了啊。"

这一亲昵的称呼周京泽至少有二十年没听过。

他正弓腰把果篮放下，闻言一顿，垂下眼睑，什么也没说。

护工走过来要搀着周正岩起床，后者推拒，咳嗽了几声，说道："先给他倒杯水。"

"不用了，"周京泽直起腰，声音淡淡的，直视他，"我说几句话就走。"

像是预见他会说什么话似的，周正岩急忙开口，但十分费力，他一稍微有什么动作，身上就密密麻麻地痛："过去的一切都是我的错，你……能原谅爸吗？"

周京泽眼睑投下一点阴影，他点点头，继续说道："过去的事就不提了，我听说师越杰在这家医院上班，儿子是医生，病的事您就不用多担心了。

"至于我，两年前我就把户口从您家迁出来了。这是我最后一次来看您，保重。"

周京泽脸上没有波澜，声音也没有任何情绪，好像在说一件极其普通寻常的事，说完转身就走了。

忽地，他想起什么，回头，脸上带了点笑意："对了，我要有家了。"

他要有自己的家了，真正意义上的家。

周京泽转身的那一刻，周正岩躺在床上，脸上的表情痛苦又带着悔意，他整个人咳嗽不止，咳得有点呼吸不过来，护工手忙脚乱地按急救铃。

他全身剧痛难忍，又喊不出来。周正岩看着周京泽离去的背影，一刹那才明白，过去的种种都是他种下的恶，所以现在才落得这样的下场。

这孩子哪里是原谅他了啊？他是不在乎了，彻底与这个家断绝了关系。

从医院出来，周京泽坐在车里一直没有说话，他把一颗薄荷糖丢进嘴里，糖衣融化，舌尖尝到了冰凉的味道，他拨打了许随的电话。

电话很快接通，许随那边好像很忙，环境嘈杂，她的声音柔柔的，问道："怎么啦？"

"没，想听一下你的声音。"周京泽语气懒散，听不出有什么问题。

过了一会儿，他用一种极其平淡的语气插话："对了，忘了跟你说，我现在户口本上是一个人。"

其实他有点紧张，也说不上来是为什么，他没有家了，会不会被嫌弃？周京泽脑子里冒出这个荒唐的想法，自己都觉得可笑。

电话那头很嘈杂，许随偏头用肩膀夹住手机，怀里抱着厚厚的文件，医院的走廊上有病人跟她打招呼，她应了一声，紧接着以一种再正常不过、随意的语气回："那你以后跟我在同一个户口本上。"

"好。"周京泽缓缓地笑了。

他不再是一个人了。

三个月后，中国空中第一飞行救援基地。

周京泽刚在修飞机的老郑那里顺了副象棋，准备晚上下班回宿舍玩。

他穿着藏蓝色的救援制服，双手插着兜，有一搭没一搭地嚼着薄荷糖往办公室的方向走去。

人刚走到办公室门口，他察觉出办公室的骚动。原本一帮糙到不行的大老爷们正在办公室刮胡子，梳背头，一个个认真地拾掇自己。

有一个刚来的队友急匆匆地往外跑，说是要去后勤队借洗面奶。周京泽倚在门口，等人经过的时候，一把拽住他制服的前襟，小伙子差点摔一跤，男人不紧不慢地问道："干吗去？"

"借洗面奶去。"

周京泽哼笑一声，舌尖抵着糖推到左脸颊，慢悠悠地说："怎么忽然这么娘了？"

"嘻，周队，你不知道了吧，今晚基地有文工团过来表演，姑娘个个貌美如花。"队员扫了一眼他手里拿着的东西，"你还下什么象棋，姑娘来了！"

周京泽松开他，笑道："滚吧。"

队员摸着脑袋一头雾水地走了。周京泽坐到沙发上，小九正手动刮着胡子，瞧队长事不关己高高挂起、在那儿玩手机的模样就来气。

"周队，今晚有文工团的过来，美女欸，你就不看一眼？你要不拾掇一下？"

"爷这张脸还需要收拾？"周京泽嗓音低低的，视线仍在手机上，语气吊儿郎当的，"反正没我媳妇儿好看。"

小九感觉自己这条单身狗被虐到了："行，我闭麦。"

周京泽旁边的沙发凹陷，有人坐了下来，手搭在他的肩膀上，语气调侃："周队，三个月没回家了，不怕媳妇儿跑喽？"

周京泽低头握着手机，拇指停在屏幕上，开口："该我的人，跑不了。"

办公室一帮大老爷们正捯饬着自己，领导李部不知道什么时候出现在办公室门口，他手里拿着一堆蓝色的文件敲了敲门，咳嗽道："临时过来开个短会。"

一群手下立刻撇下手里的东西，拿出笔和记录本，正襟危坐地搬出小板凳坐在长桌旁的空地上。小九立刻去找遥控器开投影仪。

PPT展示出来，李部站在投影仪前，说话简明扼要："我们中海交通运输部第一救援队隶属于中国航空，在国家的大力扶持下，队伍日渐壮大，大家一次又一次出色地完成了紧急救援任务，这一点得到了上面的肯定。

"但我国的救援体系还不够完善，特别是航空医疗方面，市场需求量又大，自然灾害频发。而人民个人健康上，已知我国心血管病患者超3亿人，脑溢血、高血压患者也数量巨大，无论是高频的自然灾难救援，还是重症患者的救治，都需要我们空中救援队。"

"国家正致力于构建空中医疗救援体系，因此，派出了一支出色的年轻的医疗队伍加入我们，以后共同进行直升救援。"李部看向门口，笑着说，"来，欢迎他们加入我们空中第一飞行救援队的队伍。"

周京泽嘴里咬着一支笔，顺着李部的目光抬眼向门口看过去，神态漫不经心。一群穿着白大褂的医务工作者走了进来。

他无意一瞥，在看清第二个女人的样貌时，嘴里咬着的笔啪嗒一声掉在地上。

许随穿着白大褂，扎着低马尾，露出一截纤白的脖颈，大大方方地出现在航空医疗的队伍里。

李部抬手让周京泽站起来，笑着说："你们可以互相熟悉一下，这是我们第一救援队的队长周京泽。"

许随走到周京泽面前，他的视线紧缠着眼前的人，拼命压抑心中的激动，喉咙一阵发紧："你怎么来了？"

许随双手插在白大褂衣兜里，歪头想了一下答案，抬眼道："心里一直对这个世界有疑惑，直到你告诉我这个世界是美好的，我现在来交答卷啦。"

因为你坦荡正直，永远向阳，所以我愿意跟着你，在身后支持你。

我来了，周京泽。

许随看着他，伸出手，脸上漾起一个笑容："你好，医疗救护队许随。"

周京泽站在她面前，缓缓地笑了，伸出手回握："你好，空中救援队周京泽。"

你好，我的爱人，我的战友。

然而他们寒暄了不到十分钟，办公室的紧急热线响了，小九跑去接电话，脸色凝重："马上到。"

"周队，中海中部有艘渔船着火了，船上有二十多个人，正向我们紧急呼救。"

周京泽抬起眼，薄薄的眼皮像利刃，扫向众人："全体都有，出队！"

"收到。"

"收到。"

"收到。"

原本还松散的队员们立刻争分夺秒地换衣服，换靴子，周京泽则跑去从柜子里拿出绞车绳、安全服。

不到两分钟，全队集合完毕，迅速整齐有力地跑出办公室，向直升机的方向跑去。医务人员跟在后面，许随抬眼望向走在最前面，个子很高，蓝色的衣领上露出一截脖颈的男人，忽然热血沸腾。

他们坐上直升机后，飞机紧急盘旋在上空，向中海方向飞去。

许随坐在飞行员身后，看着周京泽坐在最前面，操纵驾驶飞机，没多久，飞机盘旋在中海上空。

由于遇上强降风，风速迅猛，很难找到目标，周京泽坐在主驾驶位上，利用直升机海上救援系统中的 GPS 导航，进行大范围搜寻，捕捉信号，最终圈定范围后，积极实施应对策略。

从天空往底下看，被困渔船位于东南侧，蓝色无垠的大海像是一头野兽，将船困住，掀起十尺海浪。火舌舔着船舱向四周扩散，燃起熊熊大火，似乎要将每一个人吞没。

周京泽停在半空中，试图找到一个着力点，但现在风太大了，救生绳放下去，迎风飘荡，随时都有可能撞到渔船，成为阻碍物。但他的声音始终沉着冷静，逻辑清晰："救生吊带固定好后，向被困人员传递信号、安抚情绪，由绞车手迅速拉开舱门，至于船头那头透支的人员，让他们穿好救生衣，集中到救生艇上，再进行甲板吊运。

"重点是一定要快，救人第一，一个都不能少，听明白没有？"

"明白！"

渔船上所有等待救援的人内心焦灼到不行，小孩子的哭泣声和女人的惨叫声交织在一起，火舌舔到跟前，大家害怕得慌乱起来。

受伤的人拖着一条血淋淋的伤腿坐在甲板上哀号，有人顺势抢了女人的救生衣，她怀里的小孩号啕大哭，亦有人开始绝望地流泪："我还这么年轻，我不想死啊。"

所有人惶惶不安，人性的弱点开始暴露无遗，人群发生推搡和争执谩骂。

忽然，人群中有人发出一声暴喝，朝着天空喊："都吵什么吵，中国空中救援队来了！"

所有人停下动作，抬头往上看，一架白色的刻有五星红旗的直升机在半空中盘旋，身穿蓝色制服的飞行人员正站在舱门处往下放着设备，隐隐可见舱内医务人员正在准备担架的身影。

一种内心的震颤在心里起伏着，有人擦掉眼泪喊道："他们来了！我们有希望了！"

"是啊，中国空中救援队来了。"

紧接着，空中响起了信号广播，传播在中海海域的每一个角落，风声很大，杂声也乱，但他们的声音依然清晰地传到渔船上每一位被困人员的耳朵里，两道声音交叉传来，分别是一道男声和女声，铿锵有力，似逆风而来："中国空中第一飞行救援队，G350，为你保驾护航，无上荣光。"

这是第一次，许随和周京泽共同完成了救援任务。

在那架 G350 的陪伴下，后来他们有了无数个第一次。

过程其实很难适应。基地和医院工作的节奏到底不同，甚至节奏更快，强度更大。你永远不知道紧急呼叫电话什么时候来。

许随曾半夜被叫醒，匆匆用凉水洗了一把脸就跟着出任务去了，也遇过连续 72 小时高强度工作，在地震灾区救人，中途争分夺秒地蜷在座位上睡觉的情况。

有时候她真的撑不下去，想撒手不干，却抬眼瞥见不远处的蓝色背影。他身上带着伤，却奋战在第一线，坚持救人。

她男人确实挺厉害，这样想想，其实她受的苦也不算什么，她就又有了坚持下去的动力。

夏天的时候，经常下暴雨，基地又靠山，雨后经常有虫子飞过来，许随被虫子咬了一下，浑身过敏。半夜痒得不行，她抓得脖子上全是伤痕，直掉眼泪："这什么破地方啊？"

周京泽拥她在怀里，温柔地吻去她眼睫上的泪水，耐心地哄道："委屈我姑娘了。"

基地的生活虽然比不上都市，可偏偏周京泽是个有情调的男人。他手工做了一个黑胶唱片机，用来下雨天的时候两人在房间睡觉听音乐。

许随喜欢坐在地毯上打游戏，周京泽做了一个零食架放在旁边，单纯是为了他姑娘方便。

周京泽还在院子里种了许随爱吃的西红柿和凉薯，怕她无聊，又把奎大人和 1017 接到基地陪她。

周京泽就是这样，时时刻刻都让许随觉得他这个人很有安全感。

七月底的时候，周京泽和许随把假调到了一起，两人一起回了琥珀巷的家。周末他们一起把家里打扫了一遍，傍晚的时候牵着德牧出去散步。

奎大人是条老狗了，走了不到半个小时就开始喘，许随进便利店买了一瓶矿泉水，走出去，拧开瓶盖，把水倒在掌心，奎大人立刻凑上前喝水。

周京泽站在一旁单手抽烟，烟雾从薄唇里呼出来，垂下眼不知道在想些什么。他把烟从嘴里拿下来，抬起眼皮看向正在旁边蹲着给奎大人喂水的许随。

黄昏大面积地铺开，像一张暖色调的油纸，朝地飘下来。许随的侧脸弧度姣好，光落在她脸上，清晰可见细小的绒毛，睫毛浓密，皮肤是奶白色，一如往常温柔乖巧。

　　"一一。"周京泽出声喊她。

　　"嗯？"许随仰头看着他。

　　周京泽看着她，顿了顿："想带你去见妈妈。"

　　"好啊。"许随看着他笑，没有任何迟疑地点了头。

　　周京泽心底松了一口气，把烟头扔在地上，踩灭，抬手攥住她的胳膊肘，把人从地上拎起来，声音低沉："回家了，再蹲下去你该低血糖了。"

　　去祭拜周京泽母亲的时候，恰逢下雨天，周京泽穿着一身黑色衣服，撑着一把黑色的长柄伞，牵着许随的手来到他妈妈墓前。

　　他站在墓前很久，手里拿着一枝白玫瑰。

　　雨下得很大，砸在黑色的伞布上飞旋出一朵又一朵的花，他漆黑的眼睛湿漉漉的。

　　"妈，我来看您了。"周京泽沉默半晌开口。

　　"我现在过得挺好，也有了想保护的人，"周京泽笑了笑，手指钩着许随的小拇指，认真道，"她叫许随。"

　　"遇见她以后，我不想死了。"周京泽看向墓碑照片上的女人，语气缓缓。

　　曾经那些腐烂的、阴郁的、绝望的、折堕又灰暗的土壤里，忽然开出了一朵迎春花。

　　许随看着墓碑照片上的女人，她长得很漂亮，淡淡的笑容，气质优雅大方，那抹笑容永远地定格在照片上。

　　"阿姨，您好，我叫许随，是周京泽女朋友。"许随语气有些紧张，原先想好词的脑子一片空白。

　　直到男人牵紧她的手，一阵温暖安心的力量传来，她才放松下来，重新看向墓碑上的照片，语气认真："阿姨，您放心，我一定会好好爱他，给他一个完整的家。我们会结婚，会有小孩，他会在健康幸福的家庭长大。"

无论男女，他的父母都会相爱，不会有家庭暴力，不会有争吵和分歧，会给他很多很多爱。

周京泽拇指按了按她的手背，眼睛紧锁着身旁的女人，心潮一阵酸涩的起伏。

雨势渐小，最后停歇，太阳出来。周京泽俯下身，把一枝白玫瑰放到母亲墓前，抬手抚着墓碑上的名字，笑着开口："妈，我走了，你在那边要快乐。"

以后我会好好过，保护好我爱的人。

不知不觉八月眨眼就到了。许随老觉得时间像水，无声无息地流淌，一晃眼就过去了，撕下一页日历才发现，第二天是七夕情人节。

许随还挺期待这个节日，印象中，这是她和周京泽重新在一起后过的第一个情人节。她想要和他好好庆祝一下。

次日，许随在家里用外卖软件下单的时候，拇指在满是粉红泡泡的外卖页面上停顿了一下，暗示道："欸，今天买东西好像有节日满减活动。"

周京泽窝在沙发上，视线就没从手机游戏界面挪开一秒，磁性的声音响起："是吗？那你多买点，不够用亲密支付。"

许随下单了一堆生活用品和一周要吃的食物，最后还在订单上添加了香薰蜡烛。到时候，他看到蜡烛总该知道这是什么意思了吧。

派送员在半个小时后送货上门，周京泽听到门铃声后，去开门，接过对方手里递过来的两大袋东西。

周京泽把东西拎到餐桌上，打开冰箱门，一件一件地把东西放进去，白色塑料袋发出哗啦啦的声音。

最后，他拿起里面的香薰蜡烛，挑了挑眉，偏头问道："你买蜡烛干什么？"

许随闻言，两条白藕似的胳膊枕在沙发顶部，整个人趴在那里，强调道："特别的日子用的呀。"

周京泽端详了一会儿手里的蜡烛，扯了扯嘴角评价道："还挺有情调。"

没了？就没了吗？许随腹诽。

周京泽弄好东西后，喊了他姑娘一声："许随，晚上陪我去国家天文台拿份文件。"

"噢。"许随声音闷闷的。

今天是情人节，他是真不知道还是装不知道？心里竟然还装着工作。

傍晚，周京泽开车带着许随出去，车子开到中心区，透过玻璃窗往外看，满大街都是卖情人节鲜花的，甚至有一个巨大的牌子上写着——情人节限定，送花给她。这会儿他总能看见了吧，许随在心里暗暗想道。

周京泽确实看见了，但他只是淡淡地收回视线，骨节分明的手握住方向盘，往右一偏，车子驶出了主城区，往郊区的方向开去。原来他知道今天是情人节，却丝毫没当回事儿。

许随心里涌起一些失落，但她什么也没说。

也不知道周京泽说的国家天文台在哪里，开了一个多小时还没到。

长长的一束车灯灯光向前方打去，不知名的虫子绕着浮动的光线飞着。道路蜿蜒，两旁的树影一路倒退。天是幕布的蓝，周围竟然还响起了蛙鸣声。

车子越开越远，最后许随坐在副驾驶位上睡着了。

到了目的地后，周京泽喊醒她，两人下车，他牵着她一路踏上半山腰上的天文台。

周京泽带许随上去的时候，有人特地候在门口，轻车熟路地带他们乘电梯到达顶楼。

国家天文台靠山临海而建，踏上顶楼，可以俯瞰京北城大半的山和海。

浮沉的夜色下，晚风阵阵，山和海都呈现一种波澜壮阔的美。

"怎么来这里？你不是要来拿文件吗？"

周京泽走过去，站在望远镜前，调了一下镜头，声音顺着风声传过来："文件待会儿拿，过来看会儿星星。"

许随走过去，周京泽调好角度，让她靠过来。

许随握着镜头，看过去，天文望远镜下的星星清晰可见。

男人从背后拥着她，贴了过来，热气拂耳："看见最亮的那颗星星没有？东南侧的。"

许随顺着他指的方向看过去，透过望远镜，她在一片银河中找到了他说的那颗星星。

因为它非常亮，一闪一闪的，发着光，右侧那个角亮得好像有一颗钻石嵌在上面，让旁边的星星都为之黯然失色。

"好漂亮的星星！"

"喜欢吗？"周京泽问她。

"嗯，它很好看。"

"你的了。"周京泽的声音夹着浅淡的笑意，好像在说一件再普通不过的事。

"我的？"许随还没反应过来，人都有些蒙。

周京泽都被这姑娘的记性给气笑了，他捏了捏许随的脸颊："不是你大学时让我摘颗星星给你吗？"

周京泽这么一说，许随想起来了。许随记得大学时有一年她生日，周京泽那天要去参加一个飞行比赛，因此错过了她的生日。等他飞机落地，返回京北的时候，已经是 0 点 10 分，早已经过了生日时间。

周京泽下了飞机回到学校后，发消息给许随，让她立刻下来。

许随收到消息后，急忙披了件外套，飞也似的跑下来。

跑到一楼后，许随远远地看见周京泽穿着一件黑色的飞行夹克，正抽着烟，火光明明灭灭，他的轮廓线条硬朗又干净。

许随偷偷请求宿管阿姨放她出去，软磨硬泡后，阿姨终于点头放她出去二十分钟。

出去后，许随一路飞奔到周京泽怀里。

小姑娘跑得太猛，冲进他怀里的时候，撞得周京泽后退了两步。

他丢了手里的烟，伸手环住她的腰，埋在她的颈边，蹭了蹭脖颈那块软肉，气息是止不住的闷笑："想不想我？"

"想！"许随乖乖地回答。

周京泽稍微松开她，捏住她的下巴，低头吻了下去，他刚喝过酒，舌尖还带着酒沫的凉，像雪一样融进她的唇齿里。衣摆被掀开，许随只觉得热，被摄走了口腔内的空气，大脑一点点缺氧。

许随被亲得晕乎乎的，忽然发现耳尖一阵冰凉，她下意识地抬手一摸，周京泽给她戴上了一对小小的珍珠耳环。

"生日快乐，宝宝。"周京泽松开她，哑声道。

"错过了你的生日，抱歉。"周京泽语气认真。

许随红着脸，环住他的脖颈，说道："没关系呀，我已经很开心了。"

周京泽决意要补偿她，说道："你有没有什么想要的？都给你实现。"

周京泽下了飞机第一时间来见她，也补偿了礼物，许随已经很开心了，但他执意要她说出一个想要的东西来，许随看一眼天空亮闪闪的星星，随口一说："那下次你给我摘颗星星吧。"

说完她又抱住了周京泽，男人愣了一下，似在低语，笑道："星星啊，有点难度，但可以试试。"

许随无意间的一句玩笑话，没想到周京泽记了这么多年。

他给她买了一颗星星，想一想都觉得浪漫。

心里的那点阴霾和失望散去，许随整个人明朗起来，又爱不释手地摸起望远镜，看着属于她的那颗星星。

这时，有人上来，把一份文件递给周京泽，说道："周先生，您的文件。"周京泽接过钢笔在文件下面签了一个龙飞凤舞的名字，最后工作人员把一个信封交给他。

工作人员走后，周京泽抬手轻轻拽了拽她的马尾，许随扭头看向他。

"不想知道它叫什么名字吗？"周京泽语气吊儿郎当的。

"叫什么？"许随睁眼问他。

周京泽笑了一下，语调缓慢，一字一顿："它叫许随计划。"

砰的一声，许随耳朵里炸开了烟火，整个人有些飘飘然，心底像抹了一层蜂蜜一样。

这颗星星竟然是以她的名字命名的。

"打开看看。"周京泽把信封递给她。

许随接过来一看，里面有一张蓝色的天文星星命名授权书，赠予人周京泽，受赠人许随，星星的名字叫"许随计划"。

她不经意地往下一扫，发现周京泽买这颗星星命名权的时间恰好是她大五毕业那年。

一个不确定的猜想在心里形成，许随抬眼看他："这是……"

"毕业礼物。"周京泽看着她说。

分手以后，周京泽依然在她毕业那年偷偷买了一颗星星的命名权，叫许随计划。

喜欢上她是意外，确定是她是一生的计划。

许随的心酸酸胀胀的，像有无数个气泡盈满，有些呼吸不过来。

她的眼睛有点酸，继续低头看，发现授权书的背面新粘了一张卡片。

"情人节快乐，一一。"周京泽缓声说。

那张卡片是周京泽对她多年喜欢的回信，他这个人说话一向懒，能用两个字的绝不用一句话来说。

周京泽不擅长长篇大论，却在手画的红玫瑰上写了一句话，这是他对许随这么多年暗恋最好的回应。

他敛去脸上散漫的神色，认真重复信上面的那句话，眼睛紧锁着她。

"许随，你不黯淡，你是我的星。"

八月份，盛夏，蝉鸣声正盛。

周京泽和许随分别收到了高中百年校庆的请柬，受邀作为天华中学的名人出席校庆活动。

这天天气很热，周京泽和许随回到天中。

校门口穿着绿白校服的学生骑着自行车，按响清脆的车铃，与他们擦肩而过，篮球场上一群穿着球衣的男生，在阳光下来回奔跑，影子被拖长。

好像一下子就回到了高中时代。

周京泽和许随并肩走在一起，他抬手摘了一片头顶的树叶，看着走在路上还在对答案的学生们。

学校百年校庆大会设置在大礼堂，周京泽同许随进去的时候，台上正在表演节目。教他们的班主任还是原来那个样子，留着地中海发型，笑起来跟尊弥勒佛一样。

学校领导也在那儿，周京泽牵着许随走过去礼貌地寒暄。

教务处主任一见周京泽便准确无误地叫出他的名字，瞥见一旁的许随时愣了一下，怎么也想不出名字，还是班主任接话："她叫许随，当年是我们班上最乖且安静的女孩子，高考可是考了第二名，就在周京泽后面呢！"

教务处主任恍然大悟，拍了拍自己的脑袋："瞧我这记性，想起来了，就怪你小子在学校太招摇，天天打架惹事，想不让人记得都难。"

周京泽漫不经心地扯了扯嘴角，并没有反驳。

"好在你这个人还是不错的，走上了正道，"教务处主任转向讲台，笑笑，"不上去讲两句？跟学弟学妹们分享你成功的经验。"

周京泽双手插兜，一副浑不吝的架势，语气懒洋洋的："别啊，您让我上去，这不是误人子弟？"

"你小子！"校主任用手点了点他，语气无奈，转而看向许随，"一会儿校庆结束后，有个讲座，许随，你上去跟学生们分享一下备战高考的经验，时间不长，就二十分钟。"

"啊，好。"许随点了点头，她一向不太会拒绝人。

学生讲座场地在思政楼，周京泽同几位老师寒暄了几句后，便离开了大礼堂。

校园走道两旁林木蓊郁，遮天蔽日，枝叶疯长，太阳从树叶的缝隙漏下来，一地斑驳。两人一前一后地走在路上，她走在前面，周京泽跟在后面。

主要是许随喜欢走走停停，看到学校翻新了一块草皮，换了个绿色的信箱，都觉得新奇。

周京泽双手插着兜慢悠悠地走在后面，不知道是他今天穿得很年轻，还是本来就是个祸水的原因，走在路上吸引了众多女生的目光。

"那个男的好帅啊，背影好帅。"

"脸也很不错好吗？还有他的手，好家伙，我怎么没在学校论坛看过他的个人资料？"

"心动了，真是大帅哥啊。"

"看见他，忽然觉得篮球场的那帮男生逊毙了，这才正。"

很快，有大胆的女生主动向周京泽搭讪，她们穿着明显改短的裙子和收紧腰线的校服，一个栗色卷发的女生喊住他："学长。"

周京泽脚步一顿，看周围也没别的人，转身用拇指指了指自己，觉得好笑："叫我？"

"对。"女生主动上前来，她拿出手机，蓝色的猫眼指甲在阳光下一闪一闪，声音娇俏，"学长，能加个微信不？做个朋友嘛。"

周京泽撩起眼皮看向不远处站在信箱边明明在偷听却故作一脸云淡风轻的某人，他笑了一下，昂起下巴，语气慵懒，用温柔的语调说出最绝情的话："不太能，你学长媳妇儿都有了。"

周京泽抬手指了指不远处的许随，示意女朋友在那儿，他继而说着风凉话，语气傲慢："学长呢，刚跟你们教务处主任聊了一下，他说要加大收管手机的力度，你手机——"

女生立刻脸色大变，急忙握紧手机，尴尬地笑笑："我想起来还有试卷没领，先走了，学长！"

女孩们挽着手一溜烟地从他们面前跑过去，周京泽走上前去牵许随的手，被她笑着躲开，煞有介事地说："这位学长请自重。"

周京泽舌尖顶了一下左脸颊，哼笑一声，拎住她的后脖颈，手掌的虎口卡在上面，正要收拾她，不远处有人喊他。

周京泽和许随回头，见是学校守门的保安，他还在，十多年了，风雨不动地守着他们的天中。

周京泽走了过去，从烟盒里抖出一根烟递给保安大叔，开始同他聊天。许随佩服的是，周京泽这个人，实在是有魅力，连学校的保安大叔都能处成朋友。

许随朝周京泽比了个手势，示意她要去思政楼演讲了，结束后会打电话给他。周京泽嘴里咬着烟，同她碰了一下眼神，点头。

思政楼，许随从大学开始便在千名学生前发表演讲，所以面对自己的学弟学妹，她比较冷静淡定。

她姿态从容地站在台上，自信又落落大方地分享了备战高考的经验，末了，她还鼓励在座的各位："若自己想成为什么样的人，想做什么事，坚定地去实现它就好了。"

台下响起如雷的掌声。时间确实是个好东西，在许随身上再也看不见那个走路低着头、自卑羞怯的女孩的影子。

演讲很快结束，下面是自由提问的环节，观众席中有一个女生坐在最后一排把手举得很高，但脸被前面的男生挡住了。

许随点了栗色头发女孩起来，女生站起来后，她才发现对方是刚才在梧桐树下找周京泽要微信的那个。

栗色头发女生抱着手臂，带着青春期的横冲直撞，大声质问，语气跋扈："学姐，听说你当年高考只考了第二名，怎么还来分享成功经验？"

原本嘈杂的阶梯教室静了下来，气氛陡然紧张。许随站在讲台上并没有恼怒，反而笑了笑，笑容恬静："我是考了第二没错，但我追到了全校第一。"

话音一落，观众席爆发猛烈的鼓掌声和尖叫声，有人喊道："学姐，厉害！"也因为许随这句话，男生女生们开始骚动，有人趁势说出自己的心声："学姐，那我有考大学的动力了！"

气氛热烈，有人问道："许学姐，你为什么想上医科大啊？"

许随认真想了想，想起某个人，脸上不自觉地带笑："我呀，上医科大是因为一个人。"

说完，气氛更热了，一个正儿八经的宣讲会变成了八卦记者会，甚至有人拿试卷敲桌子以表激动。

在一片起哄声中，似心有灵犀，许随慢慢抬眸，一眼看到周京泽懒散地倚靠在后门，他也正看着她，视线灼热又紧缠。

心一动，许随跑下讲台，一路小跑到周京泽面前，在一众惊诧的眼神和口哨声中，撞进男人怀里。

而他，自始至终伸出双臂，稳稳当当地将人接住，笑着拥她入怀。

宣讲结束以后，许随和周京泽去了他们原来读书的教室参观，还是熟悉的高一（三）班，依然是淡黄色的有点掉漆的课桌，黑板左边挂着流动红旗，白色吊扇，绿色窗帘，还有夏天。

忽然，起风了，试卷被吹得哗哗作响，许随走上讲台，拿起粉笔在黑板上一笔一画地写道：

高一（三）班
周京泽许随

两个名字像排列组合般亲密地靠在一起。

再也不是因为值日扫地，有人将两人的名字排在同一个角落而暗自窃喜一整天的许随，她现在可以大大方方地写出两人的名字。

两人走出教室，一起下楼梯，许随看着墙面斑驳的一角想起什么，轻声抱怨道："你记不记得，有一次课间操，我抱着书匆匆上楼，不小心撞了你一下，还跟你道了歉，你周围一大帮人，结果你看都没看我一眼。"

那时，幻梦气泡坠落，许随整个人无比失落。

听起来，这确实是像周京泽会干出来的事。

周京泽声音低沉，攥住她的胳膊，似笑非笑道："不太记得了，示范一遍给我看看？"

或许是天气太热，气氛过于好，又或许是眼前这个男人太帅了，许随仰头看着他，鬼迷心窍地答应了做这件傻事。

阳光从窗台洒下来，被切割成细小的光斑落在楼梯上，外面的树影晃动，山茶花的香味顺着风飘进来。

许随低着头看路，匆匆跑上楼梯，周京泽刚好下楼梯，她努力回想当时的场景，应该是这个角度，示范性地撞了一下周京泽，抬眼认真说道："当时我撞了你一下，然后书就掉了，我道歉，最后你与我擦肩而过。"

撞了他之后，许随正准备撤离，低头捡书时，周京泽猛地一把拽住她，许随一个踉跄跌入他温热的怀里。

周京泽身上清冽的薄荷味传来，许随的嘴唇磕到他硌人的锁骨，她的手肘抵在他胸膛处，吃痛抬眸，撞进一双漆黑深邃的眼眸。

男人笑得轻狂肆意，气息温热，低沉的声音震在耳边："这不是抓到了吗？"

许随人还没反应过来，一枚冰凉的漂亮的求婚戒指缓缓推至指间，猝不及防却又无比心动。

一颗心快要跳出胸腔，就连皮肤层下的血液都滚烫无比。

许随认真看着指间的戒指，嵌着的钻石在照进来的阳光下折出耀眼的光芒，她还细心地发现侧边刻了两人名字的缩写：X&Z。

周京泽低头吻了吻她的指节，声音一如少年般清朗干净，眼睛紧锁着她，笑道："你好，周太太。"

周京泽今天穿得很年轻，一件黑色的连帽卫衣，头颈峭拔刚劲，白色运动鞋，露出一截脚踝，身材修挺，眉骨高挺，眼神依然干净，还是那个少年模样。

笑起来有点坏坏的，痞里痞气却比谁都靠谱，温柔得让人心动。

许随看着他缓缓地笑了。

我爱你轻狂坦荡，笑起来眼前都明亮；我爱你群山巍峨，站在那里，告诉我这个世界仍是好的。

时间拉回 2007 年夏天，在一个无比寻常且炎热的课间，许多人做完课间操蜂拥踏上楼梯，大家胳膊擦着胳膊，湿夏，连汗都是黏腻的。

男孩女孩们被太阳晒得昏昏欲睡，有人拿着一瓶矿泉水贴着脸上台阶，亦有人在楼梯间追逐打闹。

还有人从小卖部买了一盒冰西瓜，一边叉进嘴里一边上楼。

许随抱着厚厚的一摞书跑上楼，在拐角不经意地抬头一瞥，男生穿着一件松垮的黑色 T 恤，脸上挂着散漫的笑，骨骼分明的手搭在裤缝上，手背上的文身嚣张明显。他同一帮人正逆流下楼，在人群中谈笑风生，脸上的神态始终游刃有余。

许随心一紧，急忙收回眼神，低着头上楼，抱着书本的指尖都在颤抖，身体不自觉地绷紧。哪知意外在下一秒发生。

楼梯间打闹的人从后面撞了许随一下，她整个人不受控制地撞向一旁的男生，心跳如擂鼓，当时感觉他太瘦了，骨头有点硌人，但肩膀传来的温度烫人。

书本哗啦啦一本接一本地掉在地上。

许随的脸红蔓延到耳根，声音细若蚊呐："对不起。"

不知是课间太吵闹还是男生没在意，他的视线没在女生身上多停留一秒，继续同旁人有说有笑，与她擦肩而过。

黯淡的情绪划过心底，许随垂下眼睫，蹲下来默默地捡书。

男生听同伴抱怨着没带篮球，后知后觉地停下来，扭头看了她一眼。

少年回头望，身后的阳光朗朗，他看到穿着绿白校服、扎着马尾、露出来的侧脸弧度姣好、蹲下来正在捡书的女孩，她的皮肤呈奶白色，他一眼瞥见圆润白嫩的耳垂上有一颗红色的小痣。

心一动。

男生正打算上前，四楼的男生冲着楼下大喊，示意他上来拿球："周京泽！快点。"

"来了！"

楼梯里熙攘的人流，窗外的蝉鸣声永不停歇，骄阳似火，衣摆擦过她的手臂，很轻，一阵穿堂风而过。女生抬眸看到一个黑色向前跑的背影。

夏天永远热烈，
我爱的少年也是。

番外

FAN WAI

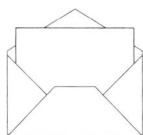

番 外 一

Waiting For

叶赛宁从两人身上收回视线，
转身，大步往前走。
至此，单恋结束。

　　盛夏，叶赛宁白天拍完国内四大女刊其中一本，晚上还要参加一个时尚品牌晚宴。

　　化妆间里忙得人仰马翻，摩肩接踵，十几个工作人员，全都围着她这个大明星转。米加一边偏头用肩膀夹着手机接电话，一边拿着一件华伦天奴最新款的黑色长裙小声地问叶赛宁："喜欢吗？"

　　倏忽，化妆师不小心扯到了她的一根头发，痛感传来，叶赛宁皱了一下眉，像是油画美人裂了一道缝。

　　化妆师连连说："对不起，宝贝，没弄疼你吧？"

　　叶赛宁没理，只是看了一眼米加手里的露背黑裙子，视线收回，朝她比了一个手势。

　　米加心领神会，立刻去重新给她拿衣服。

　　一连换了十几套，叶赛宁终于看上一件暗红色的丝绒深V领长裙。

　　换好衣服，弄好造型后，叶赛宁提着裙摆参加晚宴。

　　宴会上衣香鬓影，钻石吊灯的光投在高脚酒杯上，流光溢彩。人人穿上华服，脸上堆起虚与委蛇的笑，像夜行的百鬼。

　　叶赛宁有一瞬间感觉很疲惫，于是她任性地没有参加品牌方的上台发言环节，溜了出去。

　　房车内，叶赛宁蹬掉十厘米高的水晶高跟鞋，露出纤白的脚踝，仰头靠在后座上，闭上眼，鸦羽似的睫毛垂下，车窗外的灯光扫过她的红唇。

美得惊心动魄。

手机在寂静无垠的夜发出清脆的叮咚声。

蔻丹色指甲的手摸到手机，点亮屏幕，朋友发来消息，很简短的一句话：他结婚了。

那一刻，心脏被人扼住，叶赛宁感觉整个人被摁进水里，周围只有咕噜咕噜的气泡声，呼吸一寸寸被夺走，想挣扎，又不能。

"停车。"叶赛宁开口，"你先走吧，我下去逛逛。"

不等男助理开口念叨，叶赛宁迅速下车，嘭的一声，门关得震天响，她还朝后比了个中指。

那一抹摇曳的暗红色绒面裙摆，消失在夜色里。

叶赛宁漫无目的地走在大街上，走着走着，她居然晃到了一家水族馆前面。

可惜灯已关闭，门早已上锁。

叶赛宁提着裙摆，走上前去，固执地敲了敲卷闸门。

蓝色卷闸门发出砰砰作响的声音，灰尘掉下来，落到她精致的脸上，像是珍珠蒙了尘。

叶赛宁干脆坐在水族馆前的台阶上，也不管傍晚下过雨的地面湿漉漉的。

价值七位数的裙子就这样被糟蹋，她眼睛都没眨一下。

叶赛宁从烟盒里摸出一根烟，红唇衔住，打火机发出咔嚓一声，点燃，橙红色的烟火照亮她的侧脸。灰白的烟缓缓呼出来，漂亮又懒倦。

不知道是夜晚太静，还是因为她此刻正坐在水族馆前，一刻钟前收到了他结婚的消息，叶赛宁一下子想起了很多前尘往事。

谁能想到，红得发紫的女明星穿着大红裙，丝毫不顾及形象，此刻正坐在小巷前满是灰尘的台阶上怀念一个人。

叶赛宁从小就知道自己长得很好看，更知道自己想要什么。

她的出生是腐烂向下的，虽然牌抓得不好，但她知道怎么打牌人生才够响亮。

美貌可以变现，但不是长久之计，所以叶赛宁一直在风月场所当服务员卖酒，她想攒钱出国留学，想逃离喝酒滥赌的父亲，逃脱原生家庭。

她终日在潮湿又冰冷的阁楼与霓虹四射的酒吧间徘徊，未来的希望一直很渺茫。

直到她遇见了周京泽。

叶赛宁会帮他根本不是因为什么一时心血来潮，或是骨子里的善良。她之所以能在酒吧待那么久，是因为她是那种对方当众火并把血溅到她脸上，也只是选择把血擦干净，继续工作的性格。事不关己一向是她的生存法则。

叶赛宁肯出手帮周京泽完全是因为另一件事。

叶赛宁租住的地方，下班要侧着身子走进巷子，头顶成片的晾衣竿如鲨鱼的锯齿，不停地往下滴水，后背会湿一片。随时有人喝得一摊烂醉坐在墙角流里流气地看着你，吹口哨。

周末叶赛宁下晚班的时候，她那个喝得烂醉的邻居深更半夜不停地拍打她的门，说着下流话。

水管忽然出不来热水，叶赛宁洗了个冷水澡出来后冻得直哆嗦，连抽烟的手都在抖。

外面的敲门声和咒骂声还在继续，这样的骚扰不是一回两回了。

那木门也顶不了多久，门板被拍开巨大的缝隙，夜晚的风灌进来，恶魔能随时入室。

到底是女孩子，叶赛宁心里还是害怕的，她起身从冰箱里拿出一瓶乌苏啤酒，壮胆似的吹了半瓶。

嘭的一下，窗户哐啷被推开，一只白皙的手伸了出来，橘色的灯光打下来，黏腻在手上。

叶赛宁伸出一根食指往上勾了勾，无声的诱惑。

醉汉艰难地吞咽了一下口水，踉跄地扶着墙走过来。

手刚碰上嫩出水的指尖，头低下去，使劲嗅了嗅，属于女孩的清香飘过来。

还没来得及回味，一个绿色的酒瓶砸了下来。

砰的一声，酒瓶碎裂，额头的血不停地往下滴。最后醉汉抱着头大叫跑开了。

人走后，叶赛宁整个人贴着墙壁慢慢滑坐在地上，后背出了一层冷汗。

这个地方也待不下去了，叶赛宁决定搬家。

搬走之后，叶赛宁仍觉得心神不宁，托人打听，但都没有确切的消息。

有人说他脑袋缝了几针，有人说他成了傻子。

叶赛宁信因果报应，但她不后悔，为了抵消心里的一点歉疚，她出手救了周京泽。

叶赛宁救人只是想做好事，抵消做过的坏事。

但周京泽找上门来道歉她是没有想到的。毕竟周京泽是酒吧里的常客，人长得很帅，男女通吃的那种，是个超级富二代，听说家里还有背景，但人也浑。跟彭子那样的人混在一起的，没一个好货。

明明前一晚叶赛宁还无意中撞见周京泽带着一帮人在酒吧后街打架。当时周京泽穿着一件黑色的卫衣，五官凌厉，高挺的眉骨上沾着血，他一脚踩中躺在地上的人的喉骨，对方不停地翻白眼，发出嘶哑的惨叫。

对方痛苦的声音叫到最大值时，周京泽会抬脚卸下力度，当那人以为能获救时，脚又重重地踩了下来。反复折磨。

对于听到的哀号声，他眼睛都没眨一下，还慢悠悠地点了根烟。

打火机发出啪的一声，虎口蹿出橙红的一簇火，他低下头点燃，灰白的烟雾吐出的同时，不经意地撩起眼皮往路口一扫。

叶赛宁刚好看过去。

周京泽穿着黑色的连帽卫衣，他正好戴着帽子，冷峻的脸半陷在阴影里，被昏暗路灯打下来的光切割成两半，只露出一双深邃漆黑的眼睛，冰冷的，破碎的。

像深渊。

她看到了一个狠戾的、自我挣扎的、穷途末路的困兽。

她没想到这样的人会道歉。

叶赛宁没放在心上，后来被辞退，她也没有任何异议。毕竟是她违反规则在先，但没想到彭子会找人打她。

周京泽再次找过来的时候，她正在烧烤摊端盘子，他再次道歉，说什么弥补。

叶赛宁那会儿被弄得有点烦，加上伤口还隐隐作痛，她直接敲竹杠，说："这么想补偿我，那送我出国读书呗……"

周京泽愣了一下，然后说好。

叶赛宁做梦也没想到，她会攀上周京泽这样的天之骄子。他将她从烂泥里救了出来。

准备出国要一段时间，叶赛宁一整个暑假和周京泽混在一起，他带她滑雪、赛车、赌球，流连于各种声色犬马的场所中。

跟他待在一起，叶赛宁视野变得开阔。原来人生不只是擦不完的玻璃酒杯和打不完的工。

相处久了，叶赛宁才了解这个人，表面浪荡没正行，活脱脱一个纨绔公子哥，但他还是不同的。

他伏在台球桌面上，眼睛锐利得像鹰，嘭的一下一杆进球，暖色的吊灯灯光流连在眼睫上，有时脸上挂起一个懒散又有痞劲的笑容。

或是半夜在宫山上玩赛车，他拿了第一名，万人祝贺时，周京泽嚣张地朝输方比了个中指，眉眼既飞扬又坦荡。

又或是周京泽雨天捡了一只流浪猫回家，怕它淋雨，脱下外套披在小动物身上，狭长的眼眸里溢出稍纵即逝的温柔。

那一刻，她觉得这个男孩是真的帅，骨子里透出来的帅，但也只限于有好感。

周京泽骄傲，她也骄傲，所以叶赛宁绝不会先投降说出她的喜欢。

她一向是等人来追的。

那个暑假过得很快乐，自由自在，以至于叶赛宁忘了还有一个虎视眈眈的父亲。

叶父到处去说叶赛宁攀上了周家，从此要过荣华富贵的生活，会给他买豪车和大房子。

叶赛宁冷漠地回了两个字：做梦。

但她没有想到叶父会找上周京泽，敲诈勒索。叶父露出丑陋的嘴脸："她妈是窑子里出来的，嘿嘿，你也可以——还有……"

叶赛宁不知道叶父还说了一些什么，等她知道的时候，已经晚了。

她去找周京泽的时候，他在台球室，正同一帮人打台球。她父亲刚走。

朋友太多，周京泽怕他们的言论伤到叶赛宁，撂下球杆就出来了。

叶赛宁在隔壁水族馆看鱼。两侧是方形的蓝色玻璃水箱，许多蝴蝶鱼、刺猬鱼、仙女鱼，自由自在地游来游去。

直到一道阴影落在身侧。

"对不起，让你看到那么难堪的我——"叶赛宁自然向上翘的睫毛颤了一下，自嘲地笑笑。

叶父的突然出现，一下子把叶赛宁从梦里拉了出来。提醒着她出身底层且肮脏，有一个畸形却怎么也摆脱不了的家庭，人生注定灰暗，跟周京泽这样的人是怎么也沾不上边的。

周京泽打断她，把嘴里的烟拿下来，问她："你做事或者决断的时候会不自觉地受你父亲的影响吗？"

"不会。"叶赛宁愣了一下，还是回答。

成长环境不好的小孩，一生都在摆脱原生家庭，却在潜移默化中成了他们那样的人，比如脾气暴躁、大声打断别人、露出丑恶的嘴脸、刻薄。

叶赛宁只要一发现自己有些行为像父母，便会拿出本子记下来，暗自纠正并提醒自己，不要成为像他们一样的人。

"那不就得了？你跟他除了户口本上的名字挨着，其他方面，既影响不了你，也碍不着你。"周京泽语气缓缓，逻辑分明。

"你是你，他是他。"周京泽看着她说。

这两句话像是拨开了乌云，光一下子照了进来，叶赛宁整个人豁然开朗，她抬起头，露出一个笑容，说："谢——"

一句完整的谢谢还没说完，周京泽忽然抬手摁住她的脑袋，摁进了水族箱里，起先她奋力挣扎，谁知他也把脑袋埋进了水族箱里。

两人都知道对方的水性。

"你闭上眼，十秒钟。"周京泽说道。

这天，叶赛宁和周京泽两个人把脑袋埋进水族箱里。水不断地涌过来，憋着气，大脑无法思考，不断有鱼过来亲吻她的脸颊。

像是进入另一个世界。

周围只有鱼吐泡泡的声音，那些难过的、窒息的、痛苦的事在那一刻统统消失不见。

以至于她一直憋在水里，想做只蝴蝶鱼，一直待在水族箱里，自由自在。

最后是周京泽把她从水族箱里拎出来的，一下子张开口，大口吸气，叶赛宁整个人站不稳，跌坐在地上。

周京泽俯下身，想伸手拽她起来，两人眼睛对上，愣了一下，相视一笑。因为两人浑身湿答答的，还散发着水的腥味，头发一缕一缕地沾在额头上，要多狼狈有多狼狈。

周京泽放声大笑，低下头，笑得肩膀颤动，气息都收不住的那种。

这时水族馆的老板放了一首英文歌，女声缱绻沙哑，叶赛宁眼神怔怔地看着眼前这个长得很帅、正在大笑的男生，心跳得很快。歌里唱道：

Can't you hear my call?

你能听到我的呼唤吗？

Are you coming to get me now?

你是来救我吗？

I've been waiting for,

我一直在等待

You to come rescue me.

你来搭救我

I need you to hold...

我需要你拥抱……

每一句歌词和节拍都准确无比地踩在她心上。

周京泽笑完后，坐在她旁边，也背靠着墙。

灰白的烟雾渐渐散去，他的面容渐渐清晰，周京泽漆黑的眼睛看着她："爽了？"他其实在问她开心了没有。

叶赛宁仰头看着他，那一刻，她想陪他死。

她心动了。

她认输。

一旦喜欢上，占有的情绪便开始疯狂滋长。想做他身上的猫，想和他在雨天里接吻，想和他文情侣文身。

想和他在一起。

叶赛宁生日的时候，穿了一条新裙子，盛装打扮，像只为他绽放的红玫瑰。当晚，周京泽开玩笑地问她许愿没有。

"许了，想让你做我男朋友。"叶赛宁的眼神赤裸又直白。

周京泽的笑意敛起来，沉默很久，最后他说："我不想失去你这个朋友。"

男女之间好感是有过，但相处久了更多的是惺惺相惜。因为两个人实在太像了。

叶赛宁释然一笑，笑吟吟的："我不会放弃。"

但叶赛宁没想到，不到一个星期，周京泽带了个女朋友出现在她眼前，那个女生坐在他的摩托车后座上，在赛车终点等他，陪他出入各种场子。

周京泽是在用另一种方式告诉她，他俩没戏。

叶赛宁以为假借朋友之名，可以慢慢追到周京泽。至少她对于他来说，是不同的，不是吗？

她一直以为是这样的，所以两人又成了朋友。

直到她去英国留学，有一天周京泽忽然转了一笔钱给她，让她去重新买部手机，他好存号码备注。

叶赛宁直觉不对劲，问他怎么了。

周京泽的语气轻描淡写："一条短信乌龙，还惹了一个小姑娘生气，以为她是你，再聊下去，她得知道我差点堕落的事了。"

这才是珍惜吧。

叶赛宁第一次有了危机感。

直到新学期结束的时候，叶赛宁知道他谈了恋爱。

周京泽谈恋爱，叶赛宁从来没当回事，因为他一直是孤独的，想有人陪着，但从来没真心。

可这次不同，破天荒，周京泽第一次把社交网头像换成了一个女孩。叶赛宁点开放大看，只有女孩的侧脸，扎着花苞头，额前有细碎的头发掉下来，侧脸弧度姣好，正低头写着试卷，好像是在图书馆。

照片看起来明显是男友视角的抓拍。

所以叶赛宁紧赶慢赶在周京泽生日前回来。叶赛宁回来第一件事就是打听清楚这个女孩子，但周京泽好像有意要保护她，一个字也不肯透露。

没关系，她自己找。

叶赛宁登上京航的贴吧论坛，仅用了半个小时就把这个女孩子了解清楚。她在帖子里看到许随每天下午都会在图书馆，叶赛宁想去见见她，想看看是长得多美艳的一个女生才能让周京泽明目张胆又毫无条件地宠她。

叶赛宁刚踏上图书馆一楼台阶，旁边几个大一女生抱着书本匆匆从她身边经过，讨论声传了过来。

戴眼镜的女生问："你不是一向不怎么来图书馆吗，今天怎么来了？"

女生语气激动："我来看许随学姐呀。"

有人挤对她："我还不知道你？想看她男朋友是吧。信不信？五点半，窗外那抹斜阳出现在学姐桌子上，周京泽——不，学姐男朋友会拎着一份白桃乌龙奶茶和菠萝包准时出现在她面前。"

女生一脸不相信："一分不差？"

对方答："一分不差。"

叶赛宁踏上三楼，在最里边一间图书室找到那女孩。她穿着一件白色T恤、蓝色高腰牛仔裤，因为低头做着作业，后背的蝴蝶骨明显，皮肤很白，也纤瘦，看起来安静乖巧，一副好学生的模样。

没想到周京泽竟然喜欢这种类型了。

她走进去，在一张隐蔽的桌子前坐下，没多久，周围响起了细碎的讨论声，有人压着激动的语调说："他来了他来了！"

叶赛宁看过去，男生穿着黑色T恤，身材修长，戴着一顶鸭舌帽，突出的喉结尖尖的，单手插兜，神色懒洋洋地出现在门口，右手刚好拿着一杯白桃乌龙奶茶和两个菠萝包。

大片阳光落在他肩头，气质冷峻又透着一股痞劲儿。

"你看，是这两样东西吧！学姐最喜欢的。"

叶赛宁看着她喜欢的男生一步步走向另一个女孩。他把食物放在一边，整个人靠在桌子前，俯身摘了她的一个耳机。

女生抬眼怔住，随即露出一个笑容。

然后，他捏着女生的下巴，隔着一张书桌，在黄昏霞光下，慵懒地俯身同她旁若无人地接吻，拇指抚摩着她的肌肤，亲昵又热烈。

夕阳呈一种浓稠的蜂蜜色落在那张课桌上，女生的手指渐渐攀上他的肩膀，两人的影子交叠。

叶赛宁抬手看了一眼时间，不早不晚，刚好是五点半。

这一幕十分刺眼，像是呼吸一寸寸被夺走，叶赛宁不知道自己看了多久才走的。

从小的生长环境教会叶赛宁一个道理，想要的要及时抓住，牢牢攥在手里。

所以她以回国为由开始组局，叫了周京泽和一些以前的朋友开派对，喝酒，玩真心话大冒险，这些她统统拍了视频。

哦，对了，周京泽玩游戏输了被喊买单，她刚好坐在旁边，看到了他的支付密码。

他喝得半醉，叶赛宁瞥见他的手机上挂着一个小熊挂坠，刚想伸手摸。

周京泽移开手机，撩起眼皮看着她，用眼神警告。

叶赛宁只好佯装生气，托着下巴笑："也不用这么小气吧，不看了，你这只手表什么牌子总可以告诉我吧，挺好看的，我也想买一只。"

手表周京泽无所谓，于是他低声报了一个品牌名。

叶赛宁见过许随，一眼看出她这样的女孩子，没有安全感，敏感。所以她把视频上传到社交网，她知道许随一定会来看，两人的感情一定会产生嫌隙。

便利店那次也是她故意找上门的，本来叶赛宁没想那么恶毒。是在便利店，她经过许随身旁时，一眼瞥见她正在付款的手机上的小熊吊坠。原来是情侣款的，难怪周京泽碰都不让她碰。

许随的手机屏幕适时亮起，她看了一眼，备注为"男朋友"。

她的心理开始扭曲，嫉妒像杂草一样疯长，于是叶赛宁开始说谎，故意把周京泽说的"我不想失去你这个朋友"，改成"我不想失去你"。

最后，她成功了。

叶赛宁却没想到，这一举动把她从周京泽身边推得更远，从此陷入万劫不复、爱而不得的境地。

后来在许随上班的医院再见她，叶赛宁终于跟她解释、道歉，最后松了一口气。许随走出病房后，叶赛宁躺在病床上给周京泽发消息。

她不是邀功，她是真的想跟他道歉。

没多久，周京泽回信息，话语简短："你认错了，以后别再发信息过来了。"

字字冷漠又绝情。

最后一次见周京泽，是在一条熙攘的街道上。人群中，他始终不紧不慢地牵着许随的手往前走，她怀里抱着一束花，两人时不时地相视一笑。

叶赛宁看周京泽脸部抽动，像打哈欠，她知道，他花粉过敏症犯了，但他一直在忍着。

走了一会儿，许随鞋带开了，周京泽在熙攘的人群中，自然而然地蹲下来给她系鞋带，仿佛在做一件再平常不过的事。

依然是桀骜浑不吝的模样，却甘愿为一个人弯腰。

叶赛宁从两人身上收回视线，转身，大步往前走。

至此，单恋结束。

番外二
找到你

"我们还能再见吗？"
"可以，我会来找你。"

写在前面：这是平行番，他们不在京北，而是在南江读高中，没有许随和周京泽，是另一个世界的他们，而胡茜西始终记得的是：找到他。

小满，南江这座城市陷入漫长的雨季，日日潮湿，夜夜暴雨，衣服经常晒不干，从晾衣竿上取下来还带着阴雨天的霉味，需要拿去一件件烘干。

地面是湿的，墙壁也是湿的，连带人的心情都变得潮湿阴郁起来。

晚上九点，一个男生站在一栋房子前，个子很高，黑色连帽运动衫、运动裤、白球鞋。他单肩挎着书包，低头看了一眼时间，在一片红的群消息中，冷漠地回了句"不去"。消息发出去后，狐朋狗友一片哀号。

与此同时，男生插着裤袋的手抽出来，黑色书包带一路滑到腕骨突出的手腕处，与此同时，他一脚踹开大门，门发出砰的一声。

里面灯火通明，却空无一人。

盛南洲把书包掼在沙发上，从冰箱里拿出一罐冰可乐，坐到沙发上，食指拉开拉环，咔嗒一声，泡沫涌出来。

他仰头灌了一口冰可乐，喉结缓缓滚动，视线不经意地往茶几上一看，有张字条。他俯下身，扫了一眼。

老爸老妈又去旅游了，还带上了盛言加。盛南洲想也不用想，葛女士千篇一律的请假理由不是小卷毛得了脚癣就是脑袋长了虱子。

他老弟真惨。想到这儿，盛南洲失笑，继续喝冰可乐。

他洗完澡出来后，一边侧着头用毛巾随意地擦头发，一边上楼。楼下冰箱对面的桌子上堆了约十个东倒西歪的可乐罐。

啪的一声，床头橘色的落地灯打开，倾泻一地暖意。

盛南洲习惯性地坐在床前，打开药瓶，倒出两粒药，丢进嘴里艰难地吞咽下去，然后躺在床上。

他失眠这毛病已经有六七年了，经常整宿整宿睡不着，要靠药物才能有很浅的睡意。

葛女士对自家儿子得了这个病头疼不已，她盯着盛南洲语重心长地说："我儿子长相帅气，人又阳光，才十七岁，正值花季，怎么会失眠呢？来，儿子，你是不是有什么隐情？跟妈妈说说。"

盛南洲正玩着游戏，视线没从屏幕上挪开半分，闻言顿了一下："确实有个隐情。"

"什么？"

"我的卡被限制消费了。"盛南洲慢悠悠地说。

话音刚落，一个白色的枕头直直地朝盛南洲后脖颈砸去。

盛南洲装模作样地发出吃痛的"嗞"声。

盛言加正半跪在地上玩乐高，听到后直嚷嚷道："妈妈，这道题我会答，电视上说这叫心病。哥哥心里肯定住着一个人！"

说完这句话后，小卷毛后脑勺挨了一掌，葛女士被转移注意力："你每天在看什么鬼电视？！"

母子俩吵吵闹闹，盛南洲坐在地毯上忽然没了玩下去的兴致，游戏屏幕显示"失败"的字眼，出奇地，他没有反驳，笑了一下。

他心里确实住着一个人。只不过是在梦里，好多年了。她经常来找他，和他说话，不开心的时候还会逗他玩，两人在梦里一起去了好多乐园，但盛南洲一直看不清她的脸。他其实很想见她。

这天夜里，她又来到了他梦里。她穿着一件柠檬黄的波点裙子，笑容灿烂，像个轻盈的、随时要消失的泡泡。

她牵着盛南洲来到一片很大的向日葵花田，两人坐在长椅上。女生忽然开口："我要走啦。"

盛南洲心一紧，问道："你要去哪里？"

"不知道。"女生站起来。

她正要朝前走，盛南洲攥住女生的手臂，眼睛紧盯着对方，问："我们还能再见吗？"

"可以，我会来找你。"女生笑着看他。

紧接着，盛南洲发现眼前的女生慢慢变得虚无，紧握着她的手腕像握着流沙一样，怎么抓也抓不住。

大片的金光出现，眼前的人渐渐消失，还回头看了他一眼，露出一个温暖的笑容，然后就不见了。

盛南洲的心脏像被钝刀一点点来回割，疼痛蔓延至五脏六腑，痛的感觉非常强烈，动弹不得，这种感觉很熟悉，好像他经历过一样。

他突然呼吸不过来，脑子里细碎的片段一闪而过。

医院、白墙、氧气罩，她在哭。

晴天、向日葵、墓碑，她在笑，同他告别。

盛南洲拼命向前跑，想要找到她。周围金黄色的向日葵花田如电影远景切换一般退去，变成无尽的黑白色。周围荒无人烟，眼前恰好有一朵花，他正准备靠近，脚边的石子滑落，一低头，万丈深渊，无人之境。

像是片段闪回般，轰的一声，盛南洲想从梦里醒来，却又不能，最后竟然看到一尊佛像，菩萨低眉，红尘慈悲。

他整个人不受控制地摔了下去。

在摔下去的那一刻，他最后的念头是——神啊，如果可以，请让我先找到她。

又是轰隆一声，天空滚下一道雷，窗外忽然下起了暴雨，树影摇曳，狂风猛烈地拍打着窗户。盛南洲喘着粗气从梦里醒来，大口大口地吸气，他知道自己能从那个梦里出来了，却没有睁眼。

眼角滑落一滴泪。

次日，周二，连雨初歇，连下一个多月雨的地方竟然出太阳了。油绿的叶子被雨水冲刷得亮晶晶的，花香味飘来，鸟儿盘旋在电线杆上，叽叽喳喳地叫着。

毫无意外，因为昨晚一夜没睡好，盛南洲旷了早读。等他走进教室的时候，里面闹哄哄的，不是男生女生在斗嘴，就是有人一边抄作业一边发出哀号声。

盛南洲走到教室倒数第二排靠走道的座位，将黑色书包一把塞进抽屉，伸出脚撂正歪斜的椅子，一屁股坐下来，立刻趴在桌子上。

斜对面正在聊天的几个男生见状冲他竖了个大拇指，笑道："盛大少爷，您是如何做到每天精确踩点而不被逮到的呢？"

"出书吧，盛大少爷。"有人说道。

盛南洲困得不行，脑袋枕在胳膊上，校服领子歪斜，他懒得费劲抬脸，冲着对面聊天的男生比了个中指，然后昏沉地睡过去。

教室里闹哄哄的，可以用鸡飞狗跳来形容，追逐打闹的同学偶尔撞到桌子，桌脚擦着地面发出尖锐的声音。

班主任领着一个学生刚进教室，就被迎面飞来的一块抹布盖住了脸，细碎的粉笔灰飘浮在他只留有稀疏几根头发的脑袋上。

空气凝滞了三秒。紧接着教室爆发出掀翻屋顶的笑声，一浪盖过一浪，有人笑得直捂肚子当场倒地。

班主任心里直骂，却装作神色淡定地把抹布揭开，走上讲台，用戒尺用力地敲了敲桌面，喊道："吵什么吵？谁在早读时吃自热火锅，现在立刻扔了，信不信我把你涮了！角落里那俩还在掐架的男生，你们回去读小学得了。还有你，还在抄作业，是不是当我瞎了？"

经过班主任一顿整顿，教室安静下来，他清了清嗓子说道："说个正事，今天从京北那边转来一个新同学。来，给大家做一下自我介绍。"

女生点了点头，在黑板上写下自己的名字，笑容很甜："大家好，我叫胡茜西……"

好不容易安静下来的教室再次闹腾起来，尤其是一众男生，明显躁动起来，讨论声此起彼伏。

旁边的人推了推盛南洲的肩膀，语气激动："洲哥，咱们班新转来一个小美女，真的挺漂亮的，你看一眼。"

"这姑娘跟漫画里出来似的，眼睛好大，大眼妹。"

"看这气质和长相，感觉像家里宠着长大的小公主。"

女生则在谈论，说道："她笑起来好有元气和活力，想跟她做朋友。"

"她打扮也好清新，喜欢她的裙子。"有人说道。

盛南洲本来是想努力让自己进到梦里再找到她的，可周围吵得不行，他半醒未醒，心里已经起了一阵火。

"不看。"盛南洲嗓音嘶哑。

"这妞长得挺正的，比追你的校花孟灵还美，真不看一眼？"旁边的男生又推了他一下。

盛南洲的脸从胳膊里抬起半边，他们以为盛大少要看新来的转学生一眼，结果人只是换了方向睡觉，脸朝向了窗户那边。大少爷低沉的声音隐隐透着不耐烦和冷漠："没兴趣。"

上课铃适时响起，老班象征性地用戒尺敲了敲讲台，指了指第四组的位置："那边还有个空位，你坐那儿吧。"

胡茜西看过去，恰好是在盛南洲前面，她点了点头，唇角的笑意飞扬，应道："好。"

胡茜西拎着蓝色的书包走向自己的座位，过重的书包撞向穿着白色及膝袜的小腿，发出啪嗒啪嗒的声音，让人不由得把视线移到她小腿上，匀实且白，像凭空削下来的一块白玉。

她坐在男生前面，不知道为什么，从书包里拿出书的时候，指尖有点抖，连带心跳都快了起来。

胡茜西的同桌看起来是一个很安静内敛的女孩子，眼睛像小鹿一样纯净。她见状立刻帮忙整理书桌。

"你叫什么名字？"胡茜西笑眯眯地问道。

女生用纸巾擦着桌子的手一顿，声音很小："我叫许岁，你叫我岁岁就好啦。"

胡茜西脸上一喜，接着对方又认真解释，嗓音软糯："是岁岁年年的那个岁。"

浓密卷曲的眼睫垂下来，失望之色一晃而过，胡茜西自言自语道："原来叫许岁，就差一个字。"

她不是许随，只是名字很像而已。

许岁没听清，凑过去问："什么？"

"没什么。"胡茜西重新振作起来，从书包里抽出一排长条的彩虹糖塞到她怀里，声音清脆，"喏，给你吃彩虹糖，以前上大学——"

许岁拿着长条的彩虹糖懵懂地看着她，胡茜西在心里叹了一口气，改口笑道："我是在电视剧里看到的，吃了这个糖我们就是好朋友啦。"

"好。"许岁跟着笑了起来。

等一切都收拾好，胡茜西托着下巴，手肘垫在书本上，眼睛转来转去，后半节课就这么神游到外太空去了。

下课铃响后，教室又变成无序的状态，同学们打闹起来。胡茜西吸了一口气，从书包里拿出一盒椰子味的酸奶，上面还吸附着水珠。

胡茜西转过身去，看着趴在桌子上睡觉，头发有点乱，浑身上下透着"别惹我"的桀骜气息的男生，喉咙发干，没来由一阵紧张："你好，我叫胡茜西。"

没人回应。

胡茜西不确信他听到没有，捏着牛奶盒的手收紧，瞥见他耳朵动了一下，原来听到了啊。

"请你喝，喝了一天会有好心情。"胡茜西把酸奶放到他桌上，唇角漾着细碎的笑意。

没多久，后门有人喊："盛南洲，校花找！"

胡茜西以为这个校花会得到和自己一样的冷待，没想到眼前的男生慢腾腾地抬起头，伸展了一下脖子，发出咔嗒一声，他费力地搓了一下脸，眼皮抬都没抬一下，看都不看她一眼，站起来径直拉开凳子走了出去。

他的手肘不经意地碰到桌上的酸奶，啪的一声，牛奶洒在地上，然而始作俑者却插着兜出去了。

胡茜西看着地上的牛奶有些泄气，抬眼盯着盛南洲的背影在心里骂了句："大猪头！"

刚好许岁上完厕所回来，胡茜西挽着她的手臂，说道："同桌，我们去外面吹风好不好？"

"好啊。"许岁有些不明所以，但还是答应了。

说是去走廊吹风，胡茜西却一直盯着左边看，看到盛南洲同一个留着齐腰长发的女生在讲话，两人影子靠在一起，气得她眼睛都要喷出火来。

许岁好像明白了点什么，问："你对盛南洲有好感啊？"

她以为胡茜西会否认或者害羞，没想到她大方地承认："是呀。"

许岁睁圆了眼睛，好半天才消化这个消息，她好心说道："可是——盛南洲在学校特别受欢迎，人长得帅，性格也好，大家都愿意和他玩。不过他对女生很高冷，除了孟灵，她额头上有一道疤，据说是为了盛南洲受的伤。不过奇怪的是，两人也没在一起，但他们关系很好。"

"怎么好了？"

"这么说吧，盛南洲在学校不是有一支球队吗？孟灵是篮球队的啦啦队队长。"许岁说。

胡茜西顺势看向正在说话的两个人，男生虽然看起来表情不耐烦，但一直低下头在听女生说话，她心里酸酸胀胀的。

谁也没想到，仅是一个中午的时间，胡茜西和许岁在走廊的谈话就被人传了出去，越传越离谱，变成了胡茜西扬言一个月内要把盛南洲追到手，追不到就转学。

胡茜西本人听到都气笑了，不过懒得去反驳。

公主追骑士，算便宜他了，胡茜西在心里默默说道。

这话传到盛南洲耳朵里的时候，他正在篮球馆打球。江恺坐在台阶上用一旁的毛巾胡乱擦汗，调侃道："盛大少爷，小公主要追你，有什么想法啊？"

盛南洲纵身一跃，把篮球砸向球筐，球稳稳当当地进了。他整个人躺在地板上，球顺势滚到旁边，他的眼睫还沾着汗，嗓音淡淡的："没想法。"

江恺耸了耸肩，没说什么，从书包里拿出一盒牛奶，将吸管插进铝纸薄膜，正要喝。盛南洲左手抱着篮球朝台阶的方向走过去，瞥见江恺手里的椰子味牛奶，目光一顿，嗓音压低，问："哪儿来的？"

"哦，这个啊，上午帮西西搬了一下书，她给我的。"江恺冲他晃了晃手里的牛奶。

不知道为什么，"西西"两个字，盛南洲听了觉得格外刺耳，瞥见那盒牛奶，心里更是升起一股郁结之气。

他想也没想，手里的篮球扔了出去，擦着江恺手里的牛奶，砸向墙壁，啪的一声，牛奶洒在地上，不能喝了。

江恺正要发火，结果盛南洲头也不回地朝门口的方向走去，撂下一句话："吃不吃饭？我请。"

"吃吃吃！"江恺狗腿地跟上去，立刻将那盒牛奶的事抛在脑后。

胡茜西每天固定给盛南洲送早餐，虽然他从来不吃早餐。打球时她给他送水，放学争取和他一起回家。她天天晃在他面前，还让人教她打游戏做作业。

盛南洲不胜其烦，只觉得她像块甩不开的牛皮糖。

这事在全校传开，别人笑她，胡茜西也跟个没事人一样，自得其乐地成了盛南洲身后的小尾巴。

直到有天早上，胡茜西强行让他喝粥弄脏了他的 T 恤，第四节课又不小心把盛南洲好不容易弄好的飞机模型给掰断了一个翅膀，他终于发火，语气不耐烦，话语透着厌恶和冷漠："有完没完？请你离我远一点。"

说完这句话盛南洲就后悔了，因为眼前一向爱笑的女孩彻底安静下来，眼睛像小兔子一样，慢慢变红，蕴着一层水光，他的心脏缩了一下。

"对不起。"胡茜西嗓音很轻。

说完,她就跑开了。

隔天盛南洲桌子上放了一架新的飞机模型。

一整个星期,盛南洲桌上不再有早餐,上课期间,不会有个小脑袋转过来讲笑话逗他开心了,走到哪儿身后也不会跟着一条小尾巴了。

盛南洲清净了不少,可也烦躁起来。这段时间他的睡眠明显好了很多,没再失眠,梦里的女孩也不见了,梦见的是……胡茜西。

看见她冲别的男生笑,他心里会发火;看见她不再找他,心里也一阵别扭。

他觉得自己很奇怪。

周五,胡茜西因为被喊去办公室,回家时落了单,只能一个人回家。晚上六点,天已经完全暗下来,胡茜西背着书包从学校出来,在经过后街和南路的小巷子的时候一阵害怕。

学校传得很疯,说这条路有露阴癖的猥琐男很多,专门恐吓女学生。

路灯昏暗,树影打下来,影影绰绰,让人心悸。胡茜西经过一家台球室继续往前走,一进巷子,光暗了一半,幽暗的气息让人瘆得慌。

谁知倏地冲出一个男人冲她猥琐地直笑,他就要走过来,右手还扯住了裤子拉链,正要往下拉。

胡茜西攥紧书包带子,泪意一下子就涌了上来,她刚准备转身跑,一道黑色的影子笼罩下来,有人靠在身后蒙住了她的眼睛,温热覆了上来,长睫毛扫了扫宽大的掌心。

"闭眼。"盛南洲的嗓音清冽。

胡茜西闻到了他身上淡淡的沐浴液混着皂角的味道,莫名让人安心,然后点了点头。

盛南洲右手蒙着胡茜西的眼睛,左手拿着好几个台球,朝仓皇逃跑的男人的小腿砸了过去。空荡荡的巷子传出一声惨叫,猥琐男拖着瘸腿跑得更快了。

五分钟后,盛南洲收回手,后退一步,酷着一张脸开口:"走了。"

不料，女生的手指钩住他的袖子，从口袋里摸出一个向日葵徽章递给他："谢谢。"

　　盛南洲接过来揣进兜里，就要走，女生再次拽住他，他被迫低头，对上一双如葡萄一般透亮的眼睛，怔住。

　　胡茜西仰头看他，始终带着笑，语气带着郑重，一字一顿认真地说道："重新认识一下。

　　"你好，我叫胡茜西，茜是茜红的茜，西是西西公主的西。"

番外三
胆小鬼

"哦，刚才好像看见一个胆小鬼在偷听别人的告白，然后没听完我拒绝别人就跑开了。"

那天晚上盛南洲送胡茜西回家后，奇迹般地，他这次没有失眠，很快就睡着了，还做了一个梦。

在梦里，他看见自己快三十岁的模样，一直没有谈恋爱，直到终于等到一个女孩回家。在那个世界，他一直守着一个病重的姑娘。

那个女孩是他的未婚妻，他们还没来得及结婚。

傍晚的时候，夕阳照进来，女孩躺在病床上，精神好了好多，她眨了眨眼，说道："南洲哥，我们偷偷出去玩吧。"

盛南洲正削着苹果，笑了笑："成，公主想去哪儿？"

"都、可、以！"说出这个回答，女孩苍白的脸上多了几分雀跃。

最后盛南洲带着她从医院后门溜了出去。一出去，女孩整个人都活泼起来，一会儿拽着他去吃小吃，一会儿又要吃冰激凌，最后还吃了盆大辣特辣的小龙虾，辣得她嘴唇通红，直掉眼泪。

女孩提出一连串的要求，只要不是太过分的，盛南洲几乎有求必应。他只是想看见她笑。

最后盛南洲手里端着一份她爱吃的铁板豆腐，两人溜进了一家台球室。

在那里，女孩碰见了一个叫路闻白的男人，走过去神色欣喜地同他寒暄。盛南洲站在一边等了大概有十分钟，其间他反复低头看手腕上的表，有些烦躁，第一次觉得时间如此漫长。

寒暄完以后，女孩跑过来把奶茶递给他，说要跟路闻白学两局。盛南洲不动声色地说："一起。"

开球后，盛南洲的目光只在女孩身上，牢牢地盯着她，其间，那个男人拍了一下女孩的肩膀，递给她一瓶水。

盛南洲的脸沉了下来，他正要走过去时，忽然一伙人冲了进来，有人惊慌地喊道："不好了，疯子进来砍人了。"

场面顿时乱成一锅粥，红白台球飞得满地都是。匆忙中，女孩跑过来攥住他的手，拉着他一起躲到了台球桌底下。

外面乱成一团，尖叫声四起。两人躲在一方天地里，女孩倏地想起什么，拍了一下脑袋："糟了，忘了路闻白了。"

盛南洲冷哼了一声，吐出一个字："呵。"

"你吃醋啦？"

盛南洲酷着一张脸，心口不一地说："醋那玩意儿，小爷从来没吃过。"

女孩笑了一下，并没有跟他计较，说道："你伸手。"

盛南洲伸出手来，女孩不知道从哪儿变出一支红色记号笔，垂下卷翘的眼睫，认真地在他腕骨突出的手腕上画了一朵向日葵，中间还有一个笑脸。

盛南洲失笑，正想吐槽她画画水平还跟小学生一样时，一张温软的嘴堵了上来，他整个人僵住，柔软清甜的味道一点点渡进唇齿间。

"盛南洲，我最喜欢你了。"她喘着气说。

一吻完毕，女孩正要撤离，不料一只大手捧住她的后脑勺往前压，影子落了下来，吮住她的唇瓣，撬开唇齿，比之前更凶猛。

灯光幽暗，周围灰尘四起，所有的热恋、不舍、爱意悄然绽放在一个吻里。

盛南洲从梦里醒来的时候，坐在床头抽了一支烟。梦里发生的那些都是真实存在的吗？

他是不是得了什么妄想症？

还有，新转来的那个女生，为什么他总觉得她身上有一种熟悉感？

越想越头疼，盛南洲决定不去想。他起身洗漱，换衣服，在穿校服外套的时候瞥见桌面上躺着一个小小的向日葵徽章。

盛南洲视线一怔，伸手去拿那个徽章，别在校服领口上，想了一会儿又扯下来，拉开抽屉小心翼翼地放好。

周一，又是新的一天。

盛南洲桌子上又出现了昔日的早餐，胡茜西偷偷放好酸奶后，一抬眼便看见了从后门进来的盛南洲。

一对上他的眼睛，她的心跳莫名加速。

"早啊。"胡茜西热情地打招呼。

"嗯。"盛南洲懒洋洋地应道。

不知道是不是小巷那件事的原因，胡茜西发现盛南洲对她没那么冷淡了，两个人的关系好像比之前缓和了许多。

盛夏在声声蝉鸣中到来，而胡茜西对他的热烈从未停止过，她的喜欢盛大又赤诚。

相处两个多月后，两个人渐渐熟悉起来，胡茜西发现他并没有表面看上去那么冷酷，实际他就是一个爱打球，喜欢玩游戏，撩他两下还忍不住脸红的大男孩。

是她的少年。

盛南洲偶尔也会纵容她的任性胡闹，买水的时候会自觉多买一瓶给她，两人有时间会一起回家。

他们的关系在变好。但只限于此，什么都没挑明。

夏天闷热得让人昏昏欲睡，运动会即将举行，然而人都没凑齐。

体育委员走进教室，急得满脸通红，他走上讲台敲了敲桌子，苦口婆心地说道："同学们，现在正是争班级荣誉的时候，你们还有心情睡下去吗？起来报项目啊。"

"有。"江恺撑他。

教室响起稀稀拉拉的笑声，体育委员把求救的眼神投向倒数第二排的盛南洲，试探性地问道："洲哥，还是按往年的惯例，跳高和跳远，还有 4×100 米接力，你包了？"

盛南洲正做着题目，头也没抬："随便。"

体育委员当他这是默认的意思，立刻填上他的名字。

"还有呢？三千米长跑有没有谁跑？"体育委员大声喊。

教室里在座的没有一人回应，谁也不想去跑三千米。

这酷暑，长跑起来要人命。

"我跑。"一道女声插了进来，洋溢着活泼的气息。

"胡茜西，你真是咱们班的大功臣！人美心善。"

盛南洲正低头写着题目，手指骨节握住笔，闻言一顿，在白纸上洇开一个黑色的墨迹。

前面的小脑袋忽然转过来，凑了过来，胡茜西用手指戳了戳他的肩膀，唇角上扬："盛南洲，我要是三千米拿了第一名，你就答应我一个条件怎么样？

"喂！怎么不说话？"

盛南洲抬眼看向眼前唇红齿白，笑起来眉眼生动的女孩子，顿了顿："你跑赢了再说。"

"我不管，我当你默认了！"胡茜西笑得像只偷腥的猫。

距离运动会开始还有半个月的时间，每天下午放学她都在操场上练习跑步。

她现在是健康的、漂亮的，所以可以大胆追求自己喜欢的人了。

同时胡茜西很不喜欢跑步，因为跑步又累又狼狈，但每次跑的时候，她只要想象盛南洲在终点等她，就有动力了。

运动会在两个星期后如期到来，操场上站满了人，广播里时不时传来喊同学们检录的声音，和念加油稿的声音混在一起，声势浩大又热烈。

胡茜西在开跑前想去找盛南洲，让他给自己加油，却被告知他人在体育器材室。

胡茜西兴冲冲地跑过去，却撞见盛南洲和孟灵站在器材架后面。

红晕爬上孟灵的脸颊，她揪着裙摆说："我喜欢你。"

胡茜西顿时气血上涌，不敢再听下去，心里又气又难受，最后跑开了。

盛南洲站在孟灵面前，瞥见不远处跑开的身影，他回神，蹙起眉头，声音冰冷："虽然你额头上有疤，但不是我要找的人，抱歉。"

"还有，我不喜欢你。"说完这句话，盛南洲就头也不回地离开了。

他与孟灵擦肩的时候，吧嗒，裤袋里掉出一个东西，本人却浑然不觉。

孟灵蹲下身，将一枚小小的徽章捡了起来。

二十分钟后，胡茜西跑去检录，瞥见孟灵站在人群里，穿着白衬衫、黑裙子，领口别的正是她送给盛南洲的向日葵徽章。

没多久，胡茜西被催促着集合去比赛，枪声一响，她下意识地向前奔跑。

然而往前跑着，她脑子里全都是刚才孟灵同盛南洲告白的场景，以及对方竟然戴着她送给盛南洲的徽章。

火阳如烧，照在身上，既热又难以呼吸。

胡茜西跑到一半渐渐喘不上气来，额头上的汗滴到眼睫上，视线一片模糊。

气管那里开始痛，双腿像灌了铅一样沉重，就连擦过耳边的风都是燥热的。

胡茜西越想越委屈，满脑子都是两人在一起的场景。渣男，垃圾回收站都不要的垃圾。

他们越亲密，显得自己越傻。

越想越难过，胡茜西也没了耐心，干脆撂挑子不跑了。

对于胡茜西的中途弃赛，全场哗然。她不顾全场的目光，拨开重重人群，一个人走开了。

胡茜西累得不行，绕过操场后的建筑贴着墙壁坐下来休息。她接连呼了好几口气，呼着呼着，眼泪掉了下来，滴到唇角，很咸。

盛南洲，你这个大猪头！

忽然，一道阴影笼罩下来，一瓶冰水贴在她脸颊上，凉丝丝的，迅速给发烫的脸降温，对方身上清冽的木香也一并袭来。

胡茜西知道是谁，手掌拍开贴在脸上的冰水，闷声不说话。

"不是说要拿第一给我看吗，怎么不跑了？"盛南洲问。

"你还来干什么？你女朋友不会找你吗？"胡茜西别扭地说道。

盛南洲笑笑："我哪来的女朋友？"

"哦，刚才好像看见一个胆小鬼在偷听别人的告白，然后没听完我拒绝别人就跑开了。"盛南洲慢悠悠地说道。

"你……拒绝了？"

"那徽章呢？"胡茜西终于肯转过头看他，眼睛还红红的。

盛南洲伸出手，一枚向日葵徽章躺在他手心，说道："刚才掉了，现在要回来了。"

"好吧。"胡茜西抽了一下鼻子，原来是个乌龙。

盛南洲蹲下身来，漆黑的眼睛盯着她，缓缓地问道："要不要重跑？"

少年的眼睛带着光，胡茜西对上他的视线，发现她不知道什么时候住了进去，于是看着他，也缓缓地笑了。

番 外 四

情人节

周太太，遇见你——
是我这辈子最大的荣幸。

周 & 许

七夕这天，周京泽特意申请了调休，打算陪小姑娘过节。但周京泽这个人比较闷骚，不说，还装作一副不记得的吊儿郎当的模样。

周老板懒散地窝在沙发上，左手拎着一罐冰镇啤酒，正认真看着足球比赛，茶几上搁着手机，时不时发出嗡嗡的振动声。他和基地的人押注了这一场谁赢。

许随看他兴致挺高，想一起出去吃顿饭的提议也就压了下去。

平时他参与救援这么辛苦，难得放个假，还是在家休息好了。

"要不今天在家吃饭吧？"许随开口。

"行。"周京泽懒洋洋地开口，看起来并没有放在心上。

晚上吃饭的时候，周京泽也没有任何反应，许随以为他不记得了。

不过今年的心境和之前不同，反正都……她的人了，她主动一点也没关系。

趁着聊天的空当，许随站起来从房间里拿了一个盒子递到周京泽面前："今天是七夕，送你的礼物。"

周京泽抬手拆开蓝色的锦盒，里面躺着一把刮胡刀，很小众的牌子，款式挺好看。

"嫌我晚上扎着你了？"周京泽挑眉，一副没正行的模样。

许随正想反驳，但这好像是事实，便不打算开口。他胡子其实不长，但是有青楂，每次周京泽又特爱用下巴蹭她，扎人，还痒。她一想脸就有点热。

下一秒，周京泽开口："送礼物就得售后到底，以后每天早上你给我刮。"

"好，刮伤别怪我啊。"许随笑道。

周京泽都要被气笑了，他抬手掐住她的脸，反问道："爷身上被你咬了多少道口子了，我说过什么吗，嗯？"

许随被调侃得不好意思起来，拍开他的手转移话题："你下午又和老田赌球了吗，赌注是什么？"

周京泽没接话，冲她抬了抬下巴："书房有你的七夕礼物。"

许随一听立刻站起来跑去书房，打开门一看，发现周京泽不知道什么时候给她买了一台新唱片机，旁边还放满了她喜欢的乐队出的专辑。

书桌旁有一张黑色包装的唱片，上面什么也没有，单刻了一个"随"字。

她拆开包装，放到唱盘上，将唱针放到唱片上，嗒的一声，一阵沙哑的声音响起，紧接着，女声响起："周京泽，你好，我是许随，也是你的同班同学，写信这么老土的事……"

许随猛然回头，声音有些气急败坏，脸色通红："周京泽！"他捉弄人向来有一套。

周京泽倚在门框上，笑得胸腔颤动，像是预料到许随下一秒想要关唱片机的动作，出声制止："你往下听。"

许随只好继续听，好在只有这么短暂的一句开场白，紧接着，轻缓的前奏响起，一道低沉的声音响起，十分抓人。

他的粤语发音很标准，带着一种独有的腔调，每一句都扣在人心上。

有你我方找到生存来源，

难行日子，不削我对生命眷恋，

357

因有着你，跟我一起……
若问世界谁无双，
会令昨天明天也闪亮，
定是答：你从无双。
……

其实周京泽很少唱歌，基本不唱，平时遇上聚会，领导听说他唱歌好听，想让他唱，这人，依然爱搭不理，完全看心情，可许随就是他的心情。

周京泽干脆刻了一张碟给她，只属于她一个人的。

许随站在那里有点感动，觉得周京泽给的礼物比她花心思、认真。

她正凝神听着，一道阴影落下来，男人从背后拥住许随，温热又绵长的一吻落在白皙的颈侧，他的声音低沉撩人："一，情人节快乐。"

周太太，遇见你——

是我这辈子最大的荣幸。

盛 & 西

非洲，纳米比亚大草原。

盛南洲加入野生动物保护 NGO 已经两年零三十天。

他从事的是一线反盗猎工作，是最辛苦也最危险的工种。但当地人都喜欢这个高大英俊的小伙，他性格沉默，踏实，肯吃苦做实事。

在动物保护这一领域，工作范围比较广，有的人是来体验生活，有的人是为拍电影素材，有的是在读大学生来完成作业。大部分人来了又走，留下短暂的痕迹。他是待在这里时间最长的。

中午，盛南洲在休息站里吃午餐，他正用汤勺舀着碗里的撒匝，忽然，同事刷着手机发出"哇"的声音，叹道："盛，今天是你们中国的情人节欸！有没有跟你心爱的女孩子说节日快乐？"

盛南洲握着汤匙的手指一顿，片刻失神。

另一个同事见盛南洲神色不对劲，推了推这个同事的胳膊，示意他别哪壶不开提哪壶。

到处有人传，盛队长来到这条件差、工作环境恶劣的地方是为了找一个女孩。好像那女孩也在这里工作过，只是很快离开了。当地人或是以前的同事只要回忆起关于那个女孩的一星半点，他都会小心翼翼地听上半天。

盛南洲思绪飘离片刻便回笼，笑着说："说了。"

话题就此结束。

晚上结束工作后，盛南洲洗漱完，在门口抽了一支烟。

一根烟燃尽，盛南洲裤袋里的手机发出嗡嗡的声音，摸出手机一看，新邮件提醒。他顺便看一眼时间，时差五个小时，在中国那边七夕算已经过了。

盛南洲心不在焉地点开邮件，手机右上角的信号圈转了一下。是定时邮件，缩小的方框显示一段视频。

不知道为什么，盛南洲心脏一阵紧缩，他颤抖着指尖点开一看。

一道活泼且清脆的声音通过扬声器传来，视频画面里的人笑容灿烂，像午后的向日葵："锵锵锵！南洲哥，祝你生日快乐！有没有按时吃饭，有没有好好生活？我可是有悄悄监督你哦。"

"今年你三十一岁啦，老大不小了，"胡茜西托着下巴，眼珠转啊转，黯淡之色一闪而过，"让我猜猜看，未来这一年的你，是不是正和妻子吃着生日蛋糕，她还给你唱了生日歌？

"总之，要开心，要幸福。"

不要让我离开人世了，都还在牵挂你。

哪怕你做了别人的骑士，我都没关系，只要你幸福。

其实他有两个生日，因为当初上户口上晚了，葛女士做事又含糊，户口本上的生日就定了十一月，实际生日在八月——七夕的第二天。

盛南洲爱热闹，年纪小时经常两个生日都要过。家里人宠他，也就由着他。但越长大越懒，加上盛言加那小屁孩的生日和他的离得近，他这个人没什么所谓，经常两兄弟就一起过了。

视频里的胡茜西穿着蓝白病号服，灿烂的笑容下难掩脸色的苍白，却坚持为他录了生日祝福视频。

今天是他的生日。

只有她记得。

胡茜西在她去世后的两年发来了这封定时邮件。

她认为前两年是最难熬的日子，时间会冲淡一切，盛南洲会忘了她，会有新生活。所以到现在，她才敢来祝福他。

盛南洲盯着视频里的胡茜西，笑了笑，嗓音嘶哑："傻瓜。"

我没忘。

番 外 五

比 夏 天 更 漫 长

她好像笑了一下，眼尾向下弯，很好看。

　　周京泽在美国航校已经待了大半年，刚来的时候，同行的大学同学都吐槽着旧金山的气候过湿，又吃不惯这里的食物，总之，各种不适应。

　　他倒没什么不适应。家庭环境的原因，他有几年被周正岩丢在挪威，那么冷的国家，一个人，不也活下来了？

　　周京泽这种浪荡的性子，像浮萍，到哪儿都能迅速舒展，愣是能扩张自己的地盘，占地为王，声色犬马，和以前没什么不同，该训练训练，该享乐享乐。

　　在外人看来，他过得很好。但让人费解的是，这个长相英俊，皮相一绝，家境优渥的男生，还顶着一张浮浪的脸，身边却从来没有女人。

　　聚会的时候，有人借着碰杯的机会问了他一句："哥们儿，你怎么不谈恋爱呢？"

　　周京泽愣了一下，对方趁着他愣神的间隙，凑过来压低声音："还是说……你喜欢男的？"

　　周京泽弓腰把酒杯放下，声音带着笑意，却能听出一股倦怠："没兴趣。"

　　中途，组局的人挑头玩起了游戏，他们玩的是德州扑克，输的人要真心话大冒险。一连玩了好几局，周京泽相当轻松地赢了。最后扔牌的时候，坐在斜对面的洋人睁大眼，骂了句中英文夹杂的脏话。在场的人哈哈大笑，周京泽叼着一根烟，低头笑得胸腔颤动，一截烟灰扑簌簌地落下来，最后一抹猩红消失，将眼底的一抹落寞烧成灰烬。

常胜将军也有落败的时候，周京泽输的时候，全场叫好，他两手一摊，往后一靠，一副无所谓、任凭处置的懒散模样。

场内早就有人想看周京泽被拉下神坛的模样，指着他旁边一个金发碧眼的女生说："和 Lily 来一个贴面吻！"

旁边有人附和着吹起口哨，起哄声四起，这个冒险对他们来说其实不算什么，而且依周京泽的性格，只怕更出格的他都玩过。

周京泽微卷着舌头对旁边的女生讲了句"Sorry"，在场的人听得清楚，安德烈故意戗他，说道："周，你是不是玩不起？"

"还真是。"周京泽发出轻微的哂笑声，直接承认，也不怕跌份儿。

有人给他解围，不知道从哪变出一张女巫牌，说道："假设你现在在荒野丛林，即将死去时，女巫出现了，她给你两个选择：一是忘掉你生命中某个最重要的人，获得逃生机会；二是喝下毒药马上死去。"

虽然这只是假设，但拎出来讲，就是一个现实的问题。众人纷纷讨论，讲述各种可行性，最后百分之九十九的人都选择忘掉某个重要的人，逃生。

人生还很长，下一个重要的人还会出现。

"喝毒药吧。"在一众轻松嬉闹的氛围中他忽然出声。

他是那百分之一。

众人安静下来，神色是一致的不可思议。安德烈惊呼出声，难以置信地问道："为什么？周，你肯定有故事！"

"对啊，换我肯定选逃生，命更重要。"

周京泽弯腰从桌子上拿了一罐黑啤，食指抠住拉环，手掌抵住银色的铝面，一截腕骨清晰分明。

咔嗒一声，拉环扯开，无数气泡争相向上涌，他拿着酒也没喝，抬了抬眉尾，插科打诨道："爷活腻了呗。"

众人见他这副岿然不动的架势，也知道撬不出话，继续下一轮玩骰子的游戏去了。

周京泽窝在沙发上有一搭没一搭地喝酒，暗色的红光打过来，跳动在他凌厉的眉眼上，微弱且沉默。

舌尖尝到啤酒的第一口，微苦但带着冲击，像忽然被凿穿的城墙，四面八方地涌进风来。

命有什么重要的？

到后来周京泽喝得有点多，跑去洗手间洗脸，水龙头打开，不停地往下冲着水，他手肘撑在洗手台上，直接把脸伸了过去。

水很刺骨，但是有一种病态的爽。

手机忽然发出叮的一声，周京泽伸手抹了一把眉骨上的水，摸出手机，屏幕弹出备忘录提醒——12月24日。

这个日子是在三天后，他什么也没标注，只是一个普通的平安夜，可这数字，像是按下记忆开关一般。

刻意回档删除的东西正在撤销，时光倒退，一一重现。

水龙头还在哗哗地往水槽里冲水，在空旷的洗手间发出回声，周京泽握着手机，盯着这个时间看了很久。

安德烈知道周京泽即将在平安夜回国的时候，一脸震惊："周，你疯了？24日刚好是你在航校发言的日子，多重要你又不是不知道——"

"没事。"周京泽轻描淡写地说。

在他这儿，重不重要不是看事件性质，而是分人。

周京泽的飞机在12月24日落地，走出舱门那一刻，一阵凶猛的冷气冲过来，无孔不入地钻进骨头缝里，冻得人牙齿都在打架。到底走得太急，他连京北的天气预报都忘了看。

一下飞机，周京泽连衣服都来不及换，穿着一件单薄的黑色夹克打车去了许随学校。京北远比旧金山冷，早已铺天盖地地下起了雪。

目光所及之处，皆是灰白。

今天是平安夜，又是周末，学校外面人流很少，估计都打车去市区过节了。

四周安静得不行，偶尔有飞鸟掠过湖面，零星几个路人走过，衣服擦着书本，发出窸窣的声音。

周京泽戴着一顶蓝色的小熊鸭舌帽，露出半截漆黑的眉眼，穿着单薄的衣服站在校门口，相当有耐心地等着人出现。

一个多小时后，周京泽搓了一下脸，刚想抽支烟，不经意地抬眼瞥见不远处出现一个慢吞吞的身影。

她穿着一件白色的呢子大衣，神色充满疲态，眼睛是孱弱的黑，怀里抱着几本厚厚的书，明显是刚从图书馆出来。

一阵凛冽的风刮来，她下意识地缩了一下脖子，依然缓慢地向前。

空旷的天，显得她更单薄瘦弱，脖颈处空空，什么也没戴，脸色冻得更加苍白，血色尽失。

周京泽又把烟塞了回去，低头看了一眼时间，蹙起眉头。

快两点了。

十分钟后，许随照例来到学校旁常去的这家面馆，走进去的时候，饭点已过，店里只有两三个人。她坐在窗边，放下书本，老板走过来倒了一杯热水给她。

许随捧着透明的玻璃杯，低头喝了几口水，冒出来的热气不断氤氲着她温顺的眉眼。暖意总算回笼，她今天没什么食欲，想吃点甜的，就点了一份红糖糍粑、两个茶叶蛋。

东西吃了没多久，老板端来一碗热气腾腾的面，香气飘了过来。许随愣了一下，笑着说："老板，我今天没点面。"

老板有一瞬间无措，转而说道："送的，今天是平安夜，你是老顾客嘛。"

"谢谢老板。"许随说。

老板送过来的面不太像店里的招牌面，很家常，清汤面，上面竟然卧着两个黄澄澄的荷包蛋。

许随尝了一口，意外地好吃。

结账的时候，许随走到收银台前，说道："老板，你是不是换厨师了？面的味道有点不同了，很好吃。"

"是……是吗？可能吧。"老板心虚地应道。

正打算走时，许随忽然想起什么，从口袋里摸出一个红苹果，放在收银台，露出一个温软的笑："谢谢老板的面，这是同学给我的。平安夜快乐。"

许随吃饱后，体力恢复过来，抱着书本左拐走进了维德里。周京泽靠在不远处的墙边，等着她。

没一会儿，见她提着一袋东西出来，直接走进附近的巷子里，周京泽不太放心，跟了过去。

走进巷子，看到的是另一幕。

许随蹲在墙边，奶音从喉咙里冒出来："喵。"

她喊了好几声，接着蹿出好几只流浪猫围着她转，有的猫还直接扒她裤腿。看猫跟她亲昵的架势，很明显，这不是许随第一次投喂了。

许随打开塑料袋，拿出罐头、羊奶，开了盖放在地上，流浪猫走过来争相吃食。许随抱着膝盖安静地坐在一旁看它们吃东西。

周京泽失笑，一点儿没变。

见她摸着一只橘猫，不知道在想什么，轻声开口，语气带着懊悔和轻微的难过："我捡到 1017 的时候，它比你还瘦，也不知道它怎么样了。"

自言自语的话顺着风声传到周京泽耳边，霎时间，万籁俱寂。他眼睫低垂，情绪无尽翻涌，呼之欲出。

心口被烫了一下。

喂完猫后，许随抱着书本走出巷子。没多久，四周开始刮起迅疾的风，枯枝摇摇晃晃，路边的灯牌被吹倒，斜斜地挂在那里。

周京泽看了一眼天，灰沉沉的，厚厚的云层往下压。

他抬眸看向不远处还在路边书亭买书的许随，瘦弱得好像风一吹，就能把她刮倒。

怎么越看，越比以前瘦了。

周京泽目光沉沉，收回视线，侧身拐进一家店。

天空又比刚才灰了一个度，紧接着下起了雪，将原来露出的一半泥地掩盖，道路上车辆走走停停，喧嚣声也被风雪覆盖。

天更冷了。

周京泽走到附近小吃街正在发传单的一个兼职大学生面前，递给她一沓钱和一个牛皮纸袋，冲不远处的许随抬了抬下巴："看见那姑娘没有，你想办法把这个送给她。"

女生看着手里厚厚的一沓钱，又看了一下眼前长相痞帅、气质冷峻的男生，不明白他为什么不自己送。谁会拒绝这样的男生？

不过，这沓钱抵得上她十天的兼职收入。

只见女生气喘吁吁地跑到许随面前，拿出传单指了指上面的二维码，许随拿出手机扫了，女生把牛皮纸袋塞到她怀里，说是作为扫码的礼品。

许随神色有点茫然，道了谢正要走，女生想起五分钟前，那个戴着小熊鸭舌帽的大帅哥说的话。

他冷淡的脸上带了点笑意："她这个人……可能有点犟，你送了她还不一定会戴，麻烦你帮她戴上。"

女生喊住许随，走到她面前从袋子里拿出围巾，摘了标签亲自给她戴上。

周京泽在不远处看着，拿出一支烟，低头点燃，伸手拢火，抬眸看过去。有风吹来，还有树叶碰撞发出簌簌的声音，许随被红色的围巾裹得严严实实的，只露出一双安静的眉眼，她好像笑了一下，眼尾向下弯，很好看。

周京泽站在街头，身后是风，是雪，眼前是他思念了很久的姑娘，不能上去牵手，不能上去拥抱。

他什么也做不了。

他只深深看了她一眼，指尖的火光微弱，像在为谁点燃，缓缓地低声说："生日快乐，随。"

番 外 六
高中：答案

夏天，太阳，校服，橘子气泡水，他的眼神，跑道。
像是所有答案都藏在地图里，
推开门就能看见。

周京泽去丈母娘家提亲成功那天，恨不得昭告全世界，但依他闷骚的性格，只会不动声色地把这件事透露出去。

一走出许随家的门，周京泽就抬手拽松了领口的黑色领带，露出一截喉骨，停下脚步。许随眼神疑惑，仰头看他："怎么了？"

周京泽低下头看着眼前的姑娘，一双眼眸含水，嘴唇浅红，即使隔了这么多年，眼里依然只有他。

"就是觉得特不真实。"周京泽看着她笑了一下。老天把这么好的一姑娘送到他面前，他却差点亲手弄丢了她。

许随拖着他的手臂，眼睛转了一下："你让我咬一下，就知道真不真实了。"她以为周京泽会损她，哪知周京泽顺势倚在墙边，把手递了过去，懒洋洋地说："咬呗，媳妇儿想干啥都行。"

"我整个人都是你的。"周京泽低头看她，语气忽然认真。

无论过去多久，周京泽一说情话，她的心还是会不受控制地狂跳。许随的脸有点红，拍了一下他的手，说道："迷魂计。"

周京泽发出低低的笑声，伸出手将许随拽到身边，一只手钩着她的小拇指，另一只手拿着手机，发了一条朋友圈，还是那种明说暗秀式的：以后各位约局尽量在九点前，谢了。

大刘第一个评论：为什么？你得上夜班啊？

周京泽拇指滑动着屏幕，他刻意没有回复大刘，而是装酷地在自己发的朋友圈底下评论，好让大家都能看见：没什么，因为老婆不让。

评论一发出去，众人跟炸了锅一样，纷纷过来道喜，大刘一脸无语，回复道：牛，人间第一骚。

大学教官也赶来评论：你小子，是当初来偷看你训练的姑娘？周京泽回复：是，只能是她。

一向难得冒泡的盛南洲也在此刻出现，评论道：恭喜啊，哥们儿。周京泽回：谢了，你最近怎么样？过了五分钟，盛南洲的回复淹没在一众评论里：还行，就是非洲有点儿晒。

还有人问他们把大喜日子定在什么时候，得提前把份子钱准备好。周京泽偏头看了身旁的许随一眼，笑了笑，回答道：12 月 24 日，她生日那天。

婚礼前半个月，一帮朋友和同事搞了各种聚会，拉着周京泽参加，美其名曰帮他锻炼酒量，但谁知道这帮人安的什么心。不过周京泽心情还算不赖，有局基本都会参加。

周五，周京泽参加一个聚会，许随则和梁爽出去吃饭逛街了。这样也挺好，双方都有一点私人空间。

聚会上，林朝的朋友张含烟过来送钥匙，包厢里，她在一片明明暗暗的红光中一眼认出了周京泽。他还是那么帅，坐在人群里谈笑风生，放荡不羁地笑，一个眼神就能把人的魂勾走。

张含烟立刻来了精神头，顺势在沙发坐下，拨了拨头发，声音惊喜："周京泽，竟然是你，好巧哦。"

周京泽懒散地窝在沙发上，正弓腰接朋友递来的酒杯，闻言撩起眼皮，视线在她身上停顿了一秒，想不起来这人是谁。

"我啊，张含烟，高中你隔壁班的，我们还一起打过游戏呢。"张含烟心底划过一丝失望，表面还在努力介绍自己。

"好像是。"周京泽应道。

之后张含烟再怎么搭话，周京泽一概不理，保持着一定的距离，到后面他喝得有点醉，一看到点了，说道："各位，我先撤了。"

"不是，周爷你行不行啊，这点酒就把你干倒了？"有人大肆调侃道。

张含烟在一旁，抓起手提包，主动道："我正好也要走了，我开车来的，要不送你？"

包厢里声音嘈杂，周京泽把酒杯搁桌上，站了起来，抬了抬眉尾，语气嚣张："是吗？到时来我婚礼上，别被喝趴下。"

对方朝周京泽竖个中指，后者无所谓地笑了笑。周京泽抓起沙发上的外套，在经过张含烟时，才想起来回答她的问题，笑了笑，道："谢了，不过我媳妇儿会来接我。"

张含烟望着周京泽离开的背影整个人都是蒙的，他竟然要结婚了，但她还是抓起包不死心地跟了出去。

半个小时前，许随收到周京泽消息的时候，已经在家看电视了。她只好关了电视，拿起钥匙去接人。

一楼大厅，张含烟坐在沙发上，看向玻璃门外。周京泽穿着黑色的外套，头颈笔直，正低头点烟。

咔嚓一声，橘红的火蹿出拢着的掌心，白色的烟雾漫过漆黑的眉眼，丝丝缕缕飘向空中。

须臾，路边开过来一辆黑色的车，朝周京泽按了按喇叭。

张含烟看到周京泽刚抽上烟，想也没想就掐灭了，丢在垃圾桶里，阔步朝车的方向走过去。

张含烟此刻心里有点发酸，她想知道对方是何方神圣，能让周京泽这样浑不吝的一个人，为她考虑到细枝末节。

她跟着推开旋转玻璃门，看过去，车窗刚好降下来，露出一张恬静的脸，笑容温柔。竟然是许随，以前那个不起眼又平凡的女生。

许随恰好也看了过来，她视线停顿了一下，收回，发动车子离开了。

路上，许随情绪有点儿闷，竟然是张含烟，她不是周京泽的前女友吗？他竟然去参加有前女友的聚会。

可周京泽喝得有点醉，一直仰头合眼休息，车窗外流动的光打进来，照在他眼皮上。男人抬手挡住眼睛，喉结缓缓滚动了一下，压根没注意到许随的情绪。

回到家，许随心情持续郁闷，倒在沙发上玩手机，结果还没登上微信，一道压迫性的身影笼罩下来，手机被一只骨节分明的手抽走。

"你——"许随睁眼看他。

男人直接抱着她压了下来，沙发非常挤，两人以一种层叠的姿势压在一起，许随觉得有点呼吸不过来。

周京泽偏头用嘴唇碰了碰她脖子那块软肉，又闻了闻许随身上的奶香味，坏笑道："你怎么哪儿都这么软？"

"你干吗呢？"许随动手推了推他。

周京泽不满意她的抗拒，作势要剥她的衣服，怀里的人这才老实了。他抱着许随，什么也没做，似乎在充电。

半晌，他哼笑了一声，温热的气息拂在耳边，许随觉得痒，心一颤，偏头躲了一下。

"别人是吸猫，我这是吸我媳妇儿。"

"今天聚会开心吗？"许随问他。

周京泽想了一下，应道："还成。"

"我刚才看见你前女友了。"许随半晌闷闷地憋出一句话。

周京泽表情有点无辜，事不关己道："没有吧？"

这下许随抱都不让他抱了，把人一推，男人差点从沙发上摔下去，许随给了他一个提示："张含烟。"说完她就去洗澡了。

周京泽坐在沙发上，皱着眉想了半天没想出来张含烟到底跟他有什么关系，这时，许随落在桌上的手机发出叮的一声。

他捞起手机一看，视线停在消息栏上，目光顿住：用户月牙弯弯点赞了你的回答"学生时代暗恋一个人什么心情"。

周京泽解锁手机，点进去一看，发现许随有一个某乎账户，一共回答了两个问题，一个隐藏了，另一个还是公开的状态，她答：

高中唯一一次自以为的暗恋回应，是在跑八百米时，他在终点看我。而当时我整个人方寸大乱，立刻弄刘海，扭扭捏捏，希望正在跑步的我看起来没那么丑。

可能在他看来，我和别人也没有什么不同吧，所以他看了我一眼，表情漠然，就走了。跑完那一刻，我无比后悔，又听说原来他是在看我身后的女生。那个人好像是他女朋友。

暗恋就是心里幻想无数他可能会给的回应，现实是唱独角戏的只有你自己。

周京泽看着上面的回答，终于想起张含烟这号人物是谁，他低头笑了一下："傻瓜。"

高中的时候，许随黯淡无光，学校环境又透着一种隐藏的阶级比较。长得好看的、家里有钱有势的学生可以肆意妄为，日常称霸，做坏事，时不时点评一下别人穿的衣服，再语言羞辱一下是常有的事。

那个时候，许随极度自卑，又害怕被人议论，所以她从来不穿新衣服，校服洗得发旧也没关系，只要不引起别人的注意就好了。

唯一一次，许随超常发挥考了第一名，妈妈给她在商场买了一件夏日青提色的波点连衣裙，非常好看。

那条裙子实在太好看了，许随穿上站在镜子前，觉得自己身上的灰暗都少了几分，镜子前的人眼睛乌黑，鼻子挺翘，看起来乖巧可爱，唯一美中不足的就是气色不太好，因为喝多了中药有点浮肿，脸色苍白。

许随正雀跃着，忽地想起了之前在学校偶然撞见学校那群人围住一个女生，手搭在她肩膀上，眼神嘲讽，流里流气地警告，只因为那个女生穿了一件新衣服。许随忽然有点丧气。

她不想被人关注，也不想因为这种事让自己陷入困境，但转念一想，万一第二天周京泽看到了呢，会不会多看她两眼？想到这儿，许随呼了一口气，还是决定穿它。

次日，许随穿着新裙子进教室，一进去，同桌的眼睛亮了几分，夸道："随随，你今天好看欸！"

同桌一声大喊惹得众人纷纷把目光投过来，同学们夸起她来。许随红着脸点头，又觉得不好意思。

她好像不自信到连夸奖都难以承受。

但周京泽翘课没有来。

直到第二节课课间操结束，许随用手挡着头顶，百无聊赖地朝教学楼的方向走去时，发生了戏剧性的一幕。

许随竟然和四班的一个女生撞衫了。对方穿着改短的同款连衣裙，肤白貌美，莹莹玉腿，像一朵漂亮的玫瑰。张含烟身边的同伴投来嘲讽的眼神，附在她耳边不知道在说些什么。

最让人惊慌的是，许随不经意地抬头，竟然看见周京泽同一群男生靠在栏杆上聊天，青春期的男生散发着一种莫名的优越感，他们居高临下地看着操场上来往的女生，明显注意到了撞衫的两个人。

"撞衫欸，谁丑谁尴尬。"

"欸，那个女生平时穿得跟中年大妈一样，今天居然穿裙子了。"穿着球衣的男生直接冲底下吹了声口哨。

"那也很一般，还是张含烟身材好一点，看她那腿。"

"对啊，用得着比吗？你说是吧，周爷，是不是张含烟好看？"

一让周京泽选，男生们都开始起哄，毕竟这段时间张含烟在追周京泽，听说他还带她打游戏，两人快在一起了。

男生讨论的声音很大，顺着风递到楼下许随的耳朵里，她用力揪着裙子的一角，指尖泛白，急匆匆地向教学楼的方向走去。

周京泽穿着一件黑色的 T 恤，正懒散地靠在栏杆上，手臂搭在上面，闻言撩起眼皮毫无兴趣地朝楼下看去，眼神冷淡。

周围的同伴还在那儿捧高踩低，对一个女生评头论足，他听得皱起眉头。

于是他开口，声音没什么温度，抬手指了指许随的方向："她吧，比较文静。"

风太大，许随只顾着逃跑，根本没有听到这句话。那天之后，许随再也没有穿过裙子，她又穿回了宽大的校服，整天埋头在无尽的题海里。

运动会即将在半个月后拉开序幕，体育委员整天在班上游说同学们踊跃报名，可除了自愿报名的同学，大部分人很少理他。

体育委员只好把目标放在一些好说话、脾气好的同学身上，比如许随。体委把报名表放在许随桌上的时候，双手合十："许随，八百米还差一个，帮帮我，再没人报，我要跳湖了。"

"可是我八百米不太行。"许随说道。

她天生运动细胞不行，但长跑拼的是耐心，或许她可以试一试。

体委一把鼻涕一把眼泪地跟她诉苦这个工作开展的难度，许随一向不会拒绝人，到最后心软答应了。

运动会拉开序幕的那天，久违地艳阳高照，操场上每个班的同学穿着各自的班服，前排同学举着班牌，站在太阳底下听校长发言。

校长结束发言，说"运动会正式开始"时，原本还发蔫的学生立刻沸腾欢呼，扛着班旗占地为王，操场上立刻热闹得不行。

八百米跑在上午十点半开始，九点多的时候，许随在检录处领取号码布，碰巧的是，张含烟也在。

张含烟的朋友正给她别号码布，声音挺大："烟烟，你一定要好好跑啊，万一被那谁看到。"

"知道啦。"张含烟的脸有点红。

许随让同学别好号码布后，站在起跑点准备，跑道两边围着各班的同学，正在给自己班的选手加油打气。

天气有点热，许随扯起 T 恤的一角正要鼓起来扇风，却在余光中瞥见周京泽同一帮男生浩浩荡荡地走过来。

他穿着校服，身材挺拔，领口胡乱地敞开，露出一截冷白的锁骨，手背的文身明显，漫不经心地笑，透着一股痞坏的气息。

许随心跳一下子变快，她放下 T 恤，让自己努力站直，起码体态要好看一点。

她在余光中看见他同一帮男生走了过来，有人问他："看不看？"

"看呗。"周京泽的声音淡淡的，又有些冷，让人莫名想到夏日冰柜里的冰碴。

许随一下子有了动力。

她想跑第一，希望他能看到。

一声枪响后，许随用尽全身力气向前奔跑，骄阳似火，连耳边的风都是滚烫的。但许随速度太慢了，一下子就落在了别人后面。

太阳晒得她眼睛快要睁不开，第一圈快跑完时，周京泽忽然站在终点处，双手插兜，好像在看她。

他这是特意来看她吗？

许随一下子慌乱起来，在想自己跑步的样子一定很丑，刘海飞起来，表情一定很狰狞。她急忙伸手拨了一下刘海，脚步也不自觉地停了下来。

哪知周京泽目光笔直地看了过来，像一把锐利的剑，眼底露出的不知道是失望还是冷漠，他看了她一眼就直接离开了。

许随心里被他那个眼神刺了一下。到最后一圈冲刺的时候，她跑得喉咙冒火，肚子一阵阵疼，仍竭尽全力冲向终点。

结果她拿了第四名。

张含烟拿了第一。

许随跑到终点的时候，额头出了一层汗，两腿发软，差点摔倒，幸好一旁的同学接住了她。

不远处的女生大喊道："含烟，你好厉害啊！第一欸，刚才周京泽好像是特意来看你的，他们好像在打赌谁会赢。"

细碎的谈话声顺着风声传过来，许随弯下腰，双手撑在膝盖上，脸色惨白，不停地喘气。倏地，分不清是一滴泪还是汗从半空滴落，融入绿色的草坪。

二十分钟前，周京泽和一帮男生站在栏杆旁押注，打赌谁能在这次八百米跑中拿第一。

有男生说道："押陈芳吧，她体育好。"

"嘻嘻，我押张含烟，她腿长。"

"你好猥琐，不过我也押她。"

有人拍了拍周京泽的肩膀，问道："周爷，你押谁赢啊，是不是你的绯闻女友张含烟？"

周京泽正玩着游戏，闻言手指一顿，掀起眼皮冷冷地看了对方一眼："不熟，只打过一局游戏。"他是说他跟张含烟。

周京泽拆了一颗薄荷糖，咬得嘎嘣作响，在看向不远处的许随时，眯了眯眼，说道："我押她赢。"

看着瘦弱，但感觉身上有一股韧劲，所以他选她。

"你这次胜算有点小啊，那赌你那辆雅马哈怎么样？"对方趁机敲竹杠。

周京泽把手机揣兜里，舌尖抵着薄荷糖推到另一边，哼笑："成。"

"真的，不反悔？！"

周京泽重新看了跑道上的许随一眼，声音低低沉沉："有什么可反悔的？"

八百米的比赛结束以后，不知道谁去广播台点了一首歌，操场上人来人往，动听的歌声回荡在校园上空。

夏天，太阳，校服，橘子气泡水，他的眼神，跑道。

像是所有答案都藏在地图里，推开门就能看见。

许随还在浴室里洗澡，周京泽放下手机找她解释去了。然而手机躺在桌上，屏幕还没有熄灭，可以看见有网友问道：那你们现在怎么样了？

最新回复显示在五分钟前：我们要结婚了。

番 外 七
婚后：一生

周京泽的女儿小名叫安安，
一生平安；
全名叫周许笙——周京泽是许随的，一生一世，永远不变。

　　周京泽和许随结婚的时候，红毯铺了京北街十里，红红的鲜花摆满了婚礼现场。他的人，要给最好的。

　　婚礼当天，周京泽穿着西装，领口戴着红领结，久违地唱着《可爱女人》去迎接他的新娘。

　　周京泽的声音一如既往地好听，许随穿着洁白的婚纱，化了漂亮的妆，回看着他哭了。

　　兜兜转转，她终于嫁给了年少喜欢的人。

　　盛南洲因为还在国外参与动物救援，没法第一时间赶到现场，所以包了一个厚厚的红包，而红包背面的落款是：盛南洲携爱妻胡茜西敬上。

　　到敬酒的环节，许随换了红色的开襟旗袍，皮肤奶白，露出一截圆润的小腿，漂亮得让人移不开眼。

　　他们结婚请了很多人，救援基地的同事，大学同学和高中同学，以及许随为数不多的朋友，其中包括林家峰。

　　许随作为新娘给他倒了一杯酒，林家峰站起来接，笑得温润，冲他们举杯，说了句："恭喜。"

　　许随刚要去喝手里的酒，一只腕骨清晰的手拦住，周京泽接了过来，眼神笔直地看着林家峰，姿态闲闲，一口气敬了他三杯酒，杯杯见底。

众人纷纷叫好。

婚礼一直持续到晚上，许随基本没怎么喝酒，都是周京泽喝，他不让人灌他媳妇儿。晚宴结束后，一帮人吵着要闹洞房。

周京泽扯了一下领带，背对着众人，漫不经心地笑："随便。"

结果众人扑了个空，周京泽早就料到这一幕，提前换了房间，让一群人又气又笑。大刘开了支香槟，泡沫喷涌而出，笑骂道："得，你周爷还是你周爷。"

婚房里，许随坐在那里，周京泽站在她面前，影子垂下来，颇具压迫感，他微抬下巴，一把将领带扯掉，然后抬手解扣子，透着痞里痞气的帅。

"周京泽，我想和你喝交杯酒。"许随小声地说。

喝了交杯酒就算是真正的夫妻了。

周京泽抬了一下眉，眯着眼："不改口？"

"老公。"许随半晌憋出这两个字，脸上的红晕越来越大。

周京泽扣子解到一半，找了两个杯子，往里面倒酒。两人坐在一起，黑色的裤子压着红色的裙摆，灯光透着一点暧昧的暖黄，墙上的两抹影子慢慢重叠到一起，两只手凑到一起，喝了交杯酒。

许随不知道什么时候被周京泽压到床上，男人温热的气息喷在她耳侧，痒得不行。周京泽俯下身，用嘴叼开她身上的衣服扣子，一边咬一边开口，声音低哑："那个姓林的，今天一直盯着你看。你跟他说了什么？"

许随只觉得身上热，整个人被他带着，思绪有点儿不受控制，回道："他问我后不后悔。"

周京泽咬了她的嘴唇一下，冷哼道："他也敢问！"

眼前的这个男人醋意大发，许随搂着他的脖子，主动亲了他一口，认真说道："我回他说——"

成为周太太，矢志不渝。

新婚快乐，周先生。

周京泽和许随婚后的第二年，许随怀了孕。许随孕期反应比较厉害，经常孕吐，小孩在肚子里比较闹腾。不知道是激素的影响，还是怀孕太辛苦，许随常常一个人坐在沙发上掉眼泪，盯着一个点发呆。

周京泽只能变着法儿地哄她，把他的姑娘搂坐在大腿上，额头抵着她的额头，声音一贯地漫不经心："这小子又闹你了？"

人还没生下来，周京泽就判定许随肚子里是个男孩，因为小孩还在肚子里就这么闹他媳妇儿，等生出来，他非踹两脚不可。

许随眼睫还挂着泪，嗓音有点儿哑："还没生出来你就骂他，男孩不……好吗？"

周京泽抬手擦去她脸颊上的泪，鼻腔里发出一声哼笑："最好是女孩，女孩像你比较好，男孩像我多浑。"

"我唱歌给你听，嗯？想听什么？"周京泽捏了一下她的鼻子。

许随抽噎了一下，别过脸去，说道："不要，都听腻了。"

许随孕期反应大爱哭的时候，周京泽怀疑自己把这辈子的耐心都耗在她这儿了，什么招数都用过，唱歌、陪玩游戏、讲笑话给她听。

周京泽发出轻微的哂笑声，行，主动还被人嫌，到手了就这样对他。

许随揪着他的衣袖还在那儿掉眼泪，忽然想到什么，抬头，语气带点试探："在你脸上画个猫，怎么样？应该挺可爱的。"

"不"字还没从喉咙里滚出来，男人低下头对上一双蕴水的眼睛，得，没辙了。

"画呗，老公让你画。"周京泽单手搂着她的腰，俯身去拿桌上的马克笔。

许随越画越开心，快收尾的时候，周京泽接了个基地的电话，行色匆匆地走了。因为走得太匆忙，他忘了脸上还带着作品，直接赶去了单位。

谁能想到战功赫赫的第一救援队队长带着大花脸来开会，直接在基地闹了个笑话。他手下人那段时间完全忘了队长的威严，使劲开周京泽的玩笑，还在私下给他取了个"宠妻狂魔"的称呼。

许随身体一直不太好，因此孕期很辛苦。她生产的时候，大出血，在鬼门关走了一遭。

产房外的周京泽脸色惨白，垂在裤缝的拳头攥得指甲泛白。

这是盛南洲第一次在周京泽脸上看见这样的表情。

好像如果许随有什么意外，他也会毫不犹豫地——不想活。

好在老天冥冥之中保佑着他们一家人，一个小女孩在子时呱呱坠地，母女平安。

是女儿，周京泽舍不得踹了，捧在手里都怕化了。

小女孩长到三岁的时候，许随计划着再要一个孩子，两个小孩成长互相有个陪伴。但周京泽说什么都不肯要二胎。

那种事，经过一次，他不敢再冒任何风险。

逢年过节的时候，一大家子人聚在一起吃饭，其中有个思想顽固的亲戚开口絮叨让许随再生一个小孩，多子多福，才能儿孙满堂。

一向对长辈有礼的周京泽当场冷脸，直接撂了筷子，放话："谁再让我媳妇儿生二胎，我不认谁。"

最后年夜饭也不吃了，周京泽一只手抱着一个扎着羊角辫的小女孩，另一只手牵着许随，离开了老宅。

对了，忘了说，周京泽的女儿小名叫安安，一生平安；全名叫周许笙——周京泽是许随的，一生一世，永远不变。

周许笙小朋友长得像她妈妈，很漂亮，皮肤白皙，一双大眼睛更是水汪汪的，但没有遗传到许随安静斯文的性格，反而像周京泽，野得很。

她刚进幼儿园，不到一天就和全班人混熟了，还收获了好几个跟班，成了他们的老大。周许笙一向崇拜她爸爸，一回到家就拽着周京泽的袖子，要分享在学校的趣事，比如哪个男孩子又尿床啦，她今天又得了一枚小红花之类的。

可这天放学后，小女孩回到家既不吃饭，也不跟她爸说话，沉着一张脸直接进了房间。周京泽和许随对视一眼，这是有心事了。

周京泽和许随敲了敲女儿的门，一同进了房间。周许笙小朋友坐在书桌上，撑着下巴盯着小班毕业照皱眉。

许随端了一杯牛奶过去，揉了揉小女孩的头发，温柔地问道："笙笙，怎么了？"

"妈妈，我有点讨厌我们班的顾阳阳。"

"啊？"

周许笙自顾自地掰着手指头说话："我觉得顾阳阳长得有点漂亮，所以每次都送他牛奶，还有小饼干，我都说我罩着他了，可他说他不要。"

"今天上课，老师教的拼音我一个也没学会，光顾着看他后脑勺了。他不想和我成为朋友，可是我想。"小女孩声音低落。

周京泽弹了一下周许笙的脑袋，乐了："敢情你这是暗恋人家男孩子了啊。"

"妈妈，什么是暗恋？"小女孩长着浓密睫毛的眼睛眨也不眨，一直看着她妈妈。

许随脸颊瞬时变得通红，暗恋还会遗传吗？她想了好一会儿，打算尽量让小女孩通俗易懂地学会"暗恋"这个词。

"暗恋就是，你很喜欢一个人，但是他一直不知道。"

连晚风都知道我喜欢你，只有你不知道。

"那怎么办？"小女孩打破砂锅问到底。

她正要接话，周京泽主动开口，眼睛却一直看着许随："喜欢就要及时说出来，不然会错过好多年。"

比如她和他。

周许笙开朗好动的性格，还得益于两只小动物的陪伴，从她有点记忆起，1017和奎大人就陪着她长大。

奎大人很宠小女孩，经常陪着她看电视，做游戏；而1017虽然高冷，可周许笙小朋友毫无章法地抱它，弄得它不舒服，它也从来不躲，还乖乖拱进她怀里。

可是周许笙四岁的时候，1017就快不行了，吃不下任何东西，它逐渐看不清，连喘气都费劲。小女孩本来很爱玩的，那段时间，她哪里也没去，天天在家里陪着1017。

冬天最后一天即将过去的时候，周许笙起来发现自己怎么也找不到1017，满世界地找它。

最后周京泽在后花园找到了它。

那天阳光很好，1017知道自己要离开这一家人了，默默地走了出去，然后在一棵树下静静等待死亡。

它安静地躺在花丛旁边，身旁有零星的蝴蝶飞来飞去，1017的胡须变得硬邦邦的。周许笙在一旁号啕大哭，保姆阿姨怎么劝也劝不住。

许随蹲下来，摸了摸它的身体，它浑身冰凉。她还记得，见到1017的第一眼，它瘦得可怜，身上还带着伤，睁着一双琥珀色的眼睛看着她。

遇见1017，也是她幸运的开始。

这么多年，1017见证了许随和周京泽的相识，热恋，到结婚。但它还是——先一步离开了他们。

许随解下脖子上戴的围巾，盖在了1017身上，低着头，小声地哭泣，而周京泽始终抱着她的肩膀。

周许笙还小，她还不懂离别是什么意思，但能感觉到，家里的一分子永远地离开了他们，可能会变成蝴蝶，或者变成天上的云。

它再也不会在爸爸妈妈看电视的时候，乖巧地趴在他们脚边了，也不会陪她午睡了。

到后来周许笙再大一点儿，想起对这件事的疑惑，她去问了周京泽："爸爸，你当时都没有安慰我，说这是长大，要学会接受失去。可是妈妈年纪比我大呀，你怎么一直在哄她？"

周京泽正看着球赛，闻言顿了一下，慢悠悠地开口："——因为她在我这儿，不用长大。"

番 外 八

周京泽视角：遇见你之后

他抬头看着许随，忽然开口：
"我爱你。"

　　工作到一定的年限，又因为多次立功，单位决定给周京泽晋升，塞给他一大堆资料，让他回去填。

　　其中一份是自我评价表，周京泽坐在桌前，脚踩在横杠上，咬着笔想了半天，也没想出合适的词。

　　他不太会自我评价。

　　他这个人，放荡不羁，不喜欢受任何羁绊，喜欢追求高速度下的最快心跳，濒临死亡的那种。F1 在赛车史上的最高纪录已经突破400km/h，那是他的目标。

　　最快速度下，人的肾上腺素会飙升，心跳到嗓子眼，风逆着涌过来，氧气一点一点减少，像溺水的鱼。失重的时候看一眼日落大道，壮丽后再消亡，这辈子也就值了。

　　高中的时候脑袋长了反骨，跟家里人对着干，尝试各种极限运动，跟学校反着来交白卷，周京泽在以为这辈子也就这样无所事事、挥霍到死的时候，遇见了许随。

　　她是他荒芜人生里抬头就想看到的日落。

　　其实高中的时候，他对她有印象，也记得她。可她像只受惊的兔子，不禁逗，常常他刚碰到一点儿兔子尾巴，人就溜得飞快。

　　高中有意无意碰到她的尾巴几回，发现会上瘾后，周京泽就自觉克制住不碰这种好学生了。

大学是他运气好，能跟这样的女孩在一起，可最后还是因为没有学会处理亲密关系，以分手收场。分手那阵，他躲在老爷子家里，这辈子就没这么挫败丧气过。

老爷子看着他这副模样，叹了一口气："你记不记得小时候有个算命的跛脚，他说你煞气重，这一辈子离经叛道，中间会有一道劫，让你脱胎换骨。"

"外公，她是我的劫难。"周京泽眼睫低垂。

后来他被老爷子虐得死去活来，人有点精气神后就匆匆忙出了国，再然后，就联系不到许随了。

是她单方面断了和周京泽的联系，拉黑了一切联系方式。但周京泽一直在暗自关注她。

他虽然在美国训练，却知晓许随的一切动向。周京泽知道许随刚到香港，人生地不熟，那边的人经常讲了两句普通话不耐烦之后就开始说白话，她听不懂。

香港的饮食和生活习惯也不一样，她融不进去。

最火烧眉毛的时候，是许随没有找到合适的房子，租金太高，还找不到合适的室友，这是最让人心焦的。

周京泽最了解她，去到一个陌生环境，会小心翼翼地伸出自己的触角，一旦发现有任何不适，会立刻缩进自己的壳里。

果然，她开始独来独往，除了上课，就是把自己关在暂租的小房间里。

周京泽敲了敲手机屏幕，抽了一根烟后，拨通了一个号码，然后飞了一趟香港。

尖沙咀的一家港式餐厅里，女孩留着一头卷发，短针织衫，十根手指贴满了亮晶晶的指甲。

女孩点了一杯阿华田，咬着吸管推了一下冰块后看见来人，眼睛发亮："哇，你真的来了啊？"

"嗯。"周京泽摘下棒球帽，淡淡地应道。

女孩叫嘉莉，在香港长大，是周京泽的一个远房表妹。这姑娘从小就比较有个性，谁的话也不听，只服周京泽。

她崇拜他。

但这种崇拜之情断在了周京泽出去放烟花的时候不小心烧了她半绺头发，不管她怎么大哭大闹，周京泽没有哄她半句后，她决定不再和这个绝情的表哥来往。

今天他竟然主动来找她了，还有事求她，稀奇。

"女朋友啊。"嘉莉用勺子挖了一块丝绒蛋糕，语气揶揄。

周京泽有一瞬间僵住，随即答道："现在不是了。"

嘉莉抽了纸巾擦嘴角，点头："懂了，前女友。"

"要我帮忙可以，陪我两天咯。"嘉莉双手托住下巴开条件。

她不信周京泽会答应，毕竟她听妈妈说周京泽挺忙的，而且他这么傲的一个人，怎么会任人拿捏？

没想到周京泽没有丝毫犹豫，把燃着的烟头摁灭在白色的烟灰缸，应下来："成。"

周京泽伺候了这位祖宗两天，嘉莉还把他的卡给刷爆了，最后只给他留了一张机票钱。

周京泽临走时，语气认真："照顾好她。"

嘉莉拎着新买的包，笑靥如花："放心吧。"

于是他飞回美国，接受擅自休假的惩罚。

许随觉得自己最近好像转运了，经学姐的介绍，她有了新室友，对方是一个热情的女生，房源是这个女生找的，还承担了大半的房租。

不仅如此，嘉莉教她粤语，教她打新式麻将，还带她出去社交，把自己的朋友介绍给她。许随常常说认识嘉莉，是她占了便宜，嘉莉却意味深长地冲她眨眼："是我占的便宜比较大啦。"

许随开始适应在香港读书的生活，也渐渐喜欢上这里。刚搬家没两天，她偷拍了一张嘉莉的背影，而她在照片中露出小半张脸。

她把这张照片发到了微博，ID是一个破折号。"——"：终于有人和我玩啦。

底下的评论清一色是"去哪里玩呀"，或是"随随你皮肤好"之类的，十几条评论，基本上是东拉西扯。

周京泽新注册了一个微博号，连头像都没有，昵称也懒得改，是一串原始代码，却只关注了她。

他评论道：那就好。

这一条评论淹没在众多评论里，当然，周京泽也没指望评论发出去会得到回复。

嘉莉经常截图许随的微信朋友圈发给他，周京泽每次看了之后会保存到相册里。

许随研究生毕业参加工作后，还会时常和嘉莉联系。她不知道为什么嘉莉每次都会送两份生日礼物给她，但许随会发动态表示感谢。

周京泽刷到许随的微博时，在众多评论里照例评论了句：生日快乐。

三分钟后，放在桌上的手机发出了振动声，周京泽点开看，许随破天荒回了句：谢谢。

忽然很想回来看她。

订票，请假，衣服都没带，回国后第一时间开车到她家楼下，却撞见一个男人俯身给许随戴围巾，把她拥入怀。

那天的细枝末节他记不太清了。

他知道，那天晚上他离开得很狼狈。

还有，京北，那天下雪了。

说来可笑，周京泽不敢问别人那是不是许随的男朋友。

好像她没有他也过得很好。

他不应该打扰她。

再后来就是遭遇职业生涯的滑铁卢，他被调回京北。亲戚嘴里塞了灯泡那次，明明家附近有医院，他却鬼迷心窍地开车去了需要一个小时车程的普仁医院。

开车去医院的路上，他一直在想，万一呢，如果她身边没有人。

他一定竭尽所有，把她追回来。

看到她那一刻，周京泽心想，老天对他不算薄，赌对了。

他的姑娘有脾气，不好追，他就耐着性子让她看到他的真心。兜兜转转，发现她身上的文身后，他心疼又懊悔。

当时许随的眼睛里蓄着泪，问他："分手后你喜欢过谁吗？"

他只觉得这姑娘傻。这么多年没再谈过，只有她，还能有谁？当晚他发了一条朋友圈，一张截图，是钱锺书写给杨绛的书信：遇见你之前，我没想过结婚，遇见你之后，我没想过和别人结婚。

发了朋友圈后，有人笑他，点评道：嚯，浪子回头不太酷欸。

那天晚上一直在下雨，淅淅沥沥，空气湿漉漉的，他压着许随做了一次，力道很重，揉进骨子里的那种。

周京泽醒来，单穿一条裤子在阳台前抽烟，看到这条评论，正准备回：这是爷的爱情观。还没回复，又弹出来一条评论：出来玩呗，你喜欢的乐子都在，在家多没意思。

刚好许随也醒了，他被声响惊动回头。许随有点饿了，从冰箱里找出一块蛋糕来充饥。

许随穿着他的衬衫在客厅里走来走去，颀长的脖子还留着他弄出来的吻痕，红艳艳的，锁骨上也有一块，衬衫下一双白皙的腿，穿着他的拖鞋，露出晶莹的脚趾。

许随打了一个哈欠，语气很自然地让他早点睡，说完准备回房钻进他的被窝里继续睡觉。

那一刻，周京泽想的是去他的浪子不回头，纵情享乐才是酷，当下把这些狐朋狗友的联系方式全部拉黑。

他抬头看着许随，忽然开口：

"我爱你。"

后记

H O U   J I

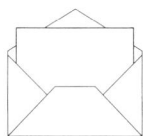

我的少女时代

《告白》在网站上完结后收到挺多评论，提得最多的是"这本书有原型吗""想看 9.9 元 T 恤的后续"，我看着这类评论，看了很久，最后选择了沉默。

当初选择写这个故事，并没有想到它会收到很多反馈，2020 年一整年我状态不太好，写作也是断断续续的。有天出门遛狗，因为住的地方附近有个篮球场，我照常路过那里，看见一群高瘦的男生在那儿打篮球。

蓝白色的校服，白球鞋，晃动的树影，他们年轻又漂亮。

旁边有几个女生站在那里聊天，人群外游离着一个女生，拿着冰水，安静地站在那里。球场中间有个前锋进了一个球，全场欢呼的时候，女生忍不住拿出手机，用冰水挡着悄悄拍那个前锋的背影。

看到这一幕，我的心动了一下。时间太久，我好像忘了暗恋是什么感觉了。

回去之后决定写一个暗恋的故事，当时写的时候就想，就当是个纪念。

身为作者，我一直觉得自己可以当个局外人，从故事中抽离，冷静地看待笔下人物的悲欢离合。可等真正动笔的时候，是另外一回事。写到第十章的时候，我久违地梦见了高中暗恋的他。

三班教室，我忘记带课本了，慌乱之中向他借了他的化学书，他的书是干净的，没有笔记。下课后，走廊上吹过来的风很热，他走过来拿书，人靠在窗户边上，闲散地翻了一下书，懒洋洋地笑："啧，挺多笔记。"

即使在梦里，他一靠近，我仍心跳如擂鼓，为了能和他亲近点，我从抽屉里拿出一个苹果，来感谢他。

他抬起眼皮看了我一眼，在等我开口。

我结结巴巴说不出任何一句话，然后，梦醒了。

醒来之后，我立刻发了一条微博，仅自己可见：因为最近在写小说，做了一个梦，再一次梦见你，向你借书，借口想给你一个苹果，其实就是为了想和你多说话。

然后继续存稿，写小说。

写着写着，和随随暗恋的心路产生了共鸣。比如做操时为了扭头看喜欢的男孩子而脖子发酸，因为能和他一起值日私下雀跃不已。

整个故事里面只有钟灵是最真实存在的，像每一个我们。

故事里的周京泽优秀，轻狂肆意，像热烈的火，他最难能可贵的是对这个世界有一颗赤诚之心。许随虽然敏感自卑，但因为暗恋的男生而考上医科大，日后成长得越发优秀。

所以他们天生要在一起。

所以，这本书是没有原型的，只是我有一个提笔写这个故事的契机，带着"不要忘记暗恋是什么感觉"的初衷去写了这么一个故事。

故事里的两个人有他们独立的意志，比如为爱勇敢，放下骄傲，而现实中大部分人做不到，所以连载到校园剧情结束，我在文后道：结局都是停留在故事的上半段。

收到的反馈中，神奇的是，有好几个女孩学的是医学专业，暗恋的人也是飞行员。也有更多的女孩跟我分享了她们的暗恋故事，心酸又感动。

是你们让我觉得，故事里的两个人是真实存在的。你们最终会遇到属于你们的周京泽，要勇敢向前走。

也有一部分小姑娘悄悄诉说，为自己的容貌焦虑，认为自己的暗恋失败是因为没有随随好看。这不是我写这个故事的初衷，设定了书里的许随高中黯淡不起眼，大学开始被喜欢的人看见，慢慢绽放，是想说——

每一个女孩都值得被爱，慢慢来，把它交给时间，做好当下的事，好好学习，最终会像许随一样，破茧成蝶。

光最后会朝你走来。

我知道很多人看到这里，想问我曾经暗恋过的男孩怎样了，不知道是不是命中注定，高中毕业后，我们再也没见过。

我们有很多中间朋友，以前也期待过年回家能在路上或某个聚会碰见他，还幻想过无数次遇到他的场景，我要给出什么样的反应。

可是没再见过他，一次也没有。

只是偶尔从朋友口中听说他谈恋爱了，分手了，然后又换了一个女朋友。再后来听到身边朋友说起他，我会佯装漫不经心地接话："是吗？挺好的。"

《奇洛李维斯回信》中，"Fiona"十年如一日地写信，终于等到了K先生的回信，许随的七年暗恋，也在兜兜转转中等到了周京泽的回应。

我不是"Fiona"，他也不是K。